비극숙제

THE TRAGEDY PAPER
by Elizabeth LaBan

Copyright ⓒ Elizabeth LaBan, 2013
Korean Translation Copyright ⓒ MUNHAKDONGNE Publishing Corp., 2016

This Korean edition is published by arrangement with Random House Children's Books,
a division of Random House, Inc. through KCC.
All rights reserved.

이 책의 한국어판 저작권은 KCC를 통해 Random House Children's Books, a division of
Random House, Inc.와 독점 계약한 (주)문학동네에 있습니다.
저작권법에 의해 한국 내에서 보호를 받는 저작물이므로
무단 전재 및 무단 복제를 금합니다.

이 도서의 국립중앙도서관 출판예정도서목록(CIP)은
서지정보유통지원시스템 홈페이지(http://soeji.nl.go.kr)와
국가자료공동목록시스템(http://www.nl.go.kr/kolisnet)에서 이용하실 수 있습니다.
(CIP제어번호: CIP2016007052)

비극숙제

엘리자베스 라밴 장편소설

엄일녀 옮김

문학동네

일러두기

1. 주석은 모두 옮긴이주이다.
2. 본문 중 고딕체는 원서에서 대문자나 이탤릭체로 강조한 부분이다.

앨리스와 아서에게

차례

1

덩컨
들어와 벗이 될지어다

3학년 기숙사로 이어지는 석조 아치문으로 들어설 때 덩컨의 머릿속에는 두 가지 생각뿐이었다. 어떤 '보물'을 두고 갔을까. 그리고 비극 숙제. 아니, 세 가지라는 게 맞겠다. 어느 방에 배정될지도 걱정되었으니까.

그래도 가운데 건만 아니라면 그런대로 행복하다고 덩컨은 마음을 다잡았다. 그런대로 말이다. 어빙 스쿨의 졸업 프로젝트에 해당하는 그놈의 비극 숙제는 덩컨의 행복지수를 최소 30퍼센트는 깎아먹었다. 이렇게 중요한 개학 첫날 고작 숙제 하나 가지고 우울해하다니 한심한 일이었다. 어차피 앞으로 구 개월 동안은 『리어왕』이 비극인 이유는 무엇인가'처럼 비극을 문학적 의미에서 정의하는 데 상당 시간을 쓰게 되어 있었다. 아무러면 어떠랴. 그딴 건 지금이라도 할 수 있다. 비극은 뭔가 나쁜 일이 일어나는 거다. 나쁜 일은 늘 일어난다. 하지만 3학년 영어 담당 사이먼 선생—공교롭게도 올해 3학년 기숙사 사감까지 맡았다—에게는 아무러면 어떤 일이 아니었다. 사이먼 선생은 사뭇 진지했고, 걸핏하면 매그니튜드*니 휴브리스**니 하는 말을 입에 올렸다. 덩컨은 언어보다 숫자에 강했다. 어빙의 선배들 중에는 비극 숙제 따위는 대충 넘기고 졸업한 사람도 있다고 했다. 어쩌면 정말 C를 받아야 하는 건지도 몰랐다. 그거 하나 때문에 올 한 해를 망칠 수는 없으니까. 작년을 그렇게 망친 뒤였으니 더더욱. 막상 작년 일이 떠오르자 덩컨은 딴생각을 하는 게 더 낫다는 걸 깨달았다. 과거에 집착하는 것보다는 확실히 더 낫다.

덩컨은 아치 아래 멈춰 돌에 새겨진 글귀를 읽고 싶은 충동을 억누르며 억지로 발걸음을 떼어 뚜벅뚜벅 걸어갔다. 벌써 삼 년째 이 학교에 다니고 있으니 뭐라고 쓰여 있는지는 당연히 알았다. 걸음을 멈추고 글귀를 읽었다간 바보같이 보일 것이다. 그래서 혼잣말로 숨죽여 읊조렸다. "들어와 벗이 될지어다." 덩컨은 이 문장 아래로 수없이 지나다녔다. 저녁을 먹으러 식당에 갈 때나 교장실에 갈 때 이 아치문을 지나야 하니까. 전에는 딱히 주의를 기울인 적이 없었다. 하지만 지금은, 어쨌든 지금으로서는, 그 문장에 실제로 뭔가 특별한 힘이 있었으면 싶었다. 이 안의 사람들이 정말 자

---

* 아리스토텔레스는 『시학』에서 비극을 정의하며 일정한 크기(magnitude)를 필수 요건으로 들었다. 비극에서 파국의 규모와 의미는 매우 심각하고 중대한 것이어야 한다.
** 그리스 비극에서 신의 영역에 도전하는 인간의 오만, 자기과시를 일컫는 용어다. 주인공의 비극을 초래하는 성격적 결함으로 작용한다.

신의 진실한 친구들이기를 바랐다. 진실한 친구란 게 무엇이건 간에. 작년에 그런 일을 겪은 후로는 그 어느 때보다 친구들의 지지와 도움이 절실했다.

3학년 기숙사는 학교의 주요 건물들에 둘러싸인 아름다운 중정中庭과 접해 있었다. 3학년 방은 덩컨이 지금까지 태드와 함께 지내던 2인실과 같은 크기의 방을 둘로 나눈 것으로, 혼자 쓰게 되어 있었다. 학교에서 처음으로 딴사람과 방을 같이 쓰지 않고 혼자 살게 되는 것이다. 물론 방은 손바닥만했다. 하지만 중정과 접한 방에서 혼자 살 수 있다면 벽장 속이라도 행복할 것이다.

덩컨은 건물 안으로 들어갔다. 식당에서 풍겨오는 익숙한 음식 냄새와 종이와 잉크, 그리고 열심히 머리를 굴리는 냄새라고 늘 생각했던 정겨운 냄새를 맡으며 계단 쪽으로 걸어갔다. 여름방학 내내 궁금해하고 기대해마지않았던, 자신이 올 한 해 묵게 될 방의 정체가 좋든 싫든 곧 밝혀진다는 생각에 그는 되레 걸음이 느려졌다. 이미 덩컨은 어떤 방이면 행복할지 알았다. 복도 중간쯤에 있고 중정을 마주보는 방, 기왕이면 태드 옆방이면 더할 나위 없겠다.

누가 어깨를 툭 쳐서 덩컨은 뒤로 휙 돌았다.

"서둘러, 뭘 우물쭈물하는 거야?" 태드가 만면에 환한 미소를 띠며 말했다.

덩컨이 태드와 악수를 하려고 다가서자 태드는 마지막 순간에 몸을 뒤로 확 빼더니 따라와보라는 듯 한 번에 두 계단씩 뛰어올라갔다. 덩컨은 태드를 쫓아가려다 그만두었다. 막상 코앞에 닥치니 외려 알고 싶지 않다는 기분이 들 정도였다. 누가 어느 방에 배정될지 아는 사람은 작년 졸업반 선배들뿐으로, 그들은 결코 발설하지 않겠다는 맹세를 했다. 문자 그대로, 발설할 경우 평점이 깎이는 것을 감수하겠다(진학할 대학에도 통보된다)는 선서를 했다. 종업식 날 선배들은 자기 방에 들어오게 될 후배의 이름을 써서 문앞에 붙이고, 그 후배가 개학 첫날 기숙사에 들어와 발견할 수 있게 '보물'을 방안에 두고 간다. 그후 8월 개학 때까지 기숙사는 폐쇄된다. 수많은 예비 3학년생들이 기숙사에 침투하려 기를 썼고, 심지어 개학 일주일 전에 청소와 환기를 위해 들어가는 청소 직원에게 뇌물을 쓴 사람도 있었다. 하지만 덩컨이 알기로 아직까지 성공한 사례는 없다.

방에서 어떤 보물이 나올지는 아무도 모른다.

"야, 덩크." 태드가 아래층을 향해 소리쳤다. "빨리 안 올라오면 네 보물 내가 갖는다."

덩컨은 내 방은 어디냐고 큰 소리로 물어보고 싶었지만, 입이 떨어지지 않았다. 도대체 내가 왜 이러지? 뭐 그리 큰일이라고. 어느 방에서 살든 무슨 보물을 받든, 내 인생에 무슨 대수라고? 그래도 덕분에 오늘 저녁 식당에서 할 만한 이야깃거리가 생기면 좋겠다고 생각했다. 적어도 그 얘기, 모두들 정말 얘기하고 싶어하지만 덩컨으로서는 피하고 싶은 그 화제를 피하는 데는 도움이 될 테니까.

역대 보물은 거의 세 달 된 썩은 피자부터 오백 달러짜리 수표까지 다양했다. 운좋은 3학년들이 양키스 경기 티켓 두 장, 유명 회사의 주식, 웨스트체스터 카운티에서 가장 근사한 레스토랑의 식사권을 받았다는 소문도 있었다. 전해오는 이야기에 따르면 몇 해

전 어떤 선배는 잉글리시불도그(우리 학교의 마스코트다) 강아지를 받았다고 한다. 학교 측은 강아지를 입양 보내고 싶어했지만 어찌어찌해서 결국 강아지는 기숙사에서 살게 됐고, 학생들은 강아지에게 어빙이라는 이름을 붙였다. 도서관에 그 강아지 사진이 있는데, 덩컨이 그 얘기가 사실이냐고 물어볼 때마다 선생들은 대답을 피했다. 한편 허섭스레기 같은 보물에 대한 얘기도 수두룩했다. 가령 M&M 초콜릿이나 마구잡이로 남긴 책들. 덩컨은 느릿느릿 계단을 오르기 시작했다. 같은 학년 아이들이 덩컨의 등을 탁 치고 인사하며 옆을 스쳐지나갔다. 이 계단은 여학생과 남학생 공용이었지만, 3학년 여자애들은 모퉁이를 돌아 여자 기숙사가 있는 기다란 복도 쪽으로 갔다. 거기서는 학교 뒤편의 숲이 한눈에 보인다. 어떤 여자애가 자기 방에 토끼가 있다고 소리를 질렀다. 가능한 일일까? 누가 청소 직원과 짜고서 얼마 전에 들여다놨을 것이다. 의문의 불도그 강아지도 분명 그런 식으로 들여왔을 거고. 덩컨은 동물은 아니기를 빌었다. 그건 정말 사양하고 싶었다.

이제 거의 다 올라왔다. 고개만 들면 아직도 문이 닫혀 있는 방들이 보일 테고, 그중 어느 방일지 짐작할 수 있을 것이다. 하지만 복도는 길었다. 가까운 방은 대부분 문이 열려 있었고, 그 말인즉슨 벌써 주인이 다 정해졌다는 뜻이다. 복도 저쪽에 여전히 굳게 문이 닫힌 방들이 보였다―문 앞에 수리중이라는 쪽지가 붙은 방도 있고, 종이에 써서 오려낸 이름표가 단정히 붙은 방도 있었다. 아직 덩컨 자신의 이름은 눈에 띄지 않았다. 복도를 반쯤 지나왔을 때 속에서 뭔가 묵직한 게 얹히는 느낌이 들었다. 바로 그때 태드가 방에서 뛰어나왔다.

"나 작년에 홉킨스 선배가 쓰던 방에 걸렸어." 태드가 말했다. "그 선배가 남긴 보물이 뭘 것 같아?"

"뭔데?" 딱히 관심은 없었지만 덩컨은 물었다. 이 두려움에서 벗어나고 싶었다. 태드의 행동은 평상시와 다름없었다. 아무도 작년 일 따위는 개의치 않을지도 모른다. 덩컨이 어느 방에서 살게 되든, 어떤 보물을 받든, 어차피 하루이틀만 지나면 다들 까맣게 잊을 것이다. 진짜 굉장한 보물쯤 되어야 그보다 더 오래 회자된다. 그리고 방은, 뭐 어디가 걸리든 결국 익숙해질 것이다. 사실 모두가 꺼리는 방이 딱 한 군데 있긴 했다. "들어와봐." 태드의 말에 덩컨은 현실로 돌아왔다.

덩컨은 미적미적 태드의 방으로 들어가 안을 둘러보았다. 생각했던 것보다 좁지 않았다. 사실 제법 넓어 보였다. 침대—트윈 사이즈보다도 작다, 믿기 힘들겠지만—하나와 작은 책상 하나가 있었는데, 공부할 때는 다들 학생회관으로 가지 방에서 하는 사람은 없다. 태드가 옷장 문을 열더니 들여다보라고 손짓했다. 선반 안쪽 깊숙이 커다란 금색 리본이 달린 병—독한 술 종류인 것 같았다—이 보였다. 태드가 손을 뻗어 병을 꺼냈다.

"버번이야," 태드는 흐뭇한 어조로 말했다. "좋은 놈이지. 패밀리 리저브라고 쓰여 있어. 무려 이십 년산!"

"허어," 덩컨이 입을 열었다.

"한번 맛볼래?"

"아니, 지금은 좀. 일단 내 방부터 찾고 나서." 그러고는 곧 덧붙였다. "이따가 마시자."

"아직도 어딘지 못 찾았어?" 테드가 믿을 수 없다는 듯 말했다. "야, 얼른 가서 찾아."

덩컨은 다시 복도로 나왔다. 사방에서 아이들이 방에서 방으로 왔다갔다 정신없이 뛰어다니고, 공을 던져대고, 음악을 틀었다. 내일이면 쥐죽은듯 고요해질 테지만 오늘만은 거의 모든 행동이 허용되었다. 그래도 버번은 안 되겠지. 이제 덩컨은 복도 맨 끝을 향해 곧장 걸어갔다. 내내 마음에 걸렸던 게 무엇인지 잘 알고 있었다. 다들 꺼리는 모퉁이 방이 걸릴 거라는 예감이 들었다. 그리고 예감은 들어맞았다. 줄 쳐진 흰색 종이에 휘갈긴 글씨는 덩컨의 이름이었다. 방문을 열자마자 왜 다들 이 방을 싫어했는지 생각났다—볕이 거의 들지 않았고, 작디작은 동그란 창문은 아래서 보기에만 멋졌지 실상은 있으나마나였다. 크기도 테드의 방보다 훨씬 작았다. 덩컨은 이불 정리가 안 된 조그만 침대에 털썩 앉았다. 미리 부쳐서 오늘 아침 일찍 옮겨진 짐들은 모두 한쪽 구석에 차곡차곡 쌓여 있었다. 그는 너무 실망한 나머지 보물도 잊을 뻔했다. 그리고 보물을 보자마자 더 나빠질 수도 없는 기분이 더 나빠졌다. 작은 책상 위에 놓인 CD 한 무더기. 기가 막히네. 음악이라니—썩은 피자보다 더 형편없다. 썩은 피자는 웃기기라도 하지. 게다가 요즘 세상에 누가 CD를 듣는다고? 덩컨은 지난 학기에 누가 이 방을 썼는지 알고 있다. 그 알비노 녀석. 덩컨은 자신의 불운에 기가 찼다.

덩컨은 책상 쪽으로 몸을 기울였다—방이 워낙 작아서 굳이 일어서거나 움직이지 않아도 어디든 손이 닿았다. 가지런히 쌓아놓은 CD들 위에 반으로 접은 쪽지가 있었다. 덩컨은 천천히 쪽지를 펼 쳤다. 프린터로 출력하고 예의 휘갈긴 손글씨로 서명한 편지였다.

덩컨에게
　지금쯤 네가 무슨 생각을 할지 알 만하다. 뭐, 여러 가지 생각이 들겠지만 그중에서도 첫번째는 분명 이 방이 구리다는 거겠지. 하지만 그렇게까지 구리진 않아. 우선 붙박이장 안에 뭐든 숨길 수 있는 비밀 공간이 있는데, 다른 방에는 없는 거야. 세번째 선반 널 빤지를 똑바로 밀면 움직여. 또 창문으로 방안이 잘 보이지 않고 문 밑으로도 마찬가지여서 밤늦게까지 불을 켜고 있어도 들키지 않아. 사이먼 선생님이 이런 안 좋은 방에 걸린 너를 가엾게 여겨 종종 간식도 갖다줄 거야.
　말은 이렇게 했지만, 이 방에서 지내는 동안 내 인생은 대체로 구렸다고 할 수 있어. 그 이유는 너도 알 거라 생각하지만, 그래도 설명하고 싶다. 네가 이 방을 쓸 거라는 말을 듣고 솔직히 믿기지 않았어. 지금부터 내가 하려는 이야기가 뭔지 대충 감이 오겠지. 어쨌든 얘기할게. 중요한 건, 그날 그 모든 일이 왜, 정확히 어떻게 벌어졌는지 네가 알아야 한다는 거야. 이 정보를 활용해서 나와 같은 실수를 되풀이하지 말아야 해—교훈이 될 수 있겠지. 아마도. 모르겠다. 일단 내 얘기를 들어봐. CD라니 형편없는 선물이라고 생각하겠지. 하지만 내가 작년에 학교 식당에서 너에게 보인 반응을 생각해서, 물론 네 기분이 어떨지 그저 나 혼자 상상할 뿐이지만, 네가 이 CD들의 진가를 알아주면 좋겠다. 노트북으로 쉽게 들을 수 있어.

네가 버네사에 대해 실제로 얼마나 아는지 모르겠다. 이 CD를 받은 사람은 이 세상에 너와 버네사 둘뿐이고, 나로서는 버네사가 CD를 들을지 혹은 들었는지 알 길이 없다. 그애가 들어줬으면 싶다. 아니 어쩌면 듣지 않기를 바라는지도. 어쨌든 3학년 한 해 즐겁게 보내기 바라고, 마지막으로 넌 꿈에도 모를 아주 중요한 사실 한 가지를 알려주지. 앞으로 듣게 될 내용—이야기, 음악, 나의 파멸, 그와 더불어 네가 인지했거나 실제로 수행했던 역할—은 네가 예상했던 것보다 훨씬 더 도움이 될 거다. 실질적으로 나는 네가 바랄 수 있는 최고의 선물, 최상의 보물을 남긴 셈이거든. 네 '비극 숙제'의 글감을 제공하고 있으니.

그럼 이만

팀

복도에서 아이들이 떠드는 소리가 들렸다. 덩컨도 나가서 어울리고 싶었지만, 호기심이 동했고 정말 솔직히 말하자면 살짝 겁이 나기도 했다. 덩컨은 가방에서 노트북을 꺼내 책상 위에 올리고 첫번째 CD를 넣었다. 그러고는 헤드폰을 쓴 다음 재생 버튼을 눌렀다.

2

팀

······마침내 떠날 시간이 되었다

먼저, 이 CD를 듣기로 한 너의 결정에 대해 고맙다는 말을 하고 싶다. 우리의 마지막 만남을 수없이 되씹어보면서 내가 그때 다르게 반응했으면 좋았을걸, 하고 참 많이 생각했어. 결국 전체적으로 봤을 때는 별 차이가 없었을 거야―이미 벌어진 일은 벌어진 일이니까. 하지만 너에게는 다를 수 있지―그 사건이 조금이라도 네게 영향을 미쳤다면. 나는 네가 영향을 받았을 거라고 생각할 수밖에 없고.

넌 이제 네 책상이 된 내 책상 앞에 앉아 CD 케이스를 만지작거리고 있겠지. 네가 거기 앉아서 내 이야기를 듣는다고 생각하니 나름 위로가 된다. 현실적으로 그게 지금 내가 찾아낼 수 있는 유일한 위안이고. 과거로 돌아가 모든 것을 되돌리는 방법을 알아낼 수 있다면 모르지만, 그런 일은 절대 불가능하겠지. 그러니, 자, 이제 나는 최선을 다해 그 모든 일을 사리에 맞도록 풀어낼 생각이다.

당시에 있었던 일을 재구성하려 노력할 텐데, 먼저 애초에 그 사건의 발단이 무엇이었는지 이해할 필요가 있어―사건 못지않게 중요한 일이니까. 네가 듣게 될 대화들은 제법 실제와 유사한데, 이것 하나는 확실하다. 버네사가 내게 했던 말과 내가 버네사에게 했던 말을 내가 하나도 빠짐없이 기억하고 있다는 것.

어디서부터 이야기를 시작해야 할지 한참을 고민했어. 출발점은 사실 다른 많은 것들의 종착점이기도 하다는 걸 이제는 여러모로 잘 알고 있으니까.

어빙 스쿨로 떠난 그날 집에서 마지막으로 나온 사람은 나였는데, 그날의 마지막이란 말은 아니야. 완전히 마지막이었어. 우리 부모님은―아버지는 내가 갓난아기였을 때 돌아가셨으니까 여기서 부모님이란 어머니와 비교적 최근에 생긴 새아버지를 말하는 거다―이미 뉴욕으로 이사하셨거든. 정확히 말하면 이삿짐만 뉴욕으로 옮긴 상태였지. 두 분은 함께 운영하는 여행사의 새 지점을 내기 위해 육 개월 동안 이탈리아에 머물 예정이었다. 어쨌든 그래서 나는 이 박 삼 일 동안 집에서 혼자 지냈어. 사실 아무렇지도 않았다. 원래 혼자 있는 걸 좋아하니까. 난 노트북과 마이크를 들고 다니며 우리집에서 나는 낯익은 소리들을 녹음하느라 바빴어. 그 집에서 나는 것과 똑같은 소음은 두 번 다시 들을 수 없을 테니. 저녁에는 녹음한 소리를 가져갈 수 있게 CD로 구웠다. 잠은 방바닥에 침낭을 펴고 잤고. 그리고 마침내 떠날 시간이 됐지. 현관문을 잠그고 택시를 타러 걸어가면서 뒤를 돌아보지 않으려고 애썼다. 솔직히 말하면, 딱 한 번 뒤돌아보긴 했다.

택시 기사는 과묵한 편이었고, 나는 가는 길 내내 하늘을 뒤덮은 육중한 먹구름을 구경했어. 공항까지 가는 길은 즐거웠다. 집에서 나오자 한숨 놓은데다, 나는 늘 탁 트인 곳보다는 어딘가 구석에 틀어박히는 편을 선호했기 때문이지. 또다시 틀어박히려면 어떻게든 공항을 통과해서 비행기의 내 좌석까지 가야만 했지만.

곰곰 생각해보면, 나한테 구석에 틀어박힌다는 건 되도록 사람들 눈에 띄지 않는다는 의미였던 것 같다. 너도 알다시피 나는 눈에 띄지 않기가 어렵고, 나를 처음 보는 사람들은 뚫어져라 쳐다보지—거의 어김없이. 눈에 띄지 않고 사람들 틈에 섞이려고 몇 년 동안 별의별 짓을 다 해봤는데, 화장을 했더니 무슨 고스족 코스프레 같고, 머리카락이랑 눈썹을 까맣게 염색했더니 흡혈귀처럼 보이더라. 어머니는 그 모든 것에 질색했고, 열다섯 살 즈음엔 나도 진저리가 나서 더이상 애쓰지 않기로 했다.

날 처음 봤을 때 어떤 생각이 들었냐? 그전에도 알비노 애들 많이 봤어? 흔히들 그러리라고 내가 상상하는 것처럼 너도 황급히 방으로 돌아가서 알비노의 원인이 뭔지, 혹시 감염될 위험은 없는지 찾아봤냐? 아직 안 찾아봤다면 내가 도와주지. 알비노는 전염되지 않고, 그저 피부나 머리카락에 색소가 결핍된 것뿐이다. 그래서 내 머리카락은 경악스러울만치 하얗고 피부는 그보다 훨씬 더 하얗지. 사람들 사이에서 걷다보면 종종 나만 눈부신 조명을 받고 있는 듯한 느낌이 들어—그만큼 내가 색이 바랜 것처럼 보이는 것 같아. 심지어 공항에서도, 주변에 수백 수천 명이 있어도, 절대 나를 못 보고 지나치는 일은 없을걸.

공항까지 가는 길은 너무 짧았다. 택시 기사가 어느 항공사를 이용하느냐고 묻고는 그 앞 도로변에 차를 세웠을 때, 나는 꼼짝하지 않았어. 진짜 솔직히 말해서, 어머니가 옆에 있었으면 싶었다. 우리 식구들 모두 나를 보통의 성인으로 대했고 나 또한 그렇다고 어머니와 시드 아저씨를 안심시켰지만, 난 대륙의 반을 가로질러 난생처음 보는 학교에 가려는 참이었다고. 그러고 보니 내가 어쩌다어빙에 가게 됐는지부터 얘기해야겠군. 우리 어머니와 시드 아저씨는 삼 년 전쯤 만났는데, 나는 늘 두 분이 좀더 일찍 만났으면 좋았을 거라고 생각해. 그전에도 우리 가족은 잘살아왔지만, 늘 뭔가 허전한 구석이 있었거든. 아버지가 돌아가셨을 때 나는 칠 개월 된 아기였으니 아버지가 곁에 있다는 게 어떤 느낌인지 기억도 못해. 하지만 어머니는 늘 기억하고 계셨지. 시드 아저씨를 처음 만난 순간부터 어머니는 무척 행복해했다. 어머니는 관계를 서서히 진전시키고 싶어했지만 우리 둘 다 시드 아저씨한테 푹 빠졌고, 이렇게 말할 수 있어서 다행인데, 아저씨 또한 우리한테 푹 빠져서 헤어나지 못했어. 얼마 안 있어 시드 아저씨는 자기 여행사에 어머니를 끌어들였고, 우리집으로 이사 오셨다. 그 무렵 나는 하루하루 힘겹게 고등학교를 다니고 있었어. 수업은 대부분 마음에 들었는데, 뭐라고 표현하면 좋을까? 동급생들이 내 취향이 아니었다고 해두지. 어쩌면 내가 걔네들 취향이 아니었던 걸 수도 있고. 어쨌든 나는 매일 아침 묵묵히 학교에 갔다가 집으로 돌아왔고, 그저 어서 학교생활이 끝나기만을 기다렸다.

나는 학교생활에 관해 시드 아저씨와 자주 얘기했고, 아저씨는 잘 들어주셨어. 하지만 처음에 아저씨는 우리 삶에 너무 깊숙이 개입하지 않으려 했던 것 같고, 난 그걸 이해해. 아저씨는 자신이 다닌 고등학교를 매우 좋아했다. 어디였는지 맞혀볼래? 그래, 어빙이었어. 그래서 어느 정도 시간이 지나자 시드 아저씨는 내가 힘들어하는 모습을 옆에서 지켜보고 있을 수만은 없다면서, 내가 더 행복해질 수 있는 방법을 안다고 털어놨다. 어머니는 대찬성이었지. 3학년이 된 첫 주에 졸업까지 며칠 남았나 점심시간에 틈틈이 체크해놓은 달력을 집에 갖고 왔을 때부터 두 분은 뭔가 조치를 취해야겠다고 생각하셨던 모양이야. 시드 아저씨는 보어속스 교장 선생님과 얘기해서 전학에 필요한 모든 수속을 마쳤어. 그리고 10월 내 생일날, 두 분은 내게 고교 시절을 즐길 수 있는 마지막 기회를 선물로 주셨다─3학년 2학기를 어빙 스쿨에서 보내게 된 거지. 결국 우리 모두의 이해와 맞아떨어진 일이었고, 덕분에 시드 아저씨와 어머니는 계획보다 일찍 이사할 수 있게 됐어. 사실 나로서는 잃을 게 없었어. 아니, 그땐 그렇게 생각했다.

오해하진 마, 나도 설렜으니까. 다만 어빙 스쿨에 도착하기까지 북적이는 공항을 통과해 비행기를 타고 목적지에 내려서 또다시 택시를 잡으러 가야 하니까, 거기 틀어박힐 곳이 별로 없을까봐 걱정됐던 거다. 나는 거대한 배낭을 걸머쥐고─나머지 짐은 먼저 다 부쳤다─고개를 최대한 숙인 채 택시에서 내렸어. 자동문이 나를 맞이했다.

공항은 발 디딜 틈 없이 붐볐어. 탑승 수속은 휴대폰으로 미리 끝냈기 때문에 게이트로 곧장 걸어가, 화장실에 들러 잠깐 마음을 추슬렀다. 게이트에 도착하니 다행히 탑승이 진행되고 있었어. 금방 비행기에 타게 되겠지. 옆자리에 누군가 앉겠지만 그건 괜찮아—내가 싫어하는 건 잇달아 되풀이되는 첫 대면의 소스라침이었거든. 일단 사람들이 내게 익숙해지고 나면 대체로는 그렇게까지 나쁘진 않아.

나는 버네사가 나를 보기 전에 먼저 버네사를 봤어. 이건 분명한 사실이고, 보통 그런 건 단언할 수 있는 종류의 일이 아니지만, 그래도 내가 이렇게 확신하는 이유는 버네사가 눈을 감고 있었기 때문이야. 비행기에 탔을 때 버네사는 내 왼쪽으로 첫번째 일등석에 앉아 있었다. 사람들은 줄을 서 있었고, 저 안쪽에서 누군가 선반 위에 짐을 쑤셔넣느라 착석이 지연되고 있었지. 버네사가 곧바로 내 눈에 들어왔는데, 뒤따르는 다른 모든 이유보다도 그애가 나를 쳐다보고 있지 않다는 것 때문이었다. 다들 같은 비행기를 타는 사람들을 한 번씩은 쳐다보잖아? 왜, 요즘처럼 수상한 시절에는 의심 가는 행동을 하는 사람이 없는지 잘 살펴보라고들 하니까. 그런데 버네사는 두 눈을 감고 아이팟 이어폰을 귀에 꽂고 있었어. 그 다음에야 다른 것들이 눈에 들어왔다. 긴 금발머리(꽤 밝은 금발이었지만, 절대 알비노 같은 금발은 아니야)는 양 갈래로 땋아서 연두색 고무줄로 묶었고. 그리고 보니 이어폰도 연두색이었는데, 청바지 주머니에서 나온 연두색 줄이 몸에 딱 붙는 노란색 스웨터를 가로질러 앙증맞은 귀로 이어져 있었다. 커다란 배낭은 발치에 놓고, 캐러멜색 양털 코트를 자리에 펼치고 그 위에 앉아 있었어.

평소에 나는 사람을 똑바로 응시하지 않도록 주의한다. 내 인생의 원칙 중 하나지. 식당에서 아기가 큰 소리로 울어대도 누군지 보려고 돌아보지 않아. 한쪽 눈에 안대를 한 사람이나 한쪽 다리 없이 목발을 짚고 있는 사람 쪽으로도 절대 시선이 돌아가지 않도록 한다. 가령 아까 공항에서도, 바로 몇 분 전에 얼굴이 일그러진 어떤 여자가 내 쪽으로 걸어왔는데 그게 좀 미묘했다. 화상을 입은 건가? 얼굴 근육에 뭔가 문제가 있나? 내 주변의 모든 사람이 그 여자를 쳐다보며 어떻게 된 일인지 궁금해한다는 걸 알 수 있었어. 아니, 느낄 수 있었다고 해야겠지. 하지만 나는 쳐다보지 않았다. 똑바로 앞만 보며 걸었다. 사실 그 여자가 어쩌다 그렇게 됐는지는 하나도 중요하지 않아. 그것이 내 인생에 어떤 식으로든 영향을 미칠 리도 없고. 그리고 난 사람들의 눈길을 받는다는 게 어떤 느낌인지 너무나도 잘 안다.

그래서 버네사가 눈을 뜨고 내가 자신을 바라보고 있는 걸 알아차렸을 때 나는 깜짝 놀랐다. 얇은 카펫이 깔린 바닥으로 황급히 시선을 돌렸지만 버네사가 입을 꼭 다물고 눈을 휘둥그레 뜨는 모습을 보고 말았지. 줄이 앞으로 조금씩 움직이자 뒤에서 미는 게 느껴졌고, 나는 버네사의 시야에서 멀어졌다.

내내 눈을 내리깔고 걷다가 비행기 뒤쪽의 내 자리에 앉은 후에야 어두워지는 하늘을 내다봤어. 엔진 가속음이 들렸고 비행기가 슬슬 게이트에서 떨어져나왔다.

"여보, 괜찮아요?" 뒤에서 날카로운 비명이 들렸다. 몇몇이 고개를 돌려 뒤를 쳐다봤지만, 나는 똑바로 앞만 보았다.

"로버트? 로버트?" 외치는 목소리에서 두려움이 묻어났다. "이러지 마, 무서워!"

"혹시 승객 중에 의사분 안 계십니까?" 다른 목소리가 외쳤다.
"여기 의사가 필요해요!"

나는 돌아보지 않으려고 무던 애를 썼다. 나의 무응시 원칙을 이십 분도 채 지나지 않아 또 깨고 싶지는 않았거든. 상황이 그쯤 되니 다들 비행기 뒤쪽을 주시했어. 그런데 뒤돌아보는 사람들 얼굴을 관찰하는 것도 여러 면에서 꽤 흥미로웠다. 그들의 표정만 보고도 무슨 일이 벌어지는지 대충 알 수 있었어. 낯빛이 창백한 이들도 있었고, 기대에 찬 눈빛들도 보였다. 위기 상황을 싫어하는 사람들이 있는 반면 즐기고 환영하는 사람들도 있으니 세상 참 재미있지. 후자의 경우엔 재빨리 상황에 대처하기 위해서라고 그러더라. 그 당시에 이런 생각이 떠올랐던 건 아니지만. 그땐 그걸 몰랐거든.

어쨌든 상황은 별로 좋아지지 않았어. 역겹고 상세한 묘사로 널지루하게 만들 생각은 없고, 결국 구급대를 불러 그 남자를 비행기에서 내려야 했어. 상황이 마무리되길 기다리면서 속이 좀 메슥거렸던 기억이 난다. 응급 상황과 마주치면 나는 늘 속이 편치 않았어. 두통이라느니, 괜찮아 보인다느니, 의식을 잃었다느니 하는 말소리가 들렸지만, 나는 귀를 닫으려 애썼다. 내 시선은 일등석과 일반석 사이의 커튼에 붙박여 있었지. 커튼은 이륙에 대비해 단정히 묶여 있었다. 바로 그때 버네사가 다시 모습을 드러냈어. 생각해보니까 내가 비행기에 탈 때 일등석에 앉아 있던 사람은 그애밖에 없었어. 아마도 심심했던 모양이지. 버네사는 자기 쪽 커튼 앞에 서서 눈을 동그랗게 뜨고 비행기 뒤쪽을 쳐다봤어.

그 난리통에도 불구하고 나는 평소보다 기분이 가벼웠다. 여기서 동물원의 원숭이는 내가 아니었어. 내 뒤에서 더욱 흥미진진한 쇼가 벌어지고 있었으니까. 비행기는 다시 게이트 쪽으로 움직였다. 겨우 몇 미터 움직였을 뿐이지만, 공항에서 비행기가 게이트를 출발할 때의 느낌은 내게 항상 압도적이었어―절대 되돌아갈 수 없다는 느낌. 때로는 이렇게 되돌아가는 일도 있는 듯하지만.

난 밖으로 나가고 싶었어. 폐소공포증 비슷한 게 있거든. 사람들 눈에 띄지 않는 비좁은 구석에 틀어박히는 걸 제일 좋아하는 내가 폐소공포증이라니 우스운 일이지만, 내 나름의 주관적 느낌이라고 봐야겠지. 나는 어디 붙잡혀 있는 걸 좋아하지 않는데, 그때는 꼭 그런 기분이었다. 남자만 내려주고 금방 다시 출발할 줄 알았는데 마침 눈발이 날리기 시작해 결국 모두 비행기에서 내려야 했어. 시카고는 아직 그렇게 심하지 않았지만 동부 연안의 공항들은 폭설로 이착륙이 금지되었다는 거야. 또다시 나는 구석에서 몸을 빼내야 했고, 비행기에서 내려 공항 터미널에서 기다리는 신세가 됐다.

난 벽을 마주보는 구석자리를 찾아 배낭 앞주머니에 쑤셔넣어둔 만화책을 읽기 시작했어. 택시를 타고 집으로 갈까 하는 생각도 잠깐 들었어―마지막 밤을 집에서 보내면 어떨까. 하지만 날이 궂었고, 내일 아침이면 그 집은 더이상 우리집이 아니었다. 바로 그 순간, 이 세상 어디에도 내 한몸 구겨넣을 곳이 말 그대로 존재하지 않는다는 사실을 깨달았지―나는, 당분간이기는 해도, 집 없는 노숙자나 마찬가지였다.

잠시 그대로 앉아 기다렸지만 팀은 이야기를 그친 것 같았다. 덩컨은 자신이 어디 있는지 깜빡 잊고 있다가 화들짝 현실로 돌아와 주위를 둘러보았다. 복도는 아까보다 잠잠해졌고, 이제 그만 듣고 친구들을 보러 나가야겠다고 마음먹었다. 노트북에서 CD를 꺼내 도로 케이스에 넣으면서 다음 CD를 흘끔 보았다. 그러고는 천천히 두번째 CD를 노트북에 밀어넣으며 딱 일 분만 더 들어야지 하고 생각했다.

3

팀
세상이 고장났다

만약 일이 그렇게 돌아가지 않았다면 어떻게 됐을까 상상해보지 않기란 어려운 일이야. 만약 비행기가 제시간에 이륙했더라면, 만약 내가 잠깐 게이트 근처를 뜰 엄두를 내지 않았더라면. 하지만 나는 자리를 떴다. 사람들 눈에서 벗어나고 싶어 미칠 지경이었거든. 의자 위에 육중한 배낭을 올려 자리를 맡아두고, 고개를 푹 숙인 채 엄청 붐비는 홀을 뚫고 화장실로 향했어. 화장실에도 평소보다 훨씬 사람이 많았지만 운좋게도 맨 끝 칸—장애인용 휠체어 칸—이 비어 있었다. 나는 안으로 들어가 문을 잠그고 변기에 앉아서 심호흡을 하면서 밖에서 늘어나는 줄에 신경쓰지 않으려 애썼어. 기분이 좀 나아지자 손을 씻고 고개를 푹 숙인 채 뛰다시피 문밖으로 나와 다시 내 자리로 향했다.

노상 고개를 푹 숙이고 다니니 이런 일이 자주 일어나지 않는 게 오히려 더 놀랍긴 한데, 어쨌든 자주 있는 일은 아니다. 홀을 가로

질러 두 걸음을 내딛자마자 뭔가 충격이 느껴졌고, 내 왼쪽으로 조그맣지만 단단한 몸집이 부딪치면서 얼음처럼 차가운 액체가 셔츠와 목덜미에 쏟아졌어. 일부는 뒤통수에도 맞았던 것 같다. 부딪치거나 쏟은 게 문제가 아니라 걸음을 멈추고 모르는 사람과 얘기를 해야 한다는 생각 자체가 끔찍했다. 일단 부딪친 충격이 가시고 나면 상대방이 나를 물끄러미 쳐다보며 이런 의문을 품게 될 테니까. 이 녀석은 어디가 잘못된 걸까?

"미안합니다, 미안해요, 미안해요." 여자애가 말했어. 하지만 그애가 그다지 미안해하지 않는다는 건 금세 알 수 있었다. 그앤 짜증이 난 상태였다. 맨날 고개를 숙이고 땅만 쳐다보며 걷다보니 다른 감각들이 확실히 더 발달했는데, 그렇게 알게 된 여러 가지 중 하나가 말의 내용보다 어조가 더 진심을 내보인다는 거야.

"괜찮아요." 나는 여전히 내가 가려던 방향으로 고개를 돌린 채 말했어. 저 앞에 내 자리가 보였는데—내 자리라고 맡아놨던 곳 말이야—딴사람이 앉아 있는 것 같았다. 배낭을 두고 가지 말았어야 했는데.

"도와줄게요." 여자애는 구겨쥐고 있던 냅킨 한 다발을 들어올리며 내 쪽으로 돌아섰어. 꽂고 있던 이어폰을 빼는 모습이 보였고, 연두색이 어른거리는가 싶더니 땋아내린 머리와 노란색 스웨터가 눈에 들어왔다. 그 여자애였어.

"괜찮아요, 정말로." 나는 시선을 피하며 말했지.

"다이어트 콜라를 왕창 쏟았다고요." 여자애가 말했어. "끈적끈적해질 거예요."

"다이어트 콜라도 끈적해지나요?" 내가 물었다. "설탕도 안 들었는데."

여자애가 짜증난 얼굴로 냅킨 한 다발을 내게 내밀었어. 나는 건성으로 목덜미와 셔츠를 닦았다.

"고마워요." 내가 말했다. "가봐야겠어요. 화장실 간 사이에 누가 내 배낭을 치운 것 같아요."

"짐만 두고 간 거예요?" 여자애가 물었어. 나는 고개를 돌려 그 앨 쳐다봤어. 이쯤 되면 분명 내가 보통 사람들과 다르다는 것을 알아차렸을 테니, 투명 인간인 척 노력해봤자 헛수고였거든.

"네, 너무 붐벼서 자리를 뺏길까봐." 내가 말했다.

"하지만 여긴 공항이라고요." 여자애가 말했다. "공항에서 짐을 아무데나 놓고 다니면 안 돼요. 폭탄이라고 생각할 수도 있어요."

"어, 그런 생각은 꿈에도 못했어요." 공항 안전에 그렇게나 관심이 많으면서 사람들이 비행기에 탑승할 때 왜 눈을 감고 있었느냐고 물어볼까 하다가 그만두었다.

직원이 마이크로 안내를 시작하자 우리는 둘 다 고개를 돌려 동시에 게이트 쪽으로 걸음을 내디뎠어. 나는 웬 할아버지가 앉아 계신 내 자리 쪽으로 걸어갔고, 여자애는 곧장 게이트 쪽으로 갔어. 헤어지면서 나는 꾸벅 인사를 했다.

"여기 앉으실 때 의자 위에 있던 배낭 못 보셨나요?" 나는 할아버지에게 물었지. 기름투성이 백발에 못해도 여든은 되어 보이는 노인이었어.

"쉬잇." 할아버지는 검지를 입술에 대며 다른 손으로 벽에 기대어 있는 내 배낭을 가리켰다. 그러고는 다시 탑승구 직원 쪽을 가리켰다. "뭐라고 하려는 모양인데."

직원은 전 노선 항공편이 결항이라고 알렸어. 단 한 편도 남김 없이 모조리. 배낭을 되찾은 안도감을 느낄 새도 없이 눈앞이 캄캄해졌지. 갈 데도 없는데 하룻밤을 보내라니—숨을 곳도 하나 없고 사람들로 바글바글한 공간에서 하룻밤을 견디라니—꿈에서조차 생각지 못한 악몽 같은 시나리오였다. 어째서 나는 잘할 수 있을 거라 생각했을까? 상황은 점점 더 내가 감당할 수 있는 수준을 넘어서고 있었어. 나는 그런 상황이라면 누구라도 그러듯이, 어머니에게 전화를 걸었다.

어머니가 전화를 받지 않아서 음성사서함에 궂은 날씨에 대해 설명하고 공항과 연결된 호텔에 방을 구해줄 수 있는지 묻는 메시지를 남겼다. 공항 호텔이 어머니의 여행사와 제휴를 맺은 곳인데다, 내 힘으로 방을 구할 수 있을지 의심스러웠거든. 그리고 보내주기로 약속한 CD를 한 묶음 부쳤다는 얘기도 했지. 우리집과 주변에서 나는 소리를 담은 CD였다. 집 근처에서 미치도록 시끄럽게 우는 새가 한 마리 있었는데, 오후에 떠나기 직전에 그 녀석 울음소리를 녹음하는 데 성공해서 뿌듯했어.

얼른 시차를 계산해보니 어머니가 계신 곳은 일곱 시간 빨라서 거의 자정이 다 된 시각이더라고. 어머니가 메시지를 오늘 확인할지 내일 확인할지 알 수가 없었다.

그런 다음 호텔에 전화를 걸었어. 혹시나 했지만 역시 방은 다 나가고 없었다.

나는 전화를 끊고 눈을 감았다. 눈을 뜨니 건너편에 그 여자애가 보였어. 비행기에서와 똑같이 양털 코트를 의자에 펼쳐놓고 앉아 있었지. 공항의 세균과 먼지에 대항하는 그애의 무기였는지도 몰라. 다시 아이팟을 들고 있었는데 이번에는 눈을 뜨고 있었어. 그 순간 별생각 없이, 나는 그애와 눈을 맞췄다. 여자애는 씩 웃고는─짧고 간결한 미소였다고 말해두지─창문으로 눈길을 돌렸다. 들고 있던 휴대폰에서 진동이 울렸다.

"안녕? 엄마." 내가 말했다. "아니, 차오*라고 해야 하나?"

"잘 있었니. 아들." 어머니가 말했다. 나는 벌써 어머니가 보고 싶어졌다. "마침 자기 전에 마지막으로 휴대폰을 확인하던 참이었어. 다 처리했고─호텔에 방 하나 잡아놨어. 프런트에 가서 이름만 대면 돼─비용도 다 지불했어. 가서 체크인하고 룸서비스 시켜 먹고 재미있는 영화라도 한 편 봐. 아침에 전화해서 항공편이 어떻게 됐는지 알려주고."

"고마워요, 엄마." 나는 아직 전화를 끊고 싶지 않았다. "두 분은 어떻게 지내요?"

"네가 여기 있으면 좋겠다. 정말 아름다운 곳이야. 네가 오는 3월까지 어떻게 기다리나 싶어. 우리 셋이 함께 뭘 할지 계속 얘기하는 중이야."

그 말을 듣자 당장 가고 싶은 생각이 간절했다. 동부 연안으로 가는 일 따위 싹 잊고 유럽으로 곧장 날아갈 수만 있다면.

---

* 이탈리아어로 '안녕'.

"멋진데요." 내가 말했다.

"그럼 나중에 보자, 아들. 내일 아침에 전화하는 거 잊지 말고." 어머니가 말했다. "아 참, 깜박할 뻔했네. 시드가 '불도그 파이팅!' 이라고 전해달래."

평소 같으면 나도 '불도그 파이팅!'이라고 맞받았을 것이다― 10월 이후로 우리는 그렇게 주거니 받거니 파이팅을 외쳤다. 하지만 그땐 그럴 기분이 나지 않았어.

"시드 아저씨한테 보고 싶다고 전해주세요"라고만 하고 전화를 끊었다.

나는 천천히 만화책을 가방에 집어넣고 외투를 걸쳤어. 여자애 근처를 피해 갈 수도 있었지만 그러려면 두 줄로 늘어선 좁은 의자들 사이를 비집고 지나가야 했고―그렇다면 선택지는 하나였지. 더이상 잃을 것도 없다는 생각에 나는 그애 쪽으로 걸어가서 그애 자리 바로 앞에서 왼쪽으로 돌았어. 여자애는 살짝 짜증이 난 기색이었다.

"어디 가요?" 그애가 큰 소리로 불러서 나는 깜짝 놀랐다.

나는 걸음을 멈췄어. 그앤 여전히 이어폰을 귀에 꽂고 있었어. 볼륨을 줄이거나 끈 건지, 아니면 계속 시끄럽게 음악을 듣고 있는 건지 알 수가 없었지.

"공항 호텔요."

"헛수고야." 여자애가 말했다. "전화해봤는데 이미 다 찼다니까. 택시회사에도 전화해봤는데 도로는 거의 통행이 불가능한 것 같고. 여기 꼼짝없이 갇힌 셈이지."

"나는 방을 구했는데."

"말도 안 돼. 내가 오늘 저녁 운항이 모두 취소됐다는 최종 안내가 나오기도 전에 호텔에 확인해봤는데."

"흠, 뭐, 어쨌든 난 예약했어요."

"진짜 말도 안 돼."

"우리 어머니가 하는 여행사가 여기 호텔과 제휴를 맺고 있어서." 나는 나도 모르게 설명하고 있었어. "어머니가 전화했더니 최소한 방 하나는 남았던 모양인지 예약이 됐어. 그래서 나는 방을 구했고, 지금 거기로 가는 참이고."

"와." 여자애의 눈빛이 반짝이는 게 보였다. 그애는 훨씬 다정한 태도로 돌변했다. "그 방에 침대가 두 개 있을까?"

"아마도." 왠지 나는 그애의 질문이 전혀 뜻밖으로 느껴지지 않았다. 세상이 고장났고, 평소의 규칙이 통용되지 않는다는 기분이 확연히 들었다. 그건 그것대로 마음에 들었다.

"같이 가서 한번 알아보지 뭐. 만약에 아니면……" 나는 말꼬리를 흐렸어. 그앤 얼굴을 찡그리고 눈을 부라렸지만 자기 짐을 챙기는 것으로 대답을 대신했고. 순간 그애가 나더러 코트를 들라고 내밀 줄 알았는데, 그러지는 않더라. 내심 가슴을 쓸어내렸지. 사실 그애가 코트를 내밀었어도 군말 없이 받아들긴 했을 거야.

4

팀
평소의 규칙이 전혀 통용되지 않는 것 같았다

처음엔 우리 둘 다 입을 열지 않았어. 어디서 왔느냐 혹은 어디 가던 중이었느냐 물어볼 수도 있었겠지. 하지만 그애한테 내가 밤새 귀찮게 말을 붙일 거라는 인상을 주고 싶지 않았어. 나중에 둘이서 이때 얘기를 나눠보니, 버네사는 계속 아이팟을 듣고 싶었지만 그건 아무래도 무례한 것 같아서 그만두었다더라. 그냥 듣는 편이 나았을 것 같은데.

호텔에 거의 다 와서야 둘 중 하나가 말을 꺼냈다.

"참, 나는 버네사라고 해." 버네사가 손을 내밀어 악수를 청하며 말했어. 이건 기념할 만한 순간인데, 좀 이상하게 들리겠지만 보통 아무리 내게 친절한 사람이라도 굳이 나와 접촉하려 드는 일은 잘 없기 때문이지—물론 나를 아는 사람들은 빼고. 나는 잠시 버네사를 멍하니 쳐다보다가 그애의 손을 잡고 흔들었어. 그러고는 배시시 웃었다.

"나는 팀이야. 만나서 반가워."

"우리가 함께 밤을 보내게 된다면 서로 성도 알아둬야 할 것 같은데." 버네사가 덧붙였다. 얘가 나한테 작업을 거는 걸까?

"좋아." 아무렇지도 않은 척 말했지만, 심장이 하도 빠르게 쿵쾅거려서 그애가 내 심장 소리를 못 듣는다는 게 신기할 정도였어. "내 이름은 팀 맥베스야." 말을 내뱉자마자 나는 좀더 쿨하게 말할 걸 하고 후회했다. "성은 맥베스야"라든가 그냥 "맥베스"라고 할 걸. 하지만 무를 수도 없는 노릇이었지.

"나는 버네사 셸러." 그애가 씨익 웃었고, 뭐랄까 신뢰하기 힘든 미소였지만 어쨌든 마음에 들었다.

육중한 이중문을 지나 에스컬레이터를 타고 한 층 내려가자 호텔 입구가 나왔다. 난 호텔을 무척 좋아해―묘하게 마음이 차분해지고 희망이 솟는 느낌이거든. 호텔에 있으면 무언가에서 벗어난 기분이 들기도 하고. 여기서부터 영화 테마음악 같은 게 흘러나올 것 같지? 하지만 이 호텔 로비에 들어서면서 내가 느낀 기분은 그렇지 못했어. 덥고 땀흘리고 불안한 사람들과 비에 젖은 개가 섞여 있는 듯한 냄새가 났거든. 조금의 틈도 없이 자리란 자리에는 몽땅 사람들이 앉아 있었어―의자, 소파, 심지어 커피 테이블에까지. 음식을 먹는 사람들도 있고, 자는 사람들도 있었어. 꼬마 녀석들 한 무리가 링 어라운드 더 로지* 게임을 하며 놀고 있었고.

---

* 서로 손을 잡고 둥글게 원을 그리며 춤추고 노래하다가 신호에 맞춰 웅크리고 앉는 놀이.

전엔 한 번도 혼자 호텔 체크인을 해본 적이 없었어. 그럴 필요가 없었으니까. 하지만 버네사에게 그것을 들키고 싶지는 않았다. 그런 걱정과 더불어, 내가 방 열쇠를 받는 걸 본 사람들이 나를 덮칠지도 모른다는 두려움이 엄습했어. 프런트 데스크가 어디 있나 두리번거리다 한쪽 구석에 있는 게 보여 마음이 놓였어. 지친 기색이 역력한 데스크 앞 여직원 쪽으로 걸음을 옮기자 나를 주시하는 시선들이 느껴졌다. 하지만 걸어가며 보니 모든 시선이 내게 쏠린 건 아니었어—적잖은 시선이 버네사를 향하고 있었지.

"죄송합니다만 오늘 저녁은 만실입니다." 직원은 내가 채 입을 열기도 전에 말했다.

"아, 그건 아는데요." 나는 어머니가 미리 전화를 했다는 말을 간신히 삼켰지. "맥베스라는 이름으로 예약했습니다" 하고 기다렸다. 혼자서 호텔에 체크인해본 적은 없어도, 어머니나 시드 아저씨가 체크인할 때 여러 번 옆에 서 있었기 때문에 일이 어떤 식으로 진행되는지는 알고 있었다. 직원은 회의적인 표정으로 마우스를 클릭, 클릭, 클릭했다.

"허." 뜻밖이라는 눈빛을 감추지 못하면서 마침내 직원이 입을 열었어. "좋은 방이네요. 더블베드 두 개의 956호실입니다."

"감사합니다." 내가 말했어. 그러게 내가 뭐랬어요 따위의 말은 덧붙이지 않았다.

버네사는 원래부터 일행이었던 듯 내 옆에 서 있었다.

"카드키는 두 장 드릴까요?" 직원이 물었다.

"네." 내가 말을 꺼내기도 전에 버네사가 냉큼 대답했어.

직원이 카드키를 활성화하고 작은 흰 봉투에 담아 대리석 카운터 너머로 밀어줄 때까지 우리는 기다렸어.

"편히 쉬세요." 직원은 로봇처럼 말했다.

다시 한번 느꼈지만, 평소의 규칙이 전혀 통용되지 않는 것 같았다. 나는 열일곱 살이었어. 버네사가 몇 살인지는 모르지만 내 또래인 건 분명했지. 하지만 아무도 신분증을 보자고 하지 않았고, 옮길 짐이 있는지 묻지도 않았어. 우리는 빈방에 굶주린 사람들의 시선을 피하며 동시에 돌아섰어.

"이토록 흐리고 맑은 날은 처음이군." 엘리베이터를 탔는데 버네사가 말했어.

"뭐라고?" 제대로 들은 건지 의심스러워 나는 재차 물었지.

"뭐야, 그 희곡, 분명 알 거 아냐?" 버네사가 싱긋 웃으며 말했다. "셰익스피어의 『맥베스』. 지난 학기에 공부했어. 이름 때문에라도 넌 안 읽을 수 없었겠지? 난 늘 그 대사가 와닿더라. 나쁜 일과 좋은 일이 동시에 생긴다는 말 같잖아. 알겠어? 꼭 오늘처럼, 날씨는 끔찍하지만 결국 이 방을 구했잖아? 나쁜 일과 좋은 일."

당연히 나는 『맥베스』를 읽었어. 하지만 단 한 줄도 외우지는 못해. 그런데도 무슨 말로든 받아쳐야 할 것 같은 기분이 들었지.

"가장 환한 낮에도, 가장 캄캄한 밤에도, 내 눈은 어떤 악도 결코 놓치지 않는다." 내가 슬쩍 던져봤다.

"그린 랜턴*?"

---

* DC 코믹스 만화에 나오는 영웅 군단으로, 랜턴 파워링이라는 초록색 반지를 이용

인정할 수밖에 없었어. 대단했어.

"어떻게 알았어?" 나는 너무 궁금해서 물었어.

"남자 형제가 많거든." 버네사는 고개를 갸웃하더니 내 눈을 똑바로 쳐다보았다. "어디 보자. 그게 네가 외우는 유일한 대사지?"

"대충."

그때쯤 우리는 엘리베이터에서 내려 새로 깐 카펫 냄새가 나는 복도를 따라 956호를 찾아가고 있었다. 막 방을 찾았을 때 휴대폰이 울렸어. 내가 전화기를 꺼내는 동안 버네사는 조그만 봉투를 쥐고 카드키로 문을 연 다음 저 혼자 먼저 안으로 슬쩍 들어갔다. 나는 전화를 받느라 복도에 남았고. 호텔 건이 어찌됐는지 궁금해하는 어머니의 전화였어. 좀 짜증이 나더라. 한 시간 전만 해도 어머니가 보고 싶었는데 그땐 그렇게까지는 아니었다. 더욱이 어머니가 있는 곳은 한밤중이잖아? 늘 그렇듯 어머니는 세세한 내용까지 알고 싶어했지만, 나는 그저 얼른 방에 들어가고 싶었다. 재촉하며 서두르는 기색을 어머니도 느꼈을 테지만 나는 개의치 않았어.

하지만 전화를 끊자마자 후회가 밀려들며 다시 어머니가 보고 싶어졌어. 저런 낯선 여자애가 아니라 어머니와 시드 아저씨와 함께 호텔에 묵을 때 느끼는 편안함이 간절했어—여자애가 아무리 예쁘다고 해도. 나는 필요 이상으로 오래 복도에 서서 앞으로 이 밤을 어떻게 보내야 하나 고민했다.

"팀?" 버네사가 문 반대편에서 불렀다. "안 들어올 거야?"

해 초인적 힘을 낸다.

이번에도 덩컨은 좀더 기다렸지만 팀은 이야기를 그쳤다. 덩컨은 이야기가 끝나는 지점이나 CD가 끝났음을 알리는 표시가 없으리란 것을 알게 되었다. 멈춤 버튼을 누르려는데 팀의 목소리가 다시 들렸다. 생각을 정리하느라 잠시 멈춘 건지, 아니면 나중에 그다음 부분을 녹음하면서 우연히 틈이 생긴 건지 알 수 없었다. 이전 CD에서 놓친 것이 없기를 바랐는데, 어쨌든 뭔가 놓친 것 같지는 않았다. 지금까지 이야기에 별다른 구멍은 없는 듯했다. 덩컨은 어딘가에 앉아 마이크에 대고 이야기를 하는 팀을 상상해보려고 했으나 잘 되지 않았다. 덩컨이 떠올릴 수 있는 장면은 마지막으로 본 팀의 모습뿐이었다. 아니면, 더욱 비참하게도, 그전에 본 모습.

저녁을 먹으러 가야 할 시간이었다. 지금쯤이면 다들 자신이 받은 보물에 관해 한마디씩 얘기를 주고받았을 것이다. 덩컨은 그 기회를 완전히 놓치고 싶지는 않았다. 하지만 팀과 버네사가 지금 호텔방에 들어갔는데. 단둘이. 그야말로 놀라운 일이었고, 도저히 그림이 그려지질 않았다. 거기서 무슨 일이 있었는지 알고 싶어 미칠 지경이었다. 덩컨은 조금만 더 듣자고 생각했다. 딱 십 분만 더.

5

팀
여자애에게 팬케이크를 준다면……

버네사가 부르는 소리에 방안으로 들어갔는데, 그새 뭔가 좀 분위기가 애매해졌다. 방으로 올라올 때까지만 해도 버네사는 상당히 호의적이었어. 그게 그애의 전략이었을 수도 있겠지만, 그렇지는 않을 거라고 생각한다. 어쩌면 그애도 나처럼 갑자기 어색해져버린 것일지도. 누가 알겠어? 이후에도 그 얘기는 한 적이 없어. 이런저런 얘기를 나눴지만 그 일은 화제에 오르지 않았지.

버네사는 진즉에 창가 쪽 침대를 차지하고 아이팟 이어폰의 줄을 풀어서 양쪽 귀에 하나씩 꽂고 있었다. 나는 그애를 지나쳐 창문 앞으로 걸어가 밖을 내다봤어. 폭설이 아니었다면, 착륙하는 비행기가 있었다면 광경이 아주 근사했을 거야. 바람은 거의 잦아들었어. 길 건너편에 있는 깃발이 더이상 나부끼지 않았다. 하지만 눈은 꽤 많이 쌓인 것 같았어―이미 한 5~6인치는 쌓인데다 계속 내리고 있었다.

"배고파?" 나는 방 안쪽으로 돌아서며 물었다. 여자애랑 그렇게 가까이 있는데 내가 어떻게 편안히 밤을 보낼 수 있겠나? 잠들기는커녕 제대로 쉬지도 못할 게 뻔했지. 차라리 공항에 있는 편이 나을지도.

버네사는 반응이 없다가 내가 발을 톡 건드리자 화들짝 놀랐다. 마지못해 아이팟 소리를 줄이고 무슨 일이냐며 쳐다봤어ー내가 그애를 방해하고 있다는 느낌이 확연히 들었다.

"배고파? 룸서비스 주문할까 하는데."

"그래?" 버네사는 아이팟은 껐지만 이어폰은 그대로 끼고 있었다. "메뉴판 있어?"

나는 책상 위에서 메뉴판을 찾아 버네사에게 건넸다. 그애한테서 세탁 세제와 레몬을 섞은 듯한 냄새가 났어. 사실 그다지 배가 고프진 않았지만, 부산스럽게 굴어야 할 것 같더라.

"클럽샌드위치랑 감자튀김 어때?" 버네사가 말했다.

"좋아." 내가 말했다. "메뉴판에 필레 스테이크도 있지? 룸서비스로 시켜 먹기 좋은 음식 같은데."

버네사가 메뉴판을 봤다. "있네."

나는 수화기를 들고 룸서비스 번호를 눌렀어. 버네사는 다시 음악을 켰고.

"아, 잠깐만." 신호가 가고 있는데 버네사가 이어폰을 빼며 말했다. "더 좋은 생각이 났어."

"네, 룸서비스입니다." 담당자가 전화를 받았다. 나는 자동차 헤드라이트에 갇혀 그 자리에서 얼어붙은 사슴이 된 기분이었어. 어떡하지? 끊어? 원래 계획대로 시켜?

"여기 956호인데요, 룸서비스를 주문하려는데," 나는 어떻게든 말을 이었다. "잠시만 기다려주시겠어요?"

나는 묵직한 전화기의 송화구 부분을 한 손으로 막았다.

"무슨 생각?"

"저녁 메뉴 대신 아침 메뉴를 시키자, 나 그러는 거 되게 좋아하거든." 버네사가 그렇게 말했어. "팬케이크랑 베이컨이랑 소시지─ 그런 거 몽땅. 아, 시나몬 번도 있을까?"

나는 속으로 웃었다. 내 머릿속에서 무럭무럭 자라던 판타지와 맞아떨어졌으니까. 평소의 규칙이 통용되지 않는다는 것─예쁜 여자애와 호텔에 체크인하고, 저녁으로 아침을 먹다니. 이보다 더 적절한 예가 어디 있겠나?

난 헛기침을 하고 아침 메뉴를 전부 시켰다.

"그럼 커피도 같이 주문하시겠습니까?" 담당자가 물었지.

"물론이죠, 그거 좋네요."

"준비하는 데 삼십 분 정도 걸립니다. 괜찮으십니까?"

"네, 고맙습니다."

나는 TV를 켜고 기다렸다. 그러다 이윽고 문 두드리는 소리가 났을 땐 깜짝 놀라 거의 1미터쯤 뛰어올랐다.

"뭔데, 왜?" 버네사가 올려다보며 물었어.

"아니 그냥 룸서비스." 나는 머쓱해져 대답했어.

음식이 모두 방안으로 들어오자 버네사는 일어나서 식기를 덮은 은색 뚜껑을 전부 열어젖혔다. 하얀 슈거파우더를 뿌리고 층층이 쌓은 김이 모락모락 피어오르는 팬케이크에서 버터가 뚝뚝 흘러내렸고, 베이컨과 소시지, 정체를 알 수 없는 고기 한 덩이, 미니 와플과 오믈렛 그리고 작은 접시에 담긴 시나몬 번이 있었어.

"넌 뭘 먹을래?" 버네사가 물었지. 나는 이동식 테이블 쪽으로 몇 걸음 다가갔다. 온갖 음식 냄새 가운데서 난 버네사의 체취를 잡아내려 애썼어. 먹을 것을 고르는 척했지만 실은 그애의 팔에서 에너지가 느껴지는 것 같았어. 마치 그애가 전기나 뭐 그런 걸 띠기라도 하는 것처럼. 나는 잠시 그 에너지를 음미하다 뒤로 물러났어.

"네가 먼저 골라." 나는 평상시처럼 숨쉬려 애쓰며 말했다.

"그럼 반씩 나눠 먹을까?" 버네사가 웃으며 말했다.

버네사는 팬케이크 접시를 가져가 겹겹이 쌓인 팬케이크를 반으로 잘랐다. 그러고는 완벽한 솜씨로 모든 음식을 조금씩 덜어 정확하게 두 접시에 나눠 담았어. 저 손에 닿으면 어떤 느낌이 들까? 버네사가 접시 하나를 내 쪽으로 밀 때 분명 내 얼굴은 상기되어 있었는데, 너도 상상이 되겠지만, 새하얀 얼굴에 산불이 난 것처럼 보였을 거야.

"맛있다!" 침대 끄트머리에 앉아서 셔츠와 이불에 시럽을 흘리며 허겁지겁 음식을 먹던 버네사는 환성을 질렀어. 남을 전혀 의식하지 않는 그애의 태도에 난 경외감마저 느꼈다.

나는 책상에 앉았어. 하나같이 다 맛있었고, 일단 먹기 시작하자 도저히 멈출 수가 없었어.

"근데, 넌 뭘 좋아해? 그러니까, 취미가 뭐야?" 버네사가 물었다. 나는 터져나오는 웃음을 참지 못했어. 버네사가 저녁식사 자리에서 흔히 나누는 담소를 시도한 거야.

"책 읽는 거 좋아해"라고 내가 대답했고, 곧 따분한 멍청이로 보일 거라는 생각이 들었다. "달리기도 좋아해. 크로스컨트리." 달리기가 내게는 사람들을 피해 혼자가 되기에 좋은 방법 중 하나라는 것은 말하지 않았다. 그저 달리면 기분이 좋아진다고만 했다.

"나도! 난 우리 학교 육상 선수야." 버네사가 고개를 들고 말했다. 그 바람에 메이플 시럽을 다리에 좀 흘렸다. 내 시선을 알아차린 버네사는 손가락으로 슥 시럽을 닦아내더니 입에 넣고 빨았다.

"아, 미안, 돼지 같지. 엄청 좋아하거든." 그애가 말했다. "학교에서는 일주일에 한 번씩 나와—저녁 대신 아침 메뉴. 와플하고 오믈렛, 프리타타, 키슈, 시나몬 번. 싫어하는 애들도 있는데, 난 정말 마음에 들어."

"넌 어디……" 여태 버네사의 행선지도 모르고 있었다는 생각에 질문을 하려는데 버네사가 말허리를 끊었다.

"이걸 먹으니까 뭐가 하고 싶어졌는지 알아?" 그애는 지금까지 본 중에 가장 행복한 표정을 지었다. "눈밭에서 뛰어놀고 싶어!"

"설마 농담이지?" 내가 말했다. "20마일 근방에 마지막 남은 호텔방을 겨우 예약했는데 밖에 나가고 싶다고?"

"뭐, 그래, 실은," 버네사는 싱긋 웃으며 말했다. "실컷 놀고 들어오면 더 신날 거야."

"그거 다행이네. 순간 내가 헛짓한 건가 싶었다. 그럼 바깥이 얼마나 엉망진창인지 말해도 될까?"

버네사는 벌떡 일어나서 창가로 갔다.

"그렇게 나쁘진 않네, 뭐. 바로 아래 주차장이 텅 빈 것 같아. 눈사람 만들 수 있겠다!"

나는 창가로 가 버네사와 나란히 서서 바깥을 내려다보았다. 옆으로 내린 손이 닿을락 말락 했다. 다시 느껴지는, 그 에너지.

"비행기에서 아팠던 그 아저씨를 눈사람으로 만들 수도 있겠네." 내가 제안했어.

버네사는 미친 사람 보듯 나를 쳐다봤다.

"부두교 눈사람처럼 말이야." 나는 해명했어. "그럼 병이 나을지도 모르잖아."

우리는 웃음을 터뜨렸고, 정말이지 유쾌한 기분이었어.

"그 아저씨는 왜 그랬을까." 내가 말했다.

"뇌동맥류일 거야." 버네사가 무덤덤하게 말했어.

"저런, 그냥 탈수증세나 뭐 그런 거길 바랐는데." 나는 진지하게 대꾸했지.

버네사가 다시 웃음을 터뜨렸어. 재미있으라고 한 말은 아니었지만, 아무러면 어때, 웃는 버네사를 볼 수 있는데. 나는 거기 서서 또 무슨 말을 하면 버네사가 재미있어할까 열심히 머리를 굴렸다.

"근데, 팬케이크를 먹으면 왜 눈밭에서 뛰어놀고 싶어지는 거야?" 필사적으로 침묵을 깨려고 애쓰다가 결국 이렇게 물었어.

"겨울방학 때마다 집으로 돌아가면 눈 오는 날 아침에 어머니가 팬케이크를 만들어주셨거든—딱 이렇게 베이컨과 시럽을 얹어서. 그리고 나서 남동생들하고 온종일 마당에서 뛰어놀았어. 방학중에 내가 제일 좋아하는 날이야."

"남동생이 몇 명이나 있는데?" 나는 시간을 벌기 위해 물었어. 바깥에 나갈지 말지 아직 마음을 정하지 못했거든.

"시간 좀 작작 끌어." 버네사가 내 마음을 읽은 것처럼 말했어. "세 명이야. 준비됐어?"

"응." 나는 대답했다.

우리는 각자 배낭에서 짐을 꺼내기 시작했다. 나는 청바지를 그대로 입고 나갔다가 나중에 들어와서 트레이닝복으로 갈아입기로 했어. 트레이닝복에 구멍이라도 나 있으면 어떡하지? 부디 구멍 따윈 없기를!

버네사는 벌써 연두색 목도리를 목에 두르고 코트를 걸치고 있었다. 내가 가만히 있자 버네사는 손을 멈추고 나를 바라봤어.

"말릴 생각 하지 마." 버네사가 말했다. "네가 싫다면 나 혼자 간다. 『아기 돼지에게 팬케이크를 준다면』이라는 동화 알아? 뭐, 이 경우에는 『폭설 때 여자애에게 팬케이크를 준다면』이 되겠지…… 난 아무도 못 말려."

버네사는 내 외투를 집어서 내게 던졌고, 나는 그것을 걸치면서 버네사의 땋은 머리가 칭칭 동여맨 연두색 목도리 속으로 들어가는 모습을 지켜보았다. 다가가서 땋은 머리를 꺼내주고 싶다는 생각이 불쑥 들었지만, 실행에 옮기지는 않았어.

우리는 잠시 그대로 서 있다가 동시에 문 쪽으로 걸음을 뗐는데, 그 바람에 코미디 프로의 클리셰처럼 둘이 쾅 부딪쳐 자빠질 뻔했다. 버네사가 킥킥 웃었고, 나는 한 걸음 물러나 버네사가 먼저 나가게 한 다음 그 뒤를 따랐어.

"자, 뭐가 좋아? 눈사람 만들기 아니면 눈싸움?" 엘리베이터 안에서 버네사가 물었다. 온 정신을 버네사한테 집중하느라 어디 가는 중인지도 깜박 잊을 뻔했어. "눈싸움을 할 거면, 각자 요새를 세우고 탄알을 제조할 시간을 미리 합의해야 돼. 난 보통 칠팔 분이면 충분하다고 보는데 남동생들은 맨날 십 분은 돼야 한다고 우겨."

"와, 너 진짜 본격적으로 할 생각이구나." 내가 말했다. "근데 나한테 더 좋은 생각이 있어."

"뭔데?" 그 순간 엘리베이터 문이 열렸고, 사람들로 바글바글한 로비가 보였어. 순식간에 마법이 깨졌다. 나는 입을 다물고 버네사의 뒤를 따라 엘리베이터에서 내렸어. 사람들 시선이 죄다 우리에게 쏠렸는데, 내가 이상하거나 버네사가 예뻐서 보는 건 아닌 것 같았어. 못마땅한 듯 상황을 따져보는, 어쩐지 절박한 표정들이었지.

"왜 자꾸 누가 우리한테 달려들어 방 열쇠를 빼앗을 것 같은 기분이 들지?" 총총걸음으로 문을 향해 걸어가면서 나는 버네사에게 소곤거렸다. 자동문이 쉭 하고 열렸고, 우리는 둘 다 안도의 한숨을 내쉬었다.

"그래서, 더 좋은 생각이란 게 뭐야?" 버네사가 다시 물었어.

"이글루 지어볼래?" 나는 제안했어. 어디서 그런 아이디어가 튀어나왔는지 지금도 모르겠다. 어렸을 때 어머니가 위험하다면서 허락하지 않아서 한 번도 이글루를 지어본 적 없거든(같은 이유로 모래 터널도 못 만들어봤고). 나로선 도무지 이해가 안 갔어. 무너져봤자 그냥 헤치고 나오면 되잖아? 게다가 그 순간에는, 버네사와 함께 눈 속에 파묻혀도 좋겠다는 생각이 들었다.

버네사는 눈이 얼마나 많이 쌓였는지 살피더니 허리를 숙여 한 줌 집어들고 질감을 가늠했어.

"잘 뭉쳐지는 눈이야." 버네사의 결론이었지. "이글루는 만들어본 적 없는데. 어떻게 하는 거야?"

실은 나도 막막했지만, 이미 퇴로는 막힌 후였다.

"이글루 건축의 정수를 보여드리지요, 버네사 셸러 양." 나는 자신만만하게 말했어. "눈을 잔뜩 모아서 쌓고, 저기쯤이 좋겠다, 속을 파내자. 그다음에 안쪽을 다지면 단단히 버틸 거야."

"괜찮은 계획 같아." 하지만 버네사는 이글루 짓기를 시작할 기미가 없었어. "와, 여기 멋지다." 버네사는 하늘을 향해 고개를 들더니 혀를 내밀어 눈송이를 맛보았어. 그런데 정작 내가 넋을 빼앗긴 장면은 그애 부츠 위에 소복소복 눈이 쌓이던 모습이었어. 눈이 부츠 안으로 들어가면 발목이 시릴 텐데. 그리고 그애 양말에 생각이 미쳤지. 방에 있을 때는 눈여겨보지 않았는데, 봐두면 좋았을걸. 줄무늬였나? 연두색과 노란색이겠지─그 두 가지가 버네사의 색 조합인 것 같으니. 발톱은 어떨까─매니큐어를 칠했을까? 그러다 문득 깨달았어. 이렇게 눈 내리는 바깥에 나와 서 있으니 놀랍게도 내가 눈에 띄기보다 오히려 배경에 녹아드는 기분이었다.

"뭘 망설이는 거야?" 하며 나는 눈을 발로 차서 호텔 바로 옆에 붙은 빈 주차장 한쪽 구석으로 모으기 시작했다. 버네사도 젖은 눈을 한아름 들고 와 내가 쌓고 있는 눈더미 위에 쏟았지. 한참 동안 그렇게 작업하다 젖지 않으려고 몸을 사리던 것을 결국 포기했어. 청바지가 푹 젖었고 외투는 온통 눈으로 뒤덮였다. 모자가 없어서 머리도 다 젖었는데, 내 머리카락은 젖으면, 특히 어두울 때는 거의 갈색으로 보이니까 그건 마음에 들었어.

어디선가 눈덩이가 날아와 내 옆구리를 때렸고, 고개를 들어 보니 버네사가 씨익 웃고 있었어.

"제법인데." 나는 숨도 못 쉴 만큼 아팠지만 버네사에게 들키고 싶지 않아서 최대한 아무렇지도 않은 척했어. 그 미소와 눈덩이의 감각을 오래도록 잊지 못할 거란 걸 알았지.

"어이, 네 쪽 이글루 아직 완성 안 됐잖아." 내가 말했다.

"거참 깐깐한 공사 감독이네." 그래도 불쾌하다는 투는 아니었어.

"애초에 밖에 나와 눈밭에서 놀자던 사람은 너였어." 내 말에 버네사는 우리가 만들고 있던 구조물의 반대편으로 갔고, 나는 버네사의 시야에서 벗어난 틈을 타 눈덩이 여섯 개를 뭉쳤어.

"거기서 방점은 놀자에 찍힌 거라고." 버네사가 말했다.

나는 눈뭉치를 외투 주머니에 넣고 진행 상황을 확인하는 척 이글루 입구를 빙 돌아 걸어갔어. 그러고는 버네사를 향해 눈뭉치 여섯 개를 연달아 발사했지. 마지막 눈뭉치를 던질 때쯤 버네사는 숨넘어갈 듯 깔깔거리다 지쳐 눈 위에 주저앉고 말았어. 그애의 웃음은…… 마약 같았다. 보면 볼수록 더욱 보고 싶어지는.

어느덧 우리가 쌓은 눈더미가 조그만 산을 이루었고, 나는 눈 위에 엎드려서 속을 파내기 시작했어. 손이 얼어붙어도 계속 파냈지. 어느새 아담한 규모의 공간이 생겼어. 나는 그 속으로 기어들어갔다.

"이야." 내가 얼음굴 속에서 외쳤어. "성공했어."

버네사가 빙 돌아와서 미심쩍다는 듯 안을 들여다봤어. 그러더니 어깨를 움쭉거리며 내 옆으로 비집고 들어왔다. 굴 안은 몹시 좁았기 때문에 내 위에 올라탄 거나 다름없었어. 버네사의 왼쪽 몸 절반과 내 오른쪽 몸 절반이 겹쳐졌어. 그애의 젖은 머리칼에서 라벤더 향인지 로즈메리 향인지 하여간 생전 처음 맡는 냄새가 났고. 나는 눈을 감고 숨을 들이마셨다.

키스해볼까?

다섯 시간 전까지만 하더라도 내가 이러고 있을 줄은 꿈에도 생각지 못했다—아까 공항에 도착했을 때 누가 나한테 다섯 시간 후 내가 바하마의 분홍빛 해변에서 해먹에 누워 피냐콜라다를 홀짝이고 있을 거라고 말했다면, 지금 이 상황만큼이나 믿을 수 없었을 테지. 나는 벙어리장갑을 낀 버네사의 손 위에 내 손을 얹었어.

"따뜻해?" 내가 물었어.

"응. 엄청 따뜻한 장갑이거든." 버네사는 자기 손을, 그리고 아마도 내 맨손을 내려다보며 말했어. "사실 남동생 건데, 막판에 가방에 쑤셔넣어버렸어—녀석이 알면 돌아버릴 거야."

"하나만 벗을 수 있어?" 내 목소리가 이렇게 말했어. "손이 꽁꽁 얼어서."

"아—물론이지." 버네사가 장갑을 벗으며 말했다. "자, 이거 좀 끼고 있어." 버네사는 내게 장갑 한 짝을 내밀었지만, 나는 고개를 저었어.

"아니, 장갑 말고, 네 따뜻한 손을 잡으면 내 언 손이 녹을 것 같아." 나는 싱글거리며 말했어. "얼어죽을 것 같을 때 몸을 밀착해서 녹이는 거잖아?"

눈살을 찌푸리면서도 버네사는 입가에 미소를 머금고 있었어. 그애가 손을 내밀었고, 나는 그 손을 잡았다. 정말 엄청 따뜻한 장갑이었나봐. 내가 지금까지 만져본 가장 따뜻한 손이었으니. 우린 한동안 그러고 앉아 있었어. 이 분이나 삼 분 정도 됐을까. 좀더 힘 주어 꽉 잡으려는데 버네사가 손을 빼내더니 이글루 밖으로 나갔어. 나는 잠시 그대로 있다가 뒤따라 나갔고.

"방으로 돌아가야겠어." 버네사가 말했다. "눈 오는데 같이 놀아줘서 고마워. 정말 재미있었어."

"벌써 들어가려고?" 내가 물었다.

버네사가 걸음을 멈췄다. "처음에 나오기 싫다던 사람이 누구더라?" 버네사는 밉지 않게 대꾸했다. "어쨌든 들어갈래. 발 시려 죽겠어."

발 시려 죽으면 안 되지.

"그래, 그럼 들어가자." 내가 말했다. "분명히 말해서, 보통 알게 된 지 반나절도 안 된 사람한테 내 잘못을 인정하진 않는데, 네가 옳았어. 정말 즐거웠다." 이렇게 재미있는 일이 앞으로 두 번 다시 없을 것 같아서 두렵다는 말은 입 밖에 내지 않았다.

6

덩컨
그땐 그때고 지금은 지금

덩컨은 자신의 비좁은 방을 둘러보았다. 바깥에 이미 땅거미가 지고 있어서 깜짝 놀랐다. 시계를 보니 오후 여섯시가 막 지나 있었다. 저녁식사는 이미 삼십 분 전에 시작되었다. 알비노 녀석의 이야기에 이렇게까지 빠져들다니, 덩컨은 자기 뒤통수를 한 대 쥐어박고 싶은 심정이었다. 다 집어치우고 싶었고, 작년 3학년 선배들과 관련된 일은 생각조차 하기 싫었다. 작년 사건이 올해 학교생활에 털끝만큼도 영향을 못 끼치게 하겠다고 홀로 다짐한 터였다. 올해는 나아질 것이다. 끝내주는 한 해가 될 것이다. 그래야 한다. 어빙으로 전학하는 것이 즐거운 고등학교 생활을 보낼 수 있는 마지막 기회라고 한 팀의 말이 생각났다. 팀과 비교하고 싶지는 않지만, 이번이 덩컨 자신에게도 제대로 된 고등학교 생활을 할 수 있는 마지막 기회라는 생각이 들었다. 그 어떤 것도 앞길을 가로막게 놔두지 않을 작정이었다.

그러나 일이 마음 같지 않다는 게, 불과 몇 십 분 전 처음 이 방에 들어왔을 때만 해도 머릿속에 온통 그 빌어먹을 비극 숙제뿐이 었는데, 결국엔 팀이 남긴 보물에 홀딱 빠지고 만 것이다. 요상하기 짝이 없는 일이었지만 호기심이 동했다. 마치 팀이 덩컨의 마음을 읽고 있는 것 같았다. 저도 모르게 팀과 마지막으로 마주쳤을 때가 떠올랐고, 덩컨은 애써 그 장면을 떨쳐냈다. 늘 팀이 이상한 녀석이라고 생각했다. 다른 것들도 그렇지만 특히 그 예쁘장한 버네사와 관련된 소문은 들은 기억이 났다. 확인된 건 아니지만 그 사건이 있은 뒤 아이들 사이에서 추측이 무성했는데, 정확히 기억나진 않지만 둘이 놀아났다던가 서로 홀딱 반했다던가 하는 내용이었다. 아니, 그게 아니다—어쨌든 그 알비노 녀석과 버네사의 남자친구인 패트릭이 버네사를 사이에 두고 싸웠다던가 하는 그런 소문이 있었다. 패트릭 선배는 학교에서 엄청 인기 있는 남학생 중하나였다. 태드에게 버번을 남긴 바로 그 선배다. 태드가 패트릭 선배의 방을 쓰게 된 것도 우연의 일치겠지. 어쨌든 상관없다고, 알고 싶지도 않고 알 필요도 없다고 덩컨은 스스로를 타일렀다. 그땐 그때고 지금은 지금이다.

덩컨은 CD를 멈추고 헤드폰을 벗은 다음 서랍장 위의 뿌연 거울로 매무새를 확인하고 방문을 열었다. 밖은 여전히 난리 법석이었다. 방음실에 있었던 것 같은 착각이 들 정도로 팀의 CD에 빠져 있었던 거다. 떨쳐내야 했다. 하지만 복도를 걸어가는 내내 팀과 버네사가 눈밭에서 뛰노는 장면이 머릿속을 맴돌았다. 그리고 지난 봄학기 마지막 날 점심때 식당에 자신과 데이지 피킷 단둘이 남아 있었던 것, 둘 다 수업이 없어서 몇 시간이고 죽치고 앉아 웃고 떠들었던 것, 오후가 끝나갈 무렵 주방 직원들이 저녁을 준비하느라 분주해질 때쯤 서로의 등허리를 안마해주었던 것 등이 떠올랐다.

덩컨은 그 순간이 터닝 포인트가 되리라고, 고등학교 시절 내내 원하던 모든 것이 마침내 이루어지려는 참이라고 생각했다. 하마터면 모든 것을 잃을 뻔했던 그 사건 이후로 말이다. 데이지와 함께 마법 같은 오후를 보내고 나서 덩컨은 그녀에게 산책을 가자고 할까 아니면 다음날 아침을 같이 먹자고 할까 고민했다. 2학년 2학기 때는 학교의 허락을 받으면 그 정도 일은 할 수 있었고, 덩컨은 언제나 그 기회를 한번 써먹어보고 싶었다. 하지만 돌연 생각이 너무 많아졌다. 데이지가 왜 갑자기 상냥하게 구는지 의심스러웠다. 나를 측은하게 여겨서? 내가 반에서 새로운 지위를 맡게 되어서? 아니면 더욱 부정적으로, 그냥 호기심에, 그 사건에 대한 얘기를 듣고 싶어서 친한 척하는 걸까?

그리고 주말에 데이지를 다시 보았는데 분위기가 완전히 달라져 있었고—어떻게 혹은 왜 그렇게 된 건지 이해할 수 없었지만—전교생이 기숙사를 떠나는 화요일에 데이지는 코네티컷으로, 덩컨은 미시간의 집으로 돌아가면서 그걸로 끝이었다.

덩컨은 태드의 방 앞을 지나가다 열린 문틈으로 살짝 안을 들여다보고는 태드가 그대로 방에 있어 안도했다.

"어이." 덩컨이 불렀다.

"어디 있었냐?" 태드가 물었다. "아까 네 방문에 노크했는데 답이 없더라."

"그랬어?" 덩컨은 어리둥절해서 되물었다. "쭉 방에 있었는데."

"이상하네, 야, 너 좀 멍해 보여." 태드는 덩컨의 등을 가볍게 토닥이며 말했다. 억지로라도 긴장을 풀어야 한다. 덩컨이 가장 원치 않는 상황이 바로 사람들이 자신에게 괜찮냐고 물어보는 것이었다.

"아냐, 전혀, 멀쩡해." 덩컨은 최대한 아무렇지도 않은 척 말했다. "그나저나 엄청 배고프다. 저녁 먹었어?"

"아니, 저녁 대신 아침 메뉴인 것 같더라고. 나 그거 진짜 싫은데. 누가 오밤중에 팬케이크 따위를 먹고 싶어하겠냐? 아까 살스에서 피자 시킬까 해서 네 방에 갔던 거였어. 여름방학 내내 거기 어니언 앤드 페퍼 파이가 머리에서 떠나질 않더라니까." 태드는 단정하게 정돈된 침대에 앉아 휴대폰을 손에 들고 말했다.

또다시, 말도 안 되는 우연의 일치다. 저녁 대신 아침 메뉴. 그것만은 정말 사양이었다. 기시감이 느껴졌다. 그러나 덩컨은 데이지가 보고 싶었고, 데이지와 우연히 마주칠 확률이 가장 높은 장소는 식당이었다.

"개학 첫날부터 피자 시켜 먹으면 학교에 찍힐걸." 덩컨이 말했다. "오랜만에 다들 보고 싶기도 하고."

"그러네, 네 말이 맞아." 태드는 청바지 앞주머니에 휴대폰을 쑤셔넣으며 일어섰다. "우리끼리 먹는 피자는 그리 사교적이라고 할 수 없지."

태드는 덩컨의 어깨에 손을 얹고 함께 방문을 나섰다.

"야, 이따가 내 방에서 포커 한 게임 할 건데. 침대를 벽에서 떼면 테이블로 쓸 수 있어. 너도 할래? 나한테 버번이 있다는 사실 명심하고."

"그래, 좋아." 덩컨이 말했다.

태드와 덩컨은 계단을 내려가 스테인드글라스 창문이 달린 원형 방을 지나 북적이는 식당에 들어섰다. 그러나 두 사람 모두 순간 발을 멈췄다. 긴긴 여름방학 동안 식구들과 함께 조용한 부엌에서 식사를 한지라 그 광경이 왠지 새삼스러웠던 거다. 두 사람은 각자 심호흡을 한 번씩 하고 소란스러운 식당 안으로 들어갔다. 덩컨은 작년에 늘 이런 순서를 거쳤다—먼저 메인 요리를 확인하고, 메인 이 별로다 싶으면 수프와 샐러드 바를 살피고, 마지막 대안으로는 땅콩버터와 잼을 발라 직접 샌드위치를 만들어 먹는다. 하지만 사실 어빙 스쿨의 식단은 꽤 훌륭한 편이었다. 싱싱한 지역 식재료의 사용을 매우 중시하고, 뉴욕 시와 허드슨 밸리가 가까워 선택의 폭도 넓었다. 저녁에는 매주 한 번 브롱크스에 있는 이탈리아 레스토랑 아서 애비뉴에서 갓 조리한 파스타가 나온다. 어떤 날엔 윗마을 농장에서 들여온 양갈비 요리가 나온다. 샐러드에 쓰는 야채도 인근에서 재배한 것이다. 하지만 오늘 저녁에 대해서는 태드 말이 맞았다. 아침식사 메뉴였고, 덩컨도 이 식단은 썩 좋아한다고 말할 수 없었다. 태드가 예견했던 대로 팬케이크—블루베리 또는 플레인—였다. 메이플 시럽과 함께 나왔는데, 옆에 세워진 칠판에 적힌 바로는 퍼킵시에 있는 농장에서 만든 것이다.

덩컨은 수프와 샐러드 바를 돌아다니며 토마토 비스크와 콘 차우더 등을 건성으로 훑어보았다. 그때 건너편에 데이지가 있는 게 보였다. 덩컨은 자신의 신체 반응에 깜짝 놀랐다. 식욕이 싹 달아났고 다리가 풀려 털썩 주저앉을 것만 같아 기댈 곳이 간절했다. 그러면서도 데이지에게서 시선을 뗄 수 없었다. 데이지는 연보라색 불도그 티셔츠와, 딱 붙어 몸매가 드러나는 회색 트레이닝팬츠를 입고 팬케이크 줄에 서 있었다. 덩컨은 트레이닝복이 이렇게 우아할 수 있다는 걸 처음 알았다. 티셔츠는 작년에도 본 적이 있는 거였다. 가슴팍에 불도그 한 마리가 그려진, 아무 글자도 없는 심플한 학교 티셔츠. 해마다 특정 색깔이 유행해 전교생이 그 색 티셔츠를 즐겨 입었다. 작년은 보라색의 해였고 남자 여자 할 것 없이 전부 보라색 티셔츠를 한 장씩 마련했다. 올해는 무슨 색이 유행할지 궁금하다.

덩컨은 팬케이크 줄 쪽으로 걸음을 옮겼다. 저녁식사로 팬케이크, 나쁘지 않지. 오늘은 먹을 수 있어. 플레인 팬케이크에 퍼킵시산 메이플 시럽을 얹어 먹는 거야. 데이지와 얘기하면서. 덩컨은 머릿속으로 계획을 짰다—안녕? 인사하고 여름방학은 어떻게 지냈는지 묻고 나서 학교 티셔츠에 관해, 올해는 어떤 색이 유행할지에 대해 이야기를 나누는 거다. 오렌지색이 괜찮을 것 같아, 라고 얘기해야지. 사실 티셔츠 색 따위엔 관심도 없었지만, 데이지는 분명 흥미를 보일 것이다. 하지만 계획대로 되지 않았다. 데이지는 친구들과 함께 있었다—바이얼릿, 새미, 저스틴. 다들 보라색 티셔츠에 잠옷 바지를 입고 있었는데, 그건 저녁에 아침 메뉴가 나올 때 하는 어빙 졸업반의 전통이었다. 덩컨은 주위를 둘러보았다. 여자애들은 대부분 잠옷 비슷한 것을 걸치고 나온 듯한데 남자애들은 제각각이었다. 덩컨은 식당 저편에 있는 레이먼드 트윙클을 보고 웃음을 터뜨렸다. 레이먼드는 빨간 체크무늬 플란넬 잠옷을 입고 있었다. 하지만 남학생들 대다수는 청바지나 면바지 차림이었다.

"배 안 고프냐?" 태드가 뒤에서 나타나며 물었다. 태드의 식판에는 메뉴로 나온 온갖 음식이 산처럼 쌓여 있었다―팬케이크와 베이컨, 수프, 샐러드, 디저트 코너에 있던 시나몬 번까지.

"저녁에 아침 메뉴 먹는 거 싫어하는 줄 알았는데." 덩컨은 태드의 식판을 손가락으로 가리키며 말했다.

"남자라면 모름지기 잘 먹어야지." 태드가 말했다. "왜 어슬렁거리기만 해? 뭐라도 집어!"

"고르는 중이야. 먼저 가서 앉아." 덩컨이 말했다.

덩컨은 재빨리 콘 차우더를 국자로 떠서 그릇에 담고 크래커도 몇 개 집었다. 데이지를 찾아 팬케이크 줄을 다시 한번 쳐다봤는데 그녀는 이미 가고 없었다. 덩컨은 태드가 앉은 자리로 향했다. 테이블에 같이 앉은 다른 친구들도 보였고, 몇 명이 웃으면서 손을 흔들었다. 그러나 덩컨은 저도 모르게 버네사와 팀을 떠올렸다. 학교에 온 첫날 저녁에 식당에서 팀은 어떤 기분이었을까? 덩컨이 알기로 팀은 사람들과 어울려 앉지 않았다. 커다란 창문 앞에 조그만 원형 테이블을 몇 개 놓은 구석자리가 있는데, 대체로 거기서 혼자 먹었다. 희한하게도, 학교에서 늘 팀과 같은 식당에서 밥을 먹었으면서도 덩컨은 그의 존재에 신경써본 적이 없다. 적어도 마지막 순간까지는.

테이블에 앉을 때 덩컨은 자신이 끼어들면서 뭔가 이야기의 흐름이 끊겼다는 느낌을 받았다. 태드가 제이크에게 쉿 하며 조용히 시키는 소리를 분명히 들었다. 하지만 덩컨은 피해망상증 환자처럼 굴지 말라고 스스로를 타일렀다. 그러고는 식탁 분위기를 가볍게 하려고 8월 초에 가족들과 북부 미시간으로 낚시여행을 갔을 때 있었던 재미있는 일—당시에는 고생이 이만저만 아니었지만—을 늘어놓았다. 화제를 계속 끌어가려는 노력의 일환이었는데, 식구들끼리 '무한 하이킹'이라고 명명한 부분에 이르자 더이상 말을 잇지 못할 것 같았다. 얘기를 하다보니 어쩐지, 당시에는 전혀 깨닫지 못했는데, 지난 2월의 그 악몽 같던 밤이 떠올랐다.

"아빠는 500미터쯤 앞서가고 있었어." 덩컨이 말했다. 다들 자신만 쳐다보고 있으니 이제 와서 이야기를 멈출 수는 없었다. "엄마는 완전히 손들어버렸지. 바위에 주저앉아서 눈을 감고 있었어. 우린 몇 시간째 헤매는 중이었고, 지도도 제대로 볼 줄 모른다며 막 서로 탓하고 짜증냈어. 낚싯대는 무거워 죽겠지. 먹을 건 하나도 없지. 그때 아빠가 굽잇길을 먼저 돌았어. 그러고는 되돌아오더니 껄껄 웃더라. 큰 소리로 이리 와보라고 부르는 거야. 가봤더니 거기에, 아빠가 서 있는 언덕 바로 밑에, 타깃이랑 버거킹이 있는 엄청 큰 쇼핑몰이 있더라고! 우린 산간 오지에서 길을 잃은 줄 알았는데 말이야."

"그래서 어떻게 됐어?" 태드가 물었다.

"와퍼를 먹었지." 덩컨의 말에 다들 웃음을 터뜨렸다. 그러나 덩컨은 허탈했다. 자연으로 떠나는 짧은 여행이 다 그런 식으로 끝나는 건 아니다. 이 자리에 앉은 아이들도 다 안다. 하지만 실제로 그걸 본 사람은 덩컨밖에 없다. 다른 아이들은 모두 전해들었을 뿐이다. 덩컨은 환희가 악몽으로 변하는 순간을 목도했다. 눈 위에 뿌려진 피를 보았다. 덩컨은 머리를 흔들어 애써 그 장면을 기억의 저편으로, 쉽게 접근할 수 없는 구석으로 내몰았다. 그러기 위해 지난 몇 달 동안 눈물겹게 노력해왔다.

다들 십 분 후에 태드의 방에서 최대한 은밀하게 모이기로 약속하며 식탁에서 일어날 때, 덩컨은 이미 자신이 게임 판에 낄 마음이 없음을 알았다. 그는 여덟 달 전 눈 내리는 시카고의 한 호텔방에서 무슨 일이 있었는지 알아야 했다. 그 끔찍한 밤이 어디에서 비롯됐는지 알아내야 했다.

7

팀
그 불도그 티셔츠는 뭐야?

질서에서 혼돈으로, 다시 질서로. 사이먼 선생님이 아직 거기까지 말씀 안 하셨나? 문학작품 속에서 비극은 어떻게 구현되는가—질서에서 혼돈으로 이어지고, 그다음에 비극적 영웅이 자신의 운명을 이해하거나 때로 죽음을 맞이하고 나면 다시 질서가 회복된다. 들으면서 이런 것들을 잘 생각해봐. 애초에 정말로 질서가 존재했나? 혼돈이 그 뒤를 따른 건가? 질서가 회복된 적이 있기는 한가? 내 나름의 답은 이미 나와 있어.

버네사와 나는 다시 호텔 로비를 통과했다. 이번에는 능숙하게 잘해냈지. 눈을 내리깔고 다리는 재게 놀리면서 주머니 속의 카드 키를 꼭 쥔 채 비어 있는 엘리베이터를 향해 곧장 걸어갔다. 우린 홀딱 젖어 추위에 떨었고, 버네사는 발이 아파 절룩거렸어. 우리 둘만 완전히 동떨어진 느낌이었지. 그 느낌이 나쁘지 않았다—무섭지도 않았고. 어느 쪽인가 하면 오히려 해방된 기분이었다. 우리를 지켜보는 사람은 아무도 없었어. 당연히, 우리를 괴롭히는 사람도 아무도 없었고.

"다음에 집에 가면 남동생들이랑 이글루를 지어야겠어." 버네사가 말했다. 두 뺨이 발갛게 상기됐더라―그걸 보니 녹인 설탕을 입힌 사과 캔디가 생각났어. "어쩜 그동안 한 번도 이글루를 만들 생각을 못했을까."

"이젠 너도 전문가라고 할 수 있지." 내가 말했어. "하지만 방금 우리가 지은 것처럼 완벽한 이글루를 다시 재현할 수 있을지는 모르겠네. 아, 핫초콜릿 시킬까?"

"좋지." 버네사가 말했어. "발 시려 죽을 것 같아."

문 앞에 다 와서 나는 카드키를 꺼냈다. 얼어서 시뻘겋게 변한 손을 소매 아래로 최대한 가리고 카드키를 슬롯에 넣었는데 먹히질 않았어. 다시 한번 시도했지만 이번에는 손이 덜덜 떨렸고. 버네사가 혈색 좋은 따뜻한 손을 살며시 내 손 위에 얹더니 슬쩍 밀어냈다. 자기 카드키를 꺼내서 손에 들고 있었어. 꺼내는 걸 보지도 못했는데. 버네사는 요령 좋게 방문의 카드 슬롯에 키를 넣었고, 붉은 램프가 녹색으로 바뀌었다. 그러고는 손잡이를 내게 양보해, 문을 연 사람의 타이틀을 내게 주었다. "제가 문을 열어드리지요, 마드무아젤."

버네사는 방에 들어오자마자 젖은 옷을 벗기 시작했어. 나는 곧장 전화기 쪽으로 걸어가 룸서비스 번호를 눌렀다. 하지만 계속 신호음만 울렸어. 나는 프런트 데스크로 전화를 걸었다.

"956호인데요." 나는 자신 있게 말했다……고 생각한다. "호텔에 따뜻한 음료를 마실 수 있는 곳이 있나요?"

"객실관리부에서 커피나 홍차를 가져다드릴 수 있습니다." 프런트의 남자가 쾌활하게 말했어. "식당 영업은 끝났고 룸서비스는 오전 다섯시에 재개됩니다."

"따뜻한 코코아는요?" 나는 물었어.

"가능할 것 같은데요, 제가 관리부에 전화하겠습니다."

"네, 고맙습니다."

버네사는 젖은 청바지에 탱크톱만 걸치고 욕실로 들어갔다.

"잠깐만" 하고 부르자마자 후회했다. 버네사가 뭐라고 생각하겠냐? 나도 같이 들어가고 싶어한다고?

버네사는 문틈으로 고개만 쏙 내밀고 눈썹을 치켰다.

"언 발에 샤워기로 곧장 뜨거운 물을 뿌리면 안 된다고 말해주려고. 다치거든. 천천히 녹여야 해. 먼저 따뜻한 물에 담가, 알았지? 따뜻한 물도 좀 그렇고, 미온수가 낫겠다."

"미온수?" 되묻는 버네사의 얼굴에 미소가 번졌다.

"응, 미온수. 미지근한 물."

"미온수가 무슨 뜻인지는 나도 알아." 여전히 웃는 얼굴로 버네사가 말했다.

"아, 그래." 나는 잘난 척하는 걸로 보이지 않았기를 바라며 말했다. 그리고 그때……

"너, 내가 생각했던 거랑 완전히 다르네" 하며 버네사가 욕실 문을 닫았어.

그 말이 무슨 뜻인지 버네사에게 물어보지는 않았다. 생각했던 것보다 낫다는 뜻이었을까 나쁘다는 뜻이었을까? 사실 물어볼 필요도 없었던 것 같아. 버네사가 그 말을 할 때의 표정을 봤으니까. 말투를 들었으니까. 너도 그 표정을 봤어야 하는데.

욕조에 물을 받는 소리가 났고, 그뒤로 한참 조용했던 걸 보면 버네사는 발을 담그고 있었을 거야. 이윽고 샤워기를 트는 소리가 났지. 뱃속에서 묘한 느낌이 스멀거려 온 힘을 다해 무시했다.

나도 홀딱 젖은 상태였지만 어떻게 해야 할지 몰랐어. 옷을 갈아입을 엄두가 나지 않았거든. 버네사가 도중에 나오면 어떡해? 마침내 수도꼭지를 잠그는 소리가 났고, 그와 동시에 객실 문을 두드리는 소리가 들렸다. 나는 욕실 앞을 지나서—겨우 한 발짝 떨어진 곳에서 버네사가 수건으로 몸의 물기를 닦고 있을 테지—객실 문을 열었다. 나이 지긋한 아주머니가 쟁반을 내게 턱 내밀더니 뒤돌아 가버렸다. 척 봐도 커피더라고—커피 향이 났거든. 버네사에게 핫초콜릿을 주고 싶었는데. 정말 그애가 원하는 거라면 하늘의 별이라도 따주고 싶었어. 가방에 허시 초콜릿 바 두 개가 있다는 게 생각나, 찾아서 김이 나는 머그컵에 하나씩 부숴 넣었다.

버네사가 욕실에서 나오자 나는 머그컵을 건넸어. 버네사는 컵을 받아들고 향을 음미하더니 배시시 웃었지. 젖은 머리칼은 단정히 빗고, 라벤더색 티셔츠와 꽃무늬 잠옷 바지를 입고 있었어. 티셔츠 앞에 그려진 그림이 낯익긴 했는데 어디서 봤는지 통 기억이 안 났어. 불도그 한 마리—내가 이걸 어디서 봤더라? 잠시 후 생각났다. 불도그는 어빙 스쿨의 마스코트였다.

똑같은 마스코트를 사용하는 다른 학교도 있겠지. 불도그는 비교적 흔한 마스코트잖아? 동부 연안에 있는 학교 대부분이 불도그를 마스코트로 사용할지도 몰라. 아님 어빙 스쿨에 친구가 있는 걸수도 있지. 그것도 일리가 있어. 귀여운 티셔츠니까. 이런 티셔츠를 파는 학교에 다니는 친구한테 놀러간다면 나라도 기념 삼아 하나 샀을 테니까. 불도그의 우연을 어떻게든 논리적으로 풀어보려 애쓰며 얼마나 오래 그러고 서 있었는지 모른다.

"무슨 문제라도 있어?" 버네사가 욕실 문 앞에서 머뭇거리며 물었다.

"아니." 내 이성은 내가 오버하는 거라고, 그냥 버네사에게 물어보라고 말하고 있었어. 하지만 그럴 수가 없었다. 아마도 답을 알고 싶지 않았던 걸 테지. "실은 너한테 고백할 게 있어. 그거 핫초콜릿 아냐. 커피에 초콜릿 바 녹인 거야."

"모카라니! 더할 나위 없네!" 하며 버네사는 한 모금 홀짝였다.

버네사는 머그컵을 침대 밑에 두고 가방을 뒤지더니 조그만 원숭이 인형을 꺼냈다. 그러고 나서 침대 머리판에 받쳐놓은 베개에 머리를 기대고 등을 쭉 편 채 양반다리를 하고 앉았어.

"귀여운 애인이네." 내가 말했어. 내 사촌 여동생이 어딜 가든 조그만 회색 코끼리 인형을 안고 다녔는데, 그 인형을 그애 애인이라고 불렀거든.

"고마워." 버네사가 졸음에 겨운 목소리로 말했다. "저기, 내일공항에 몇시까지 가야 할까? 그러니까 항공사에 전화 걸러 말이야. 넌 일찍 일어나니?"

"대체로."

"흠, 나 두고 혼자 가지 마."

"걱정 붙들어 매. 안 그래." 나는 속으로 웃으며 말했다. 오늘 저녁에 들은 얘기 중 제일 말도 안 되는 소리였다.

"고마워." 버네사가 하품을 하며 말했어. "너무 피곤해." 정말 졸려 보였다. 그렇게 편안하게 있을 수 있다니 참 놀라웠어. 하지만 동시에 마음이 놓였다. 오늘밤이 그렇게까지 힘들지는 않겠다는 생각에. 버네사가 잠들고 나면 샤워도 하고 책도 읽을 수 있다. 자기 전에 혼자만의 시간을 가질 수 있다. 그럼 혼자 있는 것과 다를 바 없을 거라고 생각했다.

"저기." 벌써 잠들었을지도 몰라 조용히 불렀어. 버네사를 깨우고 싶지 않았고, 아침에 물어봐도 되는 얘기였으니까.

"왜?" 버네사가 대답했다. 눈은 감고 있었어. 참 평온해 보였다. 조그만 원숭이 인형을 꼭 안고 있었어. 제대로 누워, 이불 덮어줄게, 라고 말하고 싶은 마음이 굴뚝같았다.

"그 불도그 티셔츠는 뭐야?" 내가 물었어.

"아―이거 우리 학교 티셔츠야. 지금 내가 다니는 고등학교. 난 3학년이야." 버네사는 여전히 눈을 감은 채 말했다. "학교에 가는 게 무섭기도 하고 한편으론 빨리 가고 싶어 죽을 지경이야. 남자친구랑 대판 싸웠거든. 돌아가면 그냥 다 잘 풀렸으면 좋겠어. 사정이 좀 복잡해. 걔가 요즘 영 평소랑 달라서. 걔는 벌써 학교에 와 있어. 오늘 도착했을 거야. 원래 오늘 저녁에 보기로 했거든. 폭설이랑 결항이랑 문자로 다 얘기했는데 답이 없네. 어휴. 생각하기도 싫어."

버네사는 머뭇거리다가 털어놓았어. "남자친구 주려고 선물 준비했는데."

버네사는 허리를 숙여 가방을 뒤졌다. 그러고 나서 뿌듯하다는 듯, 어쩌면 내키지 않았을지도 모르지만, 내게 팔찌를 보여줬지. 색실을 꼬아 만든 팔찌였다.

"멋진데." 나는 말했다. 하지만 머릿속으로는 전혀 다른 대화를 하고 있었어. 당연히 버네사에겐 남자친구가 있겠지. 버네사 같은 여자애들은 늘 남자친구가 있다. 그리고 그 남자친구란 애들은 절대 나 같은 녀석들이 아니다.

"어느 학교야?" 나는 소리가 잘 나오지 않아 꺽꺽거리는 목소리로 물었다.

"어빙 스쿨." 버네사는 머그컵을 들어 한 모금 더 마시며 스스럼없이 말했어.

그렇게 우리가 함께한 마법의 시간은 끝이 났다. 나는 이미 온갖 얼간이 짓을 하고 미련한 소리를 지껄였다. 팔푼이가 된 기분이었다. 버네사는 남자친구가 있다. 그래서 뭐, 그게 어쨌다고? 내가 버네사의 남자친구씩이나 될 것도 아닌데? 갑자기 머그컵에서 올라오는 냄새가 역하게 느껴졌다.

"넌 어디 가는 중이었어?" 버네사가 물었어. 그리고 내 쪽 등은 그대로 둔 채 자기 침대 쪽 전등만 끄고, 이불 속으로 들어가 이불을 쭉 끌어올려 덮고 눈을 감았다.

내가 대답이 없으니 버네사는 눈을 떴어.

"학교?" 버네사가 다시 물었지.

"현재로선 일단 뉴욕에 가는 거야. 처리해야 할 일이 몇 가지 있어서." 사실대로 말할 수는 없었다.

"뉴욕 어디?"

그때 버네사의 휴대폰이 울리며 문자메시지가 왔음을 알렸다. 버네사는 휴대폰을 집어들어 확인하고는 짜증 섞인 소리를 냈다. 기다리던 문자가 아닌 모양이었어.

"아, 네 휴대폰 좀 줘봐." 버네사가 말했다.

"왜?"

"내 번호 알려주게." 그러면서 몸을 약간 일으켜 앉았다.

나는 천천히 일어나 가방 있는 데로 가서 휴대폰을 찾아 버네사에게 건넸어. 그애는 잠시 문자판을 두드리더니 내게 돌려줬어. 내 연락처 목록에 자기 이름을 전부 대문자로—VANESSA—입력해놨더라. 아주 중요한 사람이라도 되는 것처럼. 삭제해버릴까 생각했지. 학교에서 만나게 되면 버네사는 분명 내 휴대폰에서 자기 이름을 지우고 싶어할 테니까. 우리가 친구가 된 사정을 남들에게 어떻게 설명하겠어? 하지만 그대로 남겨두었어. 나는 몸을 돌려 가방에 휴대폰을 도로 넣었다. 다시 돌아서서 버네사를 보았을 때 그앤 눈을 감고 있었다. 나, 원.

나는 일어나서 마른 옷가지를 모아들고 욕실로 갔어. 버네사가 샤워하면서 서린 김이 아직 약간 남아 있었고, 그애가 사용한 비누와 샴푸 냄새가 났다. 몇 분 전이었다면 버네사가 막 샤워하고 나온 욕실에 들어왔다는 사실과 방금 그애의 몸에 닿았던 비누를 쓴다는 생각을 한껏 즐겼겠지. 하지만 그런 생각은 집어치웠어. 문을

잠그고 젖은 옷을 벗은 다음 샤워기 아래 섰다. 수도꼭지는 틀지도
않았어. 그냥 욕조에서 나와 마른 옷을 입었다. 선반에서 마른 수
건을 꺼내 욕조를 닦았다. 그러고는 욕조 안에 들어가 거기서 밤을
보냈어.

8

팀
난 체더 버거랑 콜라, 송로맛 감자튀김으로 할래

제일 먼저 든 느낌은 등이 뻐근하다는 거였어. 그다음에 노크 소리를 들었고. 똑똑똑, 정적, 똑똑똑, 정적. 내가 어디 있는 건지 감이 오지 않았다―문틈으로 새어들어오는 가느다란 빛을 제외하곤 칠흑같이 어두웠고, 노크 소리는 그 문 너머에서 나는 것 같았어. 새로 온 집주인을 피해 우리집 벽장 속에 숨었던가? 비행기 화장실에서 기절했었나? 화장실…… 아, 맞아, 난 호텔 화장실에 있고, 문 바깥에서 노크를 하는 건 버네사야. 오 분 동안 내게 친절했고, 남자친구가 있고, 공교롭게도 같은 학교에 다니게 생겨서 이제부터는 매일 얼굴을 맞대야 하는, 기막히게 예쁜 여자애.

허겁지겁 몸을 일으키다 삐끗해서 욕조 가장자리에 잠깐 걸터앉아 있어야 했어. 똑똑똑, 정적, 똑똑똑.

"잠시만" 하고 나는 소리쳤다.

"아, 그래." 버네사가 문밖에서 대답했고, 그애 목소리가 어찌나 익숙하게 들리는지 깜짝 놀랐어―고작 하루가 아니라 훨씬 오래 전부터 알고 지낸 사람 같았지. 생각해보면 만 하루 전까지만 해도 난 버네사를 본 적도 없고 그런 애가 세상에 존재하는지도 몰랐는데. "네가 그 안에 없을까봐 걱정했어. 아님 거기서 기절하거나 했을까봐."

다시 몸을 일으켜 전등을 켰는데, 너무 밝아서 눈을 뜰 수가 없었어. 눈이 어느 정도 적응하자 욕조에서 나와 거울을 봤다. 인정사정없는 불빛 아래 내 모습은 내가 봐도 화들짝 놀랄 정도였다. 설상가상으로 옷은 형편없이 구겨진데다 눈에 젖은 채 그대로 잠들었던 탓에 머리칼은 생전 처음 보는 모양으로 흉하게 떠져 있었어. 게다가 입냄새는 또 어떻고. 우엑.

똑똑똑, 정적.

"나갈게"라고 말하면서 나는 어디 다른 출구가 없을까 생각했다. 욕실 안에 비상탈출용 해치나, 하다못해 창문이라도 있었으면 싶었다. 하긴 9층에 창문이 있어봤자 무슨 소용이겠냐만.

"늦었어." 버네사가 문밖에서 소리쳤다. "아홉시 다 되어가. 항공사에 전화해봤는데, 오늘 확실히 출발할 수 있대. 나와봐. 눈이 그쳤어. 바깥 풍경이 기가 막혀."

나는 오줌이 마려워 죽을 지경이었는데, 문 바로 앞에서 버네사가 귀를 기울이고 있으니 어떻게 해야 하나 고민스러웠어. 그래서 샤워기로 뜨거운 물을 틀었다. 얼른 볼일을 보고, 간단히 씻고, 구겨진 옷을 다시 입었다. 세면대 옆에 있는 앙증맞은 병에 든 구강청정제로 입안을 헹궜다. 병뚜껑은 누가 이미 땄고, 파란 용액은 4분의 1가량 비어 있었다. 버네사가 먼저 쓴 거지. 한 모금을 머금는 데 그 생각에 기분이 좋았다. 이제 남은 유일한 문제는 머리빗이었다. 손가락으로 대충 쓸어 빗고—나쁘지 않았다—심호흡을 한 번 한 다음 문을 열었다.

버네사가 문 바로 앞에 서 있었어. 여전히 불도그 티셔츠에 잠옷 바지 차림이었어. 머리칼이 뻗쳤는데도 자연스럽고 정말 예뻤다.

"안에서 뭐하고 있었어?" 버네사가 물었다.

"뭐하고 있었을 것 같은데? 샤워했어."

"아니, 샤워하기 전에 말이야. 여기서 잔 거야?"

"어, 음, 응." 나는 얌전히 대답했다. "그냥 그게 더 편할 것 같아서."

"그럴 것까진 없었는데." 한동안 둘 다 말이 없었고, 그때 버네사가 창문을 가리켰다. "우리 이글루가 아직 있어, 눈이 좀 쌓였지만. 아, 아침은 시켜 먹을래 아니면 공항에 가서 뭣 좀 찾아볼까? 어젯밤에 의외로 푹 자긴 했는데, 그래도 뭔가 기운이 날 만한 걸 먹고 싶다."

밖은 눈부시게 환했고, 선글라스를 써야 한다는 걸 알았다. 넌 내가 선글라스 쓴 거 한 번도 못 봤지. 한 학기 내내 어떻게든 안 쓰려고 버텼으니까. 하지만 햇빛에서 눈을 보호하려면 반드시 써야 한다. 알비노의 특전 중 하나지. 굳이 말 안 해도 짐작하겠지만 이때도 나는 선글라스를 쓰지 않았어.

버네사가 왜 계속 내게 잘해줬을까? 하지만 다시 생각해보면, 그애가 아는 한, 우린 함께 아침을 보내고 비행기를 탄 다음 일단 뉴욕에 내리면 각자 갈 길을 가게 될 거였어. 버네사는 자기가 나와 엮이게 되리라는 걸 몰랐다고. 어쩔 수 없이 마주치고 얼굴을 맞대야 한다는 걸, 심지어 친구들한테 공분을 사게 되리라는 걸 꿈에도 몰랐던 거야. 그애 친구들은 버네사가 왜 나 같은 병신과 친하게 지내려 하는지 결코, 절대 이해하지 못할 거다. 억측이 아니야, 사실이지. 인정하긴 싫지만 숱하게 겪어봐서 안다.

그래서 내가 어떻게 했느냐. 가만 입다물고 있기로 했다. 우리가 함께할 수 있는 얼마 안 되는 시간을 즐기기로 했어. 나는 성큼성큼 욕실을 나와 창가로 걸어갔다. 밖을 제대로 볼 수 있게 되기까지 족히 일 분은 걸렸어. 버네사한테서 고개를 돌려 밖을 보는 척하면서 눈을 감고 있었다. 몇 초마다 눈을 떴다 감았다 다시 뜨기를 반복했어. 그렇게 하니 조금씩 눈을 뜨고 있는 게 편해지더라. 선글라스 착용이 얼마나 중요한지 역설하면서 시력이 돌이킬 수 없을 정도로 손상되는 건 순식간이라던 의사 선생님의 말이 머릿속에서 들려왔지. 하지만 버네사의 말 역시 머릿속에서 울렸고, 어젯밤 우리가 함께 지은 이글루를 보라고 말하는 그애 목소리가 의사 목소리보다 더 컸다. 버네사가 엉금엉금 뒷걸음질해 들어와 내 옆에 앉던 모습, 서로 밀착해 앉아 있던 기억이 새록새록 떠올랐어. 예쁜 여자애와 그렇게 가까이 있어본 게 처음이었기 때문만은 아니야. 그것도 사실이긴 하지만, 알비노가 아닌 여자와 그렇게 가까이 있어본 것도 난생처음이었다. 엄마가 이 얘기를 들으면 알비노는 예쁠 리가 없다는 말이냐며 내 목을 비틀겠지. 탁 까놓고 말해서—이유는 모르겠지만 이 얘긴 꼭 하고 넘어가야겠다는 생각이 든다—내가 아는 알비노 여자애는 딱 한 명이다. 나라고 알비노들을 몇 십 몇 백 명씩 알고 지내는 건 아니다.

일단 눈이 적응하자 나는 버네사 쪽으로 돌아섰어. 버네사는 쭉 나를 의아하게 쳐다보고 있었던 것 같다. 티를 안 낸다고 했는데 생각보다 잘 안 됐던 것 같아. 그래도 버네사는 그에 관해 아무 말도 하지 않았다.

"그래서 어때?"

"일품이네!" 나는 창밖으로 엊저녁 우리가 놀았던 주차장 쪽을 내려다보며 최대한 아무렇지도 않아 보이려 노력했다. "우리 이글루 건축 전문가 같다. 이런 말도 있잖아. '이글루를 함께 지은 사이가……'*"

"아니 내 말은 아침 어떻게 할 거냐고." 버네사가 말했다.

"아." 나는 머쓱해졌다. "글쎄, 공항에 가서 뭣 좀 먹는 게 어때?" 이대로 방에 있다간 내 비밀을 다 불어버릴 것만 같아서 그렇게 말했다. 나는 그 순간을 망치지 않기 위해 최선을 다하기로 결심했어. "산책을 좀 해도 좋을 것 같은데."

"좋아, 샤워는 어젯밤에 했으니까 오늘 아침엔 생략할래." 버네사가 말했다. "오 분만 기다려, 옷 갈아입게."

버네사는 욕실 쪽으로 걸음을 옮기다가 다시 돌아와 내 코앞에 와 섰다.

---

* '함께 노는 사이가 오래간다(Those who play together stay together)'라는 격언을 변형한 것.

"이글루를 함께 지은 사이가 어쨌다고?" 버네사가 물었어.

그애는 거의 까치발을 하고 서 있었다. 유혹하듯 아주 날 가지고 놀고 있었지. 나는 그게 무척 즐거웠어. 우울한 생각은 머릿속에서 싹 다 몰아냈다. 이 기회를 놓치지 않겠다고 다짐했어. 그때 버네사가 획 몸을 돌려 욕실로 사라졌다. 물소리가 나고 칫솔질하는 소리가 들리더니 몇 초 안 지난 것 같은데 버네사는 어제 처음 봤을 때처럼 상큼한 모습으로 나타났다. 청바지에 하늘색 스웨터 차림이었다. 머리는 땋아서 밝은 파란색 고무줄로 묶었고. 오늘은 연두색과 노란색 소녀가 아니었다. 그애는 날마다 색깔이 변했다. 마음에 들었어.

"좋아, 난 준비 다 했어." 버네사는 침대를 한번 더 확인하고 가방을 어깨에 들쳐멨다.

"파란색 아이팟 이어폰도 있어?" 나는 참지 못하고 물었지.

"응." 버네사가 빙그레 웃으며 말했어. "너도 나를 놀리려는 거야?"

"누가 널 놀리는데?" 난 정말 궁금해서 물었다. 버네사가 누구한테 놀림 당할 여자애로 보이진 않았으니까.

"내 친구들."

"저런."

"그래서 넌?"

"당연히 아니지." 나는 말했다. "음, 어쩌면 아주 약간."

"계속해보시지, 난 눈썹 하나 까딱 안 해." 그애가 말했다. "실은 이거 내기에서 시작된 거야—학교 친구가 일주일 동안 매일 다

른 색깔로 맞춰 입을 수 있냐고 떠보길래. 근데 재밌었어. 이젠 이
게 내 개성 비슷하게 되어버렸어."

나는 버네사의 발을 내려다봤지. 역시, 파란 양말이었다.

"솜씨 좋은데."

버네사는 내 팔을 찰싹 때리더니 이내 살며시 내 손목을 감싸쥐
었고, 우리는 한동안 그렇게 서 있었다. 먼저 몸을 빼낸 쪽은 나였
다. 나는 옷들을 주워 배낭에 쑤셔넣고 말했어.

"자, 나도 갈 준비 다 됐어."

나는 뒤돌아서 마지막으로 한번 더 호텔방을 바라봤어. 뭔가 바
닥에 떨어진 것이 눈에 띄길래 그쪽으로 걸어갔지. 버네사의 조그
만 원숭이 인형이었다. 허리를 굽혀 한 손으로 인형을 집어들었어.
보드라웠고, 분명 오래된 물건이었다. 다리 한 짝이 거의 다 해져
있었거든.

"어이, 이 녀석 깜박했어." 나는 인형을 버네사에게 건넸다. 버
네사는 싱긋 웃으며 손을 내밀어 받았고, 잠시 품에 꼭 안고 있다
가 가방에 넣었어.

"고마워, 하마터면 대재앙을 겪을 뻔했다."

버네사의 휴대폰에서 딩동 하는 소리가 났던 것 같아. 우리는 문
을 닫고 방에서 막 나온 참이었어. 버네사는 주머니에서 휴대폰을
꺼내 문자메시지를 확인했다. 아마 전날 밤에 말한 그 남자친구한
테서 온 메시지겠지.

"남자친구가 뭐래?" 나는 물었다. 잃을 것도 없었어. 어차피 몇
시간 후면 나를 미워하게 될 테니까.

버네사는 깜짝 놀라 고개를 들었다. 그러더니 시선을 바닥으로 떨구고 한쪽 발로 다른 발을 찼어.

"보고 싶대. 얼른 보고 싶어 견딜 수가 없다고."

"아, 거 잘됐네." 나는 빈정거리는 투로 들리지 않도록 애썼다. "둘이 화해한 거네. 그럼 아침은 어떤 걸로 먹고 싶어?"

"생각해봤는데, 저녁 대신 아침을 먹었으니까 아침 대신 점심을 먹을 수도 있지 않을까." 버네사가 말했다. "햄버거나 파스타 같은 거. 어떻게 생각해?"

"근사한데." 사실, 평소의 규칙이 통용되지 않는 전통이 지속되는 거라고 생각하고 있었지만, 굳이 입 밖에 내고 싶지는 않았다.

버네사는 방긋 웃고는 마치 오즈의 마법사를 찾으러 떠나기라도 하는 양 내 팔을 잡고 복도로 나섰어. 나는 지나치게 행복해하는 내가 싫었다. 오래가지 못하리란 걸 알고 있었으니까.

엘리베이터가 와서 탔다. 버네사는 무거운 배낭을 바닥에 털썩 내려놓았어. 나는 내려가는 층수를 바라봤다. 9…… 8…… 7. 버네사는 나를 똑바로 쳐다보고 있었어. 심지어 기대하는 눈빛으로. 내가 어떻게 해야 했을까? 모든 것이 사라질 때까지 한 시간, 끽해야 구십 분 남았는데. 나는 가방을 버네사의 가방 옆에 툭 떨궜어. 그리고 그애에게 한 발짝 다가가 그애의 입술에 입을 맞췄다. 그애의 입술은 도톰했고, 뜻밖에 마주 응해와서 놀랐다. 그 몇 초 동안은 더할 나위 없이 적절한 일 같았다. 이윽고 엘리베이터가 멈추고 문이 열렸어. 우린 둘 다 허겁지겁 가방을 들었다. 그러나 바깥세상으로 발을 내딛기 전, 버네사가 내 쪽으로 몸을 돌렸다. 나는 폐소공포에 가까운 절박함을 느끼며 문이 다시 닫힐까봐 얼른 나가고 싶었다. 그러나 문은 닫히지 않았다. 나는 억지로 제자리에 발을 붙이고 섰다.

"너 눈이 참 예쁘다." 버네사가 말했다. 그러고 끝이었어. 버네사는 엘리베이터를 나섰고, 나도 그 뒤를 따랐다.

로비에 내려가니 상황은 평상시와 다름없이 회복된 것 같았어. 소파와 의자에 몇 사람이 드문드문 앉아 있을 뿐, 북적이던 인파도 절망적인 분위기도 사라졌지.

"방값 같이 낼까?" 어제 밟았던 길을 그대로 거슬러 공항으로 걸어가며 버네사가 물었다. "덕분에 어젯밤을 무사히 넘겼는걸."

"아냐, 천만에." 나는 입술을 떼기도 힘들었다. 좀전에 정말 내 입술이 버네사의 입술에 닿았던가? "실은 우리 엄마가 결제했어. 그러니까 신경쓰지 마."

어머니에게 전화해야 한다는 건 알고 있었어. 사실 어머니가 내게 전화해 이것저것 확인할 줄 알았는데 의외였다. 어쨌든 난 거짓말은 하고 싶지 않았고, 어머니가 구해준 호텔방에서 방금 만난 여자애랑 같이 밤을 보냈다고 털어놓는 것도 내키지 않았다.

공항은 어제보다 훨씬 붐비는 것 같았다. 우리는 재빨리 식당을 찾아 들어가 자리를 잡았어.

"이건 내가 낼게." 버네사가 싱긋 웃으며 말했다. "너한테 빚졌으니까. 정확히 말하면 두 번이나 빚을 졌네, 내 원숭이 인형도 찾아줬으니. 아니 내 애인을 찾아줬다고 해야 하나?" 버네사는 주위를 둘러봤어. "손님이 우리뿐이야. 맛이 그렇게 없나?"

"엊저녁에 먹은 팬케이크 반만큼만 맛있어도 행복하겠어"라고 말하면서 나는 내가 허기진 상태라는 것을 깨달았다. "근데 여기 정말 비싸다. 네가 꼭 안 사도 돼, 아님 딴 데 갈까?"

"아냐, 여기 좋아." 버네사가 말했다. "비상용 카드가 있거든. 지금이 바로 비상시라고 할 수 있지. 먹고 싶은 거 다 시켜. 난 체더 버거랑 콜라, 송로맛 감자튀김으로 할래. 넌 뭐 먹을래?"

나는 잠깐 딴생각을 하고 있었어. 학교 얘기를 하고 싶었다―그쯤 되자 내가 정말 버네사를 속이고 있는 기분이었거든. 나는 평소답지 않게 이기적으로 굴고 있었다. 하지만 일단 말해버리고 나면 우리 사이는, 당시 나로선 기적이라고 표현할 수밖에 없는 우리의 관계는 수증기처럼 증발해버릴 게 분명했어. 버네사가 테이블 너머로 팔을 뻗어 내 손을 가만히 건드려 주의를 환기했다. 어제 느꼈던 그 에너지는 훌쩍 커져 있었다. 그애가 내게 제세동기로 충격을 가한 것이나 다름없었다.

바로 그때 웨이터가 주문을 받으러 왔어. 담배 냄새가 났다.

"뭐 먹을 건가, 학생들?" 웨이터가 물었다. 치아가 누리끼리했어.

"체더 버거는 미디엄레어로 하고, 송로맛 감자튀김 주세요. 아니다, 그냥 감자튀김으로 주세요." 버네사가 말했다. "아침부터 송로는 아무래도 부담스럽겠지. 아, 그리고 콜라도요."

"그쪽은?"

"스테이크요. 웰던으로."

웨이터는 고개를 끄덕였고, 다시 우리 단둘만 남았다.

시간을 낭비할 수는 없지. 나는 일어나서 버네사의 옆자리로 옮겼다. 버네사는 옆으로 약간 움직여 자리를 내주었어. 그렇게 우리는 아침 대신 점심을 먹었다. 지금까지 먹어본 중 최고의 스테이크였어.

"아, 이러면 어떨까." 엄청 큰 초콜릿 퍼지 케이크 조각을 둘이 나눠 먹고 나서 버네사가 말했다. "나한테 남는 마일리지가 좀 있는데, 비행기에 사람이 많을 거야—분명 미어터질걸. 그러니까 너도 나랑 같이 일등석에 앉을 수 있는지 알아볼까?"

별안간 너무 많이 먹은 것이 후회됐다. 뱃속에 든 스테이크가 부대꼈어. 그 위에 케이크까지 얹혔고. 비행기까지는 미처 고려하지 못했고, 어디에 앉을 건지, 무엇보다 결정적으로, 목적지에 도착해서 어떻게 할 건지 충분히 생각하지 않고 있었다. 하지만 이제 미어터지는 인파가 나한테 유리하게 작용하기를, 우리가 어쩔 수 없이 헤어지게 되기를 기대하고 바라기 시작했다.

"아냐, 그럴 순 없지. 마일리지는 아껴둬."

버네사가 망설이며 잠깐 내 쪽으로 상체를 기울였지만, 나는 벌떡 일어나 다시 맞은편 자리로 가 앉았다.

"정말?" 버네사가 물었다.

"응, 정말로." 마음이 변하고 있었다. 덫에 걸린 기분이었어. 이게 제일 좋은 방법이야, 나는 스스로를 달랬다. 언젠가는 끝내야 했다.

버네사는 웨이터에게 손짓으로 계산서를 달라고 했고, 웨이터는 곧장 계산서를 들고 왔다. 휴대폰이 울리기 시작했지만 버네사는 무시했다. 전화기는 이내 조용해졌어. 버네사는 비상용 신용카드

로 보이는 것을 꺼내 계산서와 함께 웨이터에게 건넸다. 그때 휴대
폰이 다시 울렸고, 버네사는 움찔했다.

"음성메시지야" 하며 버네사는 비밀번호를 눌렀다. 메시지를 듣
는 그애의 표정이 수시로 바뀌었어.

"패트릭이야." 버네사는 물끄러미 휴대폰을 응시하며 말했다.
"어제 말한 내 남자친구. 내 이럴 줄 알았어."

"왜?"

"술 마신 모양이야, 확실해." 버네사가 말했다. "그러니까, 지금
아침 열시잖아. 아직 개학 전이지만 곤란해질 거야. 뻔하지."

"그런 일이 흔해?" 나는 놀라서 물었다. 내 머릿속에 박혀 있던
어빙 스쿨의 목가적인 이미지와는 거리가 멀었거든.

"아니, 뭐, 그러니까, 애들이 술을 마실 때도 있지. 특히 학기가 시
작되기 전에는, 집에서 슬쩍들 해오거든. 하지만 패트릭은 원래 안
그랬어. 작년에 어머니가 돌아가신 뒤로 애가 좀 이상해진 거야."

"아."

우리는 잠시 묵묵히 앉아 있었다.

"전화해야 하지 않아?" 내가 물었다.

"아마도." 버네사는 자리에서 일어나며 말했다. "하지만 우선
항공편부터 확인하자."

"잘 먹었어." 나는 테이블 쪽을 손짓하며 말했다.

"별말씀을."

우리는 붐비는 공항으로 되돌아가 터미널 입구의 메인 게이트를
찾았다. 일등석 승객을 위한 아주 짧은 줄과 나머지 일반석 승객을

위한 줄이 나뉘어 있었어. 버네사는 나와 함께 일반석 줄에 섰다. 하지만 내 태도는 이미 미묘하게 달라졌고, 나도 그걸 알고 있었다. 난 불안했고, 무엇보다 어딘가에 틀어박히고 싶었다. 나는 웃지도, 고개를 끄덕이지도 않았어. 그 좁은 공간에서 왔다갔다 걸어 다니기 시작했다. 몇 분 후 내 휴대폰이 울렸어. 어머니한테 온 전화였지. 받지 않아도 됐는데. 나중에 아니면 조금 이따 다시 걸어도 됐는데. 하지만 나는 그러지 않았다.

"여보세요, 엄마." 나는 휴대폰에 대고 말했다. 버네사가 나를 쳐다보는 게 보였다. 나는 못 본 척했어.

"티미." 어머니가 말했다. "어젯밤엔 잘 보냈니?"

그리고 이어지는 질문 공세.

"저기, 엄마? 나 지금 공항 와서 막 탑승하려는 중이에요, 나중에 내가……"

버네사가 나를 향해 손을 흔들었다. 어머니에게 고맙다는 인사를 전해달라는 것 같았어. 하지만 그랬다간 대답하기 힘든 수많은 질문이 또다시 꼬리에 꼬리를 물고 이어질 테지.

잠시 후 버네사는 포기했어. 그애의 얼굴을, 어리둥절함과 섭섭함이 뒤섞인 그 표정을 아직도 기억한다. 어쩌면 약간의 분노도 들어 있었을 거야. 그앤 가방을 들어 어깨에 둘러메고 긴 줄을 떠나 일등석 줄에 합류했다. 혼란스러웠겠지. 버네사는 발을 계속 까딱거리고 자꾸 커다랗게 한숨을 내쉬었어. 분명 그앤 이런 취급에 익숙지 않았을 테니까. 얼마 뒤 버네사가 다시 내 쪽으로 왔다. 입은 다문 채였지만 나는 여전히 휴대폰에 귀를 대고 있었어. 버네사는 내 쪽으로 상체를 기울이고 말했다.

"지난 열여덟 시간 동안 고마웠어." 그때라도 말했으면 좋았을 텐데. 그래야 했는데. 하지만 나는 침묵했다. 그러고 나서 그애는 내게 등을 돌리고 떠나갔고, 나는 그애가 다시 돌아오지 않으리라는 것을 알았다.

"팀, 너 듣고 있니?" 어머니가 전화에 대고 말했어.

"네, 듣고 있어요."

"나중에 다시 걸까?" 어머니가 물었다. "그냥 별일 없는지 알고 싶어서."

"응, 그럼 여기 일 좀 처리하고 나서 제가 다시 전화할게요. 끊어, 엄마."

열여덟 시간. 열여덟 시간. 거의 만 하루였다. 하지만 그것보다—지금도 여전히 나 자신에게 던지는 질문인데—버네사는 언제, 그리고 어째서, 우리가 함께 보낸 시간을 굳이 헤아려본 걸까?

9

팀

"잘됐네"가 다였다

낯익은 기타 선율이 느닷없이 귓전에서 울리는 바람에 덩컨은 퍼뜩 원래 자신이 속한 시공간으로 돌아왔다. 이건 뭐지? 이건…… 존 덴버인가? 그때 〈Leaving on a Jet Plane〉의 첫마디 가사가 흘러나왔다. 이건 또 뭐람? 팀이 미쳤나보다. 덩컨은 그 노래를 싫어했다. 애들하고 카드 게임을 할 수도 있는 시간에 이딴 걸 듣느라 시간을 낭비할 순 없었다. 그러나 곧이어, CD를 꺼버릴 새도 없이 팀이 돌아왔다. 팀은 낄낄거리고 있었다.

코믹 릴리프*로 우리 둘 다 한숨 돌리면 어떨까 해서 넣어봤어.

---

* 비극에서 긴장도가 높은 순간에 삽입해 관객의 긴장을 일시적으로 풀어주는 우스운 장면 또는 사건.

실은 우리 어머니가 이 노래를 무척 좋아하거든. 어머니는 감상적인 포크 음악 광팬이지. 나? 난 그다지. 넌? 너도 별로일 것 같은데. 미안하다. 다시는 이런 일 없을 거야. 그래도 내가 제일 좋아하는 음악 몇 곡은 꼭 네게 들려줄 생각이지만. 그건 좀 나중의 일이고.

한참이 지난 후에야 알게 됐지만, 결국 버네사와 나는 같은 비행기에 타지 않았어. 그애는 일등석 카운터에서 탑승 수속을 한 다음 짧은 에스컬레이터를 타고 사라져버렸다. 구불구불 길게 늘어선 줄의 맨 앞에 닿았을 때는 벌써 두 시간이 흐른 뒤였지. 그날의 첫 항공편은 예약 초과 상태였고 나는 오후 네시까지는 출발할 기약이 없었다. 게이트로 걸어가면서 버네사가 거기 있었으면 하고 바랐다. 무슨 말을 해야 할지는 알 수 없었지만 그래도 거기 있었으면 싶었다. 게이트는 인파로 북적였고, 어디서도 버네사는 보이지 않았다. 나는 창문에 면한 의자를 찾아 어제 읽던 만화책을 꺼냈어. 그리고 버네사와 같이 있는 시간을 서둘러 끝내버린 게 그애한테나 나한테나 더 좋은 일이었다고 스스로를 납득시키기 시작했다.

어머니에게 전화할 마음이 들지 않았다. 연락해야 된다는 건 알고 있었고 안 하면 결국 불호령이 떨어지겠지만, 오늘의 나는 어제의 나와 같은 사람이 아니었고 같은 사람인 척할 수도 없었다. 내 변화를 눈치챌 사람이 있다면 그건 우리 엄마일 테니까. 그래도 보어속스 교장 선생님한테는 전화를 걸었어. 학교에 아는 사람이라곤 그분밖에 없었고—사실 뉴욕을 통틀어서도—문득 선생님이 내 행방을 궁금해하지 않을까 걱정됐거든.

보어속스 교장 선생님과 시드 아저씨는 어빙 스쿨 동기이자 대학 동기야. 두 분은 오랫동안 꽤 가까운 사이였다. 만약 보어속스 선생님이 어빙 스쿨의 교장직을 맡지 않았더라면 지금 내가 전하는 이 얘기도 완전히 다른 내용이 됐겠지. 하지만 어쨌든 그분은 교장이 되었고, 그래서 나는 어빙에 갔다. 나는 선생님 휴대폰 번호를 알고 있었다. 교장에게 직접 전화를 거는 게 어떻게 보일지 몰랐지만, 당시에는 별로 개의치 않았다.

선생님은 첫번째 신호음에 전화를 받았다.

"보어속스 선생님? 저는 팀 맥베스라고 합니다. 시드 아저씨의……" 내가 말을 꺼냈다.

"그래, 알고 있다. 연락 줘서 참 기쁘구나." 선생님이 매우 친절한 데다 내 연락에 진심으로 기뻐하는 투여서 순간 눈물이 날 뻔했다.

"여행은 어땠나, 팀 군?" 내가 일 분 가까이 한참 동안 말이 없자 선생님이 물었다.

우린 날씨와 비행기 연착과 학교에 대해 간단히 얘기를 나눴어. 선생님은 개학도 늦춰질 거라고 했다. 너도 그때 기억나지. 내가 공항에서 택시를 타고 가겠다고 말했는데도, 선생님은 굳이 마중을 나오시겠다고 했다.

전화를 끊고서 도착지에서 누군가 나를 기다리고 있다는 게 얼마나 안심되는 일인지 깨달았어. 그러면서 버네사에 관해 다짐했던 것도 흔들리기 시작했다. 그나저나 버네사는 어디 있는 걸까? 탑승 게이트 직원이 사십 분 후 탑승이 시작된다고 알리는데도 버네사는 여전히 눈에 띄지 않았다. 시간은 속절없이 흘러가는데, 누구 딴사람한테 그애를 찾아달라고 부탁할까, 아니면 라운지 몇 군데를 직접 돌아볼까 고민이 됐지. 일등석 승객임을 증명하지 않고도 라운지에 들어갈 수 있는지는 알 수 없었지만, 시도해볼 용의가 있었다. 그러나 곧 내가 미련하게 굴고 있다고 결론을 내렸다. 아마도 버네사는 나와 헤어져 그 에스컬레이터로 향한 후 나에 대해선 단 일 초도 떠올리지 않았을 테니까. 남자친구와 메시지를 주고받으며 다시 만날 때까지 남은 시간을 헤아리면서 마지막 몇 시간을 보낼 게 분명했으니까.

탑승 게이트 직원이 이제 곧 프리보딩이 시작된다고 알릴 때, 나는 버네사가 다른 비행기를 타고 갔다는 확신이 들었다. 명치를 강타당한 듯한 느낌이었어. 같이 일등석을 타고 갈 수 있나 알아보자는 버네사의 제안을 내가 어쩌자고 마다했을까? 난 그애가 보고 싶었고, 다음에 그앨 만날 땐 어떨까 궁금했어. 갑자기, 비행기에서 버네사 옆자리에 앉을 수만 있다면 뭐든 내줄 수 있을 것만 같았지.

나는 휴대폰의 연락처 목록을 훑었다. 엄마, 시드 아저씨, 유일하게 괜찮은 동네 친구 스티브. 그냥 아는 애들 몇 명. 그리고 대문자의 버네사. 오래 생각하지 않고 새 메시지 버튼을 눌러 빈 텍스트 화면을 띄우고 유례없이 긴 문자메시지를 쳐나갔다.

고백할 게 하나 더 있어. 네가 어떻게 받아들일지 몰라 말하고 싶지 않았지만, 그래도 이렇게 알린다. 너는 알 권리가 있고 그래야 놀라지 않을 테니까. 나도 어빙 스쿨에 간다. 나도 3학년이고. 넌 아직 내 진면목을 보지 못했어.

그러고 나서 보내기 버튼을 눌렀다.

비행기 출입구 앞에서 작은 소란이 있었어. 웬 꼬마가 말 그대로 비행기 문짝을 붙잡고 타기 싫다며 생떼를 부리고, 아이 엄마는 있는 힘껏 애를 잡아당기는 중이었다. 모퉁이를 돌자마자 상황을 파악한 나는 눈을 내리깔고 그대로 걸었어. 그쪽을 쳐다보지 않았다―분명 그건 아이 엄마가 가장 원치 않는 일이었을 거야. 비행기 앞에 사람들이 옹기종기 모여 구경하고 있었다. 사람들은 과연 꼬마가 비행기에 타는지 안 타는지 보려고 들어가지 않고 기다리는 것 같았다―마치 그 꼬마가 아무도 모르는 뭔가를 알고 있는 것처럼. 사람들 주위로 움직일 공간은 충분했기 때문에 나는 곧장 안으로 들어갔다. 그리고 똑바로 응시하지 않는다는 나의 규칙을 깼다. 일등석 옆을 지나치면서 나는 사람들을 쳐다봤다―넓고 쾌적한 좌석에 앉은 사람들을 한 명 한 명 전부. 버네사가 나와 같은 비행기를 타지 않았다는 걸 그때 분명히 알게 됐다. 모든 좌석에 승객이 있었고, 버네사는 어디에도 없었어. 한참 전에 떠난 거지.

자리에 앉자마자 휴대폰이 울렸다. 문자메시지를 자주 받는 편이 아니라서 휴대폰과 좀 씨름을 한 후에 화면에 똑똑히 찍힌 버네사의 메시지를 봤어.

"잘됐네"가 다였다.

나는 다시 등받이에 머리를 기댔고 돌연 약에 취한 듯한 기분이 들었다. 다음 순간 내 귀에 들린 것은, 곧 뉴욕 라과디아 공항에 착

류한다는 기장의 안내 방송이었다. 바람이 약간 불고 있지만 드디어 날씨가 개었고, 정시에 도착할 거라고.

"정시 도착이라, 아무렴." 내 옆자리 아저씨가 말했다. "시간이야 맞겠지, 날짜가 안 맞아서 그렇지."

10

덩컨
'젊은 팀의 슬픔'

가볍게 문 두드리는 소리에 덩컨은 화들짝 놀라서 깼다. 이어폰이 한쪽 빰 밑에 깔려 있었다. 덩컨은 이어폰을 잡아당겨 치우고 억지로 침대에서 몸을 일으켰다. 마구 구겨지긴 했지만 어제 옷을 그대로 입고 있어서 바로 대답을 하고 문을 열었다. 누군지 채 알아보기도 전에 시나몬 냄새부터 맡았다.

"여어, 덩컨 군." 사이먼 선생이었다. "기숙사를 한 바퀴 돌아보는 중인데, 개학 첫날 아침이기도 해서 겸사겸사 말이지, 먼저 이 쫄깃한 롤빵을 갖다주는 것으로 시작하고 싶었어. 새로운 요리법을 시도해봤는데 나눠 먹을까 해서. 아, 옷을 벌써 갈아입은 걸 보니 기쁘군. 규칙적인 생활로 복귀하는 건 결코 쉽지 않은 일이거든. 그럼 삼십 분 후에 교실에서 보자고. 아, 커피 좋아하나? 얼마 전에 과테말라 원두 몇 파운드를 사서 내가 직접 갈고 내렸어. 자, 여기."

사이먼 선생은 웃으며 김이 나는 커피가 가득 든 머그컵을 덩컨에게 안기고, 뒤돌아서 복도를 걸어갔다. 그러더니 걸음을 멈추고 되돌아왔다.

"알겠지만, 이 방의 지난번 주인은 이름이 맥베스였지."

덩컨은 숨이 턱 막혔다. 이 선생님은 내가 뭘 하는지 다 알고 있나? 팀이 나한테 녹음 CD를 남긴 것을 눈치챘나? 내 방에 몰래 들어와서 다 들어봤나? 아니, 사이먼 선생님이 그랬을 리가 없어. 덩컨은 무슨 말을 해야 할지 몰라 그냥 가만히 서 있었다.

"역사적으로 너희 둘은 사이가 별로 좋지 않고." 사이먼 선생이 말했다. "들리는 소문에 의하면 팀이 널 죽이고 싶어한다는군."

덩컨이 여전히 꿀 먹은 벙어리처럼 말이 없자, 사이먼 선생은 가볍게 한숨을 내쉬었다.

"미안. 꼭 한번 해보고 싶었어. 그냥 소박한 셰익스피어식 유머였는데. 하지만 상황을 감안해봤을 때 아무래도 악취미였나보군. 사과드리는 바이오."

사이먼 선생은 고개를 숙여 사죄의 뜻을 전하고 엷은 미소를 지었다. 선생은 복도 끝까지 걸어가 계단을 내려갔고, 덩컨은 그런 선생을 물끄러미 쳐다보았다. 저 선생님이 왜 롤빵과 커피를 갖다준 거지? 그러자 생각이 났다. 팀이 말한 대로였다. 사이먼 선생님이 이런 안 좋은 방에 걸린 너를 가엾게 여겨 종종 간식도 갖다줄 거야.

덩컨은 방문을 닫고 책상 앞에 앉았다. 커피를 홀짝이며 빵을 먹었다. 둘 다 맛있었다. 아침에는 보통 커피를 마시지 않지만─너무 어른스러운 짓 같아서―이건 정말 마음에 들었다. 머지않아 덩컨도 아버지처럼 하루종일 이런저런 짬이 날 때마다 커피를 마시지 않으면 두통에 시달릴 것이다. 아버지는 휴가의 시작과 함께 무슨 일이 있어도 일주일 동안은 스타벅스 커피를 마시지 않겠다고 결심한다. 그 동네 소규모 커피 전문점에서만 마시겠다고. 그러나 묽은 커피를 몇 잔 마시고 나서는 스타벅스 간판을 찾아 몇 킬로미터씩 경로를 벗어나 달리게 되고, 덩컨과 여동생은 뒷좌석에서 불만에 찬 신음 소리를 흘리는 것이다. 그런 생각도 즐거웠다. 최근에 북부 미시간으로 떠났던 여행이 떠올랐다. 덩컨은 식구들이 보고 싶어졌다. 팀의 끝나지 않을 것 같은 어빙 스쿨 도착기를 들은 후라서 특히 더 그랬다.

커피를 반 넘게 들이켜 카페인이 몸속에 돌기 시작하자 덩컨은 머그컵을 책상 위에 놓고 여행가방에서 깨끗한 셔츠를 꺼내 갈아입었다. 입고 잔 청바지는 그대로 입었다. 짐을 풀고 방을 정리해야 하는데―비좁기 이를 데 없는 방이어서 물건들을 어디에 놓을지 정하는 것이 더욱 중요했다―정리를 하려고만 하면 매번 CD와 팀의 목소리와 그의 이야기에 신경이 쓰였다.

덩컨은 비누와 칫솔이 든 통을 들고 씻으러 나갔다. 북적거리는 욕실―밝긴 한데 살짝 더러운 편이었고, 하얀 타일 벽에 세면대 세 개, 하얗게 칠한 목제 스윙도어가 달린 샤워 칸이 네 곳 있다―에 들어서자 식당에 처음 발을 들였을 때와 똑같은 기분이 들었다. 여름 내내 집에 있었으니 이런 데 익숙해지려면 고생 좀 할 것이다.

덩컨은 세면대 앞에서 자기 차례가 오길 참을성 있게 기다렸는데, 막상 세면대 앞에 다다랐을 때 수건을 방에 두고 왔다는 게 생각났다. 뛰어가서 가져올까 했지만 그러면 다시 뒷줄에 가서 서야 할 터였다. 그러는 대신 두루마리 휴지를 끊어서 대충 닦았고, 얇은 휴지가 얼굴에 들러붙었다.

남자 기숙사와 여자 기숙사가 만나는 지점은 두 군데였다. 한 곳은 기숙사 안쪽 맨 끝 방 너머 후미진 곳인데, 화재용 비상구와 3학년 기숙사 뒤쪽 바깥 계단으로 이어졌다. 다른 하나는 1층으로 내려가는 중앙 계단으로 다들 지나다니는 곳이다. 덩컨의 방이 복도 맨 끝 방이었으므로, 방문을 지나면 바로 후미진 연결 통로였다. 덩컨은 자기 방으로 들어가려다 우연히 오른쪽을 힐끔 보았는데, 거기에, 그 연결 통로에 데이지가 있었다. 거기 있으면 안 되는데. 언제든 누구와도 마주칠 수 있는 정면 복도와 달리 이쪽 복도는 화재 대피 훈련과 긴급 상황 때를 제외하면 거의 쓰는 일이 없었다. 평상시에는 접근이 엄격히 제한되었다. 바깥 계단으로 나가는 문에는 경보기가 작동하니 열지 말라는 안내문이 적혀 있었다. 그러나 데이지는 마치 문의 온도라도 재어보려는 듯 문에 손을 대고 있었고, 경보는 전혀 울리지 않았다.

덩컨은 데이지가 자신을 봤는지 알 수 없었다. 사위가 조용해서 분명 그의 발소리나 세면도구 통이 덜그럭거리는 소리를 들었을 것이다. 하지만 덩컨은 재빨리 움직여 아까 다행히도 문을 활짝 열어놓고 나갔던 방으로 들어갔다. 문을 닫고 수업 때 쓸 공책을 챙기려는데 누가 또 문을 가볍게 두드렸다. 문득 생각이 나서 얼른 거울을 봤더니 턱과 왼쪽 눈 밑에 휴지가 말라붙어 있었다. 손톱으로 미친듯이 긁어내자 그 자리에 선홍빛으로 표가 났다. 재차 노크 소리가 들렸다.

덩컨은 문을 열었다. 믿기지 않는 일이었지만, 데이지가 문 앞에 서 있었다. 머리에 오만 가지 생각이 스쳤다. 걸리면 사감 선생님한테 불려갈지도 모르는데. 아니, 그보다 더 큰일이 날지도. 쫄깃한 롤빵을 좀 남겨둘걸. 얼굴을 안 긁었더라면 좋았을 텐데. 그래도 얼굴에 휴지조각이 붙어 있는 것보단 낫지. 데이지 진짜 예쁘다.

"여기 있으면 안 돼." 덩컨이 말했다.

"안으로 들어가도 돼?"

"모르겠어." 덩컨은 대체로 규칙을 잘 지키는 모범생이었다.

"그러게, 네 말이 맞아." 데이지가 말했다. "괜히 노크했나봐."

데이지는 뒤돌아서 빠른 걸음으로 다시 여자 기숙사 쪽으로 걸어갔다.

"데이지!" 덩컨은 좀 소리가 크다 싶게 소곤거렸다. 어쩌자고 그랬을까? 덩컨은 데이지와 얘기하고 싶었다. 그냥 안으로 들이고 문을 닫았으면 간단했을 일을 괜히 더 크게 벌이고 말았다. 데이지는 머뭇거리지도 않았다. 거침없이 걸어가버리더니 이내 사라졌다. 덩컨은 제 머리를 쥐어박고 싶었다. 내가 도대체 왜 그랬지? 데이지는 뭣 때문에 왔을까? 아까 사이먼 선생님이 기숙사에서 나가 교실로 가는 것을 보고도 조금 전엔 왜 그 생각을 못했을까? 그건 그렇고, 난 왜 이렇게 말썽에 휘말리는 것을 겁내지?

덩컨은 여자 기숙사 쪽으로 가볼 엄두가 나지 않았다. 왠지 남자 기숙사의 여학생은 여자 기숙사의 남학생만큼 문제가 되지 않을 것 같았다. 그런데 내 방이 어디인지 데이지가 어떻게 알았을까?

덩컨은 시계를 힐금 보았다. 세상에, 벌써 시간이 간당간당하다. 그래도 사이먼 선생 덕분에 식당에는 가지 않아도 되었다. 선생은 덩컨이 진작에 준비를 마쳤다고 여기고 있으니 지각을 하면 변명의 여지도 없을 터였다.

수업을 거르고 방에서 멋대로 '젊은 팀의 슬픔'이라고 이름 붙인 이야기의 다음 회를 듣고 싶은 마음도 없지 않았다. 보어속스 교장이 팀을 어떻게 대했는지 알고 싶어 죽을 지경이었다. 교장은 평소 학생들과 거리를 유지하며 별로 섞이지 않았다. 상냥하기야 하지만—학생들을 지나칠 때마다 웃으며 손을 흔들었다—어느 누구와도 절대 가깝게 지내는 법이 없었다. 그런 사람이 공항까지 학생을 태우러 가겠다고 나서다니 도무지 그답지 않아 보였다. 게다가 팀과 버네사가 언젠가는 서로 마주치게 된다는 걸 당연히 알았기에 언제 어떻게 만나는지 알고 싶었다. 하지만 시간이 없었다. 사이먼 선생은 오늘부터 비극 숙제에 관해 얘기하기 시작할 것이다—2학기 전까지는 사실 딱히 정해진 마감이 없음에도 불구하고 선생은 늘 첫날부터 언급했다. 가끔 중요한 세부 사항을 흘리기도 했는데—길이는 정확히 열다섯 페이지로 맞춰야 한다든가, 페이지 번호는 오른쪽 하단에 적으라든가, 제목을 형광 연두색으로 칠하면 10점을 더 준다든가—수업종이 울리는 순간 교실에 앉아 있는 학생 모두를 향해 만약 지각자들에게 그 비밀을 누설하면 본인들도 혜택을 받지 못할 거라고 엄포를 놓았다. 때로는 종이 울림과 동시에 몇 분 동안 교실 문을 닫아건 다음 정시에 출석한 아이들에게만 몇 가지 중요한 요령을 알려주었고, 얘기가 다 끝날 때까지 늦게 온 아이들은 아예 교실에도 못 들어오게 했다.

덩컨은 공책을 들고 데이지가 어디 있나 계속 두리번거리며 뛰었다. 누구와 같은 반이 될지 짐작도 가지 않았다—이 수업, 즉 3학년 영어는 고교 과정을 통틀어 가장 부담스럽고 중요한 수업이었다. 덩컨과 같은 3학년 졸업반은 전부 마흔다섯 명 정도였고, 한 반이 절대 열다섯 명을 넘지 않으므로 수업은 세 반으로 나뉘어 진행될 터였다—어빙 스쿨이 명성을 얻은 이유 중 하나다. 하지만 덩컨이 틀렸을 수도 있다—여름방학이 끝나고 정확히 몇 명이나 복귀했는지 사실 잘 모르니까 그보다 많을 수도 적을 수도 있었다. 어쨌든 확실한 건 최소 두 반은 생길 테고, 그러면 데이지와 같은 반이 될 수도 있고 안 될 수도 있다. 확률은 반반이거나, 또는 33퍼센트가 될 가능성이 컸다. 아, 덩컨은 언어보다 숫자가 훨씬 좋았다. 왜 수학 수업에는 이렇다 하게 자랑할 만한 이벤트가 없는 걸까—적어도 미적분쯤은 되어야지 3학년 수학으론 어림없었다. 마음에 들든 안 들든 물론 그도 그 이유를 안다. 수학은 다들 수준이 천차만별이니까. 하지만 모든 3학년은 수준과 상관없이 똑같은 영어 수업을 듣는다. 요컨대 올해는 『모비 딕』을 읽고 이른바 '모비 딕 프로젝트'에 참여해야 한다. 그래도 비극 숙제보다는 훨씬 자유로웠기 때문에 아이들은 이 과제를 좋아했다. 고래와 관련된 것이기만 하면 뭘 하든 정말 상관없었다. 지난 몇 년 간, 케이크를 만들거나 그림을 그리거나 연극을 하거나 랩 가사를 써서 공연한 사람이 있었다. 덩컨은 뭘 하면 좋을지 아무 생각도 나지 않았다. 걱정이 태산이었다. 『모비 딕』 다음에는 셰익스피어와 다양한 희곡 읽기고, 마지막으로 3학년들이 다 모인 앞에서 "죽느냐 사느냐" 독백을 늘어놓는 민망하기 짝이 없는 〈햄릿〉 공연이 이어질 것이다. 그다음에는, 두말할 필요도 없이, 비극 숙제다.

덩컨은 계단을 뛰어내려가 식당 반대편으로 돌아서 교무실과 진학상담실이 있는 좁고 긴 복도를 빠른 걸음으로 지나쳤다. 상담 교사는 덩컨이 향후 사 년을 어디서 보낼지 결정하는 데 변변찮은 도움을 주려 들 것이다. 이어서 왼쪽으로 돌아, 매주 내주는 작문 과제와 그 밖의 여러 숙제를 하면서 다 같이 수많은 저녁을 보내는 학생회관을 지났다. 그다음에 기다란 본관 복도로 들어섰는데, 사람이 너무 없었다. 보통은 수업 전이면 아이들이 여기저기 바닥에 앉아 있는데 지금 복도는 거의 텅 비었고, 수업에 늦은 학생들만 몇 명 보였다. 맙소사, 이러다 지각하겠다.

덩컨은 뛰어서 행정실 앞을 지났고, 교실이 가까워지자 숨을 고르며 속도를 줄였다. 교실 문이 닫히는 중이었다. 사이먼 선생이 문을 닫으려는 게 분명했다. 하지만 덩컨이 조심조심 한 팔을 문틈으로 들이밀자 다시 문이 활짝 열렸다. 사이먼 선생은 씨익 웃으며 살짝 고개를 끄덕하더니 덩컨을 들여보낸 다음 문을 쾅 닫고 잠갔다.

"와줘서 고맙네, 미드 군." 선생이 말했다. 덩컨은 얼른 교실을 훑어보았다. 칠판을 마주보고 책상을 반원형으로 배치한 넓은 교실이었다. 제일 먼저 알게 된 사실은 데이지가 안 보인다는 것이었다. 두번째는 아직 안 온 사람이 적어도 네다섯 명은 있다는 사실―실제로 이 수업을 몇 명이 듣느냐에 따라 달라지겠지만―이었다. 빈자리가 꽤 됐다. 사이먼 선생은 덩컨이 자리를 정해 앉을 때까지 기다렸다. 덩컨은 오른쪽 끝에 있는 태드의 옆자리를 택했다. 교과서와 공책을 책상에 조심스레 내려놓고 태드를 보며 웃자, 태드도 마주 웃더니 고갯짓으로 문 쪽을 가리켰다. 문 유리창 너머에 휘둥그레진 눈으로 불안하게 교실 안을 엿보는 얼굴이 셋 있었다. 지각한 아이들이었다. 그애들은 이미 뭔가를 놓쳤다. 그게 뭔지는 아직 아무도 모르지만. 저애들은 앞으로도 결코 알 수 없을 것이다. 사이먼 선생은 뭐든 다 기억하는 걸로 유명했다. 당연히 누가 교실에 있고 없는지도 다 꿰었다.

"좋아, 이제 다들 앉았군." 사이먼 선생은 문에서 등을 돌린 채 겁에 질린 얼굴들과 애원하는 눈빛은 거들떠보지도 않고 차분히 말했다. "지금까지 경험한 교과과정 중 가장 황홀하고 가장 짜릿하고 가장 환상적인 수업에 온 우리 불도그들을 환영합니다. 3학년 영어 시간에 온 것을 진심으로 환영한다." 선생은 극적인 효과를 위해 잠시 말을 끊었다. 그때 똑똑똑 미친듯이 노크하는 소리가 났다. 사이먼 선생은 눈썹 하나 까딱하지 않았다. 덩컨이 고개를 들어 보니 데이지가 유리창에 코를 박고 있었다. 다른 애들을 다 물리친 모양이었다. 덩컨은 벌떡 일어나 데이지에게 문을 열어주고 싶은 마음이 간절했다. 사이먼 선생은 왜 저렇게 고집스러운 거지? 이런 미친 짓을 꼭 개학 첫날부터 해야 하나? 내일부터 하면 안 되나?

"걱정 말게. 저 예의도 모르는 굼벵이들을 복도에 영원히 세워둘 생각은 아니니까." 선생이 말했다. "하지만 이건 명심하도록……

적어놓는 편이 좋을 텐데…… 만약 여러분이 비극 숙제에 '매그니튜드'라는 단어—모두 지금부터 이 단어에 대해 고민하고 이것이 얼마나 중요한지 깨닫길 바란다—를 정확히 일곱 번 쓰면, 당연히 적확하게 사용해야겠지, 10점의 가산점을 주겠다. 그 말인즉슨, 파릇파릇한 제군, 만약 A를 받을 만한 글이라면 특별가산점을 받게 된다는 얘기야. 자, 규칙은 알고 있겠지. 여러분 중 한 명이라도 이 얘기를 저 아이들에게 발설하면," 선생이 처음으로 문에 달린 창을 힐긋 돌아보았다. "가산점은 없었던 일로 하겠다. 알아들었습니까?"

그러고서 사이먼 선생은 여유롭게 문 쪽으로 걸어가 천천히 자물쇠를 풀고 문을 열었다. 이제 문 너머의 얼굴들은 겁에 질린 표정이 아니라 상심한 표정들이었다. 그애들은 뭔가 중요한 것을 놓쳤음을 잘 알고 있었다—결코 다시 얻을 수 없다는 것도. 데이지가 제일 먼저 교실 안으로 들어왔다.

"허락해주신다면 지각한 이유에 대해 드릴 말씀이 있습니다." 데이지는 덩컨 반대편 자리에 앉으면서 사이먼 선생에게 공손히 말했다.

"안타깝지만, 피킷 양, 규칙은 알고 있겠지요." 사이먼 선생도 못잖게 공손한 어조로 대꾸했다.

다른 아이들도 모두 자리에 앉자 교실은 빈자리 없이 꽉 찼다—총 열다섯 명이었다.

"그럼 시작합시다." 사이먼 선생은 잠시도 뜸들이지 않고 곧장 『모비 딕』으로 들어갔다. 비밀을 아는 축에 속하게 됐으니 덩컨으로서는 유쾌한 시간이 될 수도 있었다. '매그니튜드'라는 단어를 일곱 번 언급하면 10점이 가산된다니! D가 C가 될 수도 있고, C가 B가 될 수도 있다는 의미였다. 이번 학기에 성적을 올릴 기회가 몇 번은 더 있겠지만, 이렇게 큰 기회는 다시는 없을 터였다. 하지만 더디게 시간이 흘러갈수록 덩컨은 점점 더 심기가 불편해졌다. 데이지가 지각한 이유는 뭐였을까? 혹시 나 때문에 늦었나? 아까 데이지를 방안에 들였더라면 상황이 달라졌을까? 덩컨은 여러 번 데이지와 눈을 맞추려 애썼지만, 데이지는 눈길 한번 주지 않았다. 토론 수업에 완전히 몰입해서 필기를 하고 질문에 답하고 이런저런 의견을 제시했다. 덩컨이 보기에 데이지는 『모비 딕』을 다 읽고 온 게 분명했지만, 지각을 만회하려면 안간힘을 써야 하는 처지였다. 이건 공정하지 않아 보였다.

"다음 시간까지 최소한 첫 두 챕터는 읽고 오도록." 마침내 사이먼 선생은 이렇게 말하고, 잠시 뜸을 들였다. 다들 의자 끄트머리에 엉덩이를 걸친 채 다음 말을 기다렸다.

"이제 나아가 아름다움과 빛을 널리 떨쳐라." 사이먼 선생이 수업을 마칠 때마다 늘 하는 고정 멘트라지만 실제로 듣는 건 처음이었다. 몇 명은 빙그레 웃었고, 몇 명은 그 순간을 음미하며 도로 의자 깊숙이 기대어 앉았다. 그러고 나서 다들 교실을 나서기 시작했다. 문에서 가장 가까운 자리에 있던 데이지가 수업이 끝나자마자 휙 나가버려 덩컨은 적잖이 놀랐다. 지각에 대해 다시 해명하려 들거라 생각했기 때문이다. 덩컨은 교과서와 공책을 챙겨들고 데이지를 뒤쫓아 나갔다. 다음 시간은 수업이 없었고, 데이지도 마찬가지였으면 했다. 둘이서 산책을 하거나 뭐 그럴 수 있지 않을까. 하지만 따라잡기 직전, 덩컨은 자신의 방으로 발걸음을 돌렸다. 도대체 무슨 말을 한단 말인가? 게다가 팀이 이제 막 뉴욕에 내렸다. 그다음에 무슨 일이 있었는지 알아야만 했다.

11

팀

비, 눈, 눈덩이

그래, 진짜야. 보어속스 교장 선생님이 나를 데리러 공항까지 마중나오셨다니까. 혹여나 다른 알비노 아이와 헷갈릴까봐 '맥베스'라고 적힌 종이를 들고 수하물 찾는 곳에 서 계셨어. 나는 버네사와 어떻게든 주파수가 통하기를 바라며 휴대폰을 계속 손에 쥐고 있었고, 그리고 몇 시간쯤 있으려니 한 단어가 줄곧 머릿속을 맴돌았어—간단하기 그지없지만 무슨 뜻인지 도통 알 수 없는 단어. 잘됐네.

결과적으로 보면 교장 선생님이 종이를 들고 계셔서 다행이었어. 선생님이 나를 알아보기 전에 내가 먼저 알아봤으니까. 아마 넌 이제 하도 익숙해져서 별생각이 없겠지만, 보어속스 선생님의 모습은 내가 그리던 교장 선생님상에 딱 들어맞았다—반짝반짝 빛나는 대머리 주위를 왕관처럼 둘러싼 머리칼, 목에 두른 붉은 체크무늬 목도리.

"보어속스 선생님?" 에스컬레이터에서 채 내리기도 전에 나는 달뜬 목소리로 불렀어. 선생님을 보자 반가운 마음에 울컥했다. 혼자서 택시를 잡아타고 학교까지 가는 일은 나를 한계까지 몰아붙일 게 뻔했으니까.

"팀!" 선생님은 우람한 손을 내밀어 내게 악수를 청했다. 나는 망설임 없이 그의 손을 잡고 열렬히 흔들었다.

"뉴욕에 온 걸 환영하고, 엠파이어스테이트*에 온 걸 환영하고, 자네의 새로운 집에 온 것을 환영한다." 선생님은 활짝 웃으며 말했어. "이번 학기에 너를 우리 어빙 스쿨의 식구로 맞아들이게 되어 정말 기쁘단다."

"감사합니다." 영원처럼 느껴지던 시간 속에서 처음으로 한숨 돌렸다. 묘하게도 어른의 존재감이란 게 그렇게 마음이 놓일 수가 없었다. 실제로 허리가 구부정해지며 긴장이 풀렸다.

"그럼 갈까?" 선생님은 종이를 잘 접어 블레이저코트의 주머니에 넣었다. "다른 짐은?"

"이거 하나뿐입니다." 나는 어깨에 멘 커다란 배낭을 가리키며 말했다. "다른 건 미리 다 부쳤어요."

보어속스 선생님이 목도리와 똑같은 체크무늬 천으로 된 모자를 코트 다른 쪽 주머니에서 꺼내 머리에 쓰면서 밖이 춥다고 주의를 주었어. 이글루에서 시간을 좀 보내보셔야 하는데, 라는 생각만 들었다. 차에 타 복잡하고 구불구불한 공항 경사로를 요리조리 빠져

---

*뉴욕 주의 별칭.

나갈 때까지 우리는 아무 말도 하지 않았다. 그리고 곧 고속도로를 탔어.

"가는 길에 저녁을 좀 먹자. 괜찮다면 시내에 들러 이탈리아 요리를 먹을까 하는데." 선생님이 말했다. "아니면 웨스트체스터까지 쭉 가서 거기서 먹어도 되고. 양커즈에 괜찮은 이탈리아 식당이 있는데 뇨키를 꽤 잘한다더군."

"좋은데요." 양커즈가 뭔지, 어디 있는지도 모르면서 나는 대답했다.

선생님은 나의 이전 학교에 관해서 질문했어. 나는 3학년 1학기 때 배웠던 선생님들에 대해서, 헤어져서 특별히 아쉬운 선생님이 딱 한 분밖에 없는 이유에 대해서 설명했다. 그 선생님은 매달 한 가지 주제를 정했는데, 학생들의 모든 활동은 그 주제와 관련된 것이어야 했어. 영어 선생님이었지만 수업 내용은 영어에만 국한되지 않았다—음식을 이용하기도 했고 때론 과학과 역사까지 끌어들였지. 나는 새로운 것을 시도하게 되어 즐겁다며 보어속스 선생님을 안심시켰다.

삼사십 분 정도는 버네사에 대한 생각을 제쳐둘 수 있을 거라 믿었는데, 새로운 것을 시도한다는 말을 꺼낸 뒤 나는 잠시 입을 다물어야 했다. 가슴속을 회오리바람이 휩쓸고 간 기분이었어. 새로운 걸 시도했는데 그다지 즐겁지 않다는 생각이 들었던 거지. 반나절하고 하룻밤 동안—아니면 호텔 엘리베이터에서 대략 사십오 초 동안 나는 새로운 것을 시도해봤어. 그리고 이제는 그 느낌이 어떤 건지 몰랐던 시절로 되돌아가고 싶었다. 어쩌면 내가 무엇을 놓치고 사는지 몰랐던 시절로 되돌아가고 싶었던 걸지도—후자에 좀더 가깝겠다.

보어속스 선생님은 진심으로 내게 관심을 보이는 것 같았고, 내가 좋아하는 주제에 관해 묻고 내 얘기를 귀기울여 들었다. 이전 학교에서 공부했던 그리스의 신들에 대해, 또 한 달 내내 빵과 과자를 집중 탐구했던 수업에 대해 실컷 얘기했던 기억이 나. 그때 교장 선생님이 사이먼 선생님을 언급했어.

"그렇다면 우리 학교 3학년 영어 선생님을 꽤 마음에 들어할 것 같구나." 보어속스 선생님이 말했다. "그 선생님은 너희 3학년 기숙사의 사감도 맡고 있으니 금방 알게 될 거다. 클라크 사이먼 선생님이라고. 그런 식으로 가르치지는 않지만—『모비 딕』은 그런 식으로 가르친다고 반박할지도 모르겠군, 음식과 약간의 과학과 역사까지 아우르니까 말이야—학생들이 무엇을 배우든 그 순간만큼은 거기에 완전히 몰입하도록 가르친다는 신조거든. 보면 알겠지만 어떤 날은 아침에 식당에 내려올 때 셰익스피어의 희곡이나 다른 소설에 나오는 등장인물처럼 입고 나타나기도 하고, 또 어떤 날은 에이해브 선장이 피쿼드 호에서 먹은 음식만 먹기로 한단다. 그게 뭔지는 통 모르겠지만. 아마 그런 날은 저녁때가 되면 배가 좀 고프겠지."

나는 선생님 말씀에 집중하려 노력했어. 지금쯤 버네사는 어디 있을까, 혹은 더 심각하게, 둘이 마주치면 어떻게 될까 하는 생각을 애써 떨치며 고개를 끄덕였다. "그럼 지금 진도는 어디까지 나갔나요?"라고 질문했던 기억이 나.

"어디 보자. 『모비 딕』과 셰익스피어 입문이 끝났겠군. 겨울방학 전에 『리어 왕』과 『맥베스』를 읽었지. 지금쯤 그리스 비극부터 시작해서 슬슬 본격적으로 비극 숙제를 대비하는 작업에 들어가겠구나."

"비극 숙제요?"

"아, 뭐, 그에 관해서는 곧 알게 될 거다."

(이건 딴 얘긴데, 이 부분 꽤 재미있지 않았어? 보어숙스 선생님 말투 열심히 흉내냈는데. 나 제법 그럴듯하게 한 것 같은데. 눈감고 들어봐. 똑같지 않냐?)

"고등학교 교과과정의 결정판이라 할 수 있지—독해력과 문장력, 소재를 분석하는 방법과 본인의 사고를 표현하고 전달하는 법까지 총체적으로 아우르는. 굉장히 재미있단다. 그리고 네 성적표를 봤는데, 그만하면 진도를 쫓아가는 데 아무 문제 없을 거다. 하지만 그 얘기는 잠시 미루도록 하자. 배고프니?"

배는 무척 고팠다. 마지막으로 제대로 된 식사를 한 게 언제였더라? 그날 아침의 스테이크? 뱃속에 음식이 조금이라도 들어가면 한결 살 것 같았다.

우리는 한참을 묵묵히 달렸어. 때때로 보어숙스 선생님이 랜드마크를 가리켰다—이 앞의 다리라든가 저멀리 보이는 높은 빌딩이라든가. 고속도로 모양은 달랐지만 눈을 게슴츠레 뜨면 내가 시카고에 있고 지금 집에 가는 중이라 해도 거의 믿을 수 있을 것 같았어. 결국 우리는 선생님이 계속해서 양커즈라고 부른 곳의 조그만 이탈리아 식당에서 맛있는 저녁을 먹었다. 양커즈라니 동네 이름치고 참 희한하지. 나는 미트볼 스파게티를 주문해 먹으면서 너무 지저분해 보일까봐 걱정했다. 보어속스 선생님은 지티 그라탱을 드셨는데, 녹은 치즈가 식사하는 내내 턱밑에 실처럼 대롱대롱 매달려 있었어. 사진으로 못 찍어둔 게 아쉽다. 교장 선생님을 협박할 필요가 있을 때 요긴하게 써먹을 수 있었을 텐데.

그다음부터는 일사천리였다. 정신을 차리고 보니 우린 다시 차에 타 다음 목적지인 학교로 향하고 있었지. 사실 난 도망갈 생각도 했다. 말 그대로 인도를 달려서 보어속스 선생님한테서 도망칠까. 그러면 선생님은 어떻게 하실까. 내 뒤를 쫓아서 달려올까? 경찰에 신고할까? 나를 찾을 때까지 양커즈를 배회할까? 완전히 정신 나간 생각이었어. 뛰어가서 모퉁이를 돌자마자 나는 방커즈*와 라임이 맞는 희한한 이름의 이상한 동네에서 외톨이가 되었을 거야. 학교가 더 나은 선택이겠지.

이십오 분가량 더 달린 후 보어속스 선생님은 깜빡이를 켜고 고속도로에서 벗어났다. 출구에서 길이 이상하게 합쳐졌다. 막 도로를 벗어나려는데 차 한 대가 바로 뒤에서 고속도로로 진입했어. 순간적으로 나는 충돌하는 줄 알았다. 아무 일도 없었지만. 곧 우리는 언덕으로 올라가는 좁은 길로 접어들었어.

커다란 표지판에 '어빙 스쿨'이라고 쓰여 있었다. 왼편으로 운동장과 체육관으로 보이는 건물이 눈에 들어왔어. 구불구불한 도로를 올라가자 이윽고 학교 홈페이지에서 수도 없이 보았던 건물들

---

* bonkers. 완전히 미쳤다는 뜻의 형용사.

이 나왔다. 교장 선생님이 자신의 관사를 손으로 가리켰다. 그리고 드디어, 3학년 기숙사를 가리켜 보였다.

선생님은 조그만 빈터를 돌아 석조 아치 앞에 차를 세우고, 잠시 멈춰서 내게 이 모든 것을 받아들일 여유를 줬어.

"들어와 벗이 될지어다." 선생님은 연극적인 어조로 말했다.

"네?"

"들어와 벗이 될지어다." 선생님은 나무문 위쪽 돌에 새겨진 문구를 가리키며 거듭 말했다. "우리 어빙 스쿨의 운영 철학 중 하나다. 네가 저 글귀를 놓치지 않았으면 해."

나는 줄곧 버네사와 내가 정확히 얼마나 가까이 있을까 생각해 보고 있었다. 스무 발자국 떨어진 곳에 있을까? 백 발자국? 아님 천 발자국? 그렇게 멀리 있을 리는 없었어. 버네사가 학교에 도착했다면, 여기 어딘가에 있을 테니까.

사위가 매우 고요했어. 나뭇가지에 스치는 바람 소리 정도만 들렸다. 내가 만약 여기서 버네사의 이름을 목놓아 외친다면 무슨 일이 벌어질까. 고래고래 그애 이름을 부르며 주먹으로 문짝을 쾅쾅 두드리는 내 모습을 상상했다.

나는 보어속스 선생님 뒤를 따라 안으로 들어갔어. 정면에 나무판을 덧댄 벽과 카펫이 깔린 웅장한 계단이 보였지. 선생님을 따라 계단을 올라갔다. 계단 꼭대기에서 왼편으로 돈 선생님은 걸어가면서 오른쪽이 여학생 기숙사라고 알려줬어.

"기숙사 규칙은 곧 알게 되겠지만," 선생님이 말했다. "저쪽이 출입 금지라는 것쯤은 지금도 충분히 짐작하겠지."

또다시 예기치 못한 짓을 하고 싶다는 어처구니없는 충동이 고개를 들었다. 여자 기숙사 복도를 달려가며 버네사의 이름을 부르고 싶었어. 그러나 이번에도, 실제로 그러지는 않았다. 나는 선생님 뒤를 따라 하나둘 늘어선 방들 앞을 지나쳤다. 무척 조용했고, 방안의 불도 단 한 군데를 제외하고는 모두 꺼져 있었다. 아래쪽 문틈으로 빛이 새어나오는지 일일이 확인하면서 걸었기 때문에 알아. 복도 끄트머리에 다다르자, 맨 끝 방 문이 열려 있고 빛이 쏟아져나오는 게 보였다.

"여기가 네 방이란다, 팀." 교장 선생님은 걸음을 멈추고 내가 먼저 방에 들어갈 때까지 기다렸어. 지금 네가 앉아 있는 그 방이지. 비좁았지만 아주 작은 원형 창문이 있어 충분히 근사해 보였다. 낮에 햇빛이 들어오는지 궁금했어. 지금은 우리 둘 다 그 답을 알지. 뜻밖에도 침대는 잘 정돈되어 있었고, 한쪽 구석에 내 짐가방들이 가지런히 쌓여 있었다. 책상 위에는 쿠키 한 접시와 얼음이 담긴 그릇 안에 우유 한 컵이 놓여 있었다.

"맘에 들었으면 좋겠구나." 보어속스 선생님이 안으로 들어오며 말했다. 이 좁은 방에 서니 정말 거대해 보였다. "내가 여기엔 잘 올라오지 않아서. 이렇게 보니 좋군."

"고맙습니다. 아주 좋네요."

"그럼, 푹 자거라." 나는 선생님이 가지 말았으면 했다. 혼자 있고 싶지 않았어. 수업은 아직 정상적으로 진행되지 않지만 내일은 오리엔테이션이 있을 거라고 선생님은 다시 한번 일러줬다. 그러고는 아침식사 때 보자고 했어. 나는 손을 내밀어 선생님과 악수하고 거듭 감사를 표했다. 그때 선생님이 이렇게 말했어.

"네가 우리 학교에 와서 기뻐, 팀. 새 학기가 굉장히 기대되는 구나."

교장 선생님이 두 달 후에도 그렇게 생각했을까?

나는 복도를 걸어가는 선생님을 바라봤어. 선생님은 어느 방 앞에선가 발을 멈추고 허리를 굽혀 문 밑을 봤어. 그러더니 방문을 가볍게 노크했지.

"소등하도록." 그렇게 말하고 선생님은 가버렸다.

나는 천천히 방문을 닫았다. 몇 시간 만에, 아니 며칠 만에 처음으로 철저히 혼자가 된 거지. 내 방 불은 아직 켜져 있었지만, 보어 속스 선생님이 별말씀 없으셨으니 괜찮은가보다 했어. 나는 침대에 앉아 눈길 닿는 대로 방안을 두리번거렸다. 짐을 풀어 정리할까 고민하다가, 그러기엔 밤이 너무 늦었다고 생각했어. 내일 할 일이 별로 없어 심심할까봐 걱정도 됐고. 최소한 짐을 풀어야 한다는 핑계로 방안에 머물 수는 있을 테니까—누구한테 핑계를 대야 할지는 몰랐지만.

바닥에 뭔가 푸르누런 것이 눈에 띄었다. 노란색과 키위색의 중간쯤 되는 묘한 녹색이었어. 연두색이다, 라고 나는 속으로 생각했다. 전날 버네사가 사용한 연두색과 똑같은 색깔이었어. 침대 밑에서 옷장까지 이어진 그것은 축제나 결혼식 때 뿌리는 종이 비 혹은 색종이 조각처럼 보였다. 나는 바닥에 엎드려 침대 밑을 봤지. 연둣빛 빗방울은 침대 발치의 먼지 쌓인 귀퉁이 아래까지 쭉 이어져 있었어. 거기에 뭔가가 있었다. 나는 팔을 뻗은 채 침대 밑으로 조금씩 기어들어갔고, 마침내 꼬깃꼬깃한 종이 같은 것에 손이 닿았다. 처음엔 전 방 주인이 흘린 게 분명하다고 스스로를 설득했다. 하지만 정말 솔직히 말해서, 그 연두색을 우연의 일치로 치부하기는 어려웠어. 침대 밑에서 옴쭉거리며 기어나와 종이 뭉치를 손에 쥐고 바닥에 앉았을 때 내 심장은 압축공기식 드릴처럼 쿵쿵 뛰었다. 천천히 종이를 펼치자 글자가 보였어. 종이를 바닥에 놓고 구김을 펴면서 일부러 눈의 초점을 맞추지 않고 있다가, 다 편 후에 제대로 봤어.

맨 위에 연두색 마커로 비, 눈, 눈덩이라고 쓰여 있었다. 자연에 관한 시인가? 나는 종이를 뒤집었고, 뒷면에는 이렇게 적혀 있었다.

팀에게

어빙 스쿨에는 졸업반 선배가 다음에 자기 방을 쓰게 될 후배에게 우리들끼리 일명 '보물'이라 부르는 것을 남기는 전통이 있어. 보통 기숙사에 들어온 첫날 보물을 받는데 정말 어이없는 물건도 있었어. 어떤 거냐고? 내 친구 매디슨은 오마하 스테이크의 생 스테이크를 한 팩 받아서 애들한테 식당에서 구워 먹자고 졸라댔어. 그건 양반이야. 줄리아라는 친구는 와인 한 병을 받았는데, 전에 그 방을 썼던 선배네 집이 와인 양조장을 하거든. 내가 받은 게 뭐였는지 궁금해 죽겠지? 음, 나는 눈사람 만들기 키트를 받았어. 내 방의 전 주인은 수잰이라는 선배인데, 내가 눈밭에서 노는 걸 엄청 좋아한다는 걸 알았던 모양이야. 키트에는 코 자리에 붙일 플라스틱 당근이랑 까만 실크해트랑 빨간 목도리가 포함돼 있었어.

너도 여기 왔는데 그 전통을 못 누리면 섭섭하잖아. 옷장 안을
한번 잘 봐봐.

버네사

나는 옷장까지 이어진 연두색 종이 빗방울의 행렬을 흐트러뜨
리지 않도록 조심했다. 버네사가 흩뿌려놓은 그대로 두고 싶었어.
그애의 손이 닿았던 물건이 내 곁에 있다는 사실이 좋았다. 장난
감 같은 나무문을 여니 한쪽에는 짧은 봉이 있고 다른 쪽에는 선반
이 있었어. 처음엔 별다른 게 눈에 띄지 않았는데, 허리를 숙이니
맨 아래 선반 밑에 조그만 아이스박스와 비닐봉지가 보였다. 비닐
봉지를 먼저 꺼내보니 플라스틱 당근과 실크해트와 목도리가 들어
있었다―단 목도리가 빨간색이 아니라 연두색이었지. 그다음 아
이스박스를 끄집어내 열어봤어. 안에는, 완벽한 모양의 눈덩이 세
개가 들어 있었다.[*]

---

[*] 서양에서는 눈사람을 머리와 가슴, 몸통 세 덩이로 만든다.

12

팀
열여덟 시간

덩컨은 다음 CD로 바로 넘어갈 수가 없었다. 예상했던 시나리오와 전혀 딴판이었다. 물론 버네사의 호의에 감탄하기는 했지만, 그 이유를 묻지 않을 수 없었다. 왜 그랬을까? 소변도 마렵고 다음 수업에 지각할 것 같았지만 계속 듣고 싶다는 생각이 제어가 안 돼서 도저히 저항할 수가 없었다. 그래서 얼른 CD를 꺼내다가 바닥에 떨어뜨렸고 다시 주워 다음번 CD를 밀어넣었다. 덩컨은 너무 빠져들지 않도록 침대 끄트머리에 허리를 곧추세우고 앉아 눈을 감고 방안에 퍼지는 팀의 목소리를 들었다.

아침에 눈을 떠보니 침대는 젖어 있고, 난 영문을 알 수가 없었어. 그러다 눈덩이에 생각이 미쳤고, 그걸 손에 든 채 잠이 든 스스로를 욕했지. 이불이 얼마나 젖었는지 확인한 다음 여벌의 침대 시트가 어디 있는지 찾으려는데 문에서 노크 소리가 들렸다.

"아, 네가 팀이구나." 문 앞에 서 있던 사람이 말했어. 처음엔 학생인 줄 알았다. 상당히 어려 보인데다 세련된 검은색 뿔테 안경을 쓰고 있었거든. 그때 그 사람이 입을 열었어. "나는 영어 담당 사이먼 선생이다."

"안녕하세요." 사이먼 선생님은 블루베리 머핀 같은 것과 오렌지주스가 놓인 쟁반을 들고 있었다. 내게 쟁반을 건네는 선생님의 시선이 한 입도 안 댄 채 그대로인 엊저녁의 쿠키 그릇에 머물렀지. 아차 싶었다. 저것도 분명 사이먼 선생님이 가져온 걸 텐데.

"와, 감사합니다." 나는 새삼 허기를 느끼며 말했어. "늘 이런 식인가요? 그러니까 항상 룸서비스 같은 게 나오는 거예요?"

"에, 그렇다고 말해주고 싶지만, 실은 아니야. 보통은 아침에 직접 식당에 내려가야 해. 하지만 나는 제과제빵을 몹시 즐기는 독거남이고, 넌 이 방에 살게 된 행운아니까, 기회가 닿을 때마다 내 작품을 나누도록 하지. 이곳에서 맞는 첫 아침이 새로운 생활을 시작하기에 더할 나위 없이 좋아 보이는데. 여행은 어땠나?"

사연이 좀 복잡한데요, 라고 말하고 싶었다. 여기 오는 길에 사랑에 빠진 것 같아요, 라고도. 대신 나는 이렇게 대답했어. "길었어요."

"뭐, 이미 대충 알고 있을 것 같지만 욕실은 저쪽이고, 식당은 계단을 내려가 아래층 복도 끝이야." 사이먼 선생님이 말했다. "오늘 일정은 공식 일과는 아니지만, 씻고 채비를 마치면 바로 식당에 내려가보는 게 좋을 거야. 놓치면 후회할 행사가 있을 테니까. 하이킹도 가고 아마 깃발 뺏기 시합도 할걸."

"재밌을 것 같네요." 난 선생님에게 버네사를 아느냐고 물어보고 싶었어—마찬가지로 패트릭에 대해서도. 하지만 엄두가 나지 않았다.

"이 방이 뭐 특별하거나 그런 건가요?" 나는 질문했다.

"내 베이킹 작품을 갖다주겠다고 한 것 때문에 묻는 건가?" 사이먼 선생님이 내게 되물었어. 나는 벌써 그가 좋아지기 시작했지. "특별하지. 이 방은 말이야, 나의 훌륭한 제자 팀 군, 현직 영어 교사가 탄생한 곳이야! 어빙에 다닐 때 여기가 내 방이었거든. 내겐 아주 안성맞춤이었지." 선생님은 상체를 약간 숙이더니 목소리를 낮췄어. "이 방의 비밀은, 불을 켜놔도 바깥으로나 문 밑으로 거의 빛이 안 새어나가서 밤늦게까지 책을 읽을 수 있다는 거야. 내가 그랬지—셰익스피어와 어니스트 헤밍웨이의 수많은 작품들. 그 기막힌 장점을 적어도 나만큼 즐기길 바란다. 그럼 아래층에서 보도록 하지. 어빙 스쿨에 온 것을 환영한다."

"저도 여기 오게 되어 기뻐요." 놀랍게도 나는 무심결에 빙그레 웃고 있었다.

머핀은 따뜻하고 향도 끝내줬어. 나는 침대 끝에 걸터앉아 그걸 다 먹어치웠다. 그러고 나서 두려워마지않던 일에 착수했지. 아이스박스를 열고 나머지 눈덩이 두 개를 확인한 거야. 어젯밤엔 식당에 몰래 내려가서 냉동고를 찾아 넣어둘까도 했지만, 뭐하러 그러나 싶었어. 누가 보면 다 갖다버릴 텐데. 아이스박스 뚜껑을 옆으로 밀고 보니 하나는 다 녹아버렸고 다른 하나도 골프공보다 작아져버렸더라. 나는 뚜껑을 다시 덮어놓고 욕실로 향했다. 맨날 욕실에 가는 것까지 미주알고주알 떠들 생각은 아니니까 걱정 마. 이 한 번은 나름 중요한 얘기니까 그냥 들어주길 바란다.

복도에는 아무도 보이지 않았고, 기숙사는 더없이 조용했다. 수업이 없으니까 다들 자는 모양이었어. 다행이었지. 아직은 아무와도 마주치고 싶지 않았고, 난 그리즐리 메이즈*의 북극곰처럼 눈에 띌 게 분명했으니까. 아이들이 나에 관한 얘기를 어디까지 들었을까? 내가 알비노라는 걸 알고 있을까? 마음의 준비가 돼 있지 않았다. 그 순간 하이킹도 가지 않기로 결정했지.

욕실 역시 텅 비어 있는 걸 보자 마음이 놓였다. 다 씻고 방으로 돌아가려는 찰나 욕실 문이 확 열렸어. 나는 거울 쪽으로 서 있어서 방금 들어온 사람에게 등을 돌린 상태였지만, 밝은 파란색 눈과 짧은 갈색 머리에 키가 훤칠한 녀석이라는 게 보였다. 눈동자가 정말이지 새파래서 거울에서 불꽃이 이는 것 같았다. 녀석은 초록색 잠옷 차림으로 혼자 콧노래를 부르고 있었어. 나는 나를 쳐다보는 녀석의 눈길을 알아차렸다. 그 기운을 감지할 수 있었어. 한참 동안 말없이 아래위로 나를 훑어보는데, 나로서는 별도리가 없었다. 나는 돌아서서 내 소개를 하려고 했다. 녀석은 이 자식 왜 이렇게 허여멀게, 라는 감상에 더해 처음 보는 놈이 여기서 뭐하는 거야, 하며 의아해하고 있을 게 뻔했다. 그러나 미처 자기소개할 타이밍을 잡기도 전에 녀석은 내 코앞에 탑처럼 서서 나를 굽어봤어.

"네놈이 내 여자친구랑 호텔에서 하룻밤을 같이 보냈단 말이

---

* 알래스카 카트마이 국립공원 내에 있는 잡목림이 우거진 불곰 출몰 지역.

지." 녀석이 으르렁거렸어.

최악의 시나리오였다. 아무나 좀 들어와라. 나는 속으로 주문을 외웠어. 아무나 좀 들어와.

놈이 더욱 가까이 다가섰다. 실제로 녀석의 코가 내 코에 닿았어.

"원래부터 이렇게 이상하게 생긴 놈만 아니었으면 내가 제대로 손 좀 봐줬을 텐데." 녀석이 말했다. "콧대를 부숴놓거나 눈탱이를 밤탱이로 만들었을 거라고. 아무도—그러니까 이 몸을 제외하곤 그 누구도—내 여자와 단둘이 침실에 있을 수 없어. 알아들어?"

"걱정하지 마." 내 말이 좀 너무 비꼬는 투로 나왔다. "그애가 그런 일을 다시 허락할 것 같진 않으니까."

"무슨 일을 다시 허락해?" 녀석이 대꾸했다.

솔직히 나는 겁이 났어. 그렇게 비웃듯 말할 생각은 아니었는데. 말썽에 휘말리지 않으려 몸부림칠수록 상황은 더욱 악화될 뿐이었다. 머릿속에선 아직도 지난 열여덟 시간 동안 고마웠어라는 버네사의 목소리가 맴돌았어. 열여덟 시간. 열여덟 시간. 패트릭이 내 머릿속을 들여다보지 못하기를 바랐다. 잠깐 정신이 딴 데 팔려 남의 생각을 읽을 수 있는 슈퍼히어로가 누구였는지 고민했다. 참고로 말해두자면 〈엑스맨〉의 프로페서 엑스야. 하지만 그때는 신경이 너무나 곤두선 탓에 내 방으로 돌아올 때까지 그게 생각나지 않았어.

"아무것도 아냐." 나는 결국 이렇게 말했다. "내 말은, 그애가 또 호텔에서 하룻밤을 보내고 싶어할 리가 없고, 나하고 같이 말이야, 그러니까……"

내 말에 패트릭의 기분이 풀어지는 것 같지는 않았다. 침대가 두 개 있는 방이었고 그나마 나는 침대에서 자지도 않았다고 말해볼까 했지만, 하도 말을 버벅거려서 안 하느니만 못할 게 분명했어.

"그러니까 뭐?" 패트릭이 물었다. 녀석은 맘만 먹으면 내 코를 물어뜯을 수 있을 정도로 압박해 들어왔다. 새로운 사람들을 만나는데 크게 물려 곪아터진 코를 하고 있으면 꽤나 보기 좋겠군. 그러나 패트릭은 물어뜯지 않았어. 어쨌든 그렇게까지 내게 가까이 다가오고 싶어하는 사람이 없다는 것을 나는 잊고 있었던 거다. 바로 그때 문이 휙 열리더니 빨간 머리의 키 작은 애가 들어왔어. 속옷 차림으로 욕실에 오지 말라는 경고문이 붙어 있었지만, 녀석은 빨간 체크무늬 사각팬티만 입고 위에는 아무것도 걸치지 않았다. 그 녀석이 패트릭을 보고 씨익 웃더니 내게 시선을 돌렸다.

"어이." 빨간 머리는 패트릭과 나를 번갈아 쳐다보며 인사했어.

"어이." 패트릭이 대답했다. 나는 얼핏 미소를 지어 보였던 것 같아. 우리 셋은 몇 초간 그렇게 서 있었고, 나는 빨간 머리가 자기가 뭐하러 왔는지 잊어버린 게 아닐까 의심스러웠다. 그때 녀석이 고개를 꾸벅하고 화장실 칸으로 들어갔어.

"그냥 장난 좀 친 거야, 알지, 응?" 별안간 패트릭이 내 등을 두드리며 친한 척했다. "농담 좀 한 거라고. 야, 피터, 전학생한테 네 소개 해야지."

"난 피터라고 해." 화장실 안에서 말소리가 흘러나왔다. 두루마리 휴지를 풀어내는 소리가 들렸고.

"나는 팀이야." 내가 말했다.

"겁주려던 건 아니었어. 나 때문에 겁났냐?" 패트릭이 물었다.

이 녀석이 미쳤나, 왜 이렇게 횡설수설이야, 하고 생각했던 게 기억나. 내가 무슨 얘기를 꺼내기도 전에 패트릭이 계속 말을 이었다. "나중에 내 방으로 올래?" 나는 가만히 서서 바닥을 내려다보고 있었다. 피터에게 얘기하는 줄 알았거든.

"야, 너 말이야." 패트릭이 내 쪽으로 고갯짓하며 말했다. "이번 학기의 '빅 게임'을 짜고 있는데, 너도 들어와라. 사람들 사귀는 데 도움이 될 거야. 어때?"

패트릭이 무슨 말을 하는 건지 감을 잡을 수가 없었다. '빅 게임'이라고? 하지만 굳이 그게 뭔지 물어 거기 더 머물고 싶진 않았다. 머리가 핑핑 돌았고, 화장실에서 나는 냄새에 숨이 막힐 지경이었어. 여기서 나가야 했다.

"스트립 포커*가 딱일 것 같은데." 화장실 안에서 냄새를 풍기는 피터가 말했다.

"아냐." 패트릭이 말했다. "굳이 뭐 그런 야한 게임을 할 필요 없고. 따로 생각해놓은 게 있어. 그 게임 이름이 뭐더라. 타깃이 된 사람을 제거하는데 누가 타깃인지는 비밀이고……"

"어새신Assassin." 나는 무심코 내뱉었다.

패트릭의 얼굴에 서서히 미소가 번졌어.

"맞아, 그럼." 패트릭이 말했다. "저녁 먹고 내 방에서 보자."

---

* 질 때마다 벌칙으로 옷을 하나씩 벗는 포커 게임.

13

덩컨
방문마다 색깔이 다 달랐다

덩컨은 CD를 껐다. 작년을 돌이켜 밟아가는 것을 멈추고 올해
로 정신을 되돌리는 데 꽤나 애를 먹었다.

중앙 계단으로 아래층에 닿자마자 곧바로 무슨 일이 생겼음을
직감했다. 사람들이 3학년 여자 기숙사 층에서 일어난 사고에 대
해 수군거리고 있었다. 무슨 사고인지 정확히 아는 사람은 없는 듯
했으나, 하여간 뭔가 사달이 나긴 한 모양이었다. 하여간 새 학년
수업 첫날부터 집중하지 못하고 헤맸다. 제일 좋아하는 수학 시간
에도 늘 하던 대로 뛰어난 실력을 보여주지 못했다. 덩컨은 학기
초부터 모두에게 자신의 뛰어난 수학 실력을 주지시키기를 좋아했
는데, 사실 다들 이미 알고 있었다. 어쨌든 몇 년간 학교를 같이 다
닌 아이들이니까.

수학과 과학 수업 사이─긴 복도를 쭉 따라가서, 밖으로 나가는
짧은 통로를 하나 더 지나, 마지막으로 과학관으로 이어지는 가로

수길을 걷는 동안―덩컨은 귀를 쫑긋 세우고 있었다. '아프다'라든가 '불'이라든가 '쥐' '구급차' 같은 말이 들렸지만, 그 단어들이 데이지네 기숙사에서 일어난 사건과 어떤 관련이 있는지 알 수 없었다. 그는 데이지가 어디 있나 눈을 크게 뜨고 다녔다―분명 어딘가에 있을 텐데. 하지만 어디서도 보이지 않았다. 엊저녁에 식당에서 데이지한테 말을 걸어 수업 시간표가 어떻게 되는지 물어볼 걸 하고 후회했다. 아니 그보다는, 오늘 아침에 방안에 들어오게 할걸. 그때로 돌아가 선택을 번복할 수만 있다면 무엇도 아깝지 않을 텐데. 덩컨은 데이지를 보면 꼭 그때 일에 대해 사과하겠다고 몇 번이고 다짐했다. 하지만 오전이 다 지나도록 데이지는 흔적조차 보이지 않았다. 점심시간 직전에 그는 애비게일을 보았다. 애비게일은 데이지와 아는 사이였지만, 대부분의 데이지 친구들과 달리 교내 사교 정치에 별로 깊숙이 참여하지 않았다. 그래서 덩컨은 애비게일에게 혹시 데이지를 못 봤느냐고 물어보았다. 그러나 애비게일도 데이지를 보지 못했고, 마찬가지로 아침에 여자 기숙사에서 무슨 일이 일어났는지 알아내려 애쓰는 중이었다. 실질적으로 애비게일은 아무 도움이 되지 않았다. 덩컨은 다른 애들에게 물어볼까 했다가, 갑자기 왜 그렇게 데이지한테 관심이 많으냐고 입방아에 오르내릴까봐 그만두었다.

점심때 식당에서도 데이지가 보이지 않자―덩컨이 가장 좋아하는 메뉴인, 허드슨 밸리에서 방목으로 키운 쇠고기 버거가 나왔다―슬슬 걱정되기 시작했다. 덩컨은 버거를 냅킨에 싸서 들고 자리를 떴다. 기숙사 방으로 올라가서―다음 수업까지 한 시간가량 비었다―팀의 이야기를 좀더 들을 생각이었다. 하지만 계단을 올라 2층에 다다랐을 때 덩컨은 무모한 짓을 감행했다. 여자 기숙사 쪽으로 방향을 튼 것이다. 정말로 여자 기숙사에 들어가면서도, 그런 제 모습이 스스로도 믿기지가 않았다. 덩컨은 거기 사는 사람인 양 애써 태연한 척했다. 여자 기숙사에 사는 남자라니 도대체 말이 안 되는 얘기지만 그래도 왠지 기분은 좀 나아졌다. 마음을 단단히 다잡고 모퉁이를 돌았는데 우뚝 그 자리에 멈춰 서고 말았다. 복도는 텅 비어 있었지만, 외관이 남자 기숙사와 딴판이어서 무척 놀랐다.

카펫은 밝지만 촌스럽지 않은 파란색이고, 노란색 벽에는 여기저기 덩굴과 꽃이 그려져 있었다. 창가 앞자리 긴 좌석은 남자 기숙사에는 없는 거였고, 그 위에 체크무늬 쿠션과 책 몇 권이 놓여 있었다. 방문마다 색깔이 다 달랐다―민트그린, 밝은 오렌지, 라벤더. 어쩐지 닥터 수스의 동화 시리즈가 생각났다. 남자 기숙사의 우중충한 회색과 갈색보다야 훨씬 나았지만, 여기서 살라고 하면 그러고 싶을지 별로 확신은 없었다.

오늘 아침 여자 기숙사에서 참사 같은 게 일어난 흔적은 전혀 보이지 않았다. 바보 같은 짓인 줄 알면서도 그는 카펫에 핏자국이 있나, 벽에 불탄 자국이 있나 살폈다. 여자애들은 대부분 점심을 먹으러 갔을 테지만, 3학년들은 수업이나 중요한 특별활동이 없다면 언제든 내킬 때마다 혹은 필요할 때마다 자기 방에 갈 수 있는 특권이 있었다. 방에서 점심을 먹고 싶다면 그래도 되는 것이다. 하지만 주위에 누가 있는 것 같지는 않았다.

천천히 복도를 걸으면서 덩컨은 자신이 데이지 방이 어딘지도 모르면서 무작정 왔음을 깨달았다. 방문마다 그림과 스티커와 커다란 리본 같은 게 있었지만 이름은 없었다. 여자애들은 도대체 무슨 수로 각자의 방을 알아보는지 궁금했다. 남자 기숙사는 아직도 거의 다 문짝에 이름이 붙어 있었다. 그때 데이지의 친구인 저스틴이 방에서 나왔다. 보라색 문이었다—라벤더색이 아니라 정말로 진한 보라색이었다. 저스틴은 진짜 경악한 표정이었고, 덩컨은 저스틴이 비명을 지를 거라 생각했다. 하지만 입만 벌렸을 뿐 아무 소리도 내지 않고 다시 꽉 다물었다. 두 사람은 서로 멀뚱히 얼굴만 쳐다보았다.

"안녕, 데이지를 찾는 중인데." 덩컨이 마침내 입을 열었다. 목에서 쉿소리가 나며 좀 갈라졌다.

"아, 그런 것 같았어." 저스틴이 말했다.

덩컨은 실실 비져나오려는 웃음을 애써 참아야 했다. 자기가 데이지를 찾고 있을 거라고 저스틴이 짐작했다는 것은, 두 사람 사이에 모종의 감정이 있다고 생각한 자신이 정신 나간 게 아니라는 뜻이다. 다른 사람들도 그렇게 봤다는 것이다.

"기숙사에 없어." 저스틴이 말했다.

"점심 먹으러 갔어? 식당에서 못 봤는데."

"아니, 병원에 있어."

덩컨은 한 발짝 물러섰다.

"뭐? 데이지가……" 덩컨은 무슨 말을 해야 할지 몰랐다. "……아파?"

"그럴지도. 아닐지도 모르고." 저스틴은 그렇게 말하고 돌아서

서 가려고 했다. 덩컨은 원래부터 저스틴이 도무지 마음에 들지 않았다.

"잠깐만." 덩컨은 팔을 뻗어 저스틴의 손목을 붙잡았다. 저스틴이 돌아서서 손목을 빼냈다. "부탁이야, 알고 싶어."

"네가 왜?" 저스틴이 말했다. "몇 달 동안 데이지한테 말 한마디 안 했으면서."

저스틴의 말이 맞았다. 덩컨은 몇 달 동안 데이지한테 입도 뻥긋하지 않았다. 오늘 아침 데이지의 면전에서 문을 쾅 닫아버린 거나 다름없는 짓을 했을 때 잠깐 몇 마디 나눈 것 빼고는.

두 사람은 몇 초 동안 서로를 노려보았다.

"점심 메뉴는 뭐야?" 저스틴은 언제 병원에 간 친구 이야기를 했냐는 듯 말을 돌렸다.

덩컨은 냅킨에 싸온 햄버거가 생각나 손에 든 음식을 가리키며 말했다.

"한 입도 안 댔어. 케첩과 머스터드와 피클이 들었어."

"딱 내 취향이네." 조금 전까지 울고 있었는지 저스틴의 눈이 약간 충혈된 것이 눈에 띄었다. 밤색 머리는 완벽한 포니테일로 빗어 올렸고, 체크무늬 면 셔츠에 빛바랜 청바지를 입고 있었다. 예쁘긴 했지만 데이지만큼은 아니었다.

"그거 나 주는 거니 마는 거니?" 저스틴이 물었다.

"아, 응." 덩컨은 햄버거를 내밀며 말했다. "미안."

"고마워." 저스틴은 햄버거를 받아들고 코앞으로 가져가 냄새를 맡았다. "배고파 죽을 뻔했네."

"최소한 데이지가 아픈지 아닌지만 말해줄래? 아니면 다친 건지?" 덩컨은 거듭 애원했다.

저스틴은 대답하지 않았다. 그냥 뒤로 돌아 보라색 문으로 향했다. 덩컨은 방 안쪽도 보라색인지 궁금했다. 여긴 완전히 딴 세상 같았다. 저스틴은 방문 손잡이를 잡은 채 고개를 돌려 뒤돌아보았다.

"이따가 데이지하고 얘기할 건데, 뭐 전하고 싶은 말 있어?"

덩컨은 고민했다. 하고 싶은 말은 너무 많았다. 그렇게 한참 동안 말하지 않고 지내서 미안하다고. 오늘 아침에 네가 방문 앞까지 왔는데 도와주지 못해서 미안하고, 그 일 때문에 병원에 간 것은 아니기를 바란다고. 여자애한테 이런 기분을 느낀 건 처음이라고. 수많은 여름밤 침대에 누워 네 생각을 했다고, 지금 뭘 하는지, 가끔 내 생각을 하는지 궁금해했다고.

"그냥 별일 없길 바란다고 전해줘." 덩컨이 말했다. 그러고는 저스틴에게 대답할 틈도 주지 않고 곧장 뒤돌아 양쪽 기숙사를 연결하는 뒤쪽의 좁은 복도로 걸어갔다. 모퉁이를 돌아 저스틴의 시야에서 벗어나 방으로 뛰어가는데 저스틴이 낄낄 웃는 소리가 들리는 듯했다. 남자 기숙사로 건너오면서 사이먼 선생과 마주치지 않을까 걱정이 되었다. 하지만 무사히 방안에 들어왔고, 문을 닫은 뒤 침대에 걸터앉아 숨을 골랐다. 저녁때까지 쫄쫄 굶어야 한다는 것과 아직도 데이지 방이 어딘지 모른다는 것을 깨닫기까지 일 분은 족히 걸렸다. 그때 팀이 편지에서 말했던 옷장 속 비밀 공간이 생각났다.

덩컨은 책상 서랍에서 편지를 꺼내 거기 써 있는 대로 비밀 공간을 천천히 열었다. 안이 비어 있을 거라고 생각했다. 편지를 처음 읽었을 때는—마치 몇 주는 지난 것 같았다—그저 이 비좁은 방이 걸린 데 대한 보상일 뿐이라고 여겼는데, 이젠 이 방이 점점 마음에 든다는 것을 인정하지 않을 수 없었다.

그런데 비밀 공간은 비어 있지 않았다. 열자마자 바로 알 수 있었다. 덩컨은 더 자세히 보려고 무릎을 꿇었다. 입구는 가로 6인치, 세로 8인치 정도로 좁았지만, 내부는 의외로 넓어 보였다. 가로세로 각각 24인치 정도, 혹은 그보다 더 큰 듯했다. 덩컨은 안에 있던 물건들을 천천히 꺼내서 바닥에 놓았다. 반으로 접은 줄 쳐진 종이 꾸러미가 있었다. 뭐라고 잔뜩 써 있었지만 일단 읽지 않고 두었다. 연두색 목도리도 있었다. 머리에 둘러쓰는 요상하게 생긴 선글라스도 나왔다. 덩컨은 선글라스를 써봤다가 얼른 벗었다. 오싹 소름이 돋았다. 목도리와 선글라스는 바닥에 쌓여가는 물건들 옆에 두었다. 조그만 문고본 책도 있었다—셰익스피어의 『햄릿』이었다. 표지에는 손으로 휘갈겨 쓴 포스트잇이 한 장 붙어 있었다. 이 책을 읽어. 요점을 놓치지 말고. 그제야 덩컨은 그 쪽지가 자신에게 남겨진 것임을 확신했다—그 모든 물건이 자신에게 남겨진 것이었다.

그리고 마지막으로, 공간 맨 안쪽을 더듬으니 열쇠 세 개가 달린 열쇠고리가 나왔다. 팔을 거의 벽에 닿도록 뻗어 간신히 잡았다. 열쇠고리는 딱 보기에도 시카고 기념품 같았다—강풍에 물마루가 솟은 호수 그림과 함께 '윈디 시티'*라는 글자가 적혀 있었다. 열쇠 세 개는 저마다 생김새가 달랐다. 하나는 은 열쇠인데 자물쇠에 물리는 부분이 복잡하게 디자인되어 있었다. 또하나는 마스터키처럼 생겼고, 나머지 하나는 가장자리가 녹색으로 변한 조그만 구리 열쇠였다.

덩컨은 비밀 공간에 손을 넣고 이리저리 휘저으며 놓친 건 없는지 구석구석 더듬어 확인했다. 목도리는 뭔지 대충 알 것 같았지만, 나머지 것들에 관해서도 알고 싶었다. 이게 다 팀이 남긴 것은 아닐지도 모른다. 이 방의 이전 주인들이 남긴 물건도 있을 것이다. 이 방 주인에게 대대로 내려오는 전통 중 하나일지도 모른다. 그런 게 있다는 말은 들어본 적 없지만. 덩컨은 무슨 힌트라도 있지 않을까 해서 반으로 접힌 종이 꾸러미를 집어들었다. 하지만 들춰서 보니 비극에 관한 메모였고, 아마도 팀의 공책인 듯했다. 몇몇 단어와 그 정의가 적혀 있는데, 단어는 잘 보였지만 그 뒤의 정의 부분은 하도 여러 번 썼다 지웠다를 반복해 알아보기 힘들었다. 덩컨은 느릿느릿 속으로 단어들을 읽었다. 모노마니아, 카타르시스, 아이러니, 판단 착오, 비극적 결함, 연민, 공포. 덩컨은 팀의 비극 숙제 초고가 있을까 싶어 계속 페이지를 넘겼지만 그중에는 없었다.

덩컨은 책상 위에 가지런히 쌓인 CD 더미를 힐끔 쳐다보았다. 점심도 못 먹었고, 여자 기숙사에서 일어난 사건의 정체도 알아내지 못했고, 데이지는 병원에 있다는데 이유도 몰랐다. 그럼에도 불구하고 제일 하고 싶은 일은 차근차근 이야기를 풀어내는 팀의 목소리를 듣는 것이었다. 지금 여기 자신의 현실에서 알아내야 할 것

---

* 시카고의 별칭.

과 해야 할 일이 숱하게 있었지만, 재생 버튼을 누르고 지난주까지
만 해도 집의 내 방 침대에 깔려 있던 붉은 플란넬 시트가 덮인 기
숙사 침대에 누워 귀를 기울이는 게 더 편했다.

14

팀
그애는 나를 보더니 손을 흔들었다

말해두자면, 욕실에서 패트릭과 마주친 그 사건만으로도 나는 두 번 다시 그곳에 가고 싶지 않았어. 실제로 다른 선택지들을 전부 정찰해봤는데―식당 옆 화장실, 도서관 화장실―너도 알다시피 몇 가지 단점이 있더라고. 가장 큰 단점은 그중 어디에도 샤워기가 없다는 거지.

사태는 이미 걷잡을 수 없는 한계에 다다른 것 같았어. 이제 막 전학 왔는데 절대로 피하고 싶은―말 그대로 피하는 거다―사람이 둘이나 되다니. 우연이라도 다시는 마주치고 싶지 않은 사람. 뭐, 두 사람 다에게 전적으로 진심이라고는 말할 수 없을지 모르지만. 그런데 패트릭은 정말 이해가 안 됐어. 나를 묵사발 내려던 녀석이 왜 자기들 '게임'에 끼워주겠다는 걸까? 나는 단 한 순간도 녀석을 신뢰하지 않았지만, 어떻게 피해가면 좋을지 자신이 없었다.

그런 고민을 하고 있을 때 뭔가 부스럭거리는 소리가 들렸어. 방문 밑으로 뭔가를 밀어넣는 소리였다. 나는 비좁은 옷장 속에 숨거나 아니면 정수리까지 이불을 덮어쓰고 없는 척하고 싶었다. 하지만 여전히 아드레날린이 마구 요동치고 있어서, 길게 생각 않고 문을 홱 열었지. 처음 보는 아이였다.

"어, 안녕?" 그애는 쪽지를 손에 쥐고 서 있었어. "팀, 맞지?"

나는 그렇다고 했다.

"난 카일이야." 그애는 내게 쪽지를 내밀며 말했어. "버네사가 너한테 이거 전해주래."

"뭔데?" 하이킹이나 깃발 뺏기와 관련된 거겠거니 하고 물었다.

"나도 몰라." 카일은 어깨를 으쓱했다. "어쨌든 만나서 반가워."

"잠깐! 너 버네사하고 친구니?" 기회가 있을 때 사교적 관계망을 알아두는 편이 낫겠다는 판단에서였다.

"아니, 그건 아니고." 카일이 말했어. "중앙 계단 맨 위에서 기다리고 있더라고. 내가 그 앞을 지나간 첫번째 남자애였을 거야."

묻고 싶은 말이 수두룩했지만 용기가 나지 않았다. 게다가 쪽지에 뭐라고 적혀 있는지 궁금해서 죽을 지경이었고. "그래, 고마워"라고 내가 말했다. 카일은 손을 흔들고 복도 저쪽으로 걸어갔어.

나는 문을 닫고서 쪽지를 무릎 위에 올려놓고 잠시 가만히 앉아 있었다. 쪽지는 접어서 테이프로 붙여놓은 상태였어. 나는 테이프를 떼어내고 천천히 쪽지를 펼쳤다. 심장이 아플 정도로 빠르게 뛰었다. 숨도 쉬기 힘들었다.

친애하는 팀에게. 나는 이 말이 아주 마음에 들었어. 친애하는 팀이라니!

친애하는 팀에게

내가 두고 간 보물이 마음에 들었니? 그럼 보물에 대해서는 불만 없는 걸로 알고 넘어간다. 넌 진작에 얘기했어야 했어. 얘기할 수도 있었고, 그랬으면 아무 문제 없었을 거야. 최소한 공항에서 네 이상한 태도는 설명이 되지. 난 계속 네가 나와 같은 비행기에 타는 줄 알았고, 네가 안 보여서 진짜 섭섭했어. 네 여정은 괜찮았기를 바라. 난 좀 외로웠지만. 그건 그렇고, 오늘 정오에 만나서 같이 달리지 않을래? 점심시간이긴 한데, 내가 잠깐 없어져도 괜찮을 때가 그때뿐이라서. 네가 달리기를 좋아한다고 했던 말도 기억나고. 달리면 즐거워진다고 하지 않았니? 그리고 내가 말하는 걸 깜박했는데, 혼자서 숲을 가로질러 달리는 건 교칙으로 금지되어 있어. 그러니까 반드시 둘 이상 동행해야 하는 시스템이라는 거지. 과학관 앞에서 보자. 본관 후문으로 나와서 그 길로 쭉 따라오면 돼, 찾기 쉬워. 러닝화 잊지 말고.

마음을 담아
버네사

마음을 담아, 버네사라니. 그 표현도 무척 마음에 들었어. 정오가 되려면 아직 몇 시간이나 남아 있었다. 그때까지 오전을 어떻게 보내지? 아니, 그보다, 어떻게 나가지? 바깥은 겨울 해가 쨍했고 더욱이 새하얀 눈이 강렬하게 햇빛을 반사해서 눈부시게 밝았다. 정말로 선글라스를 써야 할지도 모르겠다는 생각이 들었어. 하지만 선글라스를 쓰고 흐릿한 거울에 비친 내 모습을 보니 이건 도저히 아니다 싶더라. 꼴 보기 싫었지. 게다가 버네사는 내 눈이 예쁘다고 했다고. 그런 흉한 물건으로 눈을 가릴 수는 없지. 나는 선글라스를 도로 가방에 쑤셔넣었다.

보통 혼자 달릴 때 선글라스를 써—그러면 세상을 피해 숨어든 느낌이 들지. 하지만 작년에 한번, 분명 같은 학교 여자애와 마주칠 것 같아서 선글라스를 안 쓴 적이 있었어. 딱 한 번이니까 크게 해될 건 없겠지 싶었고. 그런 이유 때문에 선글라스를 쓰지 않는 걸 어머니가 허락할 리 없으니 몰래 집을 빠져나가야 했다. 결과는 대실패였지. 눈이 굉장히 따가웠고, 그 쓰라린 기운을 가라앉히기 위해 달리다 말고 자꾸 눈을 가려야 했어. 같은 학교 여자애의 집이 막 시야에 들어오고 그애가 마당에 서 있는 게 보이는데, 어머니가 내 옆에 차를 세우고 창문을 내리더니 선글라스를 건넸다. 나는 선글라스를 쓰고 돌아섰어. 민망함에 붉게 타오르는 얼굴을 가릴 것이 생겨서 안도했다. 집으로 향하면서 나는 뒤돌아보지 않았다. 지금도 나는 그 여자애가 분명 나를 봤을 거라고 확신해.

준비를 마치고 기다렸다가, 버네사와 약속한 시간에 맞춰 방을 나와 그애가 알기 쉽게 가르쳐준 길로 해서 과학관에 도착했다. 삼 분 정도 늦었는데 버네사가 아직 안 온 듯해 문을 열고 들어가 안에서 기다렸다. 이윽고 방금 내가 왔던 길을 따라 똑같이 이쪽으로 오는 버네사가 보였다. 검은색 바지에 회색 스웨트셔츠 차림이었다. 금발머리는 포니테일로 높이 묶어서 불도그 야구모자의 뒤쪽 밴드 사이로 빼냈다. 색채가 없는 그애의 모습은 좀 의외였어.

뒷문으로 몰래 빠져나가 달아나고 싶은 충동이 일었지만, 억지로 발을 붙이고 그 자리에 머물렀다. 공항에서 헤어진 후로 처음 보는 거였어. 사실 생각해보면 그리 오래전 일도 아닌데, 몇 주는 지난 느낌이었다―심지어 몇 달 전 일 같기도 했어. 그애는 나를 보더니 손을 흔들었다. 나도 마주 손을 흔들었고.

나는 안에서 기다리고 있으면 버네사가 들어와서 같이 가자고 할 줄 알았다. 하지만 그애는 숲 쪽을 가리키는 듯하더니 멈추지 않고 그대로 숲으로 향했어. 난 밖으로 나가 그애를 따라잡을 때까지 뛰었지. 버네사는 속도를 줄이지 않았어.

"어이." 내가 불렀다. "무슨 일 있어?"

"뭐라고? 왜?" 버네사가 여전히 숲 쪽으로 걸어가면서 되물었어.

"오늘은 색이 별로 화려하지 않아서." 나는 웃으며 말했다.

"아냐, 별일 없어." 버네사는 웃지 않고 대답했다.

"그래, 다행이다." 나는 그애가 나를 쳐다볼 때까지 기다렸어.

역시 내 느낌은 늘 옳았다. 버네사는 나와 같이 있는 모습을 다른 사람들에게 보이기 싫었던 거야. 그래도 난 그애에게서 눈을 뗄 수가 없었어. 분명 화장을 전혀 안 했는데도 두 뺨은 붉고 얼굴은 새뽀얬다.

"이 근처 어디를 달리는 거야?" 내가 물었다.

"저기 언덕 너머 맞은편까지 숲속으로 길이 나 있어. 그다음에 큰길로 나와서 돌아오는데, 아래쪽 축구장을 지나서 학교 정문으로 올라오는 코스야. 8킬로미터쯤 될걸."

8킬로미터, 그 정도면 할 만했다.

"준비됐어?" 버네사는 마치 선심이라도 쓰듯 물었다.

"물론이지."

숲길 입구에서 버네사가 출발했다. 몇 발자국 뛰자 스트레칭을 안 했다는 게 생각났어. 잘은 모르겠지만 버네사는 나와 만나기 전에 했을지도 모르지. 난 몇 주 만에 처음 하는 달리기였고, 그즈음 너무 앉아만 있었다.

"어이, 버네사." 나는 소리쳐 불렀다.

버네사는 귀찮게 왜 그러냐는 표정으로 돌아봤어.

"네가 오자고 한 거잖아, 근데 왜 그렇게 모른 척하는 거야?"

그애의 표정이 미묘하게 달라졌다.

"스트레칭 좀 해도 될까?" 내가 물었다. "이렇게 급하게 뛰게 될 줄 몰랐어."

"미안, 길 초입에 괜찮은 곳이 있어. 따라와."

그애를 따라 숲속으로 들어갔다. 이내 나무와 통나무가 적당한 높이로 늘어서 있어 스트레칭을 하기에 더없이 적절해 보이는 공터가 나왔다. 늘 하던 대로 몸을 푸는데, 벌써부터 눈이 따가웠어. 나는 잠시 눈을 가린 채 숲 안쪽으로 깊숙이 들어가면 햇빛이 약해지기만을 바랐다.

"나는 아까 했어." 버네사의 말투가 좀더 상냥해졌다.

"좋아, 다 됐어." 내가 말했어.

버네사는 내 어깨 너머로 학교 쪽을 바라보고는 다시 내게 시선을 돌렸다.

"가자." 그애가 말했다.

나는 버네사의 뒤를 따랐다. 둘이 나란히 달리기엔 길이 너무 좁아서 내가 뒤에서 달렸다. 그건 상관없었어. 버네사의 규칙적인 숨소리도 들리고, 비누 냄새인지 샴푸 냄새인지도 났다—레몬 비슷한 상쾌한 향이었어. 숲속으로 좀더 들어가 길이 넓어지자 나는 그 애를 따라잡아 옆에서 달렸어. 지난 몇 주 동안 완전히 몸이 망가진 건 아니어서 마음이 놓였다. 이대로 쭉 달릴 수 있겠다는 자신이 생겼고, 호흡도 그때껏 흐트러지지 않았다.

"네 남자친구란 녀석 정말 굉장하던데." 내가 말했다.

"아, 걔가 너 만났다고 하더라." 말을 하면서도 버네사의 시선은 길 앞쪽에 고정되어 있었다. 다행히 녹음이 우거지고 구름이 좀더 두껍게 끼어서 눈은 편안했어. 선글라스 안 쓰고 오길 진짜 잘했다고 생각했던 기억이 나.

"진짜 멋진 놈이더군." 내가 말했어.

"글쎄다, 뭘 기대했는데?" 버네사가 대꾸했다. "걔가 약간 독점욕이 있어서."

"약간?" 나는 되물었다.

버네사는 나를 힐끔 쳐다보고는 다시 정면의 길을 응시하며 아무 말도 하지 않았어.

"왜 그 녀석한테 같이 달리자고 하지 않는 거야?" 내가 물었다.

"패트릭은 좀 경쟁심이 강해." 버네사가 말했다. "꼭 누가 더 빠른지 확인하려 들어. 재미없어."

"내가 경쟁심이 없는 줄은 어떻게 알아?"

"그냥 감으로." 버네사는 고개를 돌려 나를 보며 싱긋 웃었다.

"흠, 네 친구들은? 친구들한테 같이 가자고 하지?"

"평소엔 실리아라는 우리 층 여자애랑 같이 달리는데, 오늘 아침에 컨디션이 영 별로라고 하더라고." 버네사가 말했다. "하지만 난 뛰고 싶었고, 아까 말했다시피, 교칙상 숲속에서 혼자 달리는 건 안 되니까."

"왜?"

"오래전 일인데, 숲에서 한 여자애가 발목이 부러져서 못 나왔대. 숲속에서 하룻밤을 보냈는데, 다들 그 여자애가 어디 있는지 몰랐지. 대대적으로 수색에 나섰는데 못 찾았나봐. 결국 다음날 저녁이 되어서야 여자애는 기어서 숲을 빠져나왔어. 그애는 심각한 정신적 외상을 입고 학교를 떠나서 다시는 돌아오지 않았어. 소문에 따르면 그 여자애 집에서 학교에 엄청난 배상을 요구하는 소송을 걸었대. 어쨌든, 그냥 지어낸 얘기일지도 모르지만, 육상부 코치가 매년 그 얘기를 해. 그리고 그애가 학교에 저주를 걸어서 매년 3학년 중 한 명은 예상치 못한 이유로 학교를 그만둔다는 전설이 있어—마약이라든가 낙제라든가 병이 난다든가 뭐 그런 걸로. 얼마 전에 교지 아카이브에서 기록을 찾아봤는데, 내가 거슬러올라가 본 데까지는 사실인 것 같았어. 섬뜩하지 않아?"

"상당히." 솔직히 말해서, 나는 소름이 쫙 끼쳤다.

한동안 서로 말이 없었고, 나는 우리가 얼마나 왔는지 궁금해졌어. 학교 뒤에 펼쳐진 야생의 숲이 얼마나 넓은지 전혀 감이 오지 않았거든.

"저기가 썰매 타는 언덕이야." 마침내 버네사가 입을 열었다.

"눈이 정말 많이 오는 날이면 여기 와서 놀아. 바로 저기, 나무가 거의 없는 데 보이지? 저기서 타면 꼭 활강하는 것 같다니까. 진짜 빨라. 올해는 아직 못해봤는데, 작년엔 두 번 탔어."

"학교에서 허락한 거야?" 내가 물었다.

"아니, 하지만 그래서 더 재미있는 거야." 버네사는 씨익 웃으며 말했다.

아담한 들판에 들어서는데 해가 났어. 뜨거운 용암을 얼굴에 직격으로 맞은 느낌이었다. 반사적으로 손을 들어 눈을 가리고 허리를 굽혔는데, 순간 균형이 무너지면서 고꾸라졌다. 나는 일단 일어나서 태양을 등지고 천천히 눈을 떠봤다. 몇 번의 시도 끝에 겨우 눈이 떠지긴 했어.

"괜찮아?" 버네사가 따뜻한 손을 내 어깨에 얹으며 물었다. 잠깐 동안 내 감각세포는 그애의 손밖에 느끼지 못했어. 눈의 고통이 서서히 다시 고개를 들었지만.

"무슨 일이야?" 버네사가 다시 물었어.

"아, 그게, 음, 원래 편두통이 있는데, 하필 그게 지금 갑자기 도졌네." 나는 얼른 둘러댔다. 내 눈에 문제가 있다는 걸 알리고 싶지 않았거든. "종종 그래. 왔던 길로 되돌아가야 할 것 같아."

"바로 요 앞이 도로인데. 계속 가는 편이 더 가까울 거야." 버네사는 주머니를 뒤지며 말했다. "휴대폰을 안 가져왔네. 젠장, 충전한다고 책상에 놓고 왔어. 휴대폰 갖고 왔어?"

"아니." 나는 휴대폰을 가져온다는 생각조차 못했다.

"아쉽게 됐다." 내가 말했다. "내가 세상에서 제일 튼튼한 체질은 아닐지 몰라도 달리는 건 좀 하는데."

버네사는 빙그레 웃더니 내가 서 있는 곳으로 다가왔어. 나는 뒤편의 숲속을 쳐다봤다. 좀 전보다는 환해졌지만 그래도 숲 안쪽으로 돌아가고 싶었다. 확 트인 들판과 그 앞의 도로보다는 확실히 햇빛이 덜할 테니까. 큰 바위가 보이길래 나는 비칠거리며 그쪽으로 걸어가 바위에 앉아서 두 손으로 얼굴을 감쌌다. 버네사가 내 뒤를 따라왔어.

"돌아갈 수는 있겠어?" 버네사는 불안한 것 같았다.

"그럼, 물론이지, 잠깐만 시간을 줘." 완전히 바보가 된 기분이었어. 왜 난 딴사람들처럼 평범하지 못할까?

버네사는 나란히 바위에 앉아서 내 등을 문지르기 시작했다. 통증은 점차 가라앉았지만, 감히 눈을 가린 손을 내릴 엄두는 내지 못했어.

"나 너한테 거짓말했어." 버네사가 말했다.

나는 무심코 그애와 태양을 정면으로 쳐다봤다가 신음 소리를 흘리며 다시 두 손으로 얼굴을 가렸다.

"그게 무슨 말이야?" 내가 물었지. 손에 막혀 내 목소리가 잘 들리지 않았지만 손을 움직이기가 무서웠다. 내가 과연 이곳을 벗어날 수나 있을지 의심스러워졌어. 내가 그 여자애—숲속에 혼자 들어가면 안 되는 본보기를 보여준 그애—처지가 될지도 몰랐다. 스무 시간 걸려 학교까지 간신히 몸을 끌고 돌아와 정신적 외상을 입고, 전설대로 내 인생은 끝장나는 거지. 올해 저주의 희생양은 바로 내가 될지도.

"그게, 숲속에서 혼자 달리면 안 되는 건 맞긴 한데, 남자애랑 같이 숲속을 달리는 것도 안 되는 건 마찬가지거든." 버네사가 말했다. "육상부에서 다 같이 이 길로 달리고, 가끔 선생님이 애들을 데리고 아침 하이킹을 하기도 하지만, 이건—지금 우리가 하고 있는 일은—교칙 위반이야."

"허어." 뱃속이 간질간질했어. 내가 미쳤지—버네사가 나한테 거짓말을 했고 원칙상 엄한 벌을 받을 수도 있었는데, 사실 난 기뻤다…… 정말 기뻤어.

"그리고 아까는 미안했어, 처음에 만났을 때." 버네사가 말했다. "걸릴까봐 조마조마했거든."

나는 버네사의 거짓말에 고마움을 표하고 싶었고, 나도 조마조마했는데 걸릴까봐 그런 게 아니라 너와 같이 있어서라고 말하고 싶었다. 하지만 뭔가 마음에 걸리는 게 있었지.

"쪽지 보내줘서 고마워." 나는 말했다. "하지만 식당이나 도서관에서 만날 때까지 기다리지그랬어?"

"패트릭." 버네사의 대답은 그게 다였다. 당연히 패트릭뿐 아니라 전부 다 신경쓰였겠지—친구들 모두. 버네사는 나와 얘기하는 모습을 친구들에게 보이고 싶지 않았을 거다. 문득 카일은 교내 사교계에서 별 볼일 없는 아이가 분명하다는 생각이 들었어. 그렇지 않다면 결코 버네사가 쪽지를 전해달라고 부탁했을 리가 없다. 아마도 카일은 중앙 계단에서 버네사 앞을 처음 지나간 남자애가 아니었을 거야. 첫번째로 지나간 존재감 없는 남자애라면 모를까.

"일단 학교에 도착하면 네 생각이 안 날 줄 알았어." 버네사가 말했다. "하지만 계속 네 생각이 났어. 오는 내내 널 걱정했고."

"내 앞가림 정도는 할 줄 알아." 나는 얼른 대꾸했다.

"아니, 너한테 무슨 일이 생길까봐 걱정했다는 게 아니라, 네가 왜 나한테 우리 학교에 온다는 얘기를 안 했을까 내내 고민했다고." 버네사가 말했다. "그리고 일단 패트릭을 만나면 모든 게 정상으로 회복될 거라고 생각했는데……" 그애는 말꼬리를 흐렸어. "지금까진 아니야."

또다시 날카로운 통증이 엄습해 나는 눈을 가렸고, 꼭 감은 눈을 손바닥으로 꾹꾹 눌러서 쓰라림을 가라앉혔다. 그 순간만큼은, 버네사를 쳐다볼 수 없는 게 다행이었다.

"그럼 이제 우리 어떡할까?" 버네사가 말했다.

"글쎄." 나는 우물거렸다. "공항에서 있었던 일은 잊으려고 노력해야지. 그러니까, 그 엘리베이터 일은."

버네사는 웃음을 터뜨렸고, 왠지 그 웃음소리가 머릿속을 관통하면서 한결 편해진 기분이었다.

"아니, 그걸 어떻게 하냐는 게 아니라! 지금 어떻게 돌아갈 건지 묻는 거야." 그애가 말했어.

나는 그때까지도 감히 다시 고개를 들어 쳐다볼 엄두가 나지 않았지만, 버네사가 그 말을 했을 때 여전히 빙그레 웃고 있었을 거라는 데 돈을 걸 수도 있어. 그애의 미소를 들을 수 있었어.

"아, 모르겠어. 좀 나아진 것 같긴 한데." 내가 말했다.

"그렇게 시달린 지 얼마나 됐어?"

순간 어리둥절했지만, 곧 내가 아까 둘러댄 말이 기억났다. 편두통이었지.

"몇 년 됐어."

"그런 걸 달고 살아야 한다니 힘들겠다."

"걱정해줘서 고마워."

"일어설 수 있어? 도와줄까?" 버네사가 물었다.

"일 분만 더." 많이 괜찮아졌지만, 눈을 뜨면 금방 다시 타격을 받을 걸 알았다. 그래도 싸지, 하는 생각이 자꾸 들었어. 다 내가 자초한 일이야.

"오늘 아침에 패트릭이 너한테 엄청 야비하게 굴었다며, 미안해. 걔가 그렇게 재수없게 굴기도 해." 버네사의 말은 뜻밖이었다. "솔직히 말하는 게 최선이라고 생각해서 너와 공항에서 만났던 일을 패트릭한테 얘기했거든. 말하고 나면 내 기분도 좀 나아질 거라 생각하기도 했고. 그런데 요즘 패트릭이 너무 공격적으로 굴어서, 나도 간신히 버티는 참이야. 걔 말이 너랑 장난 좀 쳤다고 하더라."

"허어." 버네사의 생각의 흐름을 방해하고 싶지 않아서 그렇게만 대답했다.

"작년엔 참 좋았어. 패트릭은 다정다감하고 로맨틱해서, 걔가 나한테 사귀자고 했을 때 행운이라고 생각했거든." 버네사가 말했다. "우린 일분일초라도 더 함께 있고 싶어했어. 그러다 패트릭 어머니가 돌아가셨어. 안타까운 일이었지. 난 패트릭이랑 같이 걔네집에 갔다가 돌아왔고, 패트릭은 몇 주간 학교를 쉰 다음 돌아왔어. 처음엔 좀 우울해하긴 했어도 별일 없는 것 같았어. 그런데 애가 달라진 거야. 자꾸 성질을 내. 그리고 같은 대학에 가자고 얘기하는데, 사실 걔 성적이 나만큼 좋지가 않거든. 그래서 내가 좀 낮춰 지원하든가, 그건 정말 싫은데, 아니면 우리 둘 다에게 적당한 코스가 있는, 패트릭은 일반 수업을 듣고 나는 상급 코스를 밟는 식으로, 뭐 그런 규모가 되는 종합대학을 찾아야 할 판이야."

"그래서 찾았어?" 나는 버네사가 이야기를 계속하기를 바랐다.

"몇 군데 정도는. 그래도 내가 너무 내 가능성을 제한하고 있다는 느낌이 들어. 있잖아, 난 1학년 때부터 패트릭한테 반했는데, 걔는 별로 관심이 없는 것 같았어…… 나한테. 무슨 말이냐면, 걔는 자기가 하자는 건 뭐든 기꺼이 해주는 여자애들한테만 관심을 보였거든. 그래서 걔가 나랑 사귀자고 했을 때, 난 이게 꿈인가 생시인가 싶었어. 정말 기뻤지. 패트릭이 버몬트 출신이라고 내가 얘기했었나? 걔네 아버지는 지금도 거기 사셔. 그래서 우리가 지원한 대학은 몽땅 버몬트에서 차로 여덟 시간 이내에 갈 수 있는 거리야. 패트릭은 내가 원해서 그렇게 했다고 생각하는데 굳이 바로잡으려 들진 않았어. 처음에 입학원서를 쓰기 시작할 땐 나도 분명 그걸 원했지. 하지만 지금은…… 뭐랄까, 숨이 꽉 막히는 것 같아. 내가 횡설수설 말이 많았지, 그만해야겠다. 이런 얘기 별로 듣고 싶지 않을 텐데, 미안."

버네사가 얘기를 하는 동안 나는 천천히 얼굴에서 손을 떼고 눈을 떴어. 그럭저럭 참을 만하긴 했지만, 얼른 돌아가서 최대한 방을 어둡게 해놓고 틀어박히고 싶은 마음뿐이었다. 오후에는 내내 잠을 자기로 마음먹었지.

"아냐, 흥미롭게 듣고 있었어." 내가 말했다. 버네사가 고개를 돌려 내가 다시 눈을 뜬 걸 보더니 눈부시게 환한 미소를 지어 보였다. 나도 마주 미소지었고.

"아냐, 괜히 주절거렸어. 다음에 또 얘기할게. 넌 어때? 여기 오니까 좋아?"

그건 참 대답하기 어려운 질문이었어. 당시의 나에겐 버네사가 이곳의 전부였으니까―방금 그애의 이름은 대문자로 말한 거야, 그애가 내 휴대폰에 입력한 대로. 매혹적인 버네사와 피하고 싶은 패트릭. 내가 이렇게나 빨리 사람들과 사적으로 엮이게 될 줄은 꿈에도 몰랐다.

"응, 여기 와서 좋아." 내가 대답했다. "어딜 가든 전에 다니던 학교보다는 낫겠지."

"그런데 전학은 왜 한 거야?" 버네사가 물었다. "내 말은 그러니까, 왜 이렇게 어중간한 때에? 어쩌다가 우리 학교로?"

나는 버네사에게 전부 다 알려주고 싶었어. 정말로. 하지만 그러자면 해야 할 얘기가 너무 많았고, 사실 시시콜콜 설명해야 한다는 게 싫었어―내가 다른 애들과 잘 어울리지 못했다는 걸.

"우리 새아버지가 여기 다니셨대. 생애 최고의 시간이었다고 하더라―물론 우리 어머니를 만나기 전까지. 보어속스 교장 선생님과 친한 친구기도 하고. 짧게라도 어빙 스쿨을 다녀보는 게 아예 안 다니는 것보다 낫다고 생각하셨어. 게다가 새아버지와 어머니가 곧 이사를 하려는 참이어서 괜찮은 생각 같기도 했고."

우리는 잠시 묵묵히 있었다. 버네사는 내가 좀더 얘기를 할 줄 알고 기다리는 게 분명했다. 그러나 내가 입을 다물고 있자, 갈 수 있겠느냐고 다시 물었다.

"걸어가도 될까?" 걸으면 달리는 것보다 시간이 오래 걸릴 테고, 그러면 같이 있는 시간이 더 늘어날 거라는 속셈이었지. 최소한 그 정도 호사는 누릴 수 있잖아. 문득, 호텔 로비에서 『맥베스』의 한 구절을 인용하던 버네사의 모습이 떠올랐어—나쁜 일과 좋은 일.

"물론이지" 하며 버네사가 일어나 바지를 털었다. 그애가 내게 손을 내밀었고, 나는 그 손을 잡고 천천히 일어섰다. 돌아오는 길엔 대체로 말없이 걷기만 했어.

과학관이 가까워지자 버네사는 뻣뻣하게 굳었다.

"너 먼저 가." 아까 처음 봤을 때의 말투로 되돌아갔어. "난 저기를 지나 식당 후문으로 갈 거야. 괜찮지?"

"알았어." 나도 좀 냉랭하게 말했다. 어떻게 그렇게 스위치를 켜고 끄듯 재깍 바뀔 수 있을까? 마치 귀찮아서 떼어낸다는 느낌이었어. 바로 직전에 버네사가 사정을 설명했는데도, 몽땅 터놓고 알려줬는데도, 그애를 붙잡아 내 쪽으로 끌어당기고 싶은 충동이 일었다—키스까지는 아닐지라도, 조금이라도 신체적으로 닿고 싶었어. 하지만 이제 너도 짐작하겠지만 그런 건 내 평소 스타일이 아니지. 역시 실천에 옮기지는 않았다.

"그래" 하며 버네사는 몸을 돌렸다가, 다시 고개를 돌려 나를 쳐다봤어. "만약 누가 어디 갔다 왔냐고 물으면 뭐라고 대답할 거야?"

"숲속에 산책을 갔었다고." 나는 버네사의 눈을 똑바로 들여다보며 말했다. "혼자서."

"하지만 그건 교칙 위반이야, 아까 말했……"

"아직 나한테 교칙을 설명해준 사람은 없어." 나는 그애의 말허리를 잘랐다. "그러니까 몰랐다고 둘러대면 돼." 눈도 아프고 두통에 시달리는 알비노 아이는 누구나 측은하게 여기니까 대충 무마할 수 있을 거라는 말은 생략했다―보통 그런 식으로 넘어갔거든.

그때 버네사가 내 팔을 잡았고, 나는 그애가 뭔가 중요한 얘기를 하려나보다 생각했다.

"교칙에 대해 설명을 듣기 전에 미친 짓을 해야 할걸." 그애는 이렇게 말했다. 미친 짓?

버네사는 내 팔을 놓고 나무 군락에서 우아하게 돌아서서 다른 방향으로 향했다. 멀어져가는 버네사를 바라보면서 나는 그애가 미친 짓을 하라고 말한 게 무슨 뜻일까 고민했어. 자기랑 사귀는 거? 버네사가 시야에서 사라진 후 나는 길을 따라 올라와 내 방으로 돌아왔다. 나를 불러세워 어디 갔었느냐고, 왜 이렇게 늦었냐고 묻는 사람은 아무도 없었다. 그날은 수업이 없었기 때문에―정규 시간표가 아직 정해지지 않았다―나는 곧장 이불 속으로 들어가 오후 내내 잤다. 이따금 눈을 찌르는 통증에 잠에서 깼고, 그때마다 현실이 되기엔 너무 근사한 꿈에서 떨어져나왔다.

15

덩컨
아마도 이번엔 그의 차례가 될 것이다……
자꾸 일을 그르치지만 않는다면

덩컨은 침대에 누워 버네사가 미친 짓을 하라고 말한 게 과연 무슨 의미였을까 팀과 함께 고민했다. 숲속의 그 오솔길이라면 진저리나게 잘 안다. 그 생각은 정말 하기 싫지만 어쩔 수가 없다. 눈이 와도 너무 많이 왔다. 덩컨은 초대받은 소수의 2학년들 중 한 명이었다. 그들은 엄청나게 술을 마셔댔다. 덩컨은 마시면 안 된다고 생각했다. 길이 너무 어둡고 미끄러웠다. 그는 겁쟁이였고 스스로도 그런 자신을 잘 알았지만, 딴사람들한테 들키고 싶진 않았다. 그래서 스카치인지 버번인지가 가득 든 종이컵을 받아 입가로 가져가서 마시는 시늉을 했다. 그러고는 아무도 보지 않을 때 조금씩 눈밭에 붓고 눈으로 덮으면서, 그 강한 향이 공기중에 퍼져 들통날까봐 노심초사했다.

다들 눈썰매를 탈 채비를 하고 있었지만 덩컨은 불안했다. 언덕 밑에는 나무들이 있었고, 누가 뭐라든 덩컨의 눈에는 위험해 보였다. 어빙 스쿨 학생들이 몇 십 년 동안 해온 일이라고, 선배들은 거듭 말했다. 지금까지 한 명도 사고 난 적 없다고.

그때 덩컨의 휴대폰이 울렸다. 악몽을 꾸다 깬 듯 끔찍한 기분이다. 여태껏 그날 밤 일은 생각지 않으려 발버둥쳤고, 이제 와서 떠올리는 것도 싫다. 덩컨은 휴대폰을 찾았다. 모르는 번호였지만 상관없었다. 지금은 뭔가 딴생각거리가 간절하다.

"여보세요?" 잠이 덜 깬 목소리가 나왔다. 전자시계를 홀깃 보니 오후 네시 사십오분이었다. 어이쿠, 벌써 시간이.

"나 데이지야."

갑자기 벌떡 일어났더니 현기증이 나서 덩컨은 다시 좀 누워야 했다.

"데이지, 안녕, 지금 어디야?"

"네가 날 찾았다고 저스틴이 얘기해줬어."

"응, 걱정이 돼서."

"뭐, 너무 걱정하지 마, 난 괜찮아." 데이지가 말했다. 데이지의 목소리 너머로 뭔가 삑삑거리는 스피커 소리가 들렸다. 팔에 정맥주사를 꽂고 병원 침대에 누워 있는 데이지의 모습이 머릿속에 그려졌다. 예전에 덩컨이 편도선절제수술을 받았을 때처럼.

"병원에 있는 거야?" 덩컨은 자신이 데이지와 얘기하고 있다는 사실이, 데이지가 자신에게 전화를 했다는 사실이 믿기지 않았다.

"병원에 있긴 한데," 데이지는 덤덤하게 말했다. "입원한 건 아니야."

"아. 잘됐네." 괜히 목소리가 커졌다. "다행이다."

둘은 잠시 말이 없었다.

"병원엔 왜 간 거야?" 덩컨이 물었다. "내가 뭐 도와주거나 할 건 없어?"

"오늘은 진짜 긴 하루였어." 데이지가 말했다.

"무슨 일인지 얘기해줄래?" 덩컨이 물었다. "그리고 오늘 아침에 문전박대해서 미안해. 그게 네가 지금 병원에 있는 이유하고 관련이 있어?"

데이지는 머뭇거렸다. "관련이 있다고 할 수도 있겠지." 다소 차가운 말투였다. 그래도 싸지, 덩컨은 생각했다. 하지만 데이지가 전화를 걸었다! 이젠 그가 도움을 줄 수 있을지도 모른다.

"네가 가자마자 붙잡으려고 했어." 그는 빙충맞고 필사적으로 들린다 해도 개의치 않고 말했다. "시간을 되돌릴 수 있으면 좋겠어."

"오늘 아침엔 도움을 청하러 간 거였어. 어맨다―너도 개 알지? 내 옆방에 살아. 머리를 밝은 파란색으로 부분 염색한 말수가 적은 애야."

데이지는 덩컨이 어맨다를 알아차릴 때까지 기다리는 눈치였지만, 덩컨은 도무지 그런 얼굴이 떠오르지 않았다. 파란 머리의 어맨다라―전혀 기억에 없었다.

"물론이지." 덩컨이 말했다. "누군지 알 것 같아."

"음, 개가 오늘 아침에 아팠거든, 근데 양호실에도 안 가려고 하면서 사람들이 알까봐 전전긍긍하는 거야, 심지어 여자 기숙사 사감인 라일리 선생님한테도 알리기 싫다고. 난 라일리 선생님이 산전수전 다 겪으셨고―술이든 마약이든 전부―항상 잘 도와주신다고 얘기했지. 그런데도 어맨다는 라일리 선생님이 도와주고 나서 나중에 화를 낸다느니 아님 결국 벌을 받게 된다느니 억지를 부리면서, 개학 첫날부터 문제를 일으키기 싫다고 자꾸 뻗대더라고. 그러다 혀가 풀리는 것 같더니 애가 금방 축 늘어졌어. 방마다 노크하고 다녔는데 다들 아침 먹으러 갔거나 샤워실에 있었어. 그래서 너한테 달려간 거야. 하지만 넌 방에 들여보내주지 않았고, 난 사이먼 선생님한테 걸릴까봐 바로 돌아왔지."

"잠깐만, 그때 너 내 방에 오기 전에 비상구 앞에 서 있었잖아?"

"역시 나를 봤구나. 분명 봤을 거라고 생각했어."

"미안." 덩컨이 말했다.

"바깥공기가 시원한지 어떤지 알아보려고 그런 거야. 선선하더라. 그래서 네 방문을 두드렸지. 같이 어맨다를 비상구 있는 데로 옮겨서 신선한 바람을 쐬게 해주면 도움이 될 것 같아서. 하지만 어쨌든 그건 말도 안 되는 생각이었어, 걔가 그러게 놔두지 않았을 거야."

"그래서 그다음엔?" 덩컨은 재촉했다.

"여자 기숙사로 돌아왔지."

"이해가 안 돼. 교실에서 널 봤어."

"맞아. 방으로 돌아오니까 어맨다가 침대에 들어가서 자고 있더라고. 그래서 괜찮은가보다 했어. 이불을 꺼내 덮어주고 침대 옆에 있던 물을 좀 먹인 후에 수업에 들어갔어. 그러느라 지각했던 거야."

"그거 진짜 안타깝게 됐다. 너 지각한 거 말이야." 덩컨이 말했다.

"나도 그래. 하여간, 영어 수업이 끝났는데 어맨다가 보이질 않고 노크해도 대답이 없다면서 애들이 수군거리고 있더라고. 아파서 자고 있을 거라고 얘기하긴 했는데 걱정이 됐지. 그래서 방에 들어갔어─허락 없이 남의 방에 들어가면 안 되지만, 근데 어맨다가 의식이 없었어. 아무리 깨워도 안 일어나는 거야. 혼수상태인 것 같아서 결국 라일리 선생님을 불러왔지. 선생님이 구급차를 불렀고. 어맨다를 혼자 놔둔 데 죄책감이 들어서 나도 따라왔어. 그 후로 쭉 병원에 있었어."

"걔는 괜찮대?" 덩컨은 물었다.

"뭐, 보니까, 어머니의 신경안정제를 너무 많이 먹은 것 같아, 집에 있는 약장에서 훔쳐왔나봐. 학기가 시작되는 데 너무 스트레스를 받아서 대여섯 알인가를 한꺼번에 삼켰대. 병원에서 위세척을 했고 지금은 괜찮은 모양이야. 하룻밤 정도 입원할 것 같아."

두 사람은 다시 말이 없었다. 덩컨은 바위에 앉아 있던 버네사와 팀이 떠올랐다.

"근데 왜 전화했어?" 마침내 덩컨이 물었다. 전혀 그런 의도가 아니었는데 좀 건방지게 들렸다. "아니 그러니까, 뭔가 내가 도울 게 있을까? 진심으로 도와주고 싶어."

"저스틴이 네가 하도 불쌍해 보였다길래 전화했어." 데이지가 말했다. "그리고 오늘은 너무 힘든 날이어서 누구한테든 얘기하고 싶었고."

"내게 만회할 기회를 주지 않을래─오늘 아침에 문전박대한 거, 여름 내내 연락하지 않은 거, 전부 다." 덩컨이 말했다. "제발."

데이지는 머뭇거렸다. 덩컨은 눈을 질끈 감고 기다렸다.

"이제 시내로 돌아가는 버스를 타려고 하는데. 마중나와도 좋아." 데이지가 말했다. 일주일에 한 번, 사감의 허락하에 식당에서 저녁을 먹지 않고 시내에 나갈 수 있는 것 또한 3학년의 특권이었다. 시내는 학교에서 걸어갈 수 있는 거리였고, 허드슨 강이 쭉 내려다보이는 높은 언덕을 내려가면 바로였다. 거절하고 방에 틀어박혀 다음에 팀에게 무슨 일이 생겼는지 CD나 듣는 게 더 편하긴 할 것 같았다. 하지만 숲속 바위에서 오갔던 말들이 계속 마음에 걸렸고, 좋아하는 여자애와 함께 있을 기회를 팀처럼 놓쳐버리기는 싫었다.

"그래, 당연히 가야지." 덩컨은 말했다. "사이먼 선생님한테 허락 받고 다시 전화할게. 삼십 분 후에 살스 피자에서 볼까?"

"좋아." 데이지가 대답했다. "그동안 난 서점에서 책 좀 훑어보고 있을게."

덩컨은 식당에서 사이먼 선생을 발견했다.

"잘 지내나?" 덩컨이 다가오는 것을 보고 사이먼 선생이 물었다.

"그럭저럭…… 아니, 아주 좋습니다." 덩컨은 씨익 웃으며 말했다. "새 학기 들어 좀 이르긴 하지만, 오늘 저녁은 식당에서 안 먹고 시내에 나가도 될지 알고 싶습니다."

"그 오디세이의 목적은 뭐지?" 사이먼 선생의 질문에 덩컨은 미소지었다. 사이먼 선생 옆에 서 있는 것만으로 한층 똑똑해진 기분이었다. 덩컨은 그의 질문을 숙고했다. 댈 만한 핑계야 차고 넘쳤다―양말이 필요하다, 피자가 미친듯이 먹고 싶다, 배터리를 사야 한다.

"데이지를 만나고 싶어요." 덩컨은 말했다. "어맨다 얘기를 들으셨는지 모르겠습니다만……"

"들었지." 사이먼 선생이 말을 잘랐다. "편안히 휴식을 취하고 있다던데."

"네, 데이지도 그렇게 말했습니다. 하지만 데이지가 하루종일 병원에 있었고, 피곤하고 배도 고픈데 마중나와줄 수 있느냐고 해서요. 괜찮겠습니까?"

"오늘 저녁에 그 특권을 이용하겠다고 말한 3학년 남학생은 덩컨 네가 두번째로군. 내 이렇게 답하지. '일 분 늦는 것보다 세 시간 이른 게 낫다.'"

덩컨은 그대로 서서 멀뚱히 선생을 쳐다보았다.

사이먼 선생은 활짝 웃었다. "가도 좋다는 말이야!"

"고맙습니다. 정말, 감사합니다."

덩컨은 휴대폰을 꺼내 데이지에게 지금 석조 아치 밑을 통과해 걸어간다고 문자메시지를 보냈다—들어와 여자친구를 사귈지어다 하고 혼잣속으로 중얼거렸다. 아마도 이번엔 그의 차례가 될 것이다…… 자꾸 일을 그르치지만 않는다면.

9월의 멋진 밤이었다. 나무 이파리 끝자락마다 이제 막 노란색으로 물들기 시작했고, 공기는 맑고 상쾌했다. 덩컨은 발걸음을 멈추고 숨을 깊이 들이쉬었다. 이어서 구불구불한 교내 길을 따라 큰길로 내려가 시내로 향했다.

지나가면서 보니 데이지는 살스 피자 안에 없었다. 뉴욕 주에서 가장 맛있는 피자라고들 하지만, 사실 아무리 맛있다 해도 브롱크스와 브루클린과 로어 맨해튼의 저 모든 피자집을 생각하면 그럴 리는 없다는 걸 다들 알았다. 어쨌든 가까운 곳에 있어 자주 찾는 단골 가게였다. 얇은 크러스트와 완벽한 소스, 그리고 치즈는 확실히 뭔가 다르다. 입안에 침이 고였지만 덩컨은 모퉁이의 작은 서점까지 계속 걸어갔다. 거기서 크고 푹신한 의자에 앉아 『천 에이커의 땅에서』*를 읽고 있는 데이지를 찾아냈다.

"안녕!" 데이지는 덩컨을 보고 빙그레 웃으며 인사했다.

"안녕!" 덩컨도 마주 인사했다. 마치 오랜 여정을 마치고 드디어 목적지에 다다른 기분이었다. 덩컨은 데이지 옆에 있는 의자에 앉았다.

"무슨 책이야?"

"아, 이거 재밌어." 데이지는 허리를 약간 세워 앉으며 말했다. "제인 스마일리 버전의 『리어 왕』. 사이먼 선생님이 이 책하고 셰익스피어 둘 중 하나를 고르라길래 이걸로 했어."

"언제 그런 얘길 했어?" 덩컨이 물었다. "난 그런 말 들은 기억이 없는데."

"수업 끝나고 선생님 찾아갔었어. 그 어떤 변명도 듣기 싫어하는 분이지만." 데이지가 말했다. "내가 아팠다든가 사흘 동안 고개도 까딱 못했다고 항변하면 이렇게 말씀하시겠지. '흐음, 그렇다고 책을 못 읽거나 교실까지 기어오지 못하는 건 아니잖나!'"

---

*『리어 왕』을 모티브로 하여 미국 남부 농촌을 배경으로 아버지와 세 딸의 애증관계를 그린 제인 스마일리의 1992년 퓰리처상 수상작.

덩컨은 웃음을 터뜨렸다. "맞아, 똑같다. 그래도 어떻게 봐주셨네."

"어맨다 얘기를 했거든—걔가 정말 아프다는 걸 모를 때였고 오늘의 이 대하드라마가 아직 끝나지 않았을 때였지만. 그랬더니 지각에 대한 벌로 이거랑 셰익스피어의 희곡 둘 중 하나를 읽고, 당연한 얘기지만, 비극의 관점에서 생각해보라고 하시더라. 이 책 정말 재밌을 것 같아."

"배고파?" 덩컨이 물었다.

"돌아가실 지경이야!" 데이지는 책을 덮으며 말했다. "병원에서 거의 아무것도 못 먹었어. 병원 밥에 대한 사람들 말은 사실이었어. 잠깐 이 책만 사고."

덩컨은 데이지를 따라 계산대로 가서, 데이지가 조그만 구슬 장식 지갑에서 돈을 꺼내는 모습을 지켜보았다. 그애의 손은 정말 날씬하고 우아했다. 왼쪽 새끼손가락에는 작은 데이지꽃 모양의 은반지를 끼고 있었다. 데이지가 그의 시선을 눈치채자 덩컨은 딴청을 피웠다.

"봉투 필요하십니까?" 계산대의 청년이 물었다.

"아뇨, 괜찮아요." 데이지는 책을 집어들어 옆구리에 끼면서 말했다.

두 사람은 함께 서점에서 나와 아무 말 없이 모퉁이를 돈 다음 살스 피자로 발걸음을 옮겼다. 피자집에 가까이 가자 도를 굽는 냄새가 났다. 데이지가 막 팔을 뻗어 문을 열려는 순간, 덩컨이 데이지의 다른 쪽 팔꿈치를 잡았다.

"왜? 여기서 먹기로 한 줄 알았는데." 데이지가 말했다.

"맞아. 근데 먼저 하고 싶은 일이 좀 있어."

데이지는 덩컨이 이끄는 대로 모퉁이를 돌아 몇 블록 내려가서 강으로 갔다. 아름다운 광경이었다. 해가 저무는 중이었고, 수면에 일렁이는 빛이 산들바람에 산산이 부서졌다. 길 저편에 깎아지른 듯한 팰리세이즈 절벽이 보였다. 두 사람은 최대한 강 가까이까지 내려갔다.

"너한테 묻고 싶은 게 있어." 덩컨은 애써 침착한 어조로 말을 꺼냈다.

"그래, 뭐든지." 데이지가 말했다.

"작년에, 식당에서, 난 그냥…… 아, 궁금해서 안 되겠어, 갑자기 왜 나한테 그렇게 상냥하게 대한 거야?"

데이지는 고개를 갸웃하더니 덩컨을 똑바로 쳐다보았다. 그리고 함박웃음을 지었다.

"왜냐면 네가 나한테 상냥했으니까." 데이지는 진심으로 말했다.

그래, 그렇게 간단할 수도 있는 일이구나, 덩컨은 속으로 생각했다. 그러고는 머릿속으로 말 그대로 셋까지 센 다음—하나, 둘, 셋—데이지의 보드라운 얼굴을 두 손으로 감싸고 고개를 숙여 입을 맞췄다. 데이지는 미소를 머금고 화답했다. 옆으로 차가 지나는 소리와 버스 같은 큰 차가 경적을 울리는 소리가 들렸다. 사람들이 얘기하는 소리와 여름의 마지막 귀뚜라미 소리가 들렸다. 그러나 느껴지는 건 데이지의 입술뿐이었고, 맡을 수 있는 거라곤 그애의 살냄새뿐이었다. 수박과 바닐라를 섞은 것 같다고 덩컨은 생각했다. 데이지가 먼저 얼굴을 뗐다.

"뭐하느라 이렇게 오래 걸렸어?" 데이지의 어조는 상냥하고 부드러웠고, 덩컨은 그녀의 포근한 어깨에 얼굴을 묻고 영원히 그대로 있고 싶었다.

"그러게." 덩컨은 싱긋 웃었다. "뭐하느라 이렇게 오래 걸렸을까?"

데이지의 손을 잡으며 덩컨은 얼른 먹고 서둘러 돌아가야 하는 게 아니라면 얼마나 좋을까 생각했다. 통금은 여덟시까지였고, 만약 시간을 지키지 못하면 연말까지 특권은 박탈된다. 그것만은 사양이었다, 특히나 지금 같은 때에.

"그래서 어맨다가 누구라고?" 덩컨이 물었다.

"누구 얘기하는지 모를 줄 알았다니까." 데이지는 덩컨의 팔을 찰싹 때리며 말했다.

"동기들은 다 안다고 생각했는데, 왜 그애는 전혀 감이 안 오는지 모르겠네."

"뭐, 작년에 전학 온 애니까." 데이지가 말했다. "게다가 진짜 말이 없는 애거든. 맨날 밀짚모자를 쓰고 다니고, 여기에 파란 머리가 있어." 데이지는 제 얼굴의 왼쪽 옆머리를 잡아당겼다.

"아, 누군지 알겠다. 밀짚모자를 먼저 말했어야지."

"밀짚모자보다 파란 머리가 더 특이하다고 생각했어." 데이지가 말했다. "그 정도면 충분히 알아들을 줄 알았는데."

"우리 친할머니랑 외할머니 모두 파란 머리였는걸." 덩컨은 최대한 정색을 하며 말했다. "그렇게까지 특이한 건 아니라고."

데이지는 덩컨의 가슴 쪽으로 머리를 기울이더니 몸을 돌려 그를 꼬옥 껴안았다. 덩컨은 꿈인가 생시인가 싶었다. 어쩐지 포옹이 입맞춤보다 더 친밀하게 느껴졌다.

"그래서, 네가 나올 때 어맨다는 어땠어?" 덩컨은 데이지가 몸을 빼내는 것을 느끼고 물었다.

"많이 좋아졌어. 하지만 당분간은 집에 가 있을 것 같아. 걔가 엄마와 통화하는 걸 들었어."

"착한 일 했네." 덩컨이 말했다.

"글쎄, 그건 잘 모르겠어." 데이지가 말했다. "어맨다가 그냥 자도록 내버려두는 게 아니었는데. 자꾸 그런 생각이 들어. 만약에 걔가 약을 더 많이 삼켜서 정말로 혼수상태에 빠졌다면? 내 말은, 상황이 더 나빠질 수도 있었잖아." 데이지는 손을 들어 얼굴을 감쌌다.

"넌 최선을 다했어. 때론 그게 네가 할 수 있는 전부야."

"언제부터 그렇게 현명해지셨대?" 살스 피자에 거의 다 와서 데이지가 물었다.

덩컨은 데이지의 질문에 대답하지 않았다. 그런 식으로 보이려던 건 아니었는데. 덩컨은, 많고 많은 사람들 중에, 자신이 그렇게까지 현명하다는 생각은 전혀 들지 않았다. 덩컨이 가게 문을 열기 위해 손을 뻗었고, 이번엔 데이지가 그를 붙잡았다. 그는 데이지를 쳐다보았다.

"이번엔 다르겠지?" 데이지가 물었다.

덩컨은 데이지의 말이 무슨 뜻인지 알았다―당연히 알아들었다. 작년에 그런 말을 들었다면 도망쳐버렸으리란 것도 잘 알았다.

지난주만 해도 달아났을 것이다. 워낙에 스스로한테 못 미더운 구석도 많았고 또 남한테 의지하는 성격도 아니었다. 하지만 데이지는 무척 다정하고 함께 있으면 편안했다. 그리고 데이지는 그 누구보다 그런 질문을 할 권리가 있다고, 덩컨은 생각했다. 그럼에도 불구하고 여전히, 덩컨은 할말을 찾지 못했다.

"그러니까 계속 이런 식으로 가다간 나는 널 12월에나 다시 보게 될 거라고." 데이지가 덧붙였다.

덩컨은 얼른 시간을 계산해보았다. 실제로 삼 개월이 흘렀고, 그렇다, 또 삼 개월이 지나면 12월이 될 터였다. 데이지가 그런 정보를 이렇게 유용하게 써먹다니 놀라웠다. 덩컨은 버네사가 팀에게 지난 열여덟 시간에 대해 고마움을 표현한 사실이 기억났다.

"관둬." 결국 데이지가 그렇게 말했고, 덩컨은 그제서야 자신이 여태 아무 반응도 하지 않았음을 깨달았다.

"아냐, 미안, 생각 좀 하느라," 덩컨은 말했다. "절대로 일부러 시간을 끈 게 아냐. 난 네 생각을 했어―지난여름에. 무척 많이. 네가 뭘 하고 있을지, 너도 내 생각을 하는지 궁금했어." 데이지가 약간 풀어지는 게 보였다. "항상 네가 보고 싶어. 이런 대답이라도 괜찮을까?"

"그거면 충분해." 데이지가 말했다.

16

팀
이것은 질서인가 혼돈인가?

방으로 돌아온 덩컨은 CD는 다음에 듣자고 생각했다. 잘 준비를 마치고 책을 좀 읽다가 불을 껐다. 하지만 참을 수가 없었다. 누워서 데이지 생각이나 하고 싶었지만, 자꾸만 마음이 팀과 버네사에게로 흘러갔다. 덩컨은 다시 불을 켜고 이어폰을 꼈다. 노트북은 침대 바로 옆에 있었다. 덩컨은 눈을 감고 귀를 기울였다.

네가 얼마나 기억할지, 아니 기억이나 할지, 혹은 나한테 신경이나 썼는지 모르겠다만, 사람들이 나를 무슨 외계인 보듯 쳐다보지 않게 되기까지는 일주일쯤 걸렸어. 사실 대부분은 대놓고 티를 내지는 않았어. 분명 사람을 빤히 쳐다보는 것은 예의에 어긋나는 짓이라고 배웠을 테니까. 하지만 전혀 티나지 않을 정도로 그걸 능숙하게 해내는 사람은 아무도 없었어. 내내 시선을 내리깔고 있다가 막판에 쳐다본다든가, 혹은 내 어깨 너머에 있는 무언가를 쳐다보는 척한다든가. 특별히 네가 그랬다는 게 아니라—당시 너에 대한 기억은 전혀 없다—다들 전반적으로 그랬다.

나는 그런 시선들을 되도록 무시하며 학업에 전념했고, 이건 말해둬야겠는데, 수업은 내가 생각했던 것보다 훨씬 재미있고 좋았다. 시드 아저씨의 호언장담에도 불구하고 선생님들이 너무 깐깐하거나 과목이 지루할까봐 걱정했었는데, 다 기우였다. 오히려 정반대였어. 그러다보니 어느 날 문득 사람들이 내게 익숙해진 것 같았다.

내가 학업에 몰두했다고 말했지. 사실 그건 또다른 문제, 즉 버네사를 되도록 생각지 않으려는 구실에 불과했다. 나는 점차 일과에 적응하기 시작했어. 그리고 교실과 식당을 오가면서 어깨너머로 무슨 '게임'을 어떻게 하면 좋을지 논하는 얘기를 수도 없이 들었다. 그런데 뭐 하나 결정된 게 있기는 한 건지 의심스러웠어—아니면 다들 그냥 게임에 관한 얘기 자체를 즐기고 아무 정해진 것 없이 멋대로 아이디어를 쏟아내고 싶었을까.

처음에는 3학년 영어 시간을 포함해 몇 가지 수업을 버네사와 함께 듣는다는 사실에 흥분했다. 하지만 첫 두 번의 수업을 버네사에 정신이 팔려 완전히 망치고 난 다음에는 그리 운이 좋다고만은 할 수 없겠단 생각이 들었고, 열심히 수업에 집중하려 노력했지. 사이먼 선생님이 비극 숙제에 대해 운을 뗀 것은 세번째 수업에서였어.

물론 나는 비극 숙제에 관해 알고 있었다. 공항에서 학교로 오는 길에 차 안에서 보어속스 교장 선생님이 언급하시기도 했고, 다른 애들이 얘기하는 것도 들었다. 그런데 그 목요일 아침, 사이먼 선생님이 교실에 들어와 교탁 위에 올라서더니 교실 전체가 조용해질 때까지 기다리셨다. 너네 수업 때도 그러신 적 있어? 해마다 그러시는지 궁금하네.

버네사는 내 오른편에 앉았고, 막판에 패트릭이 버네사 옆자리를 낚아챘다.

"비극." 사이먼 선생님이 우렁찬 목소리로 말하자 다들 투덜거리며 신음 소리를 냈다. 교실 안을 찬찬히 둘러보던 선생님의 시선이 내게 머물렀다. "자네로서는 불운하게도, 맥베스 군, 이날 이때까지 자네의 새파란 인생에서 가장 중요한 과제를 1학기 때부터 준비하는 혜택을 누리지 못했군."

몇 사람이 킥킥거렸다. 숨죽여 웃는 소리도 들렸고.

"하지만 이름도 그렇고 셰익스피어와 상당히 친숙할 거라고 짐작하는데."

버네사가 나를 쳐다보며 빙그레 미소지었고, 별안간 나는 내 인생이 바뀌기 시작한 그 순간의 공항 호텔에 다시 섰다.

"맥베스 군이 지금까지의 상황을 파악할 수 있게 기꺼이 도와줄 사람 누구 없나?" 사이먼 선생님의 질문에 나는 영어 수업 시간으로 되돌아왔어.

아무도 없는 것 같았다.

"자네가 한번 해보겠나, 홉킨스 군?" 사이먼 선생님이 말했다. 패트릭은 상체를 숙이고 버네사의 책상 위에 있던 종이에 뭐라고 쓰다가 고개를 들었어. 딱 걸린 거지.

"비극 말입니까?" 패트릭은 자신 없는 말투였다. 사이먼 선생님이 고개를 끄덕였고, 패트릭은 목청을 가다듬었다.

"에," 패트릭은 허리를 똑바로 펴고 앉았다. "비극이란 주인공—여기서는 비극적 영웅이 되겠죠—이 큰 고난을 겪다가 결국 파멸에 이르는 희곡이나 문학작품을 말합니다. 보통 이런 고난과 파멸은 주인공 자신의 결함이나 약점, 그리고 자신에게 주어진 운명을 극복하지 못하는 무능력에 기인합니다."

패트릭은 지금까지 본 것 중 가장 의기양양한 웃음을 지었어. 나는 녀석을 노려보고 싶었지만 실행에 옮기진 못했다. 고개를 푹 숙인 채 녀석의 대답이 어째서 나를 겨냥한 것처럼 느껴지는지 그 이유를 고민했지. 우린 수백 년 전에 쓰인 희곡에 대해 얘기하고 있는 거잖아, 안 그래?

"아주 좋아, 패트릭." 사이먼 선생님은 교탁에서 내려와 팔짱을 끼고 교탁 앞에 섰다. "이제 옆 사람 귀찮게 하는 걸 그만둔다면 다음 진도를 나가도록 하지."

사이먼 선생님은 나머지 수업 시간 동안 비극 숙제의 구체적인 작성법에 관해, 길이는 어느 정도여야 하고 구성은 어때야 하는지 설명했다. 그리고 도입부와 대강의 줄거리를 슬슬 생각해보라는 과제를 주며 수업을 끝냈다. 그리고 마지막으로, "나아가 아름다움과 빛을 널리 떨쳐라".

교실 문을 나서는데 패트릭이 내게 몸을 부딪쳤다. 딴 데를 보면서 내가 거기 있는지 전혀 몰랐다는 듯, 팔꿈치를 구부려 내 옆구리를 퍽 찔렀지.

정확히 예상했던 대로였다. 그래서 다음번에 패트릭을 만났을 때 녀석이 친절하게 굴어서 깜짝 놀랐어. 어쨌든 나는 여전히 패트릭을 믿지 않았다. 단 한 번도 그런 적이 없었다고 생각한다. 녀석이 내게서 고개를 돌릴 때 그 얼굴에 나타난 표정을 놓치지 않았어. 녀석은 어디서든 버네사와 함께 있었다—식당에서나 중정에서나 그리고 교실에 갈 때에도. 그런데 이상한 점이 있었어. 버네사가 하루 중 어느 순간에 용케도 항상 나를 찾아내서—패트릭이 언제 안 보이는지 잘 아는 게 분명했어—눈짓을 한다든가 내 팔을 가볍게 어루만지는 거야. 워낙 미묘한데다 아주 능숙해서 마치 요정이 살짝 내려앉거나 빗방울이 좁은 구멍으로 정확히 떨어지는 것 같았다. 버네사는 하루에 여섯 번쯤 나를 지나쳐갔는데, 대부분은 모르는 척하다가 꼭 한 번씩 그랬어. 언제일지 전혀 알 수 없었지만 나는 그 순간을 갈망하기 시작했어. 한편으로 비교적 빨리 깨닫게 된 사실은, 내가 버네사 외에 다른 아이들과 알고 지내려는 노력을 전혀 하지 않고 있다는 거였다. 일주일쯤 지나자 사람들이 제법 친절하게 날 대했지만, 솔직히 난 아무래도 상관없었어. 애초에 이 학교까지 온 이유가 순전히 그거—친구들을 사귀고 즐거운 학창 시절을 보내는 것—였기 때문에, 스스로도 놀랐지. 내게 이 학교는, 그때까지도, 온통 버네사에 관한 것이 되어버리고 만 거야. 그리고 확실한 건, 그애를 보는 게 늘 기쁘지만은 않았다는 거다.

어느 날 기숙사로 걸어가다가 아치 밑에서 문가에 기대 얘기하고 있는 버네사와 패트릭을 봤다. 패트릭이 나를 마주보는 자리였고 버네사는 등을 진 채였어. 패트릭은 내가 다가오는 것을 보자마자, 눈이 마주치진 않았는데, 버네사 쪽으로 상체를 숙여 거칠게 키스하기 시작했다. 버네사의 반응이 보일 만큼 가깝진 않았지만, 나는 내 눈을 믿을 수가 없었어. 공공장소인데—누구나 지나다닐 수 있는 곳인데. 버네사는 나직이 신음 소리를 내고 있었다. 좋아서 그러는지 거북해서 그러는지 알 수는 없었다. 난 그 소리가 안 들리게 귀를 잡아뜯고 싶은 심정이었어. 패트릭이 한 손을 움직여 버네사의 셔츠 속에 넣더라. 바로 그때, 내가 아치 밑을 통과하는데 버네사가 눈을 뜨고 나를 봤다. 한참을 응시하는 그애의 눈빛이 미안하다고 말하는 것 같았어. 그냥 나 혼자만의 착각이겠지만. 그애가 무엇보다 그런 생각을 했기를 간절히 바란 걸지도. 하지만 패트릭이 쿡 찌르자 버네사는 다시 눈을 감았고, 놈은 버네사의 등을 더욱 단단히 감으며 다시 작업에 들어갔어. 나는 억지로 걸음을 재촉했다. 하지만 결국 뒤돌아보고 말았는데, 어느샌가 키스를 멈춘 패트릭이 나를 똑바로 쳐다보며 히죽거리고 있었다.

며칠 후, 비 내리는 오후에 다들 갈 곳이 없어 학생회관 여기저기에 앉아 있는데, 버네사가 내게 다가와 바로 옆에 섰어. 나는 벽에 등을 기대고 바닥에 앉아 있었지. 버네사는 내 머리 바로 위쪽의 창문턱에 있는 뭔가를 집으려는 듯 손을 뻗었다. 그러고는 이내 손을 거두어 내 머리칼을 가볍게 쓸며 잠시 머물다 가버렸다. 패트릭과 키스하는 장면을 본 후로 나는 그애한테 말을 하지 않고 화를 거둘 생각도 없었지만, 그애의 손길은 맘껏 즐겼어. 또 한번은 점심시간에 줄을 서 있는데—그날 점심 메뉴는 포캔티코힐스의

자급자족형 농장에서 당일 생산된 치즈로 만든 마카로니 치즈와, 브롱크스의 한 빵집에서 갓 구워낸 부드러운 빵이었다―버네사가 어느새 내 뒤로 끼어들었어. 난 그애가 일부러 내 몸에 닿도록 움직일 때까지 뒤에 있는 줄도 몰랐다. 내가 좀더 미련했다면 버네사 뒤에서 누가 미는 바람에 그애가 나와 부딪힌 걸로 착각했을 거야. 하지만 점차 제대로 알게 되었다.

그랬던 것이 또 약간 바뀌어서, 버네사는 서로 스쳐지나갈 때 영문 모를 수수께끼 같은 말을 내게 던지기 시작했어.

"오늘밤에 눈이 올 거야." 한번은 본관 복도에서 마주치자 이런 말을 했다.

이런 적도 있어. "오늘 저녁은 미트볼인데, 보어속스 교장 선생님 어머니의 요리법으로 만들었대. 양념 테이블에 신선한 파르메산 치즈가 있을 거라더라."

하나같이 아주 나직하고 별로 사적인 내용도 아니어서 놓치거나 딴사람에게 하는 말로 착각하기 쉬웠어. 내 머리를 쓰다듬은 것도 무심결에 한 실수로 받아들일 수 있었고. 아니면 심지어 가엾다는 표현일 수도 있었지. 진실이야 어찌됐든 나는 그 몇 초를 갈망하게 됐다. 그것들은 늘 다양한 형태로 다가왔고, 하루 중 내가 가장 좋아하는 순간이 되었어. 나는 그 순간을 몇 번이고 반복해서 머릿속으로 그리며 수업중에 공상에 잠겼고, 밤에 잠들면서도 생각했어. 항상 다른 아이들보다 늦게 잠들었는데, 사이먼 선생님이 장담했던 대로 소등 시간이라고 내게 불을 끄라고 얘기하는 사람은 아무도 없었기 때문이야. 불을 켜둔 채 천장을 응시하며 그날 그애 눈

166

이 얼마나 푸르게 보였는지, 내 팔뚝에 닿은 그애 손이 얼마나 부드러웠는지, 날씨나 저녁 메뉴나 도서관에 들어온 새 책에 관해 얘기하는 그애 목소리가 얼마나 달콤했는지 떠올렸다.

그러면서 난 어머니와 시드 아저씨를 밀어내기 시작했어. 아직도 내가 왜 그랬는지 모르겠다. 두 분은 내게 큰 힘이 되어줬고 내가 어떻게 지내는지 많은 관심을 기울였는데. 일주일에 한 번씩 스카이프로 통화하기로 시간을 정했었고, 처음엔 나도 그 시간을 간절히 기다렸어. 처음 몇 주 동안은 마이크로 내 목소리를 녹음해서 두 분에게 하루 일과와 수업, 읽고 있는 책 등에 관해 이야기했지. 노트북과 마이크를 식당에 가져가 귀가 멀 것 같은 그 소음을 들려준 적도 있어. 그런 뒤에 그 모든 파일을 CD로 구워서, 이렇게 너한테 준 것처럼, 이탈리아로 보냈다. 그러다가 차츰 예정된 시간에 컴퓨터를 켜지 않게 됐고, 못 받은 전화를 굳이 다시 걸지도 않았고, CD를 만드는 것도 그만뒀어. 어머니가 걱정하는 이메일을 보냈지만 나는 개의치 않았다. 스스로 고치 속에 들어가 웅크리고 있는 것 같았지만, 두 분에게 터놓고 얘기했다간 내가 살고 있는 이 수상한 세계의 균형이 무너질까봐 두려웠어. 이 일에 관해 아무것도 알리고 싶지 않았다.

나는 버네사가 더 많은 것을 주기를, 또 조깅하러 가자거나 어디선가 만나자고 얘기해주기를 고대하기 시작했다. 가끔은 만약 내가 먼저 버네사에게 뭔가 같이 하자고 하면 어떻게 될까 생각했고. 혼자서 시나리오를 짜곤 했어. 새 러닝화 사러 같이 시내에 나가자고 하면 버네사가 흔쾌히 들어줄까? 파트너가 필요한 과학 프로젝트를 같이 하자고 하면? 숲으로 가는 건 금지였지만 어떨 땐 혹시 버네사와 마주칠까 싶어 조깅을 하러 나가기도 했다. 한 번도 마주친 적은 없지만. 그러나 뭔가 같이 하자고 말을 꺼낼 용기를 거의 모았다 싶은 순간마다 버네사가 패트릭과 함께 있는 모습을 목격했다. 두 사람은 즐거워 보였고 선생님이 주위에 없다 싶으면 손을 잡거나 키스를 했어. 그래서 엄두가 나지 않았어—그애가 내게 올 때까지 마냥 기다렸다. 하루에 몇 초면 족하다고 스스로를 타일렀어. 그러면 언젠가는 분명 그애가 내게 다시 말을 걸고 싶어지겠지. 하지만 몇 주가 지나도록 기미가 보이지 않았다. 이쯤에서 아마 묻고 싶어지겠지—이것은 질서인가 혼돈인가? 난 그것이 내게 무엇이었는지 알아.

2월 어느 날, 도서관에 있는데 그애가 날 찾아왔다. 그러고 보니 그날 아침에 버네사가 내 옆을 지나며 『오디세이』를 토대로 한 새 소설이 도서관에 들어왔고 메인 데스크에서 대출할 수 있다고 중얼거린 게 생각났어. 평소처럼 난 그애의 관심이 닿는 일분일초를 즐겼을 뿐 그 이상은 생각하지 않았다. 그날 오후엔 공교롭게도 학생회관의 책상이 다 차서, 도서관 서가 뒤에 처박혀 조용한 시간을 음미하려던 참이었지.

그런데 난데없이 그애가 내 옆에 서 있는 거야.

"그 책 봤어?" 버네사가 물었다.

무슨 얘기를 하는 건지 전혀 감이 안 왔다.

"무슨 책?"

"『오디세이』를 토대로 한 소설 말이야. 오늘 아침에 내가 얘기한 책."

"아, 아니. 하지만 수학 숙제는 많이 했어."

그즈음 나는 눈 때문에 애를 먹고 있었어. 초점이 맞을 때도 있지만 맞지 않을 때도 있었고, 책이 읽을 만해지거나 숫자가 보일 때까지 기다리느라 한참을 허비했거든. 그날따라 시력이 또렷해서 솔직히 말하면 시간을 낭비하고 싶지 않았다. 눈이 밝을 때를 즐기고 싶었어.

그래서 버네사가 잠깐 산책하자고 했을 때, 몇 주 동안 학수고대하던 일이었는데도, 사실 망설여졌다. 일어나서 밖에 나갔다 돌아오는 건 고사하고 당장 십오 분 후에 눈이 어떻게 될지도 모르는 상황이었다. 버네사는 왜 하필 지금 이러는 걸까?

진심을 말하자면―여기서는 그래야 한다는 기분이 드니까―내 편에서 뭔가 좀 달라져 있었다. 그동안 나는 혼자서 버네사의 모든 표현을 맘껏 부풀려 해석했고, 그땐 그애가 내게 애정을 품고 있다고 확신했어. 내 딴에는, 버네사가 좀더 드러내서 표현하지 못하는 이유는 패트릭에게서 벗어나는 방법을 모르기 때문이라고 생각했어. 또한 나에 대한 애정에도 불구하고, 공개적으로 나와 함께 있는 모습을 보이면 맞닥뜨리게 될 창피를 감당할 준비가 되어 있지 않은 거라고 지레짐작했다. 분명 사람들은 내게 익숙해졌지만―누군가에게 다가갈 때 마주치는 예의 그 경악스러운 표정은 거의 볼 일이 없었으니까―그걸로는 어림없지. 패트릭은 키 크고 잘생긴데다 피부도 완벽하니까. 다들 그 녀석을 좋아했고, 버네사라면 그 정도 남자와 사귀는 게 당연하다고 여겼다. 어빙 스쿨에서는 그

것이 세상의 바른 질서(아니면 혼돈이라고 해야 할까?)였어.

그럼에도 불구하고 여전히 뭔가가 있었다.

그날 도서관에서, 나는 자리에서 일어나 버네사를 따라 밖으로 나갔다. 바람이 강했고 얼어죽을 듯 추웠다. 하늘이 흐린 덕분에 햇볕이 덜 따가워 천만다행이었지. 버네사는 멈추지 않고 계속 걸어 운동장까지 갔다. 나는 외투도 입지 않은 상태로 버네사를 따라 갔다. 당연히 선글라스도 없었고. 몇 주 동안 선글라스에는 손도 대지 않았다.

버네사는 체육관 뒤에서 걸음을 멈췄다. 라벤더색 스키 점퍼와 청바지 차림이었어. 묶지 않고 내린 금발이 바람에 마구 나부꼈다—그애 얼굴에, 내 얼굴에. 버네사는 열심히 머리칼을 어깨 뒤로 넘겼다.

"안녕?" 마침내 버네사가 말을 꺼냈다.

"안녕." 나는 되받았다.

"내가 만나자고 해도 절대 안 만나주더라." 버네사는 아랫입술을 뿌루퉁하니 내밀고 말했다. 윗입술에 머리칼이 붙어 있길래 손을 뻗어 살짝 떼어줬어.

"그게 무슨 말이야?" 목소리가 갈라졌다. 나는 목청을 가다듬었다. 하루종일 입을 거의 열지 않아서 그런 거지. 얘기할 만한 사람이 별로 없었으니까—이제 와서 하는 말이지만, 그건 대체로 내 잘못일 거다.

"나 참, 도서관에 새 책 들어왔다고 말하고 도서관 가서 기다렸는데 안 왔잖아." 버네사가 말했다. 바람이 매섭게 몰아쳤고, 나무우듬지 사이를 휘달리는 바람 소리가 들렸다. "양념 테이블의 파르메산 치즈랑 미트볼 얘기를 한 것도, 양념 테이블에서 만나고 싶었던 거라고!"

"그걸 내가 어떻게 아냐?"

"내가 힌트를 줬으니까." 버네사는 격분해서 말했다. "나름 머리 쓴다고 한 건데."

머리 바로 위에서 나뭇가지 하나가 뚝 부러지더니 겨우 몇 발짝 떨어진 곳으로 곤두박질쳤다. 버네사는 펄쩍 뛰더니 손을 뻗어 내 팔목을 붙잡았지. 팔뚝을 따라 약한 전압의 번개가 휘감아오르는 느낌이었어. 버네사는 손을 떼더니 고개를 절레절레 저었어.

"나한테 뭔 일이 생겼으면 좋겠다는 생각이 들 때도 있어, 저런 나뭇가지에 머리를 맞든가 해서. 그럼 아무것도 신경 안 써도 되잖아."

"그게 무슨 소리야?" 나는 물었다. 내 목소리가 똑똑히 들렸다. 자신감 있고 힘찬 목소리. 다른 아이들하고 있을 때는 여전히 비리비리했지만, 버네사와 같이 있으면 나다울 수 있었어. 그건 참 묘한 기분이었지. 나는 버네사에게 얘기할 때 내 말투가 마음에 들었다.

"저기, 전에 얘기한 대학 진학 문제 말이야." 버네사가 말했다. "아, 넌 대학 입학 관련해서 들은 거 없어? 그동안 물어보지도 않았네."

"난 노스웨스턴 대학에 가. 수시 합격했거든."

"와, 멋지다. 그래, 넌 시카고 출신이니까."

버네사가 그렇게 말한 뒤 환한 미소를 지었고, 나도 마주 웃었다.

마치 시카고와 그곳 공항에 관해 우리끼리만 통하는 농담을 주고 받은 것처럼.

"음, 그래, 좋은 학교이기도 하고." 내가 말했다. "그리고 사실, 너도 알다시피 우리 부모님은 이제 거기 살지도 않으셔. 거기 출신 이라는 거랑은 아무 관련도 없어. 굳이 따지자면 새아버지가 그 학 교를 나와서 지원할 때 팁을 얻었다는 것 정도?"

"기대되니?" 버네사는 언덕 위에 서서, 얼굴 왼편에 흘러내린 긴 금발 한 가닥을 손가락으로 배배 꼬면서 더없이 진지한 표정으 로 물었다.

"기자 같은 게 네 꿈이야?" 내가 물었다.

"뭐? 왜?"

"아니, 갑자기 질문을 많이 하길래."

그때 선생님 두 분이 옆으로 지나가며 우리를 향해 고개를 끄 덕였다. 그후로 버네사가 안절부절못했던 것 같아. 주변을 두리번 거리기 시작했거든. 그러더니 언덕 위 다른 장소, 예배당 뒤쪽을 가리켰어. 정말 매력적인 장소고─너도 아마 수없이 지나다녔겠 지─별로 외진 곳이 아닌데도 길가에서 한참 벗어나 있다는 착각 을 일으키지. 그 왜, 철제 벤치 있는 데 알지? 어느 해 졸업반 선 물이었다던가. 버네사가 그 벤치에 앉았고, 나도 그 옆에 나란히 앉았다.

"덫에 걸린 기분이야." 버네사가 말했어. 그러고는 나를 쳐다봤 다. "벗어나는 방법을 도저히 모르겠어. 그냥 패트릭이 평소처럼 콧대 높고 자신만만한 상태라면 얘기가 다르지. 하지만 걔네 어머니가 돌아가신 지 얼마 안 됐잖아. 지금으로선 개한테 상처를 줄 수가 없어. 몇 번 시도해봤는데, 솔직히 입이 떨어지질 않더라고."

나는 아무 말도 하지 않았다. 버네사와 함께 있으면 자주 이런 느낌이 들었는데, 나는 그애가 돌연 가버릴까봐, 사라질까봐 두려웠다.

"오해는 하지 마. 패트릭과 함께여서 즐거울 때도 있어. 개도 맘만 먹으면 무척 다정해."

숨죽여 웃는 나를 보고 버네사는 내 팔을 찰싹 때렸다.

"이게 그냥 학기말까지만 버티면 되는 일이라면, 졸업으로 끝이라면, 그 정도는 할 수 있어. 문제없지. 하지만 사 년이나 더? 난 대학 진학 건이 저절로 잘 풀리기를 바라고 있었어. 내가 전에 너한테 말했던 대로. 기억나?"

"아, 물론, 기억해." 내가 말했다.

"그래서 그대로 하려고 했는데, 사실 마음속 깊은 곳에서는 그렇게 풀리지 않았으면 했던 거야—같은 학교에 가지 않기를, 같은 도시에 있는 학교도 아니기를."

"그래서 어떻게 됐어?"

"뭐, 우리 둘 다 뉴욕에 있는 학교에 가게 됐어."

"같은 대학?"

"아니, 하지만 같은 도시잖아."

"뉴욕은 커." 실제로 뉴욕 시에 대해 잘 알지도 못하면서 나는 그렇게 말했어. 어쨌든 뉴욕이 누구라도 미아가 될 수 있을 정도로 큰 도시라는 걸 모르는 사람은 없으니까.

"이젠 뉴욕이 충분히 크지 않으면 어쩌나 그게 걱정이야. 나는 업 타운이고 패트릭은 다운타운인데, 걔는 벌써부터 중간쯤에 아파트를 하나 얻어서 같이 살자고 한다니까. 어쩌다가 이 지경이 됐지?"

"그냥 빠져나오면 되잖아." 내가 말했다. "입학 허가 받은 데가 거기밖에 없어?"

버네사는 잠시 두 눈을 환하게 빛내더니 빙그레 웃었어. 그러고는 벤치 위로 한 손을 뻗어 내 허벅지에 올렸지. 불타는 돌덩이가 얹힌 느낌이었다. 주변의 모든 것이 멈춰버렸고, 내 머릿속엔 온통 내 다리에 얹힌 그애의 손뿐, 그거 말곤 아무것도 느껴지지 않았어. 버네사는 고개를 기울여 내 뺨에 키스하고는 가버렸다.

나는 한참 동안 그대로 앉아 있었어. 키스의 여운을 느끼면서, 좀더 갈망하고, 버네사를 갈망하고, 패트릭처럼 되기를 갈망했다. 사랑에 눈이 멀고 시력은 나날이 나빠지는 알비노이고 싶지 않았어. 나는 도서관으로 돌아가 하던 숙제 위에 이마를 대고 엎드려서 방금 겪은 일을 하나하나 곱씹었어. 시간을 되돌려 다시 처음부터 할 수 있다면 얼마나 좋을까 생각하고, 다음에 또 언제 버네사와 얘기하게 될까 맘을 졸였어.

그날 저녁 식당에서 버네사를 보았는데, 패트릭과 함께 앉아 있는 모습이 어느 누구보다 즐거워 보였다. 다른 곳에 가고 싶다거나 덫에 걸린 기분이라거나 하는 기색은 눈 씻고 찾아봐도 없었다— 최소한 전혀 내색하지 않았다. 나는 안쪽의 둥근 테이블에 혼자 자리를 잡고 밥을 먹었어. 이따금 아무데도 끼지 못한 아이들 한두 명과 같이 먹을 때도 있는데, 거기에 대해 난 늘 열린 자세였어. 하지만 그날따라 아무도 오지 않았고, 나는 육두구를 가미한 버터넛 호박 수프를 떠먹으며 버네사와 패트릭이 엄지손가락 레슬링을 하다가 웃음을 터뜨리는 모습을 바라봤지. 두 사람은 한목소리로 노래도 불렀던 것 같다. 난 급격히 입맛이 떨어져 방으로 돌아왔다.

다음날 아침 욕실에서 패트릭이 나를 다시 궁지로 몰아넣었어. 욕실 얘긴 많이 하지 않기로 약속한 거 아는데, 이것도 중요한 얘기니까 좀 참아주라.

너도 예상하겠지만, 난 즉시, 어제 버네사와 함께 있는 모습을 패트릭이나 딴사람한테 들킨 거라고 생각했어. 세면대 앞에서 마지막 남은 치약을 쥐어짜면서, 교내 매점 열었을 때 가서 치약 사는 걸 맨날 까먹는다고 혼자 짜증을 내던 참이었다. 그때 내 어깨에 녀석의 손이 닿는 게 느껴졌어. 사실 그냥 손이 아니라 억센 발톱으로 꽉 움켜쥐는 것 같았어. 나는 펄쩍 뛰었고, 그 바람에 치약이 세면대 옆으로 떨어져 쓰레기통에 들어갔다. 패트릭은 내 옆으로 손을 뻗어 쓰레기통에서 치약을 꺼냈다.

"자." 녀석의 말투에서 감정을 전혀 읽어낼 수 없었지만 나는 최악을 각오하고 있었다. "미안하게 됐다." 녀석이 말했다.

치약을 받아들고 뭔가 무지막지한 것이 올 것을 기다렸는데, 녀석은 그저 내 옆자리에 자기 세면도구를 꺼내놓고 제 할 일을 했어. 쓰레기통에서 치약에 닿았을 더러운 휴지며 온갖 것들이 생각나 더이상 치약을 손에 들고 있을 수가 없었다. 그래서 치약을 도로 쓰레기통에 던져넣었지. 패트릭이 나를 힐긋 쳐다보더니 자기 것을 건넸다.

"여기, 내 거 써." 녀석이 말했다. 치약에 독이 들었나 의심했을 거야, 녀석이 방금 그 치약을 짜서 거품을 너저분하게 흘리면서 이를 닦는 중이 아니었다면. 나는 눈을 꽉 감고 내 칫솔에 그 치약을 짰다. 그렇게 우린 몇 분 동안 나란히 서서 구석구석 이를 닦았다. 패트릭이 폭발하든가, 나를 화장실로 몰아넣든가, 변기 속에 내 머리를 처박든가, 나를 얼마나 추악하게 생각하는지 한바탕 늘어놓을 때까지 계속 기다렸지만, 그런 일은 없었다. 녀석은 혼자 콧노래를 부르며 이를 닦고 있을 뿐이었어.

"그래서 생각해봤는데 말이야" 하며 녀석은 무척 심각하게 말을 꺼냈다.

"응?" 나는 드디어 올 것이 왔구나 싶었다.

"정신 나간 소리로 들릴 거야. 지금껏 이런 전례가 없었으니까. 게임 대신에 나들이를 가는 건 어떨까?"

함께 욕실을 빨간색 페인트로 칠하자는 제안을 듣기나 한 것처럼 나는 녀석을 멍하니 쳐다봤다.

"그니까, 진짜 끝내주는 나들이 말이야. 비밀 나들이지. 다 같이 계획을 세우고 참여하는 비밀 여행." 녀석은 얘기를 이어갔는데, 사실 혼잣말을 중얼거리는 거나 다름없었다. 저 혼자 머릿속으로 아이디어를 정리하는 셈이었어. "뭔가 버네사가 좋아할 만한 거. 어떠냐?"

그동안 나는 줄곧 녀석을 물끄러미 쳐다보며 아직 빗질도 안 한 머리가 뭐 저렇게 멋있냐, 세수도 안 한 얼굴이 어떻게 저리 완벽하냐—잘생겨 보이려고 열심히 노력하는 것도 아니고 피부에 색소를 넣은 것도 아니면서—그런 생각을 하고 있었다. 도대체 이 녀석 인생은 왜 이렇게 나랑 비교도 안 되게 좋은 걸까?

"너 좋을 대로 해." 나는 나가려고 돌아섰다.

"아니, 난 지금 네 생각이 어떠냐고 묻는 거야." 운동은 잘하지만 머리는 빈, 만화 캐릭터 같은 녀석이 그렇게 진지하게 말하는 건 처음 들었다. "그리고 또 있어. 내가…… 저기, 너 최근에 버네사랑 얘기한 적 있냐?"

이제야 본색을 드러내는구나 싶었다. 나는 잠자코 기다렸다.

"내가 걔 친구들이랑 얘기를 해볼 수도 없고, 어차피 버네사가 우리 사이에 문제가 있다는 얘길 친구들한테 할 것 같지도 않아서 말이야. 근데 뭔가 좀 낌새가 이상해—나에 대한 마음이 식었다는 얘기는 절대 아니고, 그냥 뭔가 좀 걸려. 그래서 생각해봤는데…… 버네사는 너한테라면 자기가 어떻게 보이든 별로 개의치 않을 테고, 넌 걔한테 친구 비슷한 거니까, 혹시나 버네사가 나에 관해서 뭐라도 얘기한 거 없나 해서."

"아니, 버네사랑 거의 얘기한 적 없어. 게다가 버네사가 뭐하러 너에 대한 생각을 나한테 말하겠냐?"

패트릭은 고개를 주억거렸다. "네 말이 맞는 것 같다. 괜한 망상이겠지."

"망상이야. 엊저녁 식당에서도 너희 둘 되게 편안해 보이던데."

녀석은 다시 고개를 끄덕였다. 이번에는 씨익 웃기도 했지. "맞아. 나도 참 뭐가 문제인지. 여자애들은 다 나를 좋아하는데."

'여자애들'이라니? 이 녀석 버네사가 다른 여자애들이랑 똑같다고 생각하는 걸까?

"그럼 내 아이디어에 대해선 어떻게 생각해?"

"무슨 아이디어?" 난 패트릭이 버네사를 학교에서 가장 예쁘고 소중한 여자애로 보지 않는다는 사실에서 벗어날 수가 없었어.

"게임 대신 나들이 가는 거." 녀석은 그렇게 중요한 질문을 잊었다는 데 여지없이 짜증을 내며 말했다. "다들 나만 믿고 있다고."

"나들이 말이지, 아주 좋은 생각 같아." 그때 당시에 나는, 당연히, 내가 시동 버튼을 눌렀다고는 꿈에도 생각지 못했어.

17

팀
이건 극비거든

덩컨은 팀이 어떤 시동 버튼을 눌렀는지 잘 알고 있었다. 왜 사람이 나쁜 선택을 하면, 이 경우처럼 대재앙에 가까운 선택을 하면 왱왱 울리는 크고 새빨간 점멸등 같은 건 없을까? 돌아가서 다시 잘 생각해보고 결정하라고 알려주는 경고등 같은 거. 너무 암담한 나머지 덩컨은 CD를 전부 저 작고 둥근 창 밖으로 내던져버린 다음 뒤도 안 돌아보고 싹 잊어버릴까 고민했다. 한번 겪었으면 됐지 왜 또 그 악몽 같은 기억을 자초하나? 그가 세상에서 가장 하고 싶지 않은 일이 그 사건을 처음부터 다시 겪는 것이었다. 하지만 밤이 깊었고 데이지는 잠들었을 테니 달리 생각을 둘 데가 없었다. 게다가 들어줘서 고맙다는 팀의 갈라지고 메마른 목소리가 그의 귓전을 맴돌았다. 덩컨은 팀을 다시 실망시키고 싶지 않았다. 이미 한번 실망시킨 전력이 있으니.

공지가 나붙는가 싶더니 금세 내려갔어. 일이 원래 그런 식으로 진행되나보다 했지. 재빨리 공지되었다가 순식간에 사라진다. 또 다음 공지가 떴다가 이내 없어지고. 문제는, 내가 그 공지들을 도무지 이해하지 못했다는 거다. 한 단어가 어김없이 엉뚱한 데 들어가거나 아니면 빠져 있었어. 첫번째 공지는 '게임 나간다, 반드시 전원 참여, 모든 3학년에게 전함, 계속 귀를 기울일 것'이었다.

공지는 학생회관과 욕실에 붙었다. 읽긴 했지만 뭔가 놓친 것 같아 자세히 볼 요량으로 다시 갔더니 사라지고 없었지. 그날 아침에 공지가 붙어 있던 학생회관에서도 찾아봤는데 역시나 없었다.

이틀 후 또다른 공지가 떴어. '게임은 추운 바깥, 즐겁게 걷는다, 모두 참여, 빈칸은 채워질 것.'

그쯤 되자 나는 호기심이 동했다. 양쪽에 '나간다' '바깥'이라는 말이 있으니 밖으로 나들이를 간다는 암호인 건 틀림없었다. 하지만 그러면 너무 쉽고 뻔했지. 내가 알아차릴 정돈데 선생님들이 모르겠어? 그런데 한편으로는 패트릭과 내가 욕실에서 했던 대화를 선생님들은 전혀 모르니까, 하는 생각도 들었지. 어쩌면 단체 나들이 같은 건 별난 일이라 전혀 상상도 못했을 수도 있고.

그러다 어느 날 저녁, 패트릭이 내 방문을 두드렸다.

"어이." 녀석은 온통 구멍이 숭숭 뚫린 흰색 티셔츠에 청바지를 입고 녹색과 파란색이 교차하는 블랙워치* 체크무늬 슬리퍼를 신

---

* 왕립 스코틀랜드 연대의 보병부대.

고 있었다. 나는 감정을 드러내지 않으려 최선을 다했어. 녀석이 내게 무엇을 원하는지 전혀 알 수 없었지.

"어이." 나는 담담하게 대답했다.

"바쁘냐?"

"그다지"라고 대답한 후에야 이렇게 빨리 빌미를 주면 안 되는데, 하는 생각이 들었다. 나중에 빠져나갈 구실이 없으면 어쩌겠어?

"잘됐네. 나 좀 도와주라." 녀석이 말했다.

"뭐하는데?"

"초대장 만들기." 패트릭은 거만하게 말했다.

"무슨 초대장?"

"나들이에 초대하는 거야. 계획은 다 짰어. 애들한테 장소랑 시간만 알리면 돼."

패트릭이 내게 도움을 청하다니 너무 이상했다. 아니, 평소에 몰려다니던 그 친구들은 다 어쩌고? 우리 층 애들 중 반은 그 녀석 그룹에 속할 텐데.

"다들 돕는 거야?" 나는 상황이 어떻게 돌아가는 건지 좀더 감을 잡으려 애쓰며 물었다.

"아니, 내 생각엔 우리 둘이면 충분해. 너하고 나. 인기가 많다는 게 어떤 기분인지 너한테도 좀 맛보게 해주려고. 넌 전혀 모르잖아."

패트릭이 그 말을 꺼내기 전까지 나는 녀석이 나한테 뭔가 속임수를 쓰는 거라고 확신했다. 자기 방으로 날 유인해 온몸에 타르를 칠한다든가 해서 굴욕을 줄 거라고. 하지만 그 말을 듣고 그냥 그게 녀석의 옹졸한 본모습이라는 걸 알게 됐지. 그리고 솔직히 궁금했어. 마침 살짝 지루하기도 했고. 그날은 하루종일 버네사를 보지 못했거든. "어디서 만드는데?" 내가 물었다.

"내 방에서." 패트릭은 당연하다는 듯이 따라오라고 손짓했다. "재료는 다 있어. 그래도 마커 좀 있으면 갖고 와라, 알았지?"

"그래." 나는 책상 쪽으로 허리를 숙여 컬러 마커가 가득 든 지퍼백을 들었다. 혹시 필요할까봐 가위도 챙겼다.

패트릭을 따라 복도를 가로질러 녀석의 방으로 향했어. 가끔 지나다 문이 열려 있을 때 흘깃 보긴 했지만 실제로 안에 들어가본 적은 없었다. 패트릭은 방문을 열더니 먼저 들어가라고 손짓했다. 녀석의 방은 내 방보다 훨씬 컸다. 두 배는 넓은 것 같았고, 우리 층에서 가장 큰 방이 아닐까 싶었다. 침대에 면한 가장 안쪽 벽을 연둣빛이 살짝 가미된 진초록색으로 칠해놨더라. 침대 위 이불이랑 바닥 러그도 벽 색깔에 맞춘 체크무늬였다. 이어서 사진 몇 장이 눈에 들어왔어. 벽에 투명테이프로 붙인 사진들이었다. 식당에서 웃고 있는 버네사. 학교 뒤쪽 어디인 듯한 야외에서 찍은 버네사. 옆을 보면서 사랑스럽게 밀크셰이크를 홀짝이는 버네사. 패트릭은 나를 주시하면서도 한마디도 하지 않았어. 나는 아무렇지 않은 척, 사진이 있는 줄도 모르는 척하고 싶었다. 침대 맡 전등에는 두 사람이 함께 찍은 사진이 붙어 있었어. 패트릭이 버네사를 간지럽히고, 버네사는 패트릭을 막으려 하면서도 웃고 있는 사진이었다. 나도 그게 버네사의 진짜 미소라는 것쯤은 알아. 난 그럼 이제 뭐할까? 하는 표정으로 패트릭을 쳐다봤다. 숨도 못 쉴 정도로 나를 덮치며 압박하는 묵직한 외로움의 장막을 전혀 느끼지 못하는 것처럼.

"어이, 이것도 봐야지." 그때 패트릭이 옷장 문을 열어젖히며 말했어. 문 뒤쪽에 포스터만큼은 아니지만 잡지 표지보다는 크게 확대한 사진이 한 장 붙어 있었다. 초록색 비키니를 입고 포즈를 취한 버네사였는데, 호리호리한 몸이 아름다웠어. 비키니 상의의 가슴 곡선에 눈길이 가지 않을 수 없었지.

"괜찮지 않나?" 패트릭이 느물거렸다. "작년 봄에 학기 끝나고 바로 버네사가 우리집에 왔을 때 찍은 거야."

나는 그때가 녀석의 어머니가 돌아가시기 전인지 후인지 잠깐 생각했다. 분명 돌아가신 후였을 거다. 아마도 버네사는 열심히 녀석의 기운을 북돋우려 했겠지. 그렇다면 이 사진에 대해서, 또 얼마나 크게 확대했는지 버네사는 알고 있을까 궁금했다. 아니면 버네사가 보지 못하게 옷장 안쪽에 붙인 걸까. 나는 표정 없이 녀석을 쳐다봤어. 아무런 내색도 하고 싶지 않았다. 하지만 패트릭은 알고 있었다. 느긋한 미소가 녀석의 얼굴에 퍼졌어. 그러고는 녀석은 고개를 흔들었다.

"시작해볼까?" 패트릭은 문을 닫고 의자 등받이로 문고리를 받쳐서 누가 억지로 열려고 해도 들어올 수 없게 만들었다. 녀석은 내 뜨악한 표정을 틀림없이 봤을 거다.

"이건 극비거든" 하면서 녀석은 책상 서랍을 열고 색색의 판지와 마커를 한아름 꺼냈다. 잘 지워지지 않는 샤피 마커였다. 내 몸에다 온통 낙서를 하려는 걸 거야—내가 미처 도망치기 전에 '찌질이'라든가 '병신' 같은 말을 쓰는 거지. 그런 낙서를 새기고 학생 회관을 지나다니는 기분이 지금 내가 매일 느끼는 기분보다 더 나쁠까 잠시 생각해봤는데, 답은 당연히 예스였다. 패트릭은 내게 바닥에 앉으라고 손짓했다.

"자, 내 생각은 이래." 녀석이 옷장에서 미리 꺼내둔 널빤지 저쪽 끝에 앉으며 말했어. 꼬마들처럼 책상다리를 한 채로 앞으로 당겨 앉았다. "초대장은 발바닥 모양이어야 해. 방문 밑으로 각자 하나씩 발바닥을 받는 거지."

나는 멍한 표정으로 녀석을 빤히 쳐다봤어. 뭘 하는 건지는 모르겠지만, 녀석은 진지했다.

"네가 이번이 처음이라는 걸 내가 자꾸 까먹네. 넌 신참인데. 좋아, 설명하자면 이런 식이야. 나는 회장이야—그건 진작에 눈치챘겠지. '게임' 기획과 운영은 내 소관이고, 이게 게임이 아니라 나들이가 될 거라는 건 이미 알고 있지? 중요한 건 3학년을 모으고 내년에 우리 바통을 넘겨받을 2학년들 몇 명을 데려가는 거야. 일종의 가입식인 셈이지. 여기까지 이해가 돼?"

나는 고개를 끄덕였다.

"아, 제일 중요한 걸 깜박했다. 선생님들은 당연히 게임을 할 거라고 생각해, 매년 해왔으니까. 핵심은—진짜 성공 여부를 판가름하는 건—완전히 허를 찔러야 한다는 거야. 선생님들이 눈치채기 전에 판을 벌이는 거지."

나는 다시 고개를 끄덕였어.

"자화자찬일지는 모르지만 나들이는 완전히 뒤통수를 후려치는 셈이거든, 아주 기대가 돼." 거기까지 말하고 나서 패트릭은 생각의 끈을 놓친 듯 이리저리 두리번거렸다.

"초대장?" 내가 물었지.

"맞아. 그래서 초대장은 멋지고 아리송하고 모두의 주목을 끌었으면 좋겠어. 여기서 중요한 건 대놓고 말하지 않으면서 우리가 뭘 하려는지 애들한테 알려야 한다는 거야—만에 하나 어느 선생님이 우연히 초대장을 입수하게 되더라도 거기 쓰인 말들을 정확히 알아먹지 못하도록 말이야."

"괜찮네." 나는 초록색 판지로 손을 뻗으며 말했다.

"잠깐. 먼저 뭐라고 쓸 건지 정해야지." 패트릭이 말했다.

나는 생각하는 척 방안을 둘러보았지만 실은 아무러면 어떠냐는 심정이었어. 버네사가 생각났다. 버네사는 오늘 어디 갔을까? 어째서 한 번도 마주치지 않았을까? 순간 섬찟한 생각이 머리를 스치며 고통이 파도처럼 밀려왔다. 버네사가 일부러 나를 못 본 척한 거라면? 이제 더이상 매일 나를 찾지 않는다면? 이유는 모르겠지만 마음이 변했다면?

그때, 기적처럼, 내 마음을 읽기라도 한 듯 패트릭이 전등갓에 붙은 사진을 힐끔 보더니 이렇게 말했다. "버네사는 오늘 아프대. 걔네 층의 이브가 그러는데 아침에 화장실에서 토하고 자기 방으로 들어갔대. 그후로 한 번도 방에서 안 나온 것 같아. 좀 나아졌으면 좋을 텐데. 솔직히 아픈 애랑 엮이고 싶진 않거든. 그래도 뭔가 해야 할 것 같긴 한데—버네사가 기대하고 있겠지—뭐, 가서 들여다본다든가 진저에일이나 크래커 같은 걸 갖다준다든가. 여기 일다 끝내고 나랑 같이 가보든가. 난 아픈 사람 옆에 있는 거 싫어."

그게 버네사여도? 나는 묻고 싶었지만 참았다. "그래, 그러자" 하고 마는데, 안도감이 온몸에 퍼졌다. 힘이 솟았다―심지어 행복하기도 했다. 나를 못 본 척한 게 아니었어! 아직 날 좋아해! 여자 기숙사는 접근 금지인데 어떻게 들여다볼 건지, 진저에일은 어디서 구할 건지 알 수 없었지만, 패트릭한테 뭔가 계획이 있겠지 싶었다. 그러니까 이제 버네사와 나 사이의 방해물은 초대장 완성이라는 미션뿐이었다.

"나들이라는 게 구체적으로 어떤 건지 알면 일이 좀 쉽겠는데." 내가 말했다.

"좋은 지적이야." 패트릭은 팔을 뻗어 종이 뭉치를 집어 바닥 면을 널빤지에 탕탕 두들겨 가지런히 정리했다. "아직 아무한테도 말 안 했는데, 내 생각은 이래. 재의 수요일* 일주일 뒤가 3월 첫날 밤이야. 보통 게임은 주말에 해왔으니까, 주중 밤에 하면 제대로 선생님들 뒤통수를 치는 거지. 내가 계획한 나들이는 한밤중에 썰매 타기야―저기 숲속에 있는 끝내주는 언덕에서. 앞으로 두 주 동안 썰매를 빌리고, 핫초콜릿을 비축할 거야. 당연히 보온병도 필요하고, 칼루아와 페퍼민트 슈냅스도 있으면 좋겠다. 나한테 버번도 있고. 하여간―자정이 되면 다들 거기서 만나 새벽 두시까지 파티를 벌이는 거야. 역대 최고의 졸업반 이벤트가 될 거다."

"눈이 쌓일지 아닐지 어떻게 알아?" 내가 물었다. 패트릭은 그

---

* 그리스도의 수난을 기억하는 사순절 기간의 첫날.

런 가능성은 한 번도 생각해보지 않았다는 듯 나를 뚫어져라 쳐다보더니 이내 혼자서 고개를 주억거렸다.

"눈이 있으면 금상첨화겠지만, 중요한 건 눈이 아니야. 썰매 타기도 아니지. 우린 죽이는 파티를 하는 거라고."

그렇게 말하면서 패트릭은 자세를 바꾸느라 무릎을 꿇은 채로 상체를 일으켜 나를 굽어봤고, 나는 녀석의 덩치가 얼마나 큰지 새삼 깨달았다. 녀석은 얘기를 끝내고 무릎을 꿇고 앉더니 씨익 웃었다.

"자, 어떨 것 같아?"

어떨 것 같냐고? 나는 녀석이 정신 나갔다고 생각했다. 그렇게 말했냐고? 아니. 패트릭이 말한 언덕은 버네사와 조깅을 갔다가 내가 잠시 눈이 안 보였던 그날 그 언덕이었어. 사실대로 말하자면, 나는 아무 관심도 없었다. 썰매 타기, 술래잡기, 맥주 파티, 뭘 하든 내게는 다 똑같았다. 버네사와 단둘이 있는 게 아니라면.

"멋진데." 나는 말했다. "초대장을 눈송이나 썰매 모양으로 만들까?"

"아니." 패트릭은 친절하게 말했다. "그럼 너무 티 나잖아. 빅풋*이 어떨까 생각중이었어."

"빅풋?"

"빅풋한테 있을 법한 커다란 발 모양." 녀석은 저 혼자 신나서 우쭐했다. "거기다 이렇게 적는 거야. 전부 다 완전히 똑같아야 돼."

---

* 미국과 캐나다의 로키산맥 일대 설산에 나타난다는 미확인 괴물로, 눈에 남긴 커다란 발자국에서 그 이름이 유래했다.

패트릭은 검은색 샤피 마커를 집어들고 색지를 이리저리 돌려가며 공들여 그림을 그리기 시작했다. 다 그리고 나서 색지를 들어올렸다.

"좋아, 발바닥을 그린 다음 여기에 3자를 쓰고," 녀석은 엄지발가락을 가리켰다. "여기에 '일등상'이라고 쓰면 다들 그게 숫자 1이라는 걸 알 거야. 그러면 3월 1일이 되는 거지." 그러면서 발 그림의 정중앙을 가리켰다.

패트릭이 너무 가까이 있어서 녀석의 입냄새까지 맡을 수 있었어—곰 젤리와 박하 향이 섞인 어둡고 불길한 냄새였다. 티나지 않게 최대한 조금씩 몸을 뒤로 뺐지. 녀석은 전혀 낌새를 채지 못한 모양이었다.

"좋아, 내가 이전에 띄운 공지를 봐서 애들은 이미 이게 야외 나들이라는 걸 알아. 자정에 한다는 걸 명확히 알릴 방법을 생각해야 돼."

"핼러윈 호박을 그려넣으면 어떨까?" 내가 제안했다. "그럼 통할까?"

"그래!" 패트릭은 신이 나서 맞장구쳤다. "그거 기막힌 생각인데."

"고마워." 싱긋 웃고 있는 내 모습에 스스로도 놀랐다.

"그럼 날짜와 시간은 됐다. 그리고 이렇게 언덕을 그려두면……" 패트릭은 색지 위로 허리를 숙여 이미 그려놓은 조그만 언덕을 다시 확실하게 덧칠했는데, 솔직히 U자를 뒤집어놓은 것처럼 보였다. "사실 좀더 자세한 건 애들이 개인적으로 나한테 물어봐도 되니까, 이 정도 정보면 충분해."

"좋아, 그럼 하자." 난 그 모든 게 좀 우스꽝스러웠고 그럴 시간과 노력을 다른 데 쓰는 게 낫겠다고 생각했지만, 뭐 어쩌겠어? 그리고 네가 눈치채지 못했을까봐 솔직히 말하는데, 내가 여기서 어떤 어조로 말하든 간에, 무언가 한몫 끼게 되어서 내가 무척 신났다는 건 의문의 여지 없는 사실이야.

한동안 우리는 묵묵히 발바닥 그림을 오렸어. 몇 분 후, 패트릭이 아이팟을 꺼내 조그만 스피커 한 쌍에 연결했다. 저니의 〈Don't Stop Believin'〉이 흘러나왔다.

"이걸 쉰세 개 잘라야 해." 내가 제일 좋아하는 부분이 나올 때 패트릭이 말했다. '디트로이트 남부에서 나고 자랐어'라는 부분. 그 소절이 왜 그리 맘에 드는지 이유는 나도 잘 모른다. 아니, 알 것도 같네. 디트로이트에 사는 사촌이 몇 명 있어. 정확히는 디트로이트가 아니라 파밍턴힐스라는 작은 동네지만. 어렸을 때 우리 가족이 종종 거기 놀러갔다. 우리 어머니가 내가 사촌들과 친하게 지내는 걸 진짜 중요하게 여기던 때가 있었거든. 내가 외동이 될 거라는 생각이 들었을 때부터 그러셨던 것 같다. 그래서 일 년에 네다섯 번쯤 우리는 사촌들을 보러 시카고에서 차를 몰고 갔지. 난 사촌네 가는 게 늘 참 좋았는데, 몇 년 후 어머니는 싫증이 난데다 맨날 초대를 해도 그들은 절대 그 먼 거리를 달려 우리를 보러 오지 않는다는 것을 깨닫고 발길을 끊었다. 사실 왜 그렇게 왕래를 뚝 끊었는지는 모르겠어—그냥 일 년에 한두 번 정도로 줄이면 됐을 텐데.

그후로는 추수감사절 때나 할아버지, 할머니와 같이 가는 여름

휴가 때 가끔 사촌들을 보게 됐다. 그래도 어렸을 때 놀러갔던 기억이 남아 있고, 그 집의 캄캄한 지하실에 내려갔던 것도 생각난다. 우리가 태어나기도 전인 1970년에 최신 라디오와 실내외 겸용 카펫 같은 걸로 삼촌이 새로 꾸민 곳이었지. 지하실에서 우리는 불을 다 끄고 크게 음악을 틀곤 했다. 캄캄해서 아무도 나를 볼 수 없었다. 그때 나는 개네들은 내 사촌이니까 무조건 나를 이해해야 한다고 생각했다. 그래서 늘 남동생이나 여동생이 있었으면 했던 것 같아. 그애들은 무조건 나를 이해해야 할 테니까. 그렇지만 그 밤만큼은 사촌들과 서로 얼굴이 하나도 안 보이는 캄캄한 지하실에서 그 노래가 나오길 기다렸고, 그 후렴구—디트로이트 남부에서 나고 자랐어—가 나오면 다들 목이 터져라 따라 불렀다. 정말이지 애처로운 장면이라는 건 나도 알지만, 그래도 돌아보면 그때가 내 어린 시절 중 가장 좋을 때였다. 샛길로 빠져서 미안, 다시 그날 저녁 이야기로 돌아갈게.

그 노래의 내가 제일 좋아하는 부분을 망쳐버린 패트릭을 용서한 뒤, 나는 왜 초대장이 쉰세 개나 필요한지 물었어. 우리 졸업반 인원은 정확히 마흔세 명이었다. 그 숫자는 이런저런 경로로 질리도록 들어서 아예 머릿속에 박혀 있었다. 내가 전학 오기 전까지는 마흔두 명이었어. 내가 와서 행운의 마흔셋*이 됐지.

"왜냐하면," 녀석은 고개도 들지 않고 말했다. "조금 아까 말했다시피 2학년 중에 몇 명을 우리 게임에 초대할 거거든. 여기서 뭐

---

* 서양에서는 소수(素數)를 행운의 숫자로 여긴다.

하나라도 배워 가고 싶다면 좀더 주의를 기울여."

"알았어." 패트릭이 그런 아이들 중 한 명이라는 건, 작년에 3학년 상급생들과 함께 게임에 참가하도록 선택받은 2학년 중 한 명이라는 건 듣지 않아도 알 수 있었다.

"같이 데려갈 2학년을 뽑는 건 누구야?" 내가 물었다.

"나지, 말하자면." 패트릭이 대답했다.

"어떻게 뽑는데?" 내가 물었어.

패트릭은 잠시 생각에 빠졌다. 내 질문을 상당히 진지하게 받아들인 눈치였어.

"두고보면 알아." 녀석이 말했다.

18

덩컨
닷새─실제로는 꼬박 나흘

그러니까 그게 정말 중요한 질문이었군, 덩컨은 깨달았다. 자신이 실은 그 일에 관해 그다지 알고 싶지 않다는 것 또한 깨달았다. 팀이 이야기를 이어가기 전에 덩컨은 컴퓨터에서 CD를 꺼내 나머지 CD와 함께 옷장 속 비밀 공간에 전부 넣어버렸다.

"자, 당분간 거기 있어." 이렇게 말하고 덩컨은 실소했다. 지금 누구한테 말하는 거지? 팀? 만약 그렇다면 이야기를 끝까지 듣지 않아서 미안하다고 사과해야 할 것이다. 하지만 덩컨은 절대로 하지 않겠다고 결심한 짓을 지금까지 하고 있었다. 작년에 일어난 사건 때문에 올해를 망치려 하고 있는 것이다. 그만하면 충분했다. 미안하지만 이만 끝내자, 하고 덩컨은 생각했다.

남은 가을은 덩컨에게 축복의 계절이라고 묘사할 수밖에 없었다. 10월이 특히 그랬다. 공기가 선선해지다 이내 쌀쌀해져─하지만 학생들은 한사코 겨울 코트를 꺼내지 않고 그 대신 스웨터를 입었다—한 주 한 주 지날수록 스웨터는 점점 더 두껍고 큼직해졌다. 정말 별난 유행이었고, 예전에는 그런 적이 없었던 것 같지만 어쨌든 덩컨은 마음에 들었다. 데이지하고는 계속 잘 지냈다—각자 방에 있는 시간을 되도록 줄였다. 자기 방으로 돌아가면 내일 아침에는 언제 만날까, 얼마나 빨리 볼 수 있을까 약속을 정하느라 밤새 문자메시지를 주고받았다.

"일곱 시간 남았어." 덩컨은 방에 돌아오자마자 문자를 보냈다.

"너무 길어." 데이지의 답신이 왔다.

"여섯시로 할까?"

"다섯시는 어때?"

"안 돼, 너도 쉬어야지. 네가 내일 피곤한 거 싫어."

"사랑해."

"나도 사랑해."

덩컨은 아침마다 먼저 계단 밑에 가서 기다리고 있으려 했다. 자신을 발견한 데이지가 눈을 빛내는 게 좋았다. 누가 계단 밑에 먼저 서 있는가는 일종의 게임이 되었다. 데이지가 이기면 덩컨은 왠지 자신이 데이지를 실망시켰다는 자책감에 시달렸다.

추수감사절을 쇠러 각자 집으로 떠나기 하루 전날, 덩컨은 알람을 새벽 다섯시에 맞췄다. 첫 알람이 울렸을 때 그냥 무시하고 다시 잘까 했지만, 팀의 잃어버린 기회에 관한 얘기가 머릿속을 스쳤다. 그는 팀과 같은 잘못을 비슷하게라도 저지르고 싶지 않았다. 이미 팀보다 백만 배는 더 잘하고 있었지만, 그래도 뭔가 더 할 수 있을 거라는 아쉬움이 끈질기게 남았다. 자신과 데이지가 워낙 서로에게 잘하고 잘 맞는 것도 있지만, 근본적으로는 팀과 버네사 덕분이라는 느낌이 들었다.

덩컨은 억지로 침대에서 몸을 일으켰다. 오늘 아침에 대해서는 꽤 오래전부터 계획을 세웠기 때문에 일단 따뜻한 이불 속을 박차고 나오자 기운이 솟았다. 그는 한 층 아래 사는 녀석한테 미리 작은 전기풍로를 빌려놨다. 사실 기숙사에서 전열기 사용은 불법이지만. 덩컨은 그 전날 장을 보러 시내에 나갔다. 흑설탕과 크림이 든 오트밀이 그가 구할 수 있는 최선이었다. 덩컨은 정성스럽게 오트밀을 밤새 얼음 위에 올려놓았다. 데이지가 식당에 오트밀이 있으면 항상 먹었기 때문에 좋아한다는 걸 알고 있었다. 데이지는 크림은 없고 우유만 있다고 투덜거렸다. 덩컨은 오트밀을 데워 어제 시내에서 같이 사온 귀여운 꽃무늬 플라스틱 그릇에 담은 다음, 데이지에게 문자메시지를 보내 방문을 열어달라고 했다. 몇 분이 지나도 답이 안 와 아직 자나보다 생각할 때 'OK'라는 문자가 왔고, 덩컨은 방을 나섰다.

모퉁이를 돌자 병아리색 잠옷을 입고 잠이 덜 깬 얼굴로 기다리는 데이지가 눈에 들어왔다. 데이지는 말없이 그를 방에 들이고 문을 닫았다. 두 사람은 돌아서서 마주보았다. 그 순간 덩컨은 다른 어떤 여자애한테도 이런 감정은 느끼지 못할 거라고 확신했다. 절대로. 두 사람은 입을 맞췄다. 데이지의 몸은 따스했고 몹시 향긋했다. 생각해보니 데이지가 샤워도 칫솔질도 하기 전에 이렇게 같이 있는 건 처음이었다. 결혼한 사람들은 이렇겠구나 싶은 생각이 덩컨의 머릿속을 맴돌았다.

그때 데이지가 침대로 들어가더니 파란 꽃무늬 솜이불을 들추고 들어오라는 신호를 보냈다. 오트밀은 책상 위에 둔 채 잊어버린 지 오래였다. 덩컨은 별안간 주체할 수 없이 잠이 몰려와 그대로 눈을 감고 영원히 이불 속에 머물고 싶을 정도였다. 노닥거릴 틈도 없이 둘 다 까무룩 잠이 들었다. 생애 최고로 단, 꿀맛 같은 잠이었다.

오후가 되어 작별 인사를 해야 할 시간이 오자, 덩컨은 예상했던 것보다 훨씬 힘들었다. 닷새—실제로는 꼬박 나흘—가 그렇게까지 견디기 힘들 리 없는데. 하지만 덩컨에게는 데이지와 떨어져 지내는 일분일초가 고통에 가까웠다.

집에 돌아온 덩컨은 일단 실컷 즐기려 했지만 마음처럼 되지 않았다. 매일 코네티컷에 있는 데이지에게 전화를 걸었고, 데이지가 집에 있는 동안 하루에 한 통씩 배달되도록 완벽하게 계획을 세워 미리 편지까지 보내놓았다. 쉴새없이 이메일과 문자메시지를 주고받았지만, 그래도 며칠 전에 직접 손으로 쓴 편지가 데이지의 집에 도착한다고 생각하면 기분이 좋았다.

학교로 돌아오자 크리스마스를 포함한 기나긴 겨울방학이 두 사람 앞에 암흑처럼 드리워 공포로 다가왔다. 처음엔 같이 보낼 시간이 십구 일이었는데, 그다음엔 십팔 일, 그다음엔 십칠 일로 줄어들었다. 양쪽 부모님 모두 삼 주 가까이 되는 방학 기간 동안 가족과 함께 있지 않는 건 가당치 않다고 여겼다—어른들은 두 사람이 학교에서 같이 지내는 시간만으로도 충분하다고 합의를 본 것 같았다. 두 사람은 매일 하루에 두 번씩 전화하기로 맹세했다—어쩌면 세 번씩 할지도. 방학식까지 남은 날짜를 세며 두려워한 것처럼, 집에 도착하면 그날부터 바로 또 함께하게 될 날을 헤아리기 시작하리라는 것을 알았다—외롭고 쓸쓸한 십구 일, 그다음엔 십 팔 일, 그다음엔 십칠 일.

그러는 동안 덩컨은 한 번도 팀의 이야기로 돌아가지 않았다. 일 단 너무 바빴다. 마지막 일 초까지 쥐어짜 데이지를 만나고 중간 중간에 친구들과 어울리고, 수학 실력을 뽐내고, 아리스토텔레스 와 셰익스피어를 읽느라 도무지 가만 앉아 CD를 들을 시간 자체 가 없었다. 하지만 그보다 더 깊은 이유가 있음을 덩컨은 알았다. 지난번 팀의 이야기를 들었을 때 그는 오싹한 기분이 들었다. 기 억하고 싶지 않은 일들이 기억나고 만 거다. 덩컨은 CD를 옷장 속 비밀 공간에 처박고 그것들을 떠올리지 않으려, 팀의 작년 이야기 를 마저 다 듣는다는 게 어떤 의미인지 생각지 않으려 했다. 이따 금 데이지한테 전부 말해버릴까 싶은 때도 있었지만 그때마다 뭔 가 일이 생기거나, 앞서 짐작해봐도 데이지의 반응을 예상할 수가 없어서 말하지 않기로 마음먹곤 했다. 그래서 여태 입도 벙긋하지 않았다.

1월이 지나 2월이 왔고, 어느 날 남자애들 몇 명이 늦게까지 태 드의 방에 모여 휴의 형이 대히트를 꿈꾸며 직접 녹음한 음반을 듣 고 있을 때였다. 벤이 덩컨을 돌아보며 질문을 했고, 또다시 모든 게 송두리째 뒤집혀버렸다.

"근데 졸업반 게임은 어떻게 되어가?" 벤이 물었다. "작년에 패 트릭 선배가 했던 것보다는 잘하리라 믿는다."

그 말이 덩컨을 꿰뚫었다. 이제까지 덩컨 앞에서 졸업반 게임을 입에 올린 사람은 아무도 없었다. 공개적으로 말하면 안 되기 때문이긴 했지만, 그래도 친구들끼리는 사적으로 얼마든지 말할 수 있었는데 말이다. 그때까지 다들 일부러 그 화제를 꺼내지 않았던 거라고 덩컨은 생각했다. 작년에 무슨 일이 있었는지 묻는 사람도 없었다. 특히 학기 초에는 이야기 도중에 자신이 끼어들면 흐름이 끊긴다는 느낌을 자주 받았는데, 그때마다 아이들이 그 얘기를 하고 있었음을 알게 되곤 했다. 하지만 덩컨은 친구들이 실상은 자신을 보호하려 그러는 것 같다고 느꼈고, 거기에 익숙해졌다. 피할 수 없다는 건 알았지만 그래도 여러 사정을 고려해 게임이 영원히 취소되기를 바라는 마음도 아주 없지는 않았다. 물론 이제 나들이는 금지였지만, 술래잡기나 깃발 뺏기 같은 간단한 게임은 괜찮았고, 학교에서도 허용하는 눈치였다.

"그래, 덩컨, 게임은 어떻게 됐어?" 태드가 맞장구를 쳤다.

덩컨은 마른침을 삼켰다. 다행히도 그 순간 정전이 되어 불이 나가버렸다. 분명 얼굴이 붉으락푸르락 말이 아니었을 것이다. 작년에는 자신이 몽땅 오해한 것임에 분명했다. 뭐, 오해까진 아니더라도, 걔네들 입장이야 언제든 뒤집힐 수 있는 거고 공식적으로 확인한 것도 아니니까. 특히나 그 사건 이후론 정말이지 덩컨의 마음속에서는 의문의 여지가 없었는데. 그러나 친구들이 그의 게임 계획을 기다리고 있다면, 나머지 애들도 기다리고 있을 게 뻔했다.

"생각이 다 있지." 덩컨은 자신감을 있는 대로 끌어모아 말했다. "나만 믿으라고."

19

팀
여기서 어떻게 빠져나가지?

그때부터 덩컨은 다시 CD를 듣기 시작했다. 너무나 오래전 일처럼 느껴져 옷장에서 CD를 꺼내면 먼지를 닦고 거미줄을 털어내야 할 거라고 생각했지만, CD는 처음 숨겨놨을 때처럼 말끔했다. 작년에 패트릭 선배가 기획했던 게임의 구체적 내용을 모르는 채로 덩컨 자신의 게임을 고안할 방법이 없었다. 똑같은 잘못을 저지르지 않을 거라고 어떻게 장담할 수 있을까? 그래서 덩컨은 잠시 현재를 접어두고 다시 한번 작년으로 여행을 떠났다.

패트릭과 난 몇 시간 동안 초대장을 만들었어. 다 끝내고 나니 소등 시간을 훌쩍 넘긴 후였지. 초대장은 매우 그럴듯했어, 인정할 수밖에 없더군.
"자 이제 돌리러 가자." 패트릭이 말했다.

"지금?" 나는 침대 옆 시계를 흘깃하며 물었다.

"그래, 지금이 딱 좋아. 다들 놀라게 하고 싶지 않나?"

"그러게." 나는 반쯤 건성으로 말했어. 너무 늦은 시간이었다. 세 시간 후, 잘해도 네 시간 후에는 일어나야 했어. 다음날 아침 사이먼 선생님 수업 때 내야 할 숙제가 있었다. 그때부터 수업 시작 전까지 계속 한다고 해도 다 못 마칠 양이었지. 비극 숙제의 서두 열 페이지를 아침까지 써야 했거든. 서두 열 페이지라니! 나는 형편없는 서두를 세 페이지가량 써놓은 상태였고, 마감을 늦춰달라고 부탁할 예정이었다. 선생님이 분명 그리 해주시리라 생각했어. 어쨌든 다들 나보다 한 학기는 앞서간 상태였으니까. 그때까지 사이먼 선생님은 그 부분에 대해 너그러운 편이었다.

"가자." 패트릭은 얼른 거울을 보고 씨익 웃더니 나를 돌아봤다. 나는 온 힘을 다해 거울을 피했지.

"어떻게 하는데?"

"먼저 우리 층부터 하자. 넌 그거 반 돌려, 내가 이거 반 돌릴게." 패트릭은 빅풋 초대장 한 덩이를 내게 건네며 말했다. "하나씩 방문 밑으로 밀어넣어."

다 돌리는 데는 십 분쯤 걸렸고, 나는 패트릭의 말이 옳았음을 깨달았다—이런 일을 하기에 딱 좋은 시간대였다. 조용하고 선생님들도 없고. 우리는 복도 중앙에서 다시 만났다.

"이제 여자애들 기숙사로 가자." 패트릭은 전혀 망설이지 않고 말했다. 마치 이제 우유를 사러 갈 시간이야 아니면 이를 닦을 시간이야 하는 투였다.

"너 진심이야?" 나는 물었다.

"당연하지." 녀석은 다시 일말의 망설임도 없이 대답했다. "하지만 먼저 식당에 내려가서 네스 갖다줄 크래커랑 진저에일 좀 찾아보자."

버네사를 애칭으로 부르다니, 예의 지독한 외로움이 다시금 밀려들었다. 마치 내가 세상 그 무엇보다 원하지만 결코 내 것이 될 수 없는 무언가를 녀석이 갖고 있는 것처럼. 전에도 지나가다 들은 적 있지만 이렇게 직접 얘기하면서 들은 건 처음이었다. 내게 그애는 버네사였다.

"설마 농담이지?" 이게 또 무슨 함정일지도 모른다는 생각이 들었어. 녀석이 식당에 덫을 놓고 나를 잡으려 드는구나 하고.

"아냐, 식당에 가는 건 별일 아니야. 환자식 코너 있잖아." 나는 무슨 말인지 몰라 고개를 흔들었다. "안쪽 구석에 게토레이, 진저에일, 크래커랑 얼음 같은 걸 넣어둔 냉장고가 있어. 한밤중에 아프거나 할 때를 대비해서 가져가라고 놔둔 거야. 꺼내가도 절대 교칙 위반이 아니라는 얘기지."

"흠, 그건 전혀 몰랐어."

"따라와." 녀석이 말했다. "넌 아직 모르는 게 많아."

밤중에 식당에 가본 적 있냐? 되게 섬찟해. 바닥이 얼음처럼 차가워서 슬리퍼를 신고 올걸 싶었지. 여기저기 사방이 그림자였다. 나는 패트릭 뒤를 따라 식당 안쪽으로 들어갔어. 패트릭이 냉장고에 있는 차가운 탄산음료와 크래커 몇 봉을 집었고, 나는 스티로폼 컵에 얼음을 담으면서 버네사에게 도움이 될 만한 게 없나 살폈다.

"가자." 패트릭이 재촉했고 나는 뒤를 따랐다. 다시 계단을 올라가 오른쪽으로 향했지. 나는 숨을 죽였고, 복도는 쥐죽은듯 고요했다. 패트릭이 빅풋을 또 한 더미 내게 넘기고 고갯짓으로 복도 반대편을 가리켰어. 우리는 말없이, 양끝에서 시작해 방마다 초대장을 문 아래로 밀어넣었다. 복도 가운데서 다시 만나, 녀석이 버네사에게 아까 챙긴 것들을 갖다주는 걸 생략하려나 생각한 순간, 패트릭은 남은 초대장을 내게 건네고 버네사 방으로 가서 가만히 노크했다.

"자고 있으면 어쩌려고?" 내가 다급하게 속삭였지.

패트릭은 제 손목을 봤어. 시계도 없으면서 꼭 차고 있는 것처럼 굴었다.

녀석은 방해하지 말라고 손을 내젓고는 다시 가볍게 노크했다. 노크 소리가 하도 작아서 내 귀에는 들리지도 않았어. 우린 기다렸다.

"양호실에 갔나봐." 내가 말했어. 그럴 가능성도 있었으니까. 두통 때문에 진통제 얻으러 갔을 때 봤는데, 양호실은 제법 쾌적한 곳이었고 작은 침대와 TV도 있었다.

"절대 그럴 리 없어." 패트릭이 말했다. 다시 한번, 이번에는 좀 더 세게 두드렸어. 나는 불안해졌다. 누가 우릴 보거나 소리를 들을 수도 있었다. 누가 화장실에 가러 나올 것만 같았지.

패트릭이 다시 노크했다.

"난 돌아갈래." 내가 말했다. "버네사가 이렇게 깊이 잠든 거라면 이것들 없어도 내일 아침까지 괜찮을 거야. 아니면 문 앞에 놓고 가자. 나중에 일어나서 보겠지."

패트릭이 미처 뭐라 답하기도 전에 문이 살짝 열렸다. 처음엔 일 인치 정도, 그다음엔 이 인치 정도. 안이 너무 어두워서 아무것도 보이지 않았어. 난 한 발짝 뒤로 물러났다. 그때 문이 좀더 열리면서 버네사가 보였는데, 머리가 미친듯이 뻗쳐서 말 그대로 앞머리부터 뒷머리까지 다 일어서 있었다. 낯빛은 창백했고 눈은 빨갰지. 회색 트레이닝팬츠에 처음 보는 빨간색 불도그 티셔츠를 입은 채였다. 버네사가 낮게 끙하더니 안으로 들어오라는 듯 문을 활짝 열었다. 패트릭은 곧장 안으로 들어갔지만 나는 망설였다.

"제발." 버네사는 쉰 목소리로 말했고, 나는 거부할 수가 없었다.

"알았어"라고 말하며 그애의 조그만 방으로 들어갔지.

우리가 방안에 들어서자마자 버네사가 문을 닫았다. 그때 지독한 냄새가 날 덮쳤어. 무슨 냄새든 버네사에게서 나는 냄새라며 스스로를 달랬지만 소용이 없었다. 코를 찡그렸고, 셔츠를 끌어올려 코를 덮으려다 그냥 손으로 틀어막고 입으로 숨을 쉬었어.

"어우, 이 지독한 냄새는 뭐야?" 패트릭이 물었다.

버네사는 벌써 침대 속으로 들어가 있었어. 낡아 보이는 꽃무늬 베개를 베고 있었는데 어릴 때부터 쓰던 베개라고 장담할 수 있어. 베개 한쪽 옆에 원숭이 인형이 나동그라진 게 보였다. 버네사는 거칠게 숨을 내쉬며 작게 신음했다.

"여기." 나는 얼음을 담은 컵을 버네사에게 내밀었다. 버네사는 힘없이 손을 내밀어 받아들더니 침대 옆에 내려놨어. 탈수를 일으킨 게 분명했다. 나는 얼음물을 조금이라도 먹게 하려고 버네사 쪽으로 다가갔고, 그때 악취의 진원지를 발견했어. 침대 옆에 놓인 연두색 플라스틱 휴지통에 벌써 토사물이 한가득 들어 있었다. 나도 구역질이 날 것 같아서 순간 고개를 살짝 돌려야 했어. 내 반응을 보고 있던 패트릭도 똑같이 고개를 돌렸는데, 녀석은 전혀 눈치를 보지 않았어. 큰 소리로 욕지기질을 하며 문 쪽으로 뒷걸음치기 시작했지.

"이렇게 아프다니 안됐다." 패트릭은 문고리를 잡고 말했다. "팀 말이 옳았어. 네가 쉴 수 있게 방해하지 말아야겠다."

"잠깐만" 하고 나는 패트릭에게 손을 내밀어 크래커와 음료를 달라고 했다. 녀석은 기쁘게 그것들을 넘겨주고, 내게서 나머지 초대장을 받아든 다음 문을 열었다. 복도의 신선한 공기는 내가 지금껏 맡아본 것 중 가장 상쾌했다. 녀석은 복도로 나가 나를 기다렸지. 하지만 나는 따라가지 않았다.

"더 있을 거야?" 녀석이 마침내 소곤거렸다. 가까스로 평정을 되찾긴 했지만 감히 다시 들어올 자신은 없는 것 같았다.

"응." 버네사가 녀석을 필요로 하는데, 아직 녀석을 보낼 생각이 없는데, 녀석은 버네사 곁을 떠나려 하고 있었다. 나는 부글부글 화가 났다. "도움이 필요해 보여."

패트릭이 망설이는 게 보였다. 버네사는 눈을 감고 있었어. 깨어 있는지조차 알 수 없었다. 녀석이 가버려도 버네사는 모를 수 있다. 너무 아파 정신이 없어서 우리가 왔다는 사실조차 기억하지 못할 수도 있고. 어쩌면 녀석은 이런 식으로 인생을 살아온 건지도 모르지 — 운좋게 빠져나가는 식으로.

패트릭은 한 걸음 우리 쪽으로 다가왔다가 토사물 냄새에 즉시 뒷걸음질쳤다. 녀석이 더 잘생기고 더 인기 있는 놈인지는 몰라도—농구 코트에서라면 나를 아주 박살냈겠지—토사물의 영역에선 내가 더 강한 남자였어. 이 강함이 과연 쓸모가 있는지 나는 알고 싶었다. 게다가 저런 버네사를 두고 떠날 수도 없었고. 그냥 그렇게는 못하겠더라.

패트릭은 달리 말이 없었다. 녀석은 가버렸고 난 행동에 나섰다. 맨 처음 한 일은 창문을 여는 거였다. 처음엔 토사물을 창문 밖으로 던질까 했는데, 유리창이 아주 조금밖에 열리지 않아서 그랬다간 엉망이 될 것 같았다. 그래서 숨을 멈추고 휴지통을 들고 방문을 나서 여자 화장실로 갔다. 다행히 화장실엔 아무도 없었어.

나는 토사물을 변기에 비우고 바로 물을 내렸다. 그리고 휴지통을 샤워칸으로 가져가 누가 두고 간 샴푸로 씻어 헹궜다. 버네사의 방으로 돌아가니 방문이 여전히 열린 상태였다. 나는 문을 닫고 악취의 파도가 덮치길 기다렸지. 하지만 이번엔 그렇게 심하지 않았다. 버네사는 여전히 눈을 꼭 감고 있었다. 나는 침대 가장자리에 앉았다. 들고 있던 젖은 수건으로 가볍게 그애의 이마를 눌렀다.

버네사가 몸을 뒤척이더니 천천히 눈을 떴어. 나는 얼음을 하나 꺼내 먹이려 했어. 그앤 처음엔 입을 꾹 다물고 힘없이 고개를 저었지만 이내 받아먹었고, 나는 가만 기다렸다. 이렇게 상세히 묘사할 생각은 아니었는데, 그래도 다시 곱씹는 게 너무 좋아서 그러니까 양해해주라. 버네사와 함께했던 그날 밤은 난생처음 겪는 색다른 경험이었으니까. 진짜 솔직히 하는 말인데, 평생토록 그렇게 앉아 있을 수도 있을 것 같았다. 냄새는 사라졌다. 나는 버네사의 방에 있다. 버네사는 침대에 누워 있다. 물론 그애가 아픈 건 안타깝지만 어디 다른 곳에 있고 싶다는 생각은 꿈에도 들지 않았다. 새벽 네시 사십오분이었고, 한숨도 못 자게 생겼지만 신경쓰지 않기로 했지. 그때 버네사가 또다시 신음하길래 얼음을 하나 더 집었다. 입술이 말라 있어서 얼음으로 먼저 입술을 좀 축인 다음 먹였다. 나는 한참 동안 그러고 있었어.

다시 시계를 봤을 땐 일곱시 반이었다. 나도 모르게 옆에서 곯아떨어진 모양이었어. 들고 있던 컵이 바닥에 떨어져 조그만 물웅덩이가 생겼고, 그걸 보니 녹아버린 눈덩이가 생각났다.

고개를 들고 버네사를 보니 그애는 나를 쳐다보고 있었다. 그리고 미소지었어.

"저기 진저에일 좀 줄래?" 버네사가 말했다.

"물론이지." 나는 벌떡 일어나 진저에일을 가져왔다. 미지근해져버렸지만 버네사에겐 그편이 더 나을 것 같았다.

"와아, 한결 나아졌어." 버네사는 작은 병에 든 진저에일을 마시며 말했다.

"천천히 마셔." 그때 노크 소리가 들렸어.

"버네사?" 밖에서 어떤 여자애가 불렀다.

"안녕, 줄리아." 버네사는 힘없이 대답했다. "나 아직 누워 있는데 그래도 많이 괜찮아졌어. 라일리 선생님한테 아침은 못 먹겠지만 수업엔 들어가도록 노력하겠다고 전해줄래?"

"꼭 전할게." 문밖에서 여자애가 말했다. "뭐 필요한 거 없어?"

버네사는 나를 쳐다보며 싱긋 웃었지.

"응, 괜찮아." 버네사가 대답했다.

버네사는 도로 베개를 베고 누워 눈을 감았다. 좀더 편하게 누우려고 이불 속에서 꾸무럭거렸어.

"여기서 어떻게 빠져나가지?" 나는 물었다. "난 우리 기숙사에서는 사라진 상태고, 복도엔 지금 사람들이 잔뜩 있잖아. 망했다."

"나를 위해 그런 일을 해주다니 믿기지 않아." 버네사는 내 질문을 무시한 채 말했다. "정말 내가 토한 걸 갖다버렸어?"

"누군가는 해야 하는 일이었어."

"꼭 그런 건 아니지. 게다가 탈수 일으키지 말라고 물까지 챙겨주고. 나 여기서 죽었을 거야."

"그건 비약이다. 죽진 않았을 거야."

"뭐, 죽을 것 같은 기분이었는걸."

"분명히 말하는데, 죽지 않아서 다행이야." 내가 말했다. "자, 이제 나 좀 도와줄래? 무슨 좋은 방법 없어?"

"잠시만 좀 앉아 있어주면 안 될까?" 버네사가 부탁했다. "아직 어지러워."

그런 부탁을 내가 어떻게 거절할 수 있겠냐?

"아, 이건 내 생애 가장 민망했던 순간으로 기억될 것 같아." 둘다 한동안 조용히 있다가 버네사가 말을 꺼냈다.

"정말 그렇다면 넌 꽤 잘하고 있는 편이야. 그렇게까지 나쁘진 않았어." 난 진심으로 말했다.

"넌 언제가 제일 민망했어?" 하고 버네사가 묻더라. 그 질문이 나올 줄 알았지. 민망한 순간을 인정하고 나면 흔히 이런 질문으로 이어지잖아. 하지만 나는 완전히 녹초가 된 상태였어. 얘기할까? 하나 지어낼까? 전혀 그런 적 없는 척할까? 아니면 그냥 사실을 얘기할 수도 있었다―내 인생은 민망한 순간의 연속이었다고.

"어렸을 때," 나는 버네사의 방안을 둘러보며 입을 열었다―우린 안전했고 단둘뿐이었다. 뭐든 얘기할 수 있을 것만 같은 기분이었다. "난 내가 알비노인 게 초능력 때문이라고 생각했어."

반응을 기다렸지만 버네사는 전혀 움직이지도, 움츠러들지도 않았다.

"난 늘 슈퍼히어로들이 좋았어. 지금도 좋아. 이 나이 먹도록 슈퍼히어로를 좋아하다니 우습게 보이겠지만, 슈퍼히어로들은 거의 다 돌연변이잖아? 내 고통의 근원에 멋진 뭔가가 있다는 생각이 내게 완벽히 논리적으로 다가왔던 거야. 내게 숨겨진 힘이 뭔지 한참을 연구했는데, 이게 통 드러날 기미가 안 보였어. 그러던 어느 날, 식당에서 어떤 애한테 얘기를 했어―초등학교 1학년, 그러니까 일곱 살 때였을 거야―나한테 초능력이 있으니 날 함부로 건드리지 말라고. 그랬더니 걔가 큰 소리로 이렇게 대꾸했어. '맞아, 네 초능력은 학교에서 제일 못생긴 애가 되는 거야.' 돌이켜보면, 실제 내 모습보다 그 말이 더 상처가 되었던 것 같아. 말할 필요도 없지만, 나한테 초능력 같은 건 없어. 이런 피부와 색소결핍증엔 좋은 점이 단 하나도 없어. 오로지 나쁜 것투성이지."

버네사는 고개를 돌려 나를 보며 이렇게 말했다. "난 그 말에 동의하지 않아. 그리고 너한테 초능력이 정말 없는지 난 잘 모르겠는걸."

우리는 동시에 시계를 쳐다봤다.

나는 갈팡질팡했어—지금 이 순간이 영원히 끝나지 않았으면 하고 바라면서도 금방이라도 걸릴 것 같아 조마조마했다. 도대체 여기서 어떻게 빠져나가지? 한편으론 아무러면 어때 하는 기분도 들었다. 기껏해야 졸업 못하는 것 빼고 내가 잃을 게 뭐가 있겠냐? 사회적 관계? 그야말로 잃을 게 없었다. 하지만 그래도.

"그런데, 난 벽을 타고 오르지도 못하고 투명 인간이 되지도 못하는데, 남들 눈에 안 띄게 네 방에서 나갈 수 있는 방법이 뭐 없을까?" 내가 정말로 하고 싶은 질문은 이거였다. 평생 여기 머물러도 될까?

버네사는 이불을 치우고 상체를 일으켜 앉았다.

"내 옷장 봐봐." 버네사는 손가락으로 가리키며 말했다. "안에 분홍색 체크무늬 후드 점퍼가 있어, 앞면에 자수로 '스프레드 더 러브'라고 쓰여 있는 거. 진짜 큰 옷이거든. 너한테 맞을 거야."

나는 정신이 나갔냐는 듯 그앨 쳐다보다가, 억지로 일어나 옷장으로 가 문을 열었다. 한자리에서 이렇게 채도 높은 색의 향연을 본 건 처음이었고, 온갖 색채의 폭격을 맞은 느낌이었어. 피식 웃음이 나왔다. 옷장은 빈틈없이 꽉꽉 차 있었다. 뭐 하나 더 들어갈 자리도 없는데 그 아수라장에서 점퍼 하나를 찾을 수 있을 리가 없지. 그래도 시도는 했다. 옷걸이를 뒤지고 선반을 훑었어.

"오른쪽 고리에 걸려 있어." 버네사가 말했다.

과연, 거기 있었다. 분홍색 깅엄 점퍼는 버네사가 두 명이라도 들어갈 수 있을 정도로 컸다. 나는 그것을 들어 버네사에게 보였다.

"그거야. 입어봐."

"뭐? 농담이지?"

버네사는 재빨리 시계를 확인했다. "칠 분쯤 있으면 기숙사가 조용해질 거야. 다들 아침 먹으러 갈 시간이거든—날 믿어, 확실해. 네가 복도에서 아무도 마주치지 않는다는 데 돈이라도 건다. 하지만 혹시 모르니까, 그걸 걸치고 후드를 눌러쓰고 안쪽 비상계단 쪽으로 가. 그리고 너네 기숙사로 건너가기 전에 옷을 벗어서 거기에 둬. 나중에 내가 가지러 갈게. 문제없이 잘될 거야."

나는 버네사의 계획을 숙고해봤다. 괜찮은 생각이었어. 어쨌든 난 아무것도 잃을 게 없었다. 이제 오 분 정도 남았다.

"정말 수업 들어갈 수 있을 것 같아?" 내가 물었다. 도로 침대로 가서 버네사 옆에 앉고 싶었지만, 이렇게 서서 탈출 계획을 얘기하고 있자니 이젠 더이상 그래서는 안 될 것 같다는 느낌이 들었어.

"비극 숙제 서두 부분 마감이잖아. 너도 사이먼 선생님 어떤지 알면서." 버네사가 말했다. "샤워하고 나면 나아질 것 같아."

"잘됐다, 얼른 나아야지." 내가 말했다. 이제 삼 분하고 삼십 초 남았다.

"숙제 다 했어?" 버네사가 물었다.

"아니, 아직. 좀더 시간이 필요해. 수업 전에 사이먼 선생님한테 말씀드리려고."

"도와줄까?"

나는 곧바로 그 제안을 받아들이고 싶었다. "글쎄, 정 안 되면 말할게."

"그래, 너한테 빚도 있으니."

이 분으로 줄었다. 복도에선 이제 거의 아무 소리도 들리지 않았다. 돌아다니는 사람이 몇 있긴 했지만 북새통은 지났다.

"옷 입어." 버네사가 말했다. "내가 가라고 신호하면 가."

"어째 많이 해본 솜씨다." 내가 말했다.

버네사는 시선을 떨궜어.

"준비해." 버네사가 거의 속삭이다시피 말했다.

나는 점퍼를 걸치고 지퍼를 올렸어. 후드도 눌러썼다. 함께할 시간이 일 분도 채 남지 않았다.

"문 옆에 서." 버네사가 말했다.

나는 시키는 대로 했지만, 하기 싫은 마음도 그만큼 컸다. 이제 바깥엔 전혀 인기척이 없었다. 새벽 네시처럼 고요했지.

"지금이야, 가." 그애가 말했다.

도로 가서 그애를 꼭 끌어안고 싶었다. 하지만 나는 손잡이를 돌렸고, 뒤도 돌아보지 않고 방을 빠져나와 오른쪽으로 돈 다음 빠르게 걸었다. 한편으로는 누가 나를 불러세우기를, 여기서 뭐하냐고 묻기를, 그래서 버네사와 같이 곤경에 빠지기를 바라는 마음도 없지 않았다. 그러나 복도에는 단 한 사람도 없었고, 남자 기숙사로 가는 통로도 텅 비어 있었다. 중립 지역의 좁은 장소—여자 기숙사도 아니고 남자 기숙사도 아닌—에 도착해 나는 점퍼를 벗었다. 버네사의 말대로 점퍼를 그냥 거기 뇌두고 갈까도 생각했어. 하지만 그럴 수 없었다. 나는 점퍼를 반으로 개 옆구리에 꼈다. 인기척

없는 남자 기숙사 복도를 확인하고는 누구의 눈에도 띄지 않고 내
방으로 들어갔다.

20

팀
모든 것은 연결되어 있어

덩컨은 그 아이디어가 마음에 들었다. 커다란 후드 점퍼를 이용해서 탈출한다는 거. 언젠가 아침에 데이지의 방에서 몰래 나올 때 써먹을 수도 있겠다. 왜 여태껏 그 생각을 못했을까? 뻔하지만 영리한 전략이었다. 팀의 말이 멈추었다는 걸 깨닫고 컴퓨터를 흘끔 보자 배터리 전력이 부족하다는 팝업 창이 떠 있는 게 보였다. CD를 들으려고 허겁지겁 돌아온 뒤 전원을 꽂는 걸 깜박했던 거다. 덩컨은 허리를 굽히고 충전 케이블을 풀어 노트북에 꽂았다. 곧장 화면이 밝아졌다. 덩컨은 다시 벽에 등을 기대고 침대에 앉아 팀이 말문을 열기를 기다렸다.

나는 한 십 분쯤 내 방에 있었다. 무엇부터 해야 할지, 뭘 해야 제일 자연스럽게 보일지—나를 눈여겨보는 사람이 있다면 말이지만―고민했어. 아침은 건너뛰었지만 그건 상관없었다―가끔 사이면 선생님이 먹을 것을 갖다주시면 식당에 안 내려갈 때도 있었으니까. 사이면 선생님이 아무것도 갖다주지 않았는데도 내가 식당에 안 나타난 걸 선생님 본인한테 들킨다면 모를까. 하지만 그럴 확률은 희박했고, 더군다나 3학년 전체가 비극 숙제 마감을 앞두고 있는 날 그럴 리는 없었다. 사이면 선생님은 그런 종류의 일에 목숨을 거는 분이니까. 십중팔구 진즉 사무실에 나와 기다리고 계실 것이다.

바로 그거였다, 나는 답을 얻었다. 정신을 차리고 사이면 선생님께 가 마감을 늦춰달라고 말씀드리는 거다. 운이 좋으면 선생님이 지금 내 모습을 보고 마감을 지키지 못해 너무 걱정한 나머지 허둥대거나 기진맥진한 걸로 착각하실지도 모르지. 사실 그 모든 게 내게 유리하게 작용할 수 있었다.

옷이 더러워서―심지어 역겨운 냄새도 났어―벗었는데, 한편으론 그 옷을 입고 버네사에게 얼마나 가까이 다가갔었는지 떠올랐어. 깨끗한 청바지와 티셔츠로 갈아입고, 얇아도 너무 얇은 비극 숙제 폴더와 가방을 집어든 다음 방문을 열었다. 문 앞에 패트릭이 서 있었다.

제일 먼저 든 생각은 줄행랑을 치거나 문을 쾅 닫아버리는 거였어. 녀석이 내게 엄청 화를 내도 말이 된다고 생각했거든. 난 녀석을 무안하게 만들었어. 녀석보다 훨씬 잘해냈지. 그러니 녀석은 나를 내버려두지 않을 터였다.

하지만 패트릭의 얼굴을 보자마자 내 짐작이 틀렸다는 걸 알았어. 녀석은 밝고 활기차고 상쾌해 보였고 하루를 시작할 준비가 돼 있었다. 녀석은 안도한 것 같았다.

"버네사는 어때?" 녀석은 이미 답을 알고 있는 것처럼 물었다— 버네사는 괜찮지, 왜냐면 네가 돌봐줬으니까, 네가 나 대신 더러운 일을 처리해줬으니까.

"좋아. 많이 나아졌어."

"방금 돌아온 거야?" 녀석이 물었다. 버네사가 얼마나 도움이 필요했는지 그제야 깨달은 모양이었다.

"응." 나는 덫에 걸린 기분이면서도—감히 덧붙이자면—뿌듯하기도 했어. 놈은 알고 있었어. 분명 나를 계속 찾고 있었던 거야. 하지만 녀석의 질투심을 유발하거나 당장 폭발할지도 모르는 분노에 기름을 끼얹는 짓은 절대 하고 싶지 않았다.

"너…… 버네사랑…… 지금까지 쭉?"

거짓말을 할 수도 있었다. 아니라고, 공부하려고 혹은 비극 숙제를 되는 데까지 써보려고 학생회관에 있었다고 둘러댈 수도 있었다. 산책을 했다고, 생각 좀 하면서 중정에 있었다고 얘기할 수도 있었고. 하지만 나는 그러지 않았다.

"응." 내가 대답했다. "청소 좀 하고, 얼음도 좀 주고. 그러다 잠이 들었어. 자려던 건 아니었는데. 눈을 떴더니 일곱시가 넘어 있길래 깜짝 놀랐어. 그래도 남자 기숙사로 돌아오는 방법을 버네사가 잘 알더라. 적당한 때를 봐서 복도가 비었을 때 분홍색 후드 점퍼를 걸치고 왔어."

패트릭은 능글맞은 미소를 머금고 고개를 끄덕였다.

"오래된 수법이지." 그러더니 내 눈을 똑바로 쳐다보며 씨익 웃었다. "야, 진짜 뭐라고 고맙단 말을 해야 될지 모르겠다. 말이 나왔으니 말인데 난 정말 자신이 없었거든. 그 냄새는 참을 수가 없더라. 하지만 너 잘 참던데—나를 위해 거기 가서 그 수발을 다 들다니. 너한테 신세졌다. 아, 이건 우리의 작은 비밀로 해준다면 정말 고맙겠어, 알겠지?"

기가 막혔다. 그리고 내가 녀석에게 어떻게 보이는지, 요 몇 시간 동안 내내 잊고 있던 사실도 새삼 떠올랐다. 녀석은 나 따위는 위협으로 여기지 않았다. 손톱만큼도. 별안간 화가 치밀었어.

"너를 위해서 한 게 아냐. 버네사를 위해서 한 거지."

대담한 도발이었다. 평소의 나라면 잠자코 있었겠지만, 그 녀석은 어떻게 내가 자기 할 일을 대신해준 거라고, 내가 자기 청소부, 자기 도우미라고 생각할 수가 있지? 거기서 나는 이성을 잃었다. 하지만 머릿속에서 뭔가 딸칵 울리면서 이런 생각이 들었어. 그냥 그렇게 생각하라고 놔둬, 뭐 어때? 녀석은 놀라서 어리둥절한 표정이었다. 하지만 그것도 그리 오래가지 않았어.

"여튼, 알았어." 나는 조용히 말했다. "냄새가 정말 지독했다는 건 부인할 수 없는 사실이니까."

"그러게, 내 말이, 그렇게 예쁜 애한테서 그런 악취가 날 줄 누가 상상이나 했겠냐?"

한 귀로 듣고 한 귀로 흘려야 했어. 난 고개를 끄덕이며 불쾌한 표정을 감추려 애썼다.

"우리 층 녀석들한테 벌써 반응이 좀 왔어." 패트릭은 숱 많은 머리를 손가락으로 빗어넘기며 말했다. "단체 외출이라니까 다들 환장하네. 이제 준비 작업에 들어가야 해."

"진짜? 벌써?" 나는 그 모든 걸 한꺼번에 감당할 수 있을까 걱정되기 시작했다.

패트릭은 내 등을 가볍게 두드리고는 욕실 쪽으로 돌아섰어. 한시름 놓았지. 녀석과 친한 척 농담을 주고받는 데는 한계가 있었어. 씻는 건 나중에 하면 된다.

나는 반대편으로 돌아 사이먼 선생님 사무실로 향했다. 다들 식당에서 아침으로 나온 시나몬 번을 맛있게 먹는지 기숙사는 조용했다. 사실 제대로 누리지는 못했지만 어빙 스쿨에서 이 시간은 꽤 좋았고, 이곳에 다니게 되어 다행이라는 생각이 잠깐 들었다.

슬쩍 사무실 안을 엿보니 사이먼 선생님이 산더미처럼 쌓인 파일을 살펴보고 있었다. 애들이 숙제를 일찍 제출한 걸까, 아니면 정해진 양보다 더 많이 써낸 걸까—이게 더 큰일인데, 나는 잠시 불안에 떨었다. 파일들이 무척 두꺼워 보였다.

사이먼 선생님은 감청색 바탕에 하얀색 얼룩무늬가 있는 엘엘빈의 노르딕 스웨터를 입고 있었다. 학생들은 절대 입지 않을 것 같은 그런 스웨터. 머리는 말끔히 빗어넘기고 빛바랜 청바지와 함께.

"실례해도 될까요, 사이먼 선생님?"

선생님은 잠깐 멍하니 나를 쳐다보다가 내 말을 알아들었다.

"그래, 팀, 물론이지, 들어와." 선생님이 따뜻하게 맞아주셨어.

"이 파일들은 다 뭐예요?" 내가 물었어.

"이건 말이지, 지난 십수 년에 걸쳐 학생들이 제출한 비극 숙제

중 정수만 모은 거야. 평소에는 책상 서랍에 넣고 잠가두는데, 오늘처럼 흥분되는 날에는 어쩔 수 없이 꺼내서 들여다보게 되지. 한 번 들어봐." 사이먼 선생님은 잔뜩 쌓인 파일을 훑어보다가 하나를 집어들었어. "이렇게 시작되는군. '지난해 10월 3일, 플라잉 하이라는 레스토랑에 불이 났다. 레스토랑은 전소됐고, 안에 있던 직원 여섯 명이 숨졌다. 그날은 개업 75주년 기념일이었다. 기념 파티도 잡혀 있었다. 몇 시간 후면 손님들이 도착할 터였다. 이윽고 손님들이 와서 보게 된 장면은 새카맣게 타 엉망진창이 된 잔해와 그 아비규환 속에 미처 구하지 못한 사상자가 있을까봐 대기중인 구급차, 그리고 주차장에서 흐느끼고 있는 주인이었다. 이것은 비극인가?' 사이먼 선생님은 읽다 말고 고개를 들어 창밖을 내다봤어. 나는 선생님의 시선을 따라 중정으로 눈길을 돌렸다. 2월 중순의 바람 속에 헐벗은 나무들이 흔들리고 있었지.

"와." 무슨 말을 해야 할지 생각이 안 나서 그러고 말았다. 무의식중에 내뱉은 말이었다.

"'와'지." 사이먼 선생님이 고개를 돌려 나를 마주보고 말했다. "나는 이 질문이 마음에 드네. '이것은 비극인가?'"

"비극인가요?" 내가 물었다.

"아, 간단한 문제는 아니라고 생각하는구나, 젊은이, 그렇지?" 선생님이 말했다. "하지만 우리의 토론을 위해서, 네 생각은 어떻지?"

솔직히 자신은 없었다. "그러니까, 문학적인 의미에서 비극이냐는 건가요?"

"네가 우리 학교에 와서 기쁘단다." 사이먼 선생님의 난데없는 얘기에 나는 어리둥절했다. "새로운 생각, 색다른 시각이 수업에 활력을 불어넣으니 좋지. 매우 훌륭한 질문이야. 문학적인 의미에서 비극인가, 그렇다면 다른 종류의 비극이 또 뭐가 있지?"

"우연히 일어난 비극적 사건?" 짐작으로 대답했다. 나도 쭉 수업을 들어왔고, 사이먼 선생님의 화법과 용어를 알아가는 중이었다.

"그래! 거기에 과연 차이가 있을까? 그 둘을 구분할 수 있나? 구분 지어야 할 이유는?"

선생님은 다시 자리에 앉았어. 복도가 소란스러워지고 있었다. 나는 시계를 흘끔 보았다. 구 분 후면 수업이 시작된다. 사이먼 선생님이 고개를 절레절레 흔들었어.

"그래, 무슨 일이지?" 선생님이 물었다. "이런 얘기를 하려고 나를 찾아온 것 같지는 않은데."

"저, 크게 다르진 않은데요, 저는…… 이 숙제에 쩔쩔매고 있는 느낌입니다. 다른 학생들에 비해 뒤처진 것 같아요."

"당연히 그렇겠지." 선생님은 호의적으로 말했다. "다른 학생들이 앞서 배운 넉 달치를 한꺼번에 따라잡아야 하니까. 그 말은 오늘 준비가 되지 않았다는 뜻으로 해석되는군. 맞나?"

"네." 문득 내가 열과 성을 다하지 않았다는 느낌이 들었어. 나는 선생님께 실망을 안겨드리고 있었지.

"알겠다, 확실히 넌 여기에 대해 고민을 하고 있군." 선생님은 파일을 모아 맨 아래 서랍에 넣었다. 그리고 앞주머니에서 조그만 열쇠를 꺼내 서랍을 잠근 다음 도로 주머니에 넣었다. "월요일까지 서두에 해당하는 다섯 페이지를 내게 보여줄 수 있겠나?"

그날은 수요일이었다. 주말을 통째로 할애할 수 있는 거였지. 더이상 바랄 게 없었다.

"물론 할 수 있습니다…… 그렇게 해주신다면 고맙겠습니다." 나는 대답했다.

"몇 가지 생각해볼 거리를 제시하고 수업에 들어가도록 하지." 사이먼 선생님이 말했다. "이게 옳거나 그르다고, 필요하거나 필요하지 않다고 얘기하는 게 아니야. 고려해봄직한 요소가 몇 가지 있다는 거지. 수업 시간에 내가 잠깐씩 언급하는 걸 들은 적은 있겠지만, 지난 가을에 진짜 몰두해야 하는 과정을 놓쳤으니까. 연민과 공포. 비극적 결함. 판단 착오로 인한 혹은 판단 착오와 무관한 운명의 반전, 아이러니. 카타르시스. 모노마니아—모노마니아가 뭔지 아나?"

"한 가지 목표에 대한 과도한 집착?" 이런 대답이 내 머릿속 어디서 나오는지조차 알 수 없었다.

"그래!" 선생님은 마치 오케스트라를 지휘하듯 한 손으로 허공을 휘저으며 말했다. "질서에서 혼돈으로, 다시 질서로의 회귀 또한 늘 염두에 두도록."

"그 레스토랑 화재처럼요?" 나는 물었다. "질서—계획된 기념 파티, 일상적 활동—가 있다가, 화재와 죽음으로 혼돈이 일어나고, 그다음에 다시 질서가 형성되나요? 그다음에 어떻게 되죠?"

사이먼 선생님이 일어섰다.

"아, 운명의 반전도 확실히 나오네요." 나는 신이 나서 말했다. "파티를 열고 지금까지 이뤄온 모든 것을 축하하려 했는데, 전부

다 잿더미가 되고 말았죠. 제가 제대로 짚었나요?"

사이먼 선생님은 빙그레 미소지었다.

"나중에, 아마도 네가 숙제를 제출한 후에, 그 작품을 보여주지. 이야기가 어떻게 풀려가는지, 그 학생이 어떤 결론에 이르렀는지 그때 보렴." 선생님이 말씀하셨다. "한 가지 말해두자면, 나는 그 숙제가 실화를 바탕으로 했다는 점이 마음에 들었어. 그 학생의 고향 마을에 있는 레스토랑이었거든. 자라면서 내내 거기서 식사를 했다고 하더군."

"하지만 비극 숙제는 문학과 관련된 것이어야 하지 않나요?" 내가 물었다. 그 어느 때보다 확실히 감이 잡힐 듯하면서도, 그 어느 때보다 아리송했다. "이 과제는 글로 쓴 작품에 관해 연구하는 것이잖아요?"

"그래, 그렇지." 사이먼 선생님이 말했다. "하지만 거기에 너무 집착하진 마. 만물은 돌고 도는 법이니까. 모든 것은 연결되어 있어. 그럼 이 단어를 마지막으로 일어서야겠군. 아주 중요한 말이지. 내가 전에 수업에서 얘기하는 걸 들어봤을 거야. 준비됐나?"

"네." 준비가 된 것 같지는 않았지만 어쨌든 대답했어.

사이먼 선생님은 숨을 크게 들이쉬었다.

"매그니튜드." 선생님은 우레처럼 내뱉었다. "매그니튜드를 정의해볼 수 있겠니?"

"중대한 의미?" 나는 대답했다.

"맞아, 그러나 그 이상이지." 선생님이 다시 빙그레 웃으며 내 등에 손을 얹고 교무실 밖으로 안내했다. "그 이상이야."

21

덩컨
이제 퇴로는 없었다

덩컨은 이제까지 꽤 잘해왔다고 자부하면서도, 문득 자신이 중요한 것을 놓치고 있는 게 아닌가 슬그머니 걱정되기 시작했다. 그러다 그 단어―매그니튜드―를 듣는 순간부터 사사건건 의심이 들더니 매사에 결정이 힘들어졌다. 오늘 아침 이 양말을 선택한 것에 혹시 매그니튜드가 있을까? 다른 양말을 신으면 뭔가 달라질까? 이쪽 길로 가면 이 선택에는 매그니튜드가 있을까? 다른 길로 가면 발을 헛디뎌 다리가 부러질지도 모른다. 아니면 보고 싶지 않은 사람과 마주칠지도 모른다. 데이지에게 문자메시지를 보낼 때도 어떤 단어를 쓸지 정하지 못해 골치를 썩었다. 그는 어디로 갈지, 무슨 말을 할지 결정을 내릴 수 없었다. 매그니튜드가 여기에 있을지 저기에 있을지 알 수 없었다.

그래서 덩컨은 팀의 이야기를 그만 들어야겠다고 또다시 결심했다. 하지만 이번에는 굳이 숨기지 않고 CD를 책상 한쪽 구석에 그냥 놔두었다. 그 옆에 있는 뭉툭한 연필처럼 하찮은 물건 취급하기로 한 것이다. 데이지나 그 밖의 다른 일들로 몸이 두 개라도 모자랄 판에 뭐하러 방에 틀어박혀 우울한 선배의 우울한 얘기를 들으며 시간을 낭비하느냐고 스스로에게 말했다. 그걸로 뭔가 변화가 생길 만큼 중요한 걸 배울 수 있을까?

하지만 듣지 않는다고 해서 사정이 나아진 것도 아니었다. 데이지와 함께 있으면 잔뜩 긴장해 뻣뻣해졌고, 덩컨 자신도 그것을 의식할 정도였다. 두 사람 사이의 편안함은 차츰 옛날 얘기가 되었다. 어느 날 저녁엔 이런 일도 있었다. 계단을 올라 기숙사 방으로 향하는데, 웬 처음 보는 녀석이, 뒷모습이 팀을 닮았는데 덩컨의 방 앞에서 서성이고 있었다. 팀인가? 덩컨은 심장이 터지는 줄 알았다. 그때 녀석이 돌아보았다. 2학년 아이였다. 팀하곤 전혀 닮지 않았다. 심지어 알비노도 아니었다. 그날 밤 내내 덩컨은 귀신에 홀린 듯한 기분이었다.

지난 일과 현재 일의 경계가 흐릿해졌다. 덩컨은 당장 눈앞에 닥친 일에 집중하려 애썼다. 사실 그는 세상에서 제일 쉽고 안전한 게임을 제안하기만 하면 됐다. 굳이 선생님들한테 숨길 것도 없었다. 식당에서 스크래블 토너먼트를 열면 어떨까? 숨바꼭질을 크게 한판 벌이면 어떨까? 선생님들도 같이 하자고 초청하면 어떨까? 하지만 좋아, 그렇게 하자고 생각을 굳히려 해도, 그렇게 할 수 없다는 걸 스스로 잘 알고 있었다. 그럴 수는 없었다.

어느 비 오는 날 저녁, 데이지는 친구들과 함께 '여자들만의 시간'을 갖는다고 나갔다. 덩컨은 덕분에 한숨 돌렸다. 애써 아무렇지 않은 척하는 데 질려 있던 차였다. 그는 게임과 관련해 마지막으로 결론을 내기 위해 자기 방으로 올라갔다. 봄방학 전에 게임을 해야 하는데—그것이 어빙 스쿨의 전통이었다—시간이 얼마 남지 않았다. 그래도 무슨 엄청난 비밀 행사를 할 게 아니라면야, 아직 여유는 좀 있는 편이었다.

책상 앞에 앉았는데 CD가 눈에 들어왔고, 덩컨은 그제야 팀의 최면을 거는 듯한 목소리가 얼마나 그리웠는지 깨달았다. 팀의 나머지 이야기를 끝까지 듣는 것이—적어도 여태껏 피해왔던 부분이라도—지금 이 생활에서 벗어날 수 있는 고마운 구원이 될지도 모른다는 생각이 들었다. 어쨌거나 덩컨은 그렇게 되길 바랐다. 그는 다시 CD를 듣기 시작했고, 이제 퇴로는 없었다.

22

팀
명심하라 — 라스베이거스에서 생긴 일은 라스베이거스에 묻어둔다

그날은 하루종일 버네사를 보지 못했어. 심지어 버네사는 사이먼 선생님의 수업에도 들어오지 않았다. 그애 방에 다시 몰래 숨어들어갈까 진지하게 고민해봤지만, 그런 건 한 번은 잘될지 몰라도 두 번은 통하지 않는 종류의 일이었지. 마음속에 기이하고 아름다운 순간으로 남아 있는 그 첫번째 방문을 퇴색시키고 싶지 않았다. 거기에 매그니튜드가 있었다고 감히 말해도 될까? 그러면 좋겠지만, 정말 솔직히 말하자면, 당시로서는 알 수 없었어 — 최소한 그일이 버네사에게 조금이라도 매그니튜드가 있었는가 하는 것은 내게 매우 중요한 문제였다.

매그니튜드라는 말이 나와서 말인데, 그날 또 우연히 사이먼 선생님과 마주쳤는데 선생님이 나더러 자기 사무실로 오라고 했어. 나는 겁이 났지. 어젯밤에 버네사 방에 몰래 숨어들어간 일을 들킨 건가? 벌을 받게 되나? 점심이 제대로 넘어가지 않아서 그냥 식판

을 치우고 바로 선생님 사무실로 갔다. 사이먼 선생님은 나를 기다리고 있었다. 금방 나는 걱정할 게 없다는 걸 알았다. 선생님은 화나지 않았고, 전날 밤 일에 대해서는 모르고 있었어.

"팀, 들어와." 선생님이 말했다. "오늘 아침 우리의 대화에 대해 생각하다보니, 이걸 주고 싶더라고."

정독이 필요한 만점짜리 비극 숙제 더미 외에, 내게 뭘 주고 싶다는 건지 짐작도 가지 않았어. 그런 생각을 하는데, 말 그대로 바로 그때, 선생님이 내게 열쇠를 주셨고, 나는 이렇게 생각했다. 와, 진짜로 저 과제물에 접근할 수 있는 권한을 주시려나보네. 하지만 그게 아니었어.

"식당 바로 앞 둥근 방에 있는 책장 본 적 있나?" 선생님이 물었다. 본 적이 있었다. 눈에 띄는 책장이었고, 오래된 책들이 마구잡이로 꽂혀 있는 것 같았다. "만약 관심이 있다면, 아마도 있을 거라고 생각하지만, 이 열쇠로 그 책장을 열어봐. 맨 밑에 커다란 검은 책이 있는데, 어빙의 전통에 관한 책이야. 거기에 전부 나와 있어. 그중 어떤 것은 한심하게 보일 수도 있지만, 전통이야말로 어빙을 어빙답게 유지하고 과거와 미래를 한 해 한 해 연결하는 고리라고 믿어 의심치 않는다. 거기 쓰인 전통은 대부분 내가 이곳에 다닐 때도 있던 거야."

놀란 동시에 흥미가 동했다.

"영광입니다." 나는 선생님의 책상 위로 손을 뻗어 열쇠를 받았어. "감사합니다."

"나의 유일한 요구 사항은, 그 열쇠를 다 쓰고 나면 유용하게 쓸

만한 다른 사람에게 전해달라는 것뿐이야. 할 수 있겠나?"

"네, 물론입니다." 나는 말했다. 한시라도 빨리 그 책을 손에 넣고 싶어 안달이 났지만, 일단 주변이 조용해질 때까지 기다려야 할 것 같은 기분이 들었어.

"그럼 이제," 선생님이 말했다. "나아가 아름다움과 빛을 떨치도록."

그 일이 있은 후 나는 왠지 기운이 넘쳤어. 저녁때 식당에서 버네사의 친구 줄리아를 발견하고 곧장 그애한테 다가갔다. 평소의 나라면 못 본 척했을 텐데. 줄리아는 내가 가까이 오는 것을 보더니 싱긋 웃기까지 했다.

"안녕?" 오가면서 수도 없이 봤으니 이제 와서 자기소개를 하면 어색하겠지. 그래서 소개는 생략했다. 줄리아는 내가 누군지 당연히 알고 있었다.

"버네사는 어때?" 나는 물었어. 곧장 본론으로 들어가고 싶었다. 줄리아가 내게 시간을 얼마나 내줄지 자신이 없었거든.

"훨씬 나아졌어." 줄리아가 말했다. "오늘 아침에 우리가 버네사를 데리고 양호 선생님한테 갔어. 사실 좀 어이없었던 게, 버네사는 옷을 다 갈아입고 영어 수업에 들어가려던 참이었어. 너도 그때 버네사를 봤어야 하는데―힘이 하나도 없어서 머리도 제대로 못 빗었더라고. 그런데도 이제 안 아프니까 수업에 갈 수 있다고 고집을 피우는 거야."

나는 미소를 지으며 고개를 끄덕였다. 줄리아가 나한테 다른 애들에게 하듯 똑같이 얘기한다는 게 도무지 믿기지 않았어. 나는 줄리아의 말을 끊고 싶지 않았다. 줄리아는 버네사를 교실로 데려가는 척하면서 양호 선생님에게 끌고 간 이야기를 해줬어.

"그럼 아직도 양호실에 있는 거야?" 나는 물었다.

"아니." 줄리아가 대답했다. "하지만 거의 하루종일 양호실에 있었어. 지금은 자기 방에서 쉬고 있고."

"너희 정말 착하다." 나는 점점 무거워지는 식판을 다른 손으로 바꿔 들었다. "버네사를 그렇게 챙겨주고."

"기숙학교에 다닌다는 게 어떤 건지 너도 알잖아—버네사와 우린 한식구나 마찬가지야." 줄리아가 말했다. 그러고는 잠시 뜸을 들이더니 "너도 버네사를 굉장히 잘 챙겨줬다며"라고 덧붙였다.

나는 고개를 숙였다. 버네사가 정말로 자기 친구들한테 다 말한 걸까? 버네사를 찾아가 얘기를 나누고 싶은 마음이 굴뚝같았지만, 어느 때보다 일이 잘 풀리고 있었다—모든 면에서. 어떤 것도 망치고 싶지 않았다.

"양호 선생님이 왜 아픈 건지 말해주셨어?" 내가 물었다.

"아니, 아마 바이러스 때문이겠지." 줄리아가 말했다. "우리 모두 똑같은 음식을 먹었는데 딴사람들은 다 멀쩡하잖아. 들어보니 지독히 아팠던 모양이던데."

나는 고개를 끄덕였다. 지독히 아팠고, 냄새도 지독했지. 하지만 거기에 대해서는 입을 다물었다.

"가서 저녁 먹어야겠다. 우리랑 같이 먹을래?" 줄리아가 말했다.

나는 여전히 구석 테이블에서 혼자 먹고 있었어.

"고맙지만 사양할게. 벌써 저쪽에 책을 갖다놨거든."

"뭐, 마음 바뀌면 언제라도 이쪽으로 와." 줄리아가 말했다.

"고마워."

늘 먹던 테이블에 가서 앉아 막 닭다리를 한입 뜯었는데 패트릭이 다가왔다. 서둘러 꿀꺽 삼키느라 목이 막힐 뻔했어. 녀석이 나한테 뭘 바라는지 전혀 알 수 없었다. 패트릭은 운을 떼기 전에 뒤를 따라온 사람은 없는지 확인하듯 뒤를 힐끔 돌아보았다.

"어젯밤에 다 못 끝내서 아직 할 일이 남았어." 패트릭이 나직이 말했다.

"남았어?"

"응. 3학년들 초대장은 다 보냈는데, 2학년 중에서 선장과 선원들을 뽑아야 해."

나는 어제 못지않게 경악했다. 녀석은 아직도 굳이 나를 찾아와 도움을 청하는 거야—그것도 이틀 연속으로. 나는 2학년 선장과 선원들 따위는 까맣게 잊고 있었다. 솔직히 말하면 녀석이 나 말고 다른 신참을 끌어들였으면 하는 심정이었어. 감히 녀석의 여자친구한테 눈독을 들인 사람은 분명 나밖에 없을 테니까. 놈이 곤혹스러워하는 나를 지켜보며 즐기고 있다는 심증이 점차 굳어졌지.

"그래, 알았어." 그렇게 대답하면서, 도대체 밥은 언제 먹을 수 있게 되려나 궁금해졌다.

"그럼 저녁 먹고 나서 내 방으로 올래?" 패트릭이 물었다. "일곱 시 반쯤?"

내게 선택의 여지가 있던가? "물론이지."

"좋아, 그럼 나중에 보자."

그러고 나니 입맛이 싹 달아났지만, 저녁까지 거르면 거의 하루 종일 아무것도 안 먹은 셈이었다. 이러다 굶어죽겠다 싶었어.

녀석한테 겨우 해방되고 나서 나는 식판을 테이블 위에 그대로 두고 내 방으로 올라가 누웠다. 며칠째 눈이 아파 죽을 것 같았거든. 초점을 맞추기가 점점 더 힘들어졌다. 어느 날 밤에는 머리가 빠개질 것 같은 두통 때문에 잠에서 깼는데 이대로는 아침까지 살아 있지 못하겠다는 생각마저 들었어.

인정하고 싶진 않았지만, 완전히 아무것도 안 보이는 순간도 몇 번 있었다. 그때까진 내 방에 있을 때만 그랬는데, 돌아다닐 때 앞이 안 보였다면 큰일났을 거야. 앞이 안 보이면 눈이 다시 적응할 때까지 그대로 꼼짝 않고 있었던 것 같다. 보통 몇 초 정도였고, 길어야 삼십 초였다. 그러다 다시 빛이 돌아오면 한동안은 아무 일 없는 듯 지낼 수 있었어.

나는 방으로 돌아와서 곧장 침대 속으로 들어갔다. 어제 내가 간병해줬던 것처럼 버네사가 여기서 날 챙겨주면 좋을 텐데 하고 생각했지. 버네사의 미소와 부드러운 손길은 강력해서 두통이든 눈병이든 싹 다 물리쳐줄 것만 같았다. 그 얘기를 버네사한테 했으면 좋았을걸. 그럼 도와줬을지도 모르는데. 나는 너무 피곤했고, 잠과 싸워야 했지만 결국 전투에서 패한 모양이었다. 정신이 들고 보니 누가 밖에서 문을 두드리고 있었어.

벌떡 일어나는데 현기증과 함께 오른쪽 눈에서 찌르는 듯한 통증이 느껴졌다. 시계를 보니 여덟시 십오분이었다.

패트릭이었다.

"괜찮냐?" 녀석이 물었다.

"아마도." 나는 어지러움과 통증을 떨쳐내려 애썼다. "어젯밤에 잠을 못 자서 깜박 기절했나봐. 미안. 금방 갈게."

"너 눈이 시뻘게." 녀석이 내 눈을 가리키며 말했다.

힐긋 거울을 봤다. 과연 그랬다. 누가 내 오른쪽 눈 흰자위에 시뻘겋게 페인트칠을 한 것 같았다.

"혈관이 터졌나봐." 나는 대수롭지 않게 말했다. "별거 아냐."

"아픈 거 같은데. 버네사한테서 뭐 옮은 거 아냐?"

"아냐, 멀쩡해. 눈이 충혈된 건 버네사하고는 아무 상관 없어."

"그렇다면 다행이고." 그러더니 녀석은 이렇게 덧붙였다. "그래도 혹시 모르니까, 되도록 내 방에선 아무것도 만지지 마. 난 지금 절대로 아프면 안 되니까."

문을 닫고 나서 거울을 찬찬히 들여다보았다. 백지장 같은 피부 탓에 남들과 똑같은 증상이라도 나는 늘 더 아파 보였어. 남들 같으면 눈에 띄지도 않을 멍이며 상처 자국이 내 경우엔 특히나 끔찍해 보였다. 눈은 충혈되면 정말 핏물이 뚝뚝 떨어질 것 같은데, 그래도 그날처럼 심한 경우는 처음 봤어. 나는 불안감을 몰아냈다. 완전 녹초가 된데다가 두통도 있어서 그럴 거라고. 아무것도 아니고 그냥 피로가 쌓였을 뿐이라고. 게다가 어젯밤엔 버네사의 휴지통을 씻는답시고 바쁘게 돌아다녔고 오늘 아침까지 여자 기숙사에 숨어 있느라 긴장했으니, 정말로 혈관이 터지거나 한 모양이라고. 여름에 집에 갈 때까지도 나아지지 않으면 병원에 가봐야겠다고 생각했다.

나는 손으로 머리를 쓸어넘기고 옷매무새를 가다듬고 나서 방을 나섰다. 패트릭 방에 앉아 초대장을 만든 게 벌써 며칠 전 일 같았다.

나는 패트릭의 방문을 두드렸다.

녀석이 문을 열었을 때 방안 가득 아이들이 있는 걸 보고 나는 깜짝 놀랐다. 엊저녁엔 녀석이 같이 일하자던 사람이 나밖에 없어서 경악했는데, 오늘은 또 딴 애들이 잔뜩 와 있어서 어안이 벙벙했다.

"안녕?" 나는 여느 때와 마찬가지로 이게 무슨 함정이 아니길 바라며 인사했다.

"여어." 다들 꼬리를 물며 인사했다.

"너 눈이 왜 그래?" 피터가 물었다. 화장실에서 맨 처음 패트릭을 만났을 때 봤던 녀석이다.

"나도 잘 모르겠어." 나는 한 손을 눈으로 가져가며 말했다. 찌르는 듯한 통증은 이미 가셨으니 그렇게까지 흉하지는 않을 거라고 속으로 중얼거렸다. "혈관이 터졌나봐."

"들어와." 패트릭이 저 안쪽에서 소리쳤다. 나는 몇 명이나 있는지 셌다―패트릭을 제외하고 여덟 명이었다. 버네사 사진은 그대로였고, 거기에 몇 장이 더 추가됐다. 패트릭이 나를 눈여겨보고 있었다. 녀석은 사진이 늘어난 것을 내가 알아차리길 고대하고 있는 게 분명했어. 자기가 보고 싶어서 붙인 건지 나더러 보라고 붙인 건지, 둘 다라면 그 비중이 어떻게 될지 궁금했다. 하지만 지난번과 달리 나는 눈길을 돌릴 수 있었어. 패트릭은 잠깐 주춤했다.

"다들 앉아봐." 마침내 패트릭이 운을 뗐다. "대부분 이미 알고

들 있겠지만 어떻게 하는 건지 설명해줄게. 이건 기본적으로 제비 뽑기야. 2학년 후배들 중에서—내가 제일 아끼는 모자에 애들 이름을 쓴 종이를 넣을 거야—선장이 될 사람을 뽑는 거지. 그다음에 선원 아홉 명을 또 뽑을 거고. 총 열 명에게 나들이 초대장을 나눠줄 건데, 누가 선장인지는 비밀이야—그날 저녁까지는. 그리고 행사 초반부에 선장 주머니에 조용히 슬쩍 손수건을 넣을 거야. 그러고 나서 나들이의 시작은 그애가 결정해. 선장이 도화선에 불을 붙인다. 상징적인 거지."

나는 그날 저녁 처음으로 그 멤버 중에 카일이 있단 걸 알아차렸어. 버네사한테서 같이 달리자는 쪽지를 받아 나한테 전해준 그애 말이야. 카일은 항상 내게 넘치게 친절했다. 그애가 보여서 반가웠다. 카일이 목청을 가다듬었어.

"내가 확인해봤는데 2학년은 총 마흔일곱 명이고, 같은 이름은 없어서 성은 빼고 이름만 적었어." 카일이 말했다. 카일에 대한 내 판단은 옳았다. 그때까지 관찰한 바에 따르면 카일은 확실히 인기 그룹의 외곽에 있었다—물론 나보다는 예의 그 황금 원에 좀더 가깝겠지만, 그래도 원 내부는 아니었어. 그러고 보니 이 멤버가 무슨 기준으로 모인 건지 거듭 의아해졌다.

카일은 종잇조각이 가득 든 비닐봉투를 내밀었다. 비닐 한쪽 끝이 약간 찢어져서 종잇조각이 빠질 것 같았어. 그 얘기를 할까 하다가 무슨 일인지 잘 알지도 못하고 사실 별 관심도 없어서 그만두었다.

패트릭이 씨익 웃었어.

"질문 있어?"

나는 손을 들었다.

"너무 뻔한 걸 묻는 거 같긴 한데, 난 준비 과정을 거의 못 봐서." 내 말에 패트릭이 고개를 끄덕였다. "지금 여기 있는 이 멤버는 어떻게 뽑힌 거야?"

"아―그거야 쉽지. 작년엔 내가 선장이었어. 여기 있는 애들이 모두 선원이었고. 시드니라는 여자애도 선원인데 올해 학교에 안 왔어. 규칙에 따르면 새로 온 학생을 초대해 결원을 채워야 하는데…… 전학생을 환영하기 위한 방법인 것 같아. 그러니까―환영한다!" 패트릭이 뜻밖에 차근차근 설명해줬어. 녀석의 말에 일리는 있었지만, 그래도 뭔가 아귀가 맞지 않는 것 같았다. 모자에서 이듬해 졸업반을 이끌 선장을 뽑았는데 학교에서 제일 잘나가는 운동선수가 뽑혔다? 이게 정말 우연의 일치일까? 작년 게임에서 누가 패트릭 주머니에 손수건을 찔러넣었다는 것도 곧이곧대로 믿기지 않았어. 녀석은 깜짝 놀라서 신났을까? 아님 그럴 줄 미리 알고 있었을까? 학년 전체를 놓고 뽑았다는 걸 고려하면 이 방에 모인 애들이 전부 남자라는 것도 미심쩍었다. 오 대 오까지는 아니더라도 칠 대 삼은 되어야 하지 않냐? 그런데 구 대 일이라고? 수상한 점이 너무 많았지.

패트릭이 책상으로 가더니 검은색 실크해트를 집어들었어. 양키스 야구모자 같은 걸 예상했던 나로서는 꽤나 의외였다. 패트릭이 모자 끝을 톡톡 두드리더니 뒤집어서 이름이 적힌 종잇조각을 받을 준비를 하고 방 건너편 카일에게 걸어갔다. 카일은 천천히 비닐봉투에 든 종잇조각을 하나하나 세어보며 개수가 맞는지 확인했다. 다 있었다.

"팀, 제일 먼저 제비를 뽑는 영광을 누리시겠습니까?" 패트릭이 물었다.

일이 점점 괴상망측하게 흘러갔다. 나중에 버네사에게 전부 다 말해야겠다고 생각했어―내 얘기를 듣는 버네사의 표정이 그려졌다. 말할 기회가 생기기를 바랐다. 바로 그때 새로 붙은 버네사의 사진이 눈에 들어왔다. 버네사는 라일락이 가득한 학교 중정에서 빙글빙글 돌고 있고, 밝은색 치마가 사방으로 퍼져 펄럭였다. 나는 침을 꿀꺽 삼켰다.

"물론." 나는 팔을 뻗어 모자 속을 휘젓고 종잇조각을 하나 집었어.

"잠깐!" 피터가 손을 들며 외쳤다. "아직 선서를 안 했잖아."

"맞다." 패트릭이 말했다. "그래, 팀, 잠깐 멈춰봐. 먼저 선서를 해야 돼."

이미 종잇조각을 하나 집었지만 도로 놓고 손을 뺐다. 이렇게 추첨 운이 뒤바뀌고 궁극적으로 내년 3학년 게임의 운명도 바뀌는 건가 하는 생각이 들었어. 매그니튜드라는 단어가 다시 한번 머릿속에 번졌고, 이렇게 세뇌되는 거구나 싶었지. 비극에 관한 그 모든 이야기들, 우리 나이 또래 애들에겐 별로 좋지 않은 영향일지도.

패트릭이 옷장 문을 열고 손과 무릎을 땅에 대고 엎드리더니 지저분한 빨래임이 틀림없는 거대한 무더기를 뒤지며 한참을 쑤석거렸다. 그러더니 술병과 조그만 플라스틱 컵 세트를 꺼냈어. 녀석은 우리에게 컵을 하나씩 돌리고 술을 따랐다. 녀석이 가까이 오자 버 번이라고 쓰인 라벨이 보였다. 그렇게 센 술은 처음 먹어보는 거였 어―맥주 한 잔쯤은 여기저기서 마셔봤고 어머니랑 시드 아저씨 와 함께 와인을 홀짝인 적도 있지만, 그런 독주는 마신 적이 없었 다. 머리가 지끈거리기 시작했고, 오른쪽 눈 근처뿐 아니라 온 삭 신이 다 쑤셨다. 버번이 상태를 악화시킬 게 뻔했다.

모두에게 컵이 돌아가자 패트릭은 술병과 남은 컵을 내려놓고 자기 잔을 들었다.

"내 말을 따라 해." 패트릭이 말했다.

"이로써 나는 이 방에서 일어나는 모든 일에 대해 영원히 함구 할 것을 맹세한다."

우리는 그 말을 따라 했다.

"또한 일단 내려진 모든 결정과 합의된 선택과 언급된 이름은 두 번 다시 거론하지 않는다―그 어느 누구와도."

우리는 그 말도 따라 했다.

"그리고 명심하라―라스베이거스에서 생긴 일은 라스베이거스 에 묻어둔다."

나는 웃음이 터졌지만 다른 애들이 모두 따라 하기에 웃음을 참 으며 마저 말을 따라 했다.

"이제 마셔." 패트릭이 명령했다. 우린 모두 재빨리 들이켰다. 목 구멍이 타는 것 같았다. 애써 속을 달래고 정신을 추스르는데, 애 들이 나를 주시하며 아까 중단했던 추첨을 다시 시작하기를 기다 리고 있는 게 보였다. 나는 서둘러 모자로 손을 뻗어, 휘젓고 자시고 할 것도 없이 바로 종잇조각을 집었다. 종이를 치켜들었지만, 머릿속엔 눕고 싶다는 생각뿐이었어.

"이름을 우리한테 읽어줘." 패트릭이 말했다.

종이를 펴자 굵고 검은 글씨가 보였는데, 초점이 맞지 않아 흐릿했다. 종이를 코앞에 갖다댔다가 혹시 멀리서 보면 나을까 싶어 멀찍이 들었다. 다들 껄껄 웃었는데, 내가 벌써 술에 취해 정신이 없다고 생각한 모양이었다.

"이것 좀 읽어줄래?" 나는 좀 불쌍한 말투로 카일에게 부탁했다.

"미안, 친구, 규칙이라서. 뽑은 사람이 읽는 거야." 카일이 대꾸했다.

그래서 계속 들여다보니 서서히 초점이 맞아갔다. 겨우 D를 알아보았고, 마지막 글자는 분명 N이었다. 마침내 글자가 보였다.

"덩컨." 나는 자리에 앉으며 말했다.

"설마, 걔는 진짜 한심한 녀석인데." 야비하게 생긴 저스틴이라는 애가 말했어.

"처음 듣는 이름인데." 피터가 말했다.

"자, 자, 신사 여러분." 패트릭이 말했다. "내 이럴 줄 알았다니까, 바로 이런 사태가 생길까봐 우리가 선서를 한 거 아니냐. 열 명을 다 뽑고 나서 누가 그 임무에 제일 적합한지 결정하자."

이유는 모르겠지만, 그건 내게 규칙 위반으로 보였다. 그리고, 여기서 너무 정직하게 털어놓는 것에 대해 너에게 양해를 구하고 싶어. 하지만 진실을 전하려면 솔직히 얘기해야 한다는 걸 너도 알게 될 거야. 지금 이 시점에서는, 모든 일을 전부 사실대로 얘기해야만 해. 그러지 않으면 이건 다 시간 낭비가 될 테니까.

모자를 돌렸고, 패트릭을 제외한 모두가 한 명씩 이름을 뽑았어. 제이크, 셀리아, 아서, 헨리, 케이트, 릴리, 애비게일, 키스. 무슨 이유에선가 선장은 제비뽑기에 참여하지 않는다고 규칙에 명시되어 있어서, 모자는 마지막으로 한 번 더 내게 돌아왔다. 나는 고개를 저었어. 그걸 또 할 자신이 없었다. 강요하는 사람도 없었고. 피터가 나서서 모자 속에서 종잇조각을 골랐고, 아마 그건 내가 고사하지 않고 골랐을 때 나올 종이는 아니었겠지. 그니까 내 말은, 차이가 있지 않겠어? 서로 다른 사람이 손을 넣어 같은 종이를 집을 확률보단 다른 종이를 고를 확률이 훨씬 높으니까.

피터는 종이를 펼치고 큰 소리로 거기 적힌 이름을 읽었다. "제이니."

"자, 이제 투표를 하자." 패트릭이 말했다

"작년에도 이렇게 했었나?" 카일이 그제야 생각났다는 듯 말했다. "나는 처음 나온 이름이 선장이라고 알고 있는데, 무조건."

패트릭이 히죽히죽 웃었다. "뭐, 넌 그렇게 투표하든가―그거야 온전히 네 권리니까―하지만 무조건은 아냐, 항상 재량권이라는 게 있는 법이지."

"그럼 작년엔 누가 맨 처음으로 뽑혔는데?" 카일이 물었고, 나는 걔가 건드리지 말아야 할 것을 자꾸 들쑤시고 있다는 느낌을 받았다. 적어도 패트릭은 건드리면 안 된다고 생각하는 것을.

"거야 모르지. 난 거기 없었으니까." 하는 말과는 달리 패트릭의 얼굴엔 안다고 쓰여 있었어.

"알겠어." 카일이 눈길을 돌리며 말했다.

다들 왠지 안절부절못하며 자꾸 문을 흘끔거렸다. 사실 계속 거기 있고 싶어하는 사람은 아무도 없는 것 같았다.

"그럼 투표나 하자고." 패트릭이 말했어. "내가 한 사람씩 이름을 말할 테니까 선장으로 추대하고 싶은 사람이 나오면 손을 들어. 투표는 딱 한 번만 할 수 있어. 한 차례 돌고 나면 결과가 나오겠지."

이렇게 네가 등장하게 된 거야, 덩컨. 앞으로 네가 듣게 될 내용에 대해서는 미안하게 생각하지만, 그래도 정직하게 얘기할 거다―안 그러면 이게 다 무슨 소용이겠어? 그래서, 패트릭은 뽑힌 순서대로 호명하기 시작했어. 덩컨? 카일의 손이 올라갔다. 나는 네가 누군지 몰라서 이렇다 할 의견은 없었지만, 네 이름이 맨 처음 나왔으니―적법한 승자라고 부를 수 있겠지―나도 손을 들었다. 방안에 있던 나머지 애들은 마치 너한테 한 표도 나오지 않은 것처럼 반응했다. 패트릭은 아예 고개를 들지 않았다. 패트릭이 나머지 이름을 하나씩 불렀고, 마침내 제이니 차례가 되자―나 말고 피터가 뽑은 그애 말이야―패트릭을 포함해 여덟 명이 손을 들었다.

"결과는 만장일치여야 돼." 패트릭이 말했다. "그래야 나중에 의문이나 논란이 없지." 말투에서 짜증이 묻어났다.

뽑힌 2학년 애들에 관해 물어봐야 한다는 생각이 들었어. 걔들은 누구고, 걔들에게 뭘 시킬 거고, 하여간 걔들이 어떤 일을 하게 되는 거야? 왜 그냥 처음 뽑힌 사람―너―으로 정하지 않는 거야? 하지만 눈이 아파 죽을 것 같았다. 오른쪽 눈 초점이 자꾸 맞왔다 안 맞았다 했어. 뇌졸중이 아닐까 걱정되기 시작했다. 가서 누워야 했어.

"다시 하자." 패트릭이 다섯 살배기 아이를 다루듯 말했다.

"아냐, 그럴 필요 없어. 그냥 바로 말할게. 나도 제이니한테 투표할게." 내가 말했다.

"아주 좋아." 패트릭이 말했다. 그러고는 카일을 쳐다봤지.

카일은 고개를 절레절레 흔들었다. "알았어. 별로 상관없으니까. 나도 제이니한테 투표하는 걸로."

"좋은 선택이야." 패트릭이 말했다. 왠지 그 순간, 녀석을 알게 된 이후로 그 어느 때보다 녀석이 밉살스러워 보였다. "그럼 이제 이 열 명한테 초대장만 돌리면 끝이야. 누구 맡아줄 사람?"

지원자는 아무도 없었다.

"다들 한 명씩 맡자." 패트릭이 말했다.

"난 좀 가까운 사람으로 해도 될까?" 내가 물었다. "눈이 진짜 아파서."

패트릭은 나를 쳐다보더니 고개를 저었다. "넌 그냥 방으로 가라. 내가 대신 돌려줄게. 어차피 다 한 건물에 있으니까. 내가 할게. 별거 아니야."

"고마워." 얼마나 불쌍해 보이길래 저런 괴물 같은 놈한테까지 동정을 받는지 궁금했다.

하지만 난 잠을 이룰 수 없었다. 자려고 애썼고, 자야 했지만, 잠이 오지 않았다. 여러모로 사이먼 선생님의 타이밍은 기가 막혔어. 어쩐지 모든 일을 다 알고 계시는 것처럼. 정말 다 아시는 건 아닐까 싶을 정도로 딱 맞아떨어지는 때가 여러 번 있었다. 하지만 정말로 아셨다면 이렇게까지 수수방관하지는 않았을 거라고, 그러니까 내 짐작은 분명 틀렸다고, 나는 속으로 되뇌는 거야. 패트릭과 나머지 애들이 초대장을 다 돌리고 잠들었을 시간에, 나는 일어나서 식당 앞에 있는 책장으로 향했어. 책장을 열기 전에 환자용 비상식량 캐비닛으로 가서 통밀 크래커 몇 봉하고 진저에일을 집었다. 그러고는 열쇠로 유리문을 열고 동이 틀 때까지 책을 읽었어. 예상했던 대로, 내가 의심하고 두려워했던 모든 게 그 책을 통해 확인되었지.

23

덩컨
도넛 만들 시간이야

덩컨은 느릿느릿 계단을 내려가, 최고의 연례행사 중 하나인 3학년 도넛 브렉퍼스트가 진행되는 식당으로 향했다. 지역 도넛 가게에서 사람이 오면, 학생들은 반죽 준비를 거들고 직접 도넛에 토핑을 올렸다. 식당 전체에 거대한 플라스틱 그릇이 잔뜩 놓여 있고, 그 안에 슈거파우더, 시나몬슈거, 코코아는 물론이고 도넛 위에 바를 꿀, 바닐라, 초콜릿 같은 재료가 있었다. 3학년들은 오전을 식당에서 보내며 도넛을 만들어 먹는데, 무엇보다 좋은 건 커피를 마실 수 있다는 점이었다. 일 년에 딱 한 번 식당에서 향이 풍부하고 진한 맛있는 커피를 학생들에게 제공하는 날이었다. 커피포트 앞에 줄이 길게 늘어서 있고, 그 옆 칠판엔 카운티 맞은편 머마러넥이라는 마을에서 로스팅했다고 적혀 있었다. 하나씩 가져가도 되는 어빙 머그컵도 쌓여 있었다. 성년을 향해 한 발 다가선다는 상징이자 오랜 전통이었다.

덩컨은 이날을 손꼽아 기다려왔다—이전에는. 사실 도넛 브렉퍼스트 때 친구들이 다 있는 데서 데이지와 나란히 앉아 있는 상상을 했던 게 한두 번이 아니었다. 지난 몇 년 동안 3학년들은 잠옷을 입고 시간 가는 줄 모르고 카드 게임을 하거나 모노폴리나 스크래블을 하며 하루종일 식당에서 놀았다. 규칙이 느슨해지고 3학년들은 수업을 빼먹어도 벌을 받지 않는 그런 날 중 하나였다.

하지만 오늘 아침 덩컨은 영 기분이 좋지 않았다. 데이지가 계단 밑에서 기다리고 있었다. 분홍색과 노란색의 꽃무늬가 수놓인 감청색 트레이닝복에 노란 불도그 티셔츠 차림이었다. 머리는 포니테일로 높이 올려 노란색 깅엄 리본으로 단단히 묶었다. 덩컨은 청바지에 무늬 없는 회색 티셔츠를 아무렇게나 걸친 상태였다. 그는 데이지가 바로 실망하는 걸 알 수 있었다.

"안녕." 덩컨이 데이지에게 가까이 가면서 웅얼거렸다.

"안녕, 좋은 아침." 데이지는 그래도 명랑한 기분을 내려고 애썼다. "잘 잤어?"

"아니 별로." 덩컨이 말했다.

"자, 도넛 만들 시간이야.*"

덩컨은 겨우 미소를 짜내서 작게 소리내 웃었다. 끔찍한 기분이었다.

"괜찮아?" 데이지가 물었다.

순간 덩컨은 전부 다 털어놔버릴까 생각했다—팀의 이야기, 방

---

* 던킨 도넛의 광고에서 유래한 유행어.

금 들은 내용을 데이지에게 다 털어놓을까. 만약 상황이 이렇게 흘러오지 않았다면 어떻게 되었을지, 얼마나 달라졌을지에 대해 다양한 시나리오를 놓고 같이 얘기를 해볼까 고민했다. 하지만 고개를 드니 잠옷 차림의 순진무구한 여자친구가 눈에 들어왔고, 차마 못할 짓이다 싶었다.

"그럼." 덩컨은 데이지와 팔짱을 끼며 말했다. "비극 숙제 때문에 스트레스를 받아서 피곤한 것뿐이야."

"나도 그래." 데이지는 마음이 놓인다는 투였다. "다들 마찬가지지 뭐. 하지만 오늘은 신경쓰지 말자. 오늘 하루는 쉬는 거야."

"그래." 덩컨은 그저 자기 방 침대로 돌아가 팀의 목소리를 듣고 최악의 부분을 넘기고 싶은 마음뿐이었다. 물론 이야기가 어디로 향할지는 알았지만 몇 가지 세부 사항은 끼워맞출 수 없었고, 몇몇 순간은 팀이 말해줘야만 알 수 있었다. 그리고 팀은 이미 알려주기 시작한 참이었다.

식당은 굉장했다. 사방을 색색의 테이프와 풍선으로 장식해서 도넛 가게처럼 꾸며놓았다. 테이블마다 따뜻하고 달콤한 도넛이 가득 든 쟁반이 놓였고, 직접 도넛을 만들어보고 싶은 사람을 위한 작업 공간이 따로 있었다. 하루종일 식당은 온전히 3학년 차지였다. 다른 학년은 자기네 학생회관에서 조그만 시리얼 박스와 우유로 아침을 먹게 되어 있었다. 점심때는 학교 여기저기에 흩어져 도시락을 먹는다―도서관에서 먹거나 교실에서 먹기도 한다.

잠시 동안 덩컨은 잊을 수 있었다. 데이지와 재미있게 우노 카드 게임을 했고, 음식도 맛있었다. 특히 데이지가 덩컨을 위해 기꺼이 만들어준 초콜릿 글레이즈드 도넛은 끝내줬다. 덩컨은 3학년 게임에 관해 묻는 사람이 없어서 안심했다. 공개적으로 언급하지 않는 게 암묵적인 규칙인데다 한쪽으로 몰래 끌고 가 묻는 사람도 없었다. 하지만 날짜는 하루하루 다가오고 있었고, 덩컨은 변함없이 애가 탔다. 그를 괴롭히는 문제들 중 최우선 과제는 2학년 선장과 선원을 선발하는 것이었음에도, 카드가 왔다갔다하는 테이블 앞에 앉아 덩컨은 게임 방법만 여섯 가지쯤 생각해봤다. 그냥 대낮에 훤한 중정에서 얼티밋 프리스비*를 할 수도 있다. 설마 거기서 무슨 문제가 생길까? 아님 실내에서 정어리 게임**을 하는 건? 그것도 재밌을 것이다. 하지만 숨는 사람이 너무 많고 눈에 안 보이는 순간도 너무 잦다. 도넛 데이의 다른 버전은 어떨까? 덩컨은 열심히 머리를 굴렸다. 쿠키장식 데이 아니면 케이크 데이? 그게 답이 될 수 없다는 건 자신이 가장 잘 알았다. 거의 열한시가 다 됐다. 벌써 몇 시간째 도넛을 만들어 먹었는데 아무도 일어나서 가려는 기미가 안 보였다. 덩컨은 더이상 견딜 수가 없었다—그 자리를 벗어나야 했다.

"미안해." 덩컨은 데이지에게 말했다. "오늘은 진짜 기분이 나질 않아. 딱히 정해진 일정이 없으니까 이 틈에 나는 좀 들어가서 잘게."

데이지의 눈빛에 덩컨은 가슴이 쓰라리고 심장이 내려앉았다. 쭉

---

* 원반을 패스해 상대 팀 코트의 엔드 존에 가져가면 득점하는 스포츠의 일종.
** 술래 한 사람이 숨고, 나머지 사람들은 흩어져 술래를 찾는다. 술래를 찾은 사람은 그 자리에 같이 숨고, 마지막까지 혼자 남은 사람이 다시 술래가 된다.

같이 있고 싶지 않느냐고, 덩컨은 스스로에게 물었다. 지금까지 공들여 쌓아온 것을, 여태까지 일궈온 모든 것을 망치기는 싫었다. 어차피 달라질 것도 없지 않은가? 이미 벌어진 일을 바꿀 수는 없다.

"같이 가도 돼?" 데이지가 애원하는 눈빛으로 물었다. 데이지가 교칙을 어기려 하다니, 또 이렇게 멋진 이벤트에서 빠져나오려 하다니, 너무나도 데이지답지 않은 행동에 덩컨은 다시 한번 모든 것을 털어놓고 싶은 유혹을 느꼈다.

"아냐." 이건 정말 너하곤 전혀 관계없어, 라는 의미로 덩컨은 손을 뻗어 데이지의 팔을 어루만졌다. "그냥 좀 혼자 있고 싶어. 나중에 다시 내려올지도 모르고."

데이지가 고개를 끄덕였다. 금방이라도 눈물을 뚝뚝 흘릴 것만 같은 얼굴이었다.

"애들이랑 재미있게 놀아." 덩컨이 말했다.

데이지는 거듭 고개를 끄덕였다. 차마 입을 열지 못하는 것 같았다.

덩컨은 일어나서 데이지와 가볍게 포옹했다. 그러고는 커다란 쌍여닫이문을 지나 걸어가면서 이따 다시 와야지 하고 생각했다. 한 시간이면 충분할 터였다. 하지만 결국 덩컨은 그날 식당에 돌아가지 않았다. 팀이 거의 이야기 막바지까지 덩컨을 끌고 가버렸기 때문이다.

24

팀

약속했던 대로, 버네사는 나중에 나를 찾아왔다

난 몇 시간 동안 눈을 붙였고, 잠에서 깨자마자 다음 세 가지 사실을 깨달았어. 사이먼 선생님 수업을 빼먹었다. 두통이 사라졌다. 눈이 아까처럼 빨갛지는 않다. 나는 안도의 한숨을 크게 내쉬고 욕실로 씻으러 갔어. 수업이 이미 시작된 덕에 욕실은 평화로웠지. 세수를 하고 이를 닦고 눈이 거의 정상처럼 보이는지 거울로 확인하면서 그 모든 시간을 즐겼다.

나는 방으로 돌아와 옷을 갈아입고 책을 들고 양호실로 향했어. 영어 수업을 빼먹은 이유로 통할 수 있는 유일한 핑계였고, 몸 상태가 훨씬 나아지긴 했어도 진통제 몇 알 먹는다고 나쁠 건 없다는 판단이었어.

버네사가 양호실 앞 대기실에 앉아 있는 걸 보고 나는 깜짝 놀랐다. 이틀 전 그애 방에 갔을 때 이후로 처음 보는 거였는데, 제법 건강해 보였다. 혈색도 정상으로 돌아왔고, 윤기가 도는 머리칼은 아름다웠다. 빛바랜 청바지와 청록색 불도그 티셔츠 차림이었지. 청록색 불도그는 처음 보는데, 도대체 총 몇 가지 색이나 있는지 궁금했어.

"안녕!" 나는 곧장 버네사 쪽으로 걸어가 그애 옆에 나란히 앉았다.

"안녕!" 버네사가 활짝 웃으며 인사했다.

"몸은 좀 어때?" 나는 되도록 바짝 붙어앉아서 버네사에게 키스하고 싶었어. 하지만 그러지 않았다. 어차피 못할 줄 알고 있었고.

"훨씬 나아졌어." 버네사는 손을 올려 머리칼 몇 올을 배배 꼬며 말했다. "실은 거의 완전히 회복됐어. 싱어 선생님이 경과를 보자고 부르셔서, 그래서 온 거야."

우린 잠시 아무 말 없이 각자 발끝만 바라보고 있었어. 버네사는 발목까지 오는 청록색 컨버스화를 신고 있었다. 마음에 들었어. 내 건 평범하고 낡은 스니커즈였는데, 보고 있으려니 점점 더 추레하게 느껴지더라.

"넌 양호실에 왜 온 거야?" 별안간 버네사가 물었다. 내 몸에 무슨 이상이 있을지도 모른다는 생각이 퍼뜩 든 것처럼.

"늦잠 잤어." 버네사라면 충분히 알아들었겠지. 늦잠을 잤을 때 궁지에서 빠져나오려면 양호실에 들르라고 알려준 사람이 바로 버네사였으니까. "두통도 좀 있고." 나는 덧붙였다.

"아직도?" 버네사는 이제 내 눈을 좀더 자세히 들여다보며 물었다. 많이 호전되긴 했지만 아직 정상은 아니라는 것을 나는 알고 있었어.

"뭐가?" 정신이 딴 데 팔려 잘 알아듣지 못했다.

"두통 말이야."

생각해보니 과연 그랬어. 다시 머리가 아파왔다.

"약간." 나는 대답했다.

바로 그때 싱어 선생님이 나와서 우리에게 인사하고는 버네사를 불러 데리고 들어갔다. 나는 두통이 심해지기 않기를 빌며 자리에 앉아 기다렸다.

몇 분 지나지 않아 두 사람이 웃으며 나왔다.

"물이나 음료를 꾸준히 마시고." 양호 선생님이 상냥하게 당부했다.

"네, 그럴게요" 하고 대답한 후 버네사가 나를 쳐다봤다. "전 특히 진저에일이 좋아요."

"잘됐네." 양호 선생님이 말했다. "그리고 물도. 물 마시고 잘못될 일은 없으니까."

나는 "그리고 얼음도"라고 농담을 하고 싶었지만 참았어.

버네사는 지나가면서 손을 뻗어 내 손목을 살짝 건드리며 말했다. "고마워."

싱어 선생님이 그대로 서서 나를 기다리고 있었어.

"천만에." 나는 말했다.

그때 버네사의 입에서 마법 같은 문장이 나왔다. "나중에 내가 찾아갈게."

나는 고개를 끄덕였다. 너무 진지하게 끄덕인 건지도 모르지만, 내가 그 이상 뭘 더 바라겠어? 그애가 나중에 나를 찾아온다는데.

너 나중에 복권에 당첨될 거야라는 말보다 좋았다.

"무슨 일이지?" 내가 진료대 가장자리에 걸터앉자 양호 선생님이 물었어. 처음엔 버네사와 나 사이에 무슨 일이 있는지 묻는 건 줄 알았어. 그래서 버네사 얘기를 하려다, 그저 양호실에 온 이유를 물은 거란 걸 깨달았지.

"어젯밤에 두통이 심해서 늦잠을 잤어요. 이젠 많이 나아졌지만 사이먼 선생님께서 화내실까봐요. 애드빌이든 타이레놀이든 하여간 도움이 될 약을 좀 주시면 좋겠어요."

양호 선생님이 내 말을 액면 그대로 받아들여 약이나 몇 알 주고 보내주길 바랐다. 하지만 싱어 선생님은 캐비닛으로 가 내 의료 기록을 찾더니 한동안 그 자리에 서서 읽었다. 그러고는 플래시를 꺼내 내 귀와 입과 눈을 차례로 살폈다. 선생님은 내 눈을 한참 동안 들여다봤다.

"눈 아팠던 적 없어?" 선생님이 물었다.

"조금요." 나는 인정했다. "하지만 많이 아픈 건 아니었어요."

"선글라스 쓰고 다녔니?" 선생님은 내 의료 기록을 손가락으로 짚으며 물었다. "특히 햇볕에 나갈 때?"

"쓰고 다녔는데, 잃어버렸어요." 난 거짓말을 했어.

"가끔 어지럽진 않고?" 선생님 눈에 살짝 걱정하는 빛이 어렸어.

"가끔요. 하지만 자주는 아니었어요." 또 거짓말을 했지.

"이따 오후에 시내 안과에 진료 예약 잡아놓을게. 눈 상태가 안 좋아 보이고, 두통까지 있다고 하니 진료를 받아도 나쁠 건 없겠다 싶어. 게다가 선글라스도 새로 맞춰야 하고."

나쁠 건 없겠다는 말투로 봐서 빠져나갈 구멍이 있을 것 같았어. 그래서 열심히 설득했다. 비극 숙제 때문에 스트레스를 받았다, 그래서 두통이 생긴 거다. 어젯밤에 오른쪽 눈에 속눈썹이 들어가서 마구 문질렀더니 그렇다, 앞으로 좀더 주의하겠다. 선글라스도 마음에 안 드는 거긴 하지만 여분이 하나 더 있다. 그걸 꺼내서 꼭 쓰겠다. 오후에 비극 숙제에 매진하려고 했는데 더이상 시간을 뺏길 수 없다, 오늘 못하면 더 스트레스를 받을 거다. 양호 선생님은 잠시 골똘히 생각하더니 고개를 끄덕였다.

"좋아." 선생님이 천천히 말했어. "하지만 조금이라도 이상해지면, 통증이 심해지거나 현기증이 나면 곧장 양호실로 와야 해—낮이든 밤이든 상관없으니까. 다음주 초에 오렴, 한번 더 보자. 그때 봐서 뭔가 미심쩍으면 내가 직접 차에 태워 안과에 데려갈 거야. 알겠지?"

"네." 나는 진료대에서 훌쩍 뛰어내리며 말했어. "알겠습니다."

양호 선생님은 내 의료 기록에 몇 줄을 적고, 따로 쪽지에 또 뭐라고 써서 내게 줬다. 수업에 늦은 데 대한 합법적인 핑계가 갖춰진 셈이지.

나는 선생님을 따라 자물쇠가 채워진 약품 캐비닛으로 갔다. 선생님이 잠금장치를 풀고 하얀 알약이 든 커다란 병을 꺼냈다. 거기서 길쭉한 알약 두 개를 꺼내 내게 건넸어. 그리고 뒤로 돌아 플라스틱 컵을 꺼내 정수기에서 시원한 물을 채운 다음 그 차가운 컵을 내밀었다.

"고맙습니다." 나는 물과 함께 알약을 삼켰다.

"이제 수업에 들어가야지." 선생님이 웃으며 말했지.

수업만은 사양하고 싶었지만 달리 대안도 없었고, 어차피 십오 분만 있으면 종이 칠 거였다.

약속했던 대로, 버네사는 나중에 나를 찾아왔다. 자, 이쯤이면 분명 빨리 뒷이야기를 알고 싶겠지. 몇 가지는 대충 눈치챘을 테고, 잔말 말고 그거나 확인해줬으면 할 거야. 하지만 난 그날 오후에 있었던 일을 얘기해야만 해—돌이켜보면 그날 오후는 내 생애 최고의 오후이자 최악의 오후였고, 거기엔 수많은 이유가 있는데, 그중 몇몇은 아주 최근에야 깨달았으니까. 내가 초반에 너 말고 이 이야기를 들을 사람은 버네사밖에 없다고 말한 거 기억하지. 그건 사실이야—버네사에게도 똑같은 CD를 보냈거든. 카일에게 부탁해서 네 책상 위에 올려둔 그 CD와 똑같은 거. 버네사가 CD를 들었는지, 과연 듣기나 할는지 알 길은 없지만, 혹시라도 들을지 모르니까 난 이 기회를 활용해야만 해. 그 시간이 내게 얼마나 큰 의미였는지 버네사가 알아줬으면 좋겠거든. 그 주에 내 머릿속에서 생각이 어떤 식으로 흘러갔는지 그애가 이해했으면 좋겠어—내 생각이 어떻게 A에서 B로, 또 C로 넘어가게 됐는지. 여기서 모노마니아라는 단어를 사용해도 될까? 한 가지 목표에 대한 과도한 집착? 뭐, 목표가 뭐냐에 따라 다르겠지. 만약 그 단어의 의미를 좀더 폭넓게 해석하는 게 가능하다면, 그것도 한 가지에 대한 집착이라고 본다면—뭐, 그래, 아마 맞을 거야.

버네사는 점심시간에 나를 찾아왔어. 나는 배고파 죽을 지경이긴 했지만 컨디션은 훨씬 나아진 상태였다. 아침에 양호 선생님이 주신 약은 만병통치약 같았다. 그날 점심 메뉴는 구운 치즈와 토마토 수프였어. 플란넬 셔츠에 흘리지 않도록 신경쓰면서 걸쭉하고 붉은 수프에 작고 동그란 크래커를 찍어먹는데 버네사가 내 뒤로 다가왔다. 으레 그러듯 슬쩍 스치고 지나가며 뭐라고 한마디 웅얼거리면 나는 오후 내내 그게 무슨 뜻인지 고민하겠지. 그런데 버네사는 곧장 내 쪽으로 걸어와 인사했어.

"안녕." 나도 인사했다.

손에 아무것도 들고 있지 않길래 이제 막 식당에 왔나보다 했어.

"그거 먹을 거야?" 버네사가 물었다.

나는 내 식판을 슬쩍 봤어. 크래커가 수프에 젖어 눅눅해지기 시작하고 있었다. 딱 내가 좋아하는 상태지.

"그럴 계획인데." 내가 대답했다.

"그거 안 먹고 나랑 같이 가는 거 한번 고려해줄래?"

나는 망설였지만, 딱 일 초뿐이었다. 점심이냐 버네사냐―이게 생각할 거리가 돼?

"물론이지." 나는 대답했다. "금방 식판 치우고 올게."

늘 그러듯 이번에도, 무슨 함정이 아닐까 하는 생각이 들었지만, 나는 음식이 거의 그대로 남은 식판을 치웠다. 엄청난 음식 낭비를 아무도 눈치채지 못하기를 바라면서. 그러고는 버네사에게 돌아갔다. 그애는 아까 그 자리에서 나를 기다리고 있다가 내가 가까이 가자 활짝 웃었다. 한 발짝 정도 남았을 때 버네사는 뒤로 돌아서 걸음을 뗐어. 나는 그 뒤를 따라갔고. 버네사는 중앙 홀을 지나 '들어와 벗이 될지어다' 석조 아치문을 통해 중정으로 나갔다. 버네사를 쫓아가면서, 둘 다 외투가 없으니 얼어죽겠다는 생각을 했어. 하지만 2월 하순의 공기는 의외로 온화했다. 포근한 산들바람이 불었고, 나는 눈을 감고 숨을 깊이 들이마셨지.

"어디 가는 거야?" 버네사가 부속 초등학교로 가는 길로 들어서길래 내가 물었어.

"금방 알게 될 거야." 버네사가 말했다. 그애 뒤를 따라 걷는 건 즐거웠다. 걷는 동안 나는 그애를 볼 수 있고—걷는 모습, 청록색 고무줄로 묶은 포니테일이 앞뒤로 흔들리는 모습, 살짝 팔자로 내딛는 발—반면 그애는 나를 보지 못하니 완벽히 안전이 보장된 느낌이었거든. 운동장을 지나 본관으로 들어가면서 나는 쭉 침묵을 지켰다. 버네사는 곧장 교무실로 가더니 우리가 왔음을 알렸다.

나는 영문을 알 수 없었지만 얌전히 따랐다. 꼬마 애들을 보니 좋더라. 익숙한 생활에서 잠깐 멀어지는 것도 좋았고. 기숙학교에선 흔치 않은 일이니까.

"미술이랑 글짓기 중 뭘 원하냐길래 미술을 골랐어." 버네사가 말했다.

"무슨 미술이랑 글짓기?" 나는 물었다.

"꼬마 애들 가르치는 거야. 일 년에 서너 번쯤 하는데, 너도 좋아할 것 같아서. 재밌어."

나는 고개를 끄덕이며 머릿속에서 뭉게뭉게 피어나는 질문을 삼켰다. 왜 패트릭한테 같이 가자고 안 하고? 하지만 답은 이미 알았지. 그건 패트릭이 하고 싶어할 만한 일이 절대 아냐. 녀석은 쿨한 척하고, 운동하고, 3학년 나들이를 준비하느라—'정한다'고 해야 하나?―너무너무 바빴다.

선생님 한 분이 우리를 맞았다. 너무 어려 보여서 과연 정규 교직 이수 과정을 거쳐 교원 자격을 얻은 사람이 맞나 의아했다. 그러나 그가 입을 열자, 내가 생각했던 것보다 더 나이든 사람이라는 걸 알 수 있었다. 버네사가 우리가 누군지 소개했다. 그애가 내 이름을 발음하는 게 무척 듣기 좋았다.

"와줘서 고맙다." 교사가 말했다. "아이들은 나이 많은 형이나 언니가 옆에 같이 있어주는 걸 좋아해. 2학년 아이들과 함께하게 될 거야. 일고여덟 살 되는 애들이지―신청한 연령대가 맞지?"

버네사가 고개를 끄덕였어. 어쩐지 수줍어 보였다.

"좋아." 그는 아이들이 만든 미술작품이 쭉 전시된 긴 복도를 따라 우리를 안내했다. 천장엔 나선형 종이 모빌이 매달려 있고, 벽에는 인체 윤곽선을 따라 꾸민 듯한 무언가가 걸려 있고, 바닥은 다양한 동물 그림으로 뒤덮여 있었다.

"이번에 만들려고 하는 건 겨울 콜라주야." 우리는 설명을 들었다. "애들이 일찌감치 숲길을 걸으면서 작업 재료를 잔뜩 모아왔어―낙엽, 솔방울, 솔잎. 그래도 너희들이 콜라주를 더욱 멋지게 꾸미는 데 필요한 재료를 미술실에서 골라줬으면 해. 거기 있는 건 뭘 쓰든 상관없고."

"좋아요." 버네사는 확신에 찬 어조로 말했다. 선생님은 걸음을 멈추고 열린 문을 가리켰다. 안에는 대략 열두 명쯤 되는 아이들이 갈색 종이를 씌운 커다란 정사각형 테이블 두 개에 둘러앉아 웃고 있었어. 난 애들이 나 때문에 놀라지 않았으면 했다. 우리가 들어가자 몇몇 아이들이 손을 흔들었다. 어떤 애들은 안녕하세요 하고 소리쳤다. 나를 두 번 흘끔거리거나 뚫어져라 쳐다보는 아이는 아무도 없었다. 오히려 애들은 버네사에게서 눈을 떼지 못했다.

"이쪽은 버네사와 팀이야." 선생님이 말했고, 나는 그가 자기 이름을 우리에게 한 번도 얘기하지 않았다는 걸 깨달았어. "두 사람을 또 보고 싶다면 말 잘 들어야 해." 그는 우리 쪽으로 돌아섰다. "이 아이들 전부 너희 차지야."

버네사는 곧장 시작했어. 한 명씩 아이들을 불러 공작 재료 통에서 한 가지씩 고르게 한 다음 테이블 위에 올려놓고 다 함께 쓸 거라고 했다. 그렇게 하면 모두 한 번씩 선택할 수 있게 되고, 다른 아이들이 선택한 것도 모두 사용할 수 있다고 버네사는 설명했어. 어찌나 편안하게 애들과 어울리던지 나는 감탄할 수밖에 없었다. 나는 무슨 말을 해야 할지, 뭘 해야 할지 몰라서 약간 물러나 있었다. 꼬마 애들과 있어본 적이 거의 없어서, 내게 녀석들은 무슨 외계 생물체나 마찬가지였다.

한 여자애는 깃털을 고르더니 숲에서 본 새들을 표현할 거라고 얘기했다. 다른 아이는 색색의 돌멩이를 골랐고, 또다른 꼬마는 초록색 색종이 조각을 골랐어. "비를 만들려고요"라고 꼬마는 말했다.

"멋진 생각인걸." 버네사가 맞장구쳤다. "날이 점점 추워져도, 겨울에도 따뜻한 날이 있으니까 비도 올 거야. 덕분에 나도 좋은 생각이 하나 떠올랐어. 지금 내가 하나 골라서 테이블 위에 올려놔도 될까?"

다들 넋이 나가서 고개를 끄덕였다.

"난 하얀색 색종이 조각을 고를래." 버네사가 말했다. "이걸로 뭘 표현하려는 건지 알겠어?"

"눈!" 다들 한목소리로 외쳤다.

"맞아, 눈이야, 내가 제일 좋아하는 거란다."

바로 그때, 여태껏 눈에 띄지 않던 남자애 한 명이 저 뒤쪽 책상에 숨어서 빼꼼 내다보는 게 보였어. 머리카락이 새하얗고 피부는 백지장 같았다. 다른 애들은 그애가 있는 줄도 모르는 듯했다. 아마 맨날 그렇게 책상 밑에 웅크리고 있었겠지. 꼬마가 날 빤히 쳐다봤고, 처음에 난 달아나고 싶었다. 겁에 질려 책상 밑에서 나오지도 못하는 그 꼬마와 엮이고 싶지 않았어. 그애는 나였다─내 인생 전체였어! 고개를 치켜든 꼬마의 외모는 더욱 놀라웠다. 다른 애들과 똑같은 덩치였는데도 훨씬 작아 보였지. 눈은 엷은 하늘색이었다.

"나 눈 좋아하는데." 꼬마의 목소리는 내가 생각했던 것보다 좀 더 낮았다. "형도 좋아해?"

꼬마가 나를 똑바로 쳐다봤다. 나도 모르게 그애에게 다가갔어. 그애가 비워둔 그애 의자 옆에 빈 의자가 하나 있었다. 나는 그 의자에 앉았다.

"나도 눈 좋아해." 내가 대답했다. "하지만 버네사 누나만큼은 아니야."

그 말은 내가 바라던 효과를 발휘해, 꼬마의 주의를 다시 버네사에게 돌렸어. 버네사는 미술 수업을 이끌고 있었다. 나는 조용히 알비노 꼬마 옆에 앉아 있었어. 그애는 자기 이름이 네이선이라고 했다.

"나는 좀 눈을 닮은 것 같아요." 꼬마가 잠시 후에 말했다. "형도 그렇고!"

"응, 우리 둘 다 그렇네." 내가 맞장구쳤어. "그리고 난, 눈이 굉장히 특별한 거라고 생각해."

이후로 쭉 나는 네이선 옆에 앉아 있었다. 버네사가 애초에 염두에 두었던 게 그거였던 듯했고, 딱히 내가 버네사를 실망시킨 것 같진 않았어. 하지만 그날을 반추하며 버네사의 얼굴을 떠올려보면, 교실 앞쪽에서 우리를 쳐다보던 버네사의 표정엔 놀라움과 우려가 반반씩 섞여 있었던 것 같기도 해. 결과적으로 콜라주는 아주 놀라웠어—작품들 하나하나가 그 반 꼬마들보다 훨씬 연령대가 높은 아이들의 솜씨 같았다. 내가 그 작품들을 모두 선명하게 봤는지는 자신이 없는데, 솔직히 말하면, 그때 눈이 정말 안 좋았거든. 분명 많은 부분을 놓쳤을 거야.

나오는데 선생님들이 우리에게 거듭 고맙다는 인사를 했다. 버네사는 다시 학교로 향하기 시작했어.

"산책이나 할까?" 내가 물었다. 태양이 얼굴을 내밀었고, 하늘은 내가 보고 기억하는 그 어느 때보다 푸르렀다. "오늘은 수업 더 없거든. 넌?"

"나도 없어." 버네사가 말했다 "그래, 좀 걷자."

"어디로 갈까?"

"초등학교 숲길 어때? 거기 아주 괜찮아."

숲길 안으로 스무 발자국 정도 들어가자마자 나는 버네사의 손을 잡았어. 버네사는 가만히 있었고, 그래서 무척 고마웠다. 그애의 손은 부드럽고 생기가 넘쳤어. 내 손도 그애에게 똑같이 느껴지길 바랐지.

"같이 가줘서 고마워." 버네사가 말했어. "난 어린애들이 좋아. 가끔은 선생님이 되고 싶다는 생각을 해."

"넌 훌륭한 선생님이 될 거야." 내가 말했다.

"그렇게 생각해? 정말?" 버네사가 물었다. 너무나도 그애답지 않은 자신 없는 태도에 나는 웃음이 터졌다. 버네사는 내가 굳이 좋은 선생님이 될 거라고 말해줄 필요도 없으니까. 난 여전히 손을 잡은 채 몸을 돌려 그애를 내 쪽으로 끌어당겼다. 그애는 저항하지 않았다. 나는 허리를 숙여 버네사에게 키스했어. 버네사도 마주 키스했지, 한참을. 엘리베이터에서 했던 키스보다 더 좋았다. 그때까지 경험한 어떤 키스보다 좋았고, 지금에 와서는, 앞으로 경험할 그 어떤 키스보다 좋을까봐 겁이 나.

이윽고 버네사는 살짝 몸을 빼서 내 목에 얼굴을 묻었다. 나는 그애를 바싹 끌어당겨 안았고, 우리는 그렇게 오랫동안 서 있었어. 밝은 햇빛에 눈이 찌르는 듯 아팠지만 버네사에게 알리고 싶지 않았다. 그대로 영원히 서 있고 싶었어. 버네사가 한 발짝 물러서더니 여전히 내 손을 잡은 채 운동장 쪽으로 걸음을 옮겼다. 그애는 한마디도 하지 않았다. 탁 트인 곳으로 나온 뒤 나는 버네사의 손을 놓았고, 우리는 묵묵히 학교로 돌아왔다. 중정을 가로질러 '들어와 벗이 될지어다' 아치 밑을 통과해 나무판을 댄 중앙 홀로 들어섰지. 그대로 계단을 올라가려는데 버네사가 나를 세웠다.

"그냥 이 말을 하고 싶어서……" 버네사가 운을 뗐다. 그때 별안간 그애의 시선이 내 등뒤로 향했고, 뒤를 돌아보니 거기 패트릭이 있었다. 나는 버네사가 한 걸음 물러나거나 뭔가 변명을 할 줄 알았는데, 그러지 않았다. 버네사가 패트릭에게 손을 흔들자 녀석이 합류해 우리 둘 옆에 섰고, 우리는 원 모양으로 서게 됐지.

"나중에 봐." 잡담을 조금 나눈 후에 내가 인사를 건넸다. 버네사가 주춤하는 게 눈에 보였어. 하지만 더이상 아무 의미가 없었다. 의미란 건 영원히 없겠지. 버네사가 그 선생님 놀이 모험으로 뭘 얻으려 했는지는 모르지만—아무리 좋은 마음으로 그랬다 해도—내게는 오직 한 가지만이 확실해졌다. 버네사에게 늘 최우선은 패트릭이고, 나는 언제까지나 알비노에 불과할 거라는 사실—그애에게 난 항상 알비노일 뿐이었다.

덩컨은 침대에 앉았다가 이내 옆으로 돌아누워 아기처럼 웅크렸다. 벽을 바라보고 누워 그다음에 무엇이 나올지 기다렸다. 계속 듣기가 버거우면서도, 이제는, 팀과 얘기할 수 있길 바라는 것 이상으로 버네사와 얘기를 나누고 싶어졌다. 버네사는 진심으로 팀을 좋아하는 것 같았다. 패트릭보다 더, 아니 최소한 패트릭을 좋아하는 수준보다 훨씬 더 팀을 소중하게 생각하는 것 같았다. 버네사가 꼬마 애들 가르치는 데 패트릭을 데려간 적이 있을까? 덩컨은 절대 없을 거라고 생각했다. 단지 거기 알비노 남자애가 있어서 팀을 데려간 걸까, 아니면 그냥 우연이었을까?

덩컨은 버네사 같은 여자애들을 잘 알았다. 아닐 수도 있겠지만, 버네사의 그런 태도는, 최소한 팀이 묘사한 그녀의 태도는, 덩컨이 예상했던 흔한 양다리와는 전혀 달랐기 때문이다. 하지만 그렇다면 왜 패트릭이 계속 주위에서 얼쩡거리게 놔두는 거지? 그토록 다층적인 면모에도 불구하고 여전히 개념 없는 여자애에 불과하기 때문에? 그런 생각이 들긴 했지만 정말로 자신이 그렇게 믿는지는 확실치 않았다. 덩컨의 마음은 데이지에게로 날아갔다. 잠옷 바람의, 무척 우울해 보이던 데이지. 억지로 몸을 일으켜 나가서 데이지를 찾아야겠다고 마음먹었다가, 흘끔 시계를 보고는 하루가 아직도 너무 많이 남았음을 확인하고 포기했다. 그렇게 오랫동안 즐거운 척 연기할 자신이 없었다.

25

팀

때로는 어떤 선택이 얼마나 큰 매그니튜드를 품고 있는지 헤아리기 힘들고
아예 불가능할 때도 있어, 결말이 나기 전까지는.

도저히 뇌리에서 사라지지 않았어—책상 뒤에 숨어서 고개를
빼꼼 내밀던 그 알비노 꼬마의 모습이. 그 가엾은 꼬마는 평생, 자
신을 빤히 쳐다보면서 무슨 문제가 있는지 궁금해하는 사람들을
만나며 살아갈 거야. 아직 어리니까 앞에 놓인 세월도 길지. 머리
로는 그 아이의 친구가 되어줘야 한다고 생각했지만, 내겐 그럴 기
운이 없었다.

수요일 저녁, 소등 시간 후 패트릭이 내 방문을 두드렸어. 나는
내 첫 불도그 티셔츠—검정색을 골랐다—와 사각팬티 차림으로
침대에 누워 두통과 씨름하던 중이었다. 그때쯤엔 죽을 것 같은 통
증은 아니고 살짝 거슬리는 정도였다. 하지만 두통은 양호 선생님
이 주신 진통제를 먹고 정확히 네 시간이 지나면 다시 찾아왔어.

"별일 없지?" 녀석이 내 방안으로 쓱 들어올 때 내가 물었다.

"응." 녀석은 심드렁하게 대답했다. "그냥 지금까지 경과를 알

려주려고. 거기 가봤거든."

"거기?"

"나들이 장소 말이야. 저기 언덕 있잖아." 녀석은 단박에 못 알아듣는다며 약간 짜증을 냈다.

"맞다." 나는 자는 척할걸 하고 후회하며 고개를 끄덕였다.

"도와줄 사람이 예닐곱 명쯤 필요해, 너도 와라." 녀석이 말했어. "카일하고 피터한테도 말해놨어."

"뭘 도와야 하는데?" 나는 즉답을 피하기 위해 물었다. 하지만 사실을 말하자면, 녀석의 패거리에 끼는 데 익숙해지던 차였지. 누가 그걸 마다하겠냐?

"올 거야?" 녀석은 내 비좁은 방에서 거인처럼 보였다.

"아직 갈 거라곤 안 했어. 결정하기 전에 어떤 도움이 필요한지 알아야지." 나는 말했다. "외투 벗고 앉을래?"

"그래." 녀석은 두 동작을 동시에 했다. 침대 앞 방바닥에 책상다리를 하고 앉더니, 뭘 하려고 왔는지 기억이 잘 안 나는 것처럼 방안을 두리번거렸어.

"도움이 필요하다며?" 나는 녀석에게 상기시켰다.

"아, 그래, 근데 문제는, 하겠다고 약속하기 전에는 자세한 내용을 알려줄 수 없어. 너무 위험하거든."

"뭐가 위험해?"

"할 거야 말 거야?" 패트릭이 물었다. 녀석의 어조가 아직 호의적이긴 했지만, 나는 그 이상 몰아붙여선 안 된다는 느낌을 받았어. 결국 할 거라고 대답하겠지만, 한편으로는 녀석이 요구하는 걸

해낼 수 없을까봐 걱정이 됐다―말 그대로 할 수가 없을까봐. 그때쯤 난 교실까지 걸어가거나 체육 수업에 들어가는 것 같은 아주 기본적인 활동마저 아슬아슬하던 참이었으니까.

"할게." 나는 말했다.

"좋아, 잘됐군." 그러면서 녀석은 일 인치가량 내 쪽으로 다가앉았다. "우리 계획에 썰매가 필요하다는 건 알지?"

나는 고개를 끄덕였다.

"다들 언덕에 도착하기 전에 썰매를 미리 준비해놔야 해. 그날 밤에 애들한테 직접 끌고 가라고 할까 생각도 해봤는데, 그게 안 되겠더라고. 그때까지 썰매를 어디다 보관하겠어? 게다가 가는 길이 너무 소란스러워질 거야. 그러니까 썰매를 먼저 언덕 꼭대기에 갖다놔야지. 최소한 열 명은 필요할 것 같아."

"그냥 숲길 입구에 놔뒀다가 다들 올라갈 때 하나씩 들고 가면 되잖아?" 내가 물었다.

"그 생각도 해봤지." 패트릭은 방금 전까지 쓰고 있던 후드 때문에 헝클어진 머리를 손으로 쓸었다. "하지만 그건 들킬 가능성이 너무 높아. 선생님들도 그 길에서 조깅하고, 애들도 교칙 위반이지만 거기로 곧잘 다니거든. 너도 어떤지 알잖아. 그리고……" 녀석은 뭔가 엄청 중요한 일을 말하려는 것처럼 뜸을 들였다. "좋은 소식은 말이야, 내가 오늘 오후에 시내에 나갔다가 장난감 가게 주인하고 얘기를 했거든. 그 사람도 어빙 스쿨 졸업생이라길래―1979년이라던가―나들이에 대해 알려줬지. 알고 봤더니 그 사람이 그해 게임에서 부선장이었대―그땐 요즘하고 게임 방식이 좀 달랐나봐—게다가, 들어봐, 그해 게임이 의자 뺏기였대! 자기들끼린 완전히 최신 유행이랍시고 뻐기면서 학생회관에서 의자를 몽땅 빼다가 중정에 늘어놓은 거지. 그러고는 대형 스피커를 가지고 나가 음악을 틀어놓고 의자 뺏기 놀이를 했다는 거야. 가게 주인은 자기 고등학교 시절의 영광을 재현하고 싶어하는 찌질이 같았는데, 그게 잘하면 우리한테 유리하게 작용할 것 같아. 내가 올해의 3학년 선장이라고 털어놓고 우리 계획을 말해주니까 그 사람 아주 신나서 난리가 났어. 뭐든 말만 하면 발 벗고 나서서 도와주겠다는 거야. 그래서 그 사람이 캠퍼스에서 제일 먼 큰길 입구에 썰매를 갖다놔주기로 했어, 어딘지 알지? 숲을 통과하면 나오는 거기?"

나는 다시 고개를 끄덕였다.

"월요일 밤에 가게 주인이 썰매를 몽땅 거기에 내려줄 거야—디데이 이틀 전이지. 아, 너 그거 들었냐? 주말에 폭설이 내릴 거라던데?"

"잘됐네." 내가 말했다. "그래서 나보고 뭘 도와달라는 거야?"

"아, 맞다." 녀석은 바보처럼 손바닥으로 제 이마를 철썩 때렸어. "큰길에서 언덕 꼭대기로 썰매를 끌고 올라가는 걸 도와줘."

패트릭은 마치 점심시간에 내 햄버거 좀 하나 더 받아봐 하는 것처럼 말했다. 별거 아니라는 듯. 나는 몸 상태가 별로 좋지 않았기 때문에 거절할 수도 있었어—거절했어야 했지. 자꾸 반복하는 거 아는데, 내가 그런 일을 하게 된 동기를 이해하는 데 무척 중요해서 그래. 나는 평생 처음으로 뭔가에, 그 이벤트라는 것에 동참하게 된 거야. 그들 무리에 끼고 싶기도 했고. 미련하게도 혹은 생각이

짧게도 보이겠지만, 난 거절하고 싶지 않았어. 한편으론, 바쁘게 움직일수록 버네사를 생각하는 시간이 줄어들 거라는 계산도 있었고.

"물론이지." 나는 승낙했다.

"그럼, 월요일 밤 소등 후에 큰길까지 걸어가서 썰매를 언덕 꼭대기까지 운반하는 거다."

"좋아." 적어도 밤이니까 햇빛 때문에 눈이 아플 걱정은 없었어.

"잘 자라" 하고 패트릭은 조용히 문을 열더니 나가기 전에 밖을 흘끔 내다보았다. 녀석은 소리 없이 내 방문을 닫았고, 방에 혼자 남은 나는 잠이 싹 다 달아나버렸어. 녀석이 아니라 내가 버네사와 함께할 수 있다면 얼마나 좋을까.

주말에는 정말로 눈이 내렸다. 토요일 아침에 일어났더니 이미 몇 인치가량 쌓여 있었어. 근사한 아침이었고, 나는 낙관적인 기분이 되었다. 아주 잠깐이었지만, 그 알비노 꼬마에 대해 내가 버네사에게 공정하지 못했다는 생각이 들었다. 버네사에게 설명할 기회를 주고, 나도 살짝 긴장을 풀어도 될 것 같지. 나는 그렇게 해보기로 마음먹었어. 버네사를 위해서라면 뭐든 해보자고.

나는 주말을 온전히 비극 숙제에 바칠 계획이었다. 사전 조사도 어느 정도 했고, 무엇이 비극을 비극으로 만드는지 엄청 고민했지. 사이먼 선생님과 내가 주파수가 맞는지는 알 수 없었지만, 일단 내가 특정 주파수를 띠는 한 그런 건 별로 중요하지 않다는 생각이 들었어. 그때 복도에서 너무 시끄러운 소리가 들리길래 입고 잔 티셔츠에 청바지만 갈아입고 밖으로 나갔다.

"오늘 아침은 오믈렛 바야!" 패트릭이 복도 저쪽에서 나를 보고 소리쳤다. 오믈렛 바는 특별 메뉴인 모양이지. "빨리 와!"

식당은 평소 주말보다 훨씬 북적였다. 평상시에 식당은 아침 여덟시부터 열시까지 열고 사람들은 일어나는 대로 한두 명씩 들어왔는데, 확실히 눈 때문에 모두들 들떠 보였어.

그 아수라장으로 들어가기 전에 패트릭이 걸음을 멈추더니 나를 창문가로 끌고 갔다.

"뭐야? 왜?" 최소한 세수와 양치질은 하고 올걸 하고 생각했다. 패트릭이 내 쪽으로 고개를 숙이고 나직이 말을 시작해 나는 입을 다물고 숨을 참으려 노력했어. 그래도 컨디션은 좋았어. 통증을 내 손으로 직접 관리하기로 했거든. 내 나름대로 대책을 세웠고, 패트릭의 썰매 운반 계획을 제대로 도울 준비가 되어 있었지.

"나들이를 오늘밤으로 변경하기로 했어." 녀석이 말했다. "이 좋은 날씨를 놓치긴 너무 아깝잖아."

"뭐라고? 농담이지? 그렇게 계획을 다 세워놓고 이제 와서 바꾸겠다고? 애들한테 다 어떻게 알릴 건데? 썰매는 시간 안에 댈 수 있어?"

"거의 다 처리했어." 녀석이 말했다. "지금 카일하고 피터가 일일이 반 애들 모두한테 얘기하는 중이고, 그다음에 2학년 열 명한테 전달할 거야. 그래도 아직 썰매 문제가 남아서 네가 좀 도와줘야겠어. 장난감 가게에 전화했더니 역시 주인이 기꺼이 같이 작업해주겠대. 두시 정도까지 썰매를 이리로 갖다줄 거야. 저 밖을 보라고, 친구. 이건 진짜 끝내줄 거야."

매그니튜드라는 단어가 머릿속에서 탁 떠올랐고, 그제야 비로소 나는 그 단어를 이해할 것 같았어. 뭐, 정말 솔직히 말하자면, 모든 일이 끝날 때까지는 완전히 이해하지 못했던 것 같긴 해. 하지만 그때 나는 그 결정이 패트릭이 인식하는 것보다 훨씬 큰 매그니튜드를 품고 있다는 생각을 계속 하고 있었다. 그냥 그런 느낌이었어. 하지만 그런 일이 늘 일어나는 건 아니잖아? 적어도 자주 있는 일은 아니잖아? 때로는 어떤 선택이 얼마나 큰 매그니튜드를 품고 있는지 헤아리기 힘들고 아예 불가능할 때도 있어, 결말이 나기 전까지는.

"좋아, 그래." 나는 말했다. "뭐든 필요하다면."

"한시 반쯤 중정에서 보자. 그다음에 나갈 거야."

"이거 완전 폭설인데." 나는 동그란 방에서 창밖을 내다보며 말했어. "정말 좋은 생각인 거 확실해?"

"그럼, 물론이지." 녀석이 돌아서며 말했다. 나는 녀석을 따라 식당으로 들어갔어. 오믈렛 바는 총 세 군데였고, 셰프 복장에 셰프 모자를 쓴 사람이 각자 한 군데씩 맡고 있었다. 호텔에서 보던 것과 똑같이 생긴 바였고, 속에 넣을 각종 재료를 마음대로 선택할 수 있었지. 체더치즈와 버섯, 피망, 양파 모두 인근 지역에서 재배한 거였어, 틀림없이. 하지만 입맛이 싹 달아난 터라 베이글 하나만 집어서 내 방으로 돌아왔다.

나는 책을 모아들고 학생회관으로 갔어. 마감이 코앞에 닥쳐왔는데도 학생회관은 텅 비어 있었지. 글을 쓰려고 노력했지만 머릿속이 새하얬다. 생각나는 거라곤 매그니튜드 하나뿐이었어. 그래서 매그니튜드를 품고 있다고 생각되는 것들의 목록을 만들었다. 숫자 1을 커다랗게 쓰고 나서 이렇게 적었어. '내가 알비노라는 것.' 그러고는 거기서 막혔다. 내 모든 것이 거기서 비롯되는 듯했다—확실히 내 인생의 가장 큰 부분을 정의하기는 하지. 그래도 중요한 것을 간과하고 있다는 느낌이 들었어. 인생을 바꾸고 싶은 마음 못지않게, 알비노라는 것 자체가 비극은 아니란 걸 나는 잘 알았다. 비극은 뭔가 다른 거야. 감은 왔지만, 그것을 글로 표현할 수가 없었다.

나는 포기하고 나갈 준비를 하러 방으로 돌아왔다. 바람이 세게 불었고 아침에 일어난 이후로 눈이 최소 6인치는 더 쌓인 게 확실했다. 나는 옷장 안쪽을 뒤져 선글라스를 꺼냈다. 이제껏 내 운을 한계까지 밀어붙여왔다는 걸 잘 알았고, 어쨌든 잔뜩 껴입고 칭칭 동여매서 아무도 못 알아보기만을 빌었지. 선글라스를 주머니에 쑤셔넣고 터덜터덜 계단을 내려가면서, 머리와 눈이 어찌나 상쾌한지 깜짝 놀랐다. 잘 대처하고 있다고 스스로 내 등을 토닥였다.

와, 바깥은 그야말로 신세계였어. 전교생이 다 쏟아져나온 듯 사방에 아이들 천지였지. 선생님들은 다 어디 갔는지 의아했다. 우리가 어디 있든 늘 어른들 몇몇이 근처에서 서성거리던 거 너도 알지? 하지만 그날따라 한 명도 안 보였어. 온 캠퍼스가 반짝반짝 빛나는 눈에 깊이 파묻혔다. 나무우듬지마다 하얀 담요로 덮인 듯 눈꽃이 피었지. 아직도 자디잔 눈가루가 흩날리고 있었어. 공항에서의 그날 밤, 버네사와 함께 이글루를 만들던 그 밤처럼.

중정은 눈싸움하는 애들, 아예 벌러덩 드러누워 팔다리를 휘젓는 애들로 온통 북새통이어서 나는 얼마 후에야 패트릭이 이미 나와 있는 걸 알아봤지. 패트릭 쪽으로 걸어갔어.

"어이." 내가 말했다.

"아, 좋아, 왔구나." 녀석이 말했다.

패트릭이 몸을 돌리고 손을 흔들어 사람들을 자기 쪽으로 불러모으기 시작했다. 카일이 왔고, 피터도 왔다. 패트릭의 방에 모였던 아이들이 대부분이었고 거기에 두세 명이 더 추가됐더라. 다들 미소를 띠며 서로 고개를 끄덕였고, 나처럼 머리끝부터 발끝까지 꽁꽁 싸맨 그 아이들을 보며 나는 소속감을 느꼈어. 그 느낌을 계속 붙잡기 위해서라면 어떤 짓도 마다하지 않았을 거다.

다 같이 중정을 가로지를 때는 선글라스를 주머니에서 꺼내지 않았어. 눈 상태가 워낙 좋아서 그냥 그대로 둔 거다. 나는 줄곧 대열 뒤쪽에서 걸었어. 천천히 걸어서 다들 과학관에 이르러 숲길로 들어설 때쯤 강풍에 눈발이 거세졌어. 어쨌든 난 선글라스를 꺼내서 쓰기로 했다. 선글라스가 퍼붓는 눈발과 바람을 막아줬다.

"전진, 앞으로!" 패트릭이 말했다. 난 녀석이 대열을 세우지 않기를 빌었어. 걸음을 멈추고 얘기하기 시작하면 선글라스를 벗지 않으면 안 될 것 같은 기분이 들 테니까. 숲으로 들어가면서 우리 모두 뒤를 돌아봤는데, 따라오거나 어디 가냐고 묻는 사람이 없어서 신기했다. 다들 나와 똑같은 생각을 했을 거야. 이거 너무 싱겁잖아.

나는 버네사가 같이 조깅하자고 했던 그날 그애와 함께 갔던 곳을 애써 더듬었고, 우리가 나란히 앉았던 바위를 찾으려 열심히 주변을 살폈어. 하지만 그런 폭설에 알아볼 재간이 없었다. 그동안의 내 태도가 잘못된 게 아니었을까 하는 생각이 들었다. 아니, 엄밀히 말하면 그보다는, 그날 하루만큼이라도 어리석은 확신을 걷어치우고 버네사를 포함해 여기 있는 모든 아이들과 즐기자는 생각에 가까웠다. 만약 내가 그동안 그렇게 모노마니악하게 굴지 않았다면—나는 내가 알비노라는 사실에 너무 집착했어—상황은 달라졌을지도 몰라. 만약 하루만이라도 마음 편히 무시할 수 있다면, 행복해질 수 있을지 몰라. 또 한번 입을 맞출 수 있을지도 모르지. 통증 없는 가벼운 머리로 그런 생각을 하고 있자니 숲속을 걷는 슈퍼맨이 된 듯한 기분이었다.

숲길을 따라 반쯤 걸었을까, 카일이 걷는 속도가 눈에 띄게 처지기 시작했다. 처음엔 외투 지퍼를 다시 채우느라 그러나보다 했는데, 나무에 기대서더니 신음을 하더라.

"정말 싫다." 카일은 혼잣말이었겠지만 어쨌든 내 귀에까지 들렸다.

"괜찮아?" 내가 물었지.

카일이 움찔하며 고개를 들었다. 자기가 대열 맨 끝이라고 생각한 게 분명했어. 잠깐 동안 평소와 거의 다름없는 낯빛이더니, 다음 순간 나무 뒤에 웅크리고 토했다. 다른 애들은 스무 발자국 정도, 혹은 더 많이 앞서서 터덜터덜 눈 속을 걷고 있었어.

"오고 있는 거냐?" 패트릭의 외침에서 짜증이 묻어났다. "계속 가야 해."

카일은 몇 발짝 앞으로 나가다가 다시 옆으로 돌아서 토했다.

"상한 달걀을 먹었나봐."

나는 카일의 어깨에 손을 얹었어. 버네사의 그 일도 겪었는데 카일의 구토쯤 아무렇지도 않았다.

"카일이 아파." 나는 앞에 있는 패트릭에게 소리쳤다. "물 같은 거 있어?"

패트릭은 리더감이 못 된다는 얘기를 꼭 하고 싶다. 녀석은 잠시 멀거니 서 있다 고개를 저었어.

"계속 걸으면 나아질 거야." 녀석의 말이었다. "아프다는 생각을 하지 않으려고 해봐."

패트릭의 지원은 그게 다였다. 녀석은 다시 걷기 시작했어. 몇 명이 머뭇거리며 뭐라고 웅얼거리다, 뒤처질까봐 겁나는지 패트릭을 따라 움직였지. 나는 눈을 맞으며 카일 옆에 서 있었다. 내 눈은 실로 며칠 만에 최상의 상태였다. 내가 이 얘기 너무 자주 하는 건 아는데, 기분이 정말 기막히게 좋았거든. 선글라스가 든든한 보호막이 되어줬어. 그때까지 눈길 한번 안 주고 방치한 게 아쉬울 정도로 말이야. 물론 햇볕 쨍한 날에 모자나 두툼한 외투 없이 선글라스를 쓰는 건 완전히 다른 문제지만.

"내가 길을 아는데," 나는 부드럽게 말했다. "여기선 왔던 길로 되돌아가는 것보다 큰길로 나가는 게 더 가까워."

카일은 대답하지 않았다.

"또 토할 것 같아." 카일은 내게서 몇 발짝 떨어져 눈에 대고 욕지기를 했다. 나는 눈을 한 움큼 집어서 욕지기가 멎은 카일에게 내밀었어.

"이걸로 입안을 좀 헹궈." 내가 말했다. "그리고 괜찮으면 뒷목과 손목에 좀 대고 있어—도움이 될 거야."

오 분쯤 지나자 카일은 약간 나아진 듯했어.

"어떻게 할래?" 나는 카일에게 물었다.

"애들 돌아올 때까지 여기서 기다렸다가 같이 가자." 카일은 진지하게 말했다. "달리 어쩌겠어?"

"몇 가지 이유에서 그건 안 될걸." 내가 말했다. "일단 애들이 이쪽 길로 돌아올지 확실치 않아. 그리고 기다리는 시간이 길어질수록 넌 더 기운이 빠질 거야. 게다가 여기 있다간 얼어죽을걸."

카일은 고개를 끄덕였다. 다시 토할 것 같다고 할까봐 걱정됐지만 그러진 않았다. 손을 뻗어 눈을 좀더 집더니 입에 넣더라.

"나랑 같이 가자. 천천히 갈게. 큰길가에 도착하면 썰매 가져온 사람한테 너를 학교까지 태워다달라고 부탁하는 거야. 어때?"

카일은 미심쩍다는 표정이었다.

"시도라도 해볼래?"

카일은 고개를 끄덕이고 걸음을 내디뎠다. 우린 묵묵히 걸었어. 얼마 후 정차중인 차의 엔진 소리가 들렸고, 썰매를 가득 실은 밝은 빨간색 대형 픽업트럭이 보였다. 가까이 가서 보니 썰매는 양쪽 밑에 날이 있고 정면에 방향을 조절할 수 있는 핸들이 달린 길쭉한 원목 제품이었어. 내 예상과 전혀 달랐지. 고무 튜브나 플라스틱 판자 같은 걸 줄 알았거든.

패트릭은 운전석 창문으로 가게 주인과 얘기중이었다. 잠시 후 가게 주인이 나와서 패트릭과 악수하고 짐칸에서 썰매를 내리기 시작했어. 난 녀석이 우리 모두를 이런저런 식으로 부려먹듯 그 남자도 부려먹고 있다는 생각을 지울 수가 없었다.

"난 못하겠어." 카일이 중얼거렸다.

"아, 하지 마, 당연히 못하지." 내가 말했다. "넌 환자야. 내가 저 사람한테 널 학교까지 태워다달라고 얘기해볼게."

카일의 생각은 다른 것 같았다.

"아니야. 그럼 다른 애들이 나를 쪼다라고 생각할 거야. 끝까지 버텨서 다른 애들이랑 같이 걸어서 돌아갈래."

난 카일을 유심히 쳐다봤다. 낯빛이 창백했고 오들오들 떨지 않으려 안간힘을 쓰는 게 역력히 보였어.

"야." 내가 조용히 말했지. "너 방금 세 번 토했고 그 와중에도 숲을 지나 여기까지 걸어왔어. 만약 너를 쪼다라고 생각하는 놈이 있다면 그냥 그러라고 냅둬, 그건 그놈 문제야."

나는 가게 주인에게 사정을 설명했고 몇 분 후 그는 카일을 따뜻한 트럭 운전석에 앉혔다. 우린 카일에게 최대한 빨리 이 작업을 끝내겠다고 약속했다.

썰매를 한 대씩 트럭에서 내렸다. 썰매는 크고 무거웠다. 도대체 왜 날까지 붙은 원목 썰매가 필요한지 이해가 안 됐어. 하지만 가게 주인은 그게 자기 가게 제품 중 제일 좋은 거고, 3학년 나들이에 최고의 제품을 제공하고 싶었다고 했다.

트럭에는 총 열두 대의 썰매가 실려 있었다. 계산해봤더니 한 사람당 두 번은 왕복해야 했다. 첫번째 땐 그래도 괜찮았어. 언덕 꼭대기까지 가는 데 삼십 분 정도 걸렸다. 정상이 의외로 높더라.

장난감 가게 주인은—결국 난 그 사람 이름도 모르네—눈이 이렇게 밤까지 하루종일 내리면 썰매가 다 눈 속에 파묻히지 않겠냐고 큰 소리로 걱정했다. 패트릭은 잠시 고민하더니 썰매를 나무에 기대 세워놓자고 했고, 그게 또 우리 시간과 에너지를 잡아먹었어. 다시 큰길로 나왔을 땐 다들 녹초가 되어 있었지. 카일의 상태를 확인하니, 따뜻하고 아늑한 운전석에서 라디오를 듣고 있더라. 두 번째 땐 꼭대기까지 올라가는 데 거의 한 시간이 걸렸다. 마실 것도 먹을 것도 아무것도 가져오지 않아서 슬슬 걱정이 됐어. 트럭 있는 데로 돌아와서야 한숨 놓았지.

"그럼 여기서 인사를 드려야겠네요." 패트릭이 가게 주인에게 말했다. "저흰 학교로 돌아갈게요."

"잠시만요." 내가 끼어들었다. "학교까지 좀 태워주시면 안 될까요?"

"아이고, 당연히 되지." 남자가 말했다. 아마 그는 무엇보다 오늘 나들이에 초대받고 싶어할 거란 생각이 들었어. 하지만 거기까지는 내 권한이 아니었다. "내 트럭이 좀 크잖아. 너희들 다 태워다줄 수 있어."

패트릭이 고개를 저었다.

"우리가 트럭을 타고 한꺼번에 중정에 나타나면 들킬 거야. 그런 위험을 무릅쓸 수는 없어."

"얘들아, 그럼 이렇게 하면 돼." 가게 주인은 야구모자를 벗었다 다시 쓰며 말했어. 이렇게 재미있는 일은 오래간만이라는 듯 나를 쳐다봤고. "체육관 근처 길가에 내려줄게. 그럼 걸릴 염려도 없고, 십 분만 걸으면 되니까 이렇게 많이 쌓인 눈을 헤치고 한 시간이 걸릴지 두 시간이 걸릴지 알 수 없는 숲길로 돌아가는 것보다 낫지."

"그건 괜찮겠네." 패트릭이 고맙다는 듯 나를 쳐다보며 말했다. 나는 싱긋 웃었다.

몇 사람은 카일 옆에 구겨탔지만, 나는 트럭 짐칸에 타는 게 즐거웠다.

차로 가니 금방이었다. 학교로 돌아왔는데, 우리가 언제 나갔다 왔냐는 듯 밖에는 여전히 노는 애들이 바글바글했고 선생님은 한 명도 눈에 띄지 않았다. 우리는 서로서로 고갯짓을 하고 방금 뭘 하고 왔는지에 대해선 입을 다물고 각자 갈 길로 흩어졌다.

"고마워." 애들이 모두 흩어진 후 카일이 말했다. "빚을 졌네."

"됐어." 내가 말했다. "몸이 좀 나아졌다니 다행이다."

중정을 가로지르는데 라벤더색 스키 점퍼가 언뜻 보여 돌아섰다. 버네사가 친구들과 함께 있었는데, 다들 바빠 보였어. 내 시야는 또렷했고, 그애의 색―라벤더색과 짙은 보라색―이 흰 눈과 대비되어 더 밝게 빛나는 모습이 무척 마음에 들었다. 여자애들이 뭘 하고 있는지 알게 됐어. 버네사의 지휘하에 이글루를 만드는 중이었어. 버네사한테 다가가고 싶었지만, 패트릭이 바로 내 뒤에서 오고 있었다. 게다가 그 알비노 꼬마와 이런저런 일들 때문에 나는 여전히 꽁한 상태였던 것 같고. 그래서 그냥 몸을 돌려 안으로 들어와버렸다. 아치 아래를 걸어가는데, 버네사의 웃음소리가 눈밭을 넘어 나를 향해 미끄러지듯 날아들었다.

곧장 방으로 들어오니 워낙 작은 창문 덕에 바깥의 활기와 폭설로부터 동떨어진 느낌이 들어 감사했어. 그리고 이불 속에 들어가 내리 네 시간을 잤다.

26

팀

넌 왜 맨발이야?

덩컨은 그때—그 악몽 같은 날 네시쯤에—자기가 어디 있었는지 잠깐 기억을 더듬었다. 아마 눈을 맞으며 놀고 있었겠지, 아, 생각났다. 덩컨은 태드랑 둘이 앞쪽 중정이 아니라 뒤편으로 나갔었다. 거기에 식당에서 주차장으로 내려가는 근사한 비탈이 있기 때문이다. 정말 쏜살같이 미끄러져서, 불현듯 기억났는데, 한번은 태드가 주차된 차에 쾅 부딪치기도 했다. 다행히 별일 없어서 둘 다 웃어넘겼지만. 그날 밤 이후로 생각할 일이 너무 많이 생기는 바람에 덩컨은 여태 그 사건을 까맣게 잊고 있었다.

덩컨은 일어나서 팀이 방금 말한 그 작은 창문으로 갔다. 이 창문이 시간의 문이어서 그 모든 사달이 일어나기 몇 시간 전으로, 그 눈 내리던 오후로 자기를 돌아가게 해준다면 얼마나 좋을까 하고 잠깐 생각했다. 창밖을 내다보면 새하얀 눈의 담요가 깔려 있고 버네사가 밝은색 점퍼를 입고 서 있겠지. 덩컨과 태드는 건물 반대편에 있을 거고. 그는 그때로 되돌아가고 싶었다. 그 시간을 다시 살고 싶어서는 아니었다, 절대로. 앞으로 평생 시달리지 않을까 우려되는 그 끔찍한 장면으로부터 자유로웠던 마지막 몇 시간이었기 때문이다. 하지만 오늘은 눈이 내리지 않는다. 눈은 팀의 녹음된 기록 속에서만 휘날리고 있었다.

눈을 뜨니 시계는 여덟시를 가리키고 있었어. 저녁식사 시간이 지나도록 내처 자버리는 바람에 배가 너무 고파서 크래커 좀 가져오려고 환자용 캐비닛으로 갔다. 그날 저녁 메뉴 기억나지? 폭설 때문에 샌드위치를 나눠줬잖아. 다행히 아직 샌드위치가 많이 남아 있었어. 뱃속에 크래커 몇 개만 넣은 채 황야와 마주할 배짱을 짜내지 않아도 됐지. 오래 있을 생각이 아니어서 양말만 신고 나왔는데 바닥이 온통 눈 녹은 물이라 양말이 다 젖었다. 그래서 음식을 챙기기 전에 양말을 벗어서 의자 위에 올려놨어. 저녁거리를 모아 돌아왔더니 카일이 차 한 잔을 들고 양말이 놓인 의자 옆에 앉아 있더라.

"안녕? 뭐해?" 내가 물었다. 카일은 고개를 들고 싱긋 웃었다.

"야, 오늘 도와줘서 고맙다." 카일이 말했다. "그렇게 갑자기 상태가 나빠질 줄은 꿈에도 몰랐어. 너 아니었음 난 아직도 저 바깥에서 헤매고 있었을 거다."

"설마, 아냐." 나도 미소로 답했다. "괜찮았을 거야."

"글쎄, 오히려 더 나빠졌으면 나빠졌지 괜찮았을 리는 없지." 카일이 말했다. "근데 버네사가 너 찾던데." 마침 샌드위치를 한입 막 베어문 참이라 힘겹게 목구멍으로 넘겼다.

"버네사가?"

"응. 간발의 차로 못 만났네. 좀 전에 다들 여기 있었거든. 버네사하고 패트릭하고 다른 애들도 전부. 패트릭이 버네사한테 썰매 얘기랑 내가 아팠던 거랑 네가 도와준 걸 다 말한 게 분명해. 간간이 들렸는데, 패트릭 그 자식 낄낄거리면서 얘기하더라고. 야비하게 너랑 나를 찌질이로 묘사했어, 우리가 남자답게 숲에도 못 들어가는 겁쟁이라도 되는 것처럼. 내가 무서워서 토했고 넌 즉시 그걸 처리할 준비가 돼 있었다는 식으로 얘기하더라. 모르겠다. 그 자식 가끔 보면 진짜 재수없거든. 그러고 나서 패트릭이 핫초콜릿을 가지러 가려고 일어났어. 여태 남은 게 있었나보지, 진짜 휘핑크림이 든 핫초콜릿이었는데. 하여간 놈이 말소리가 안 들릴 정도로 멀어지자마자 버네사가 너 못 봤냐고 물었어. 되게 급한 것 같았는데."

나는 억지로 샌드위치를 또 베어물었어. 그게 그렇게 큰일인 것처럼 보이고 싶지 않았거든. 맛이 하나도 안 느껴지는 샌드위치를 우물우물 씹었다.

"그래서 뭐라고 했어?" 마침내 내가 물었지.

"숲에서 돌아온 후로 한 번도 못 봤다고 했어."

우리는 잠시 조용히 앉아 있었다.

"저녁식사 시간 내내 잤어." 나는 애써 말머리를 돌렸다. "아직도 음식이 남아 있다니 신기한데."

"눈보라잖아." 카일이 말했다. "가끔 이래. 주방 직원들이 다 나오지 못하니 간단히 샌드위치로 저녁을 때우는 거지. 브라우니는 사이먼 선생님이 직접 구우셨을걸."

"뭐, 나한테는 잘됐네." 나는 샌드위치 반쪽을 해치우고 말했다. "나들이는 그래도 한대?"

"응, 다들 난리야."

"너도?"

"아니, 난 빠질래. 여전히 속이 메슥거리는데다, 솔직히 오늘밤은 정말 예감이 안 좋아."

"눈은 그쳤는데." 나는 마지막 한마디를 듣지 못한 척 말했다.

"하지만 30센티는 쌓였다고." 카일이 말했다. "난 됐어. 패트릭 자식 조롱할 테면 하라지. 나하곤 상관없는 일이야."

"그래." 여기에 똑똑한 사람은 카일밖에 없다는 생각을 하며 내가 말했어. "이해가 간다. 근데 계획은 아직도 변함없는 건가? 사방이 너무 조용해."

"일부러 그러는 거야." 카일이 말했다. "패트릭이 애들한테 바깥에서 실컷 놀고 피곤해서 일찍 자는 것처럼 하라고 했거든. 아까부터 선생님이든 누구든 어른은 한 명도 안 보이더라. 벌써 거의 다 잠자리에 든 것 같아. 특별히 말썽이 일어나진 않을 거야."

나는 고개를 끄덕였다. 카일의 의도는 알았지만 너무 앞서나간다 싶었다.

그때 나도 카일처럼 빠지면 어떨까 하는 생각을 했다. 그냥 그 자리에 안 나타나면 그만이었으니까. 어떻게든 버네사의 주의를 끈 다음, 숲속에 가지 말고 나와 같이 있어달라고 얘기하는 거지.

하지만 내가 그럴 리 없다는 건 내가 제일 잘 알았다. 실로 오래간만에 최상의 컨디션이었어—눈도 멀쩡하고 두통도 완벽하게 다스리고 있었지. 마침내 두통에 대한 해결책을 찾아냈으니까. 나는 이 컨디션을 실컷 만끽할 작정이었다.

"넌 왜 맨발이야?" 카일이 내 발을 보며 물었고, 그제야 나는 발이 시렵다는 것을 깨달았어. 본능적으로 손을 뻗어 발을 비볐다.

"양말이 다 젖어서. 이렇게 오래 있을 생각이 아니었거든."

나는 의자를 뒤로 밀고 일어섰다.

"혹시 이따 마음이 변해서 나가고 싶다면, 내가 옆에서 도와줄게." 카일이 오는지 마는지가 왜 그렇게 신경쓰였는지 모르겠어.

"네가 기꺼이 도와줄 거라는 건 알지만, 난 이미 마음을 정했어."

우리는 함께 계단을 올랐고, 카일은 자기 방 앞에서 걸음을 멈췄다.

"잘되길 빌게." 카일이 말했다. "내일 보자."

"고맙다." 나는 손을 내밀어 카일에게 악수를 청했다. 평소에는 거의 하지 않는 짓인데. 카일은 내 눈을 똑바로 들여다보며 내 손을 잡고 흔들었다. 나는 몸을 돌려 내 방으로 걸어갔어. 사위는 쥐죽은듯 고요했지만, 활기가 고조되어가는 게 느껴졌다. 어디선가 기운이 펑펑 솟아나고 있었어. 나는 씨익 웃었다. 어쩌면 오늘밤은 아주 멋진 밤이 될지도 몰라.

27

덩컨
죽느냐 사느냐? 듣느냐 마느냐?

덩컨은 CD를 껐다. 하루종일 방에서 CD만 들었다. 중간에 한 시간쯤 잤다. 하지만 깨자마자 또 CD를 틀었다. 기분 나쁜 꿈속으로 들어가는 기분이었지만, 스스로도 어쩔 수가 없었다. 더, 더, 들어야만 했다.

오후 세네시쯤 태드가 괜찮냐며 문을 두드렸다. 그리고 나중에 다시 와서는 내려와서 만나자는 데이지의 쪽지를 전해주었다. 덩컨은 쪽지를 무시했다. 미친 짓이라는 건 알지만, 얼른 다 듣고 끝내버리고 싶었던 것이다.

덩컨은 자신이 중요한 학과 공부를 하고 있는 거라고, 다 비극 숙제 때문이라고 스스로에게 말했다. 그 이상이라는 걸 잘 알고 있었지만. 아무튼 덩컨은 CD를 들으면서 메모했다. 질서에서 혼돈으로, 다시 질서로라고 적었는데, 어느 것이 질서고 어느 것이 혼돈인지 도무지 알 수가 없었다. 운명의 반전—나빴다가 좋아졌다가, 다시 나빠졌다?라고도 끄적였다. 아니면 단순히 좋았다가 나빠진 건가? 확신할 수 없었다. 매그니튜드, 매그니튜드, 매그니튜드. 그게 진짜 핵심이라는 건 안다. 하지만 가장 큰 매그니튜드를 함의한 게 어떤 거고 전혀 중요하지 않은 건 어떤 건지, 구분할 수가 없었다. 모노마니아? 이것은 덩컨 자신 버전의 모노마니아인가?

덩컨은 책상을 힐긋 쳐다봤다. 팀이 비밀 공간에 남겨둔 문고본 『햄릿』이 눈에 들어왔다. 요점을 놓치지 말 것이라고 포스트잇에 적혀 있었다. 요점? 그때 덩컨은 알게 되었다. 요점은 게임과 관련된 게 분명했다. 왜냐면 데이지와 관련된 것일 리가 없으니까. 죽느냐 사느냐? 듣느냐 마느냐? 자기 마음이 스스로를 속이고 있음을 덩컨은 모르지 않았다. 덩컨은 눈 덮인 숲으로 들어가는 여정을 이야기하는 팀의 목소리를 듣다가 CD를 껐다. 더이상 혼자 그걸 듣고 싶지 않았다. 그 눈 덮인 숲은 지금도 생생하다. 덩컨은 얼른 거울로 자기 모습을 확인하고 헝클어진 머리를 손으로 빗어넘겼다. 눈곱이 보여서 떼어냈다. 그러고는 데이지를 찾아나섰다.

데이지는 학생회관에서 비극 숙제를 하고 있었다. 마침내 데이지에게 다 털어놓기로 결심하자 덩컨은 너무나 마음이 놓인 나머지 울음이 터질 것만 같았다. 말을 할 수 있을 때까지, 잠시 눈에 뭐가 들어간 척하며 서 있어야 했다.

"나랑 같이 갈래?" 덩컨은 마침내 간신히 입을 열었다. "너한테 보여주고 싶은 게 있어."

덩컨은 들려주고 싶은 게 있다, 혹은 네가 들어줬으면 하는 게 있다, 라고 정정할까 하다가, 일단 방에 들어가 설명하기로 했다.

데이지는 덩컨이 최근 견고하게 두르고 있던 껍데기를 깨고 나오려는 중이란 걸 알아차리고는 싱긋 웃으며 책을 덮고 일어났다. 덩컨은 데이지의 손을 잡았고, 둘이서 기숙사 계단으로 가는 긴 복도를 나란히 걸었다. 덩컨은 일말의 주저함도 없었고, 그래서 데이지는 따라갔다. 계단을 다 올라 덩컨이 손을 잡아끌 때도 데이지는 그래도 괜찮을지 벌을 받게 되는 건 아닌지 묻지 않고 남자 기숙사로 들어섰다. 두 사람은 덩컨의 작은 방까지 이어진 좁고 긴 복도를 손을 잡은 채 걸어갔고―한 사람도 보이지 않았다―방안으로 들어가 덩컨은 문을 닫았다.

그가 제일 처음 한 일은 데이지에게 키스하는 것이었다. 덩컨은 데이지를 꼭 끌어안고 오랫동안 바라던 대로 입을 맞추었다. 그동안 두 사람은 여러 번 달콤한 키스를 나눴지만, 추수감사절 전날 아침의 아찔한 키스를 제외하면, 늘 주변 어디에 누가 있거나 언제라도 누군가 나타나 방해할 가능성이 있었다. 두 사람은 오랫동안 키스를 나눴고, 데이지가 헝클어진 그의 침대 위에 눕자는 신호를 보냈을 때 덩컨은 신사답고 상냥하게 고개를 가로저으며 말했다.

"정말로 너랑 같이 나누고 싶은 게 있어. 우리와는 아무 관계도 없고, 지금 우리가 여기 함께 있는 것과도 아무 관련 없는 일이지만. 그래도 괜찮아?"

"물론이지." 데이지가 말했다. 덩컨은 데이지가 무시당했다고 느끼는지 아닌지 알 도리가 없었지만, 어쨌든 책상으로 가 재생 버튼을 눌렀다. 팀의 목소리가 흘러나왔지만, 데이지는 그게 누군지 아직 알지 못했다.

28

팀
맨 처음 뽑힌 사람이 2학년 선장이 된다―무조건

너도 알겠지만, 우리는 열한시 십팔분에 출발하기로 계획을 세웠어. 패트릭의 아이디어였고, 처음엔 아무렇게나 내키는 대로 정한 줄 알았는데, 나중에 생각해보니 나름 일리 있는 제안이었다. 열한시까지 아무도 움직이지 않으면 누군가 우리를 눈여겨보는 사람이 있었대도 다들 자러 들어갔다고 생각했을 거다. 그다음으로 만날 약속을 잡거나 움직일 계획을 세운다면 그 시간 간격은 삼십분이라고 생각할 테고. 그러니까 출발 시각을 열한시 십팔분으로 잡은 건 상당히 머리를 잘 굴린 거였지. 어쨌든 적어도 난, 그 숫자를 죽을 때까지 기억하게 될 거다.

천천히 그리고 조용히, 아이들은 두껍게 쌓인 눈 위에서 썰매 타는 모험을 즐기기에 충분한 복장으로 방에서 나왔다. 부피도 크고 부스럭거리기 쉬운 스키 복장에도 불구하고 어찌된 영문인지 참 고요했다. 아이들이 쏟아져나와 무슨 좀비나 로봇처럼 계단을 내려갔어. 난 그애들 뒤를 따랐다. 우리는 캠퍼스를 느릿느릿 가로지르며 중정에서 한 줄로 대오를 맞춰 과학관을 지나 숲으로 들어갔어. 패트릭이 선두에 섰고, 초대장을 받은 2학년 열 명이 행렬에 끼어들었다. 그때 누가 창문 밖을 내다봤다면 깜짝 놀랐겠지만, 그런 낌새는 전혀 없었어.

나는 행렬 중간쯤으로 향했다. 버네사는 패트릭 뒤에 있었고, 그애의 라벤더색 스키 점퍼와 바지, 거기에 맞춘 밝은 보라색 모자와 목도리가 보였다. 공항에서 함께 이글루를 만들 때 봤던 버네사 남동생의 장갑도 알아볼 수 있었어.

숲으로 들어가자 아이들이 긴장을 풀고 조금씩 얘기를 나누기 시작했다. 손전등도 꺼냈고. 나는 주위 풍경을 둘러봤어—아름다웠고, 눈도 완벽하게 잘 보여서 운이 좋다고 생각했던 게 기억난다. 예상했던 것보단 훨씬 밝았지만, 대낮의 밝음과는 또 달라서 눈을 보호할 필요는 없었다. 사실 내게는 최상의 조건이었지.

잠시 걸음을 멈춘 나는 그전에 거의 느껴보지 못했던 감정을 맛보고 있다는 걸 깨달았어—나는 행복했다. 깊이 숨을 들이마신 후 앞사람을 따라 걷기 시작했다. 앞사람이 2학년이라는 건 알았지만 누군지는 몰랐다. 그 2학년이 연두색 스키 모자를 쓰고 있길래 나는 그 모자를 바라보며 앞으로 나아갔다.

언덕 밑에 다다르자 행렬이 흐트러졌고, 다들 삼삼오오 무리를 이뤄 수다를 떨기 시작했다. 저 앞에서 버네사가 패트릭과 얘기하는 게 보였는데, 녀석의 장갑 낀 손을 마주잡고 둘이 꼭 붙어 있더라. 그딴 일로 기분을 망칠 수는 없었다. 절대 안 되지. 아이들은 가져온 작은 종이컵에 스카치나 버번쯤으로 짐작되는 액체를 따랐다. 나는 컵을 받아들어 냄새를 맡고서 천천히 한 모금 마셨다. 엄청 쓰고 독했지만 그래도 뜨끈하고 기분이 붕 떴다. 컵 밑바닥에 술이 일 인치 정도밖에 없어 단숨에 들이켜고 종이컵을 구겨 외투 주머니에 넣었다.

패트릭이 내게 다가왔다. 아늑한 느낌도 들고 기분이 한껏 고무되어, 내가 왜 좀더 자주 술을 마시지 않았을까 생각했던 게 기억난다.

"여어," 패트릭이 활짝 웃으며 말했다. "도와줘서 고맙다."

"오히려 내가 기쁘지"라고 말하는 내 목소리는 어쩐지 내 목소리 같지 않았다. 바로 그때 내 시야가 이상해졌다. 눈을 몇 번 깜박거리고 나서야 초점이 정상으로 돌아왔다. 하지만 눈이 아니라 술 때문이라고 스스로에게 말했지. 그 문제는 잘 다스리고 있다고.

"마지막으로 너에게 임무를 줄게." 패트릭은 아무도 못 듣게 내 쪽으로 고개를 숙이고 말했다. 버네사는 자기 친구들과 함께 저 앞쪽에 있었다. 무척 즐거워 보였다. 예쁜 금발머리가 어깨 위에서 찰랑거렸다. 줄리아가 버네사에게 뭔가 얘기하자 버네사는 깔깔거리며 줄리아의 팔을 찰싹 때렸다. 버네사가 입을 가리고 또 무슨 얘기를 했고, 여자애들은 모두 박장대소했다.

"2학년 선장을 호명하는 영광은 신참에게 주도록 한다─라고 책에 나와 있어. 지금까지 내가 규칙을 꽤 어겼지만 이건 지키기 쉬우니까." 그러면서 패트릭은 내게 네모나게 접은 파란 손수건 한 장을 건넸다. 손수건은 작고 빳빳했고, 한쪽 모퉁이에 조그만 불도그 그림이 있었어. 늘 그랬듯 이번에도 나는 뭔가 함정이 아닐까 의심했지. 녀석이 왜 이제 와서 굳이 규칙을 지키겠다고 하는 거지? "차기 선장이 누군지 알지?"

나는 고개를 저었다. 2학년은 한 명도 몰랐다.

"좋아, 저기 밝은 핑크색 모자와 장갑에 하얀 코트를 입은 여자애 보이지?" 패트릭은 거의 입술을 움직이지 않고 말했다. "쟤가 제이니야. 그 손수건을 쟤 주머니에 슬쩍 넣기만 하면 돼. 쟤가 너를 봐도 상관없어. 어차피 다들 그걸 기대하고 있거든. 그래도 이왕이면 눈치채지 못하게 넣는 게 낫지, 훨씬 스릴 있으니까. 그리고 명심해, 아무한테도 말하면 안 돼. 이건 비밀로 하게 되어 있어."

패트릭은 급히 고갯짓으로 내 손을 가리켰다. 나는 그때까지 잘 보이게 들고 있던 그 천을 얼른 주머니 속에 넣었다.

"알았어?" 녀석이 물었다.

"알았어."

"좋아. 너한테 주는 첫번째 기회니까―그냥 시키는 대로만 하라고." 녀석의 시선은 버네사를 찾아 두리번거리고 있었다. "자, 그럼 즐겨보자." 패트릭은 내 등을 가볍게 치고 걸어갔다.

그다음에 어떻게 됐는지는 너도 잘 알 거야.

그때까지 나는 누가 너인지 전혀 몰랐어―넌 숲속에서 내 앞에 걸어가던 연두색 모자를 쓴 그애였지. 사실 딴사람한테 물어서 알았어. 너는 적법하게 뽑힌 첫번째 사람이야. 나는 그 책을 읽었고, 규칙을 알고 있었어. 네가 그 열쇠고리를 발견했는지 모르겠다, 옷장 속 비밀 공간 안쪽에 있던 거. 발견했다면, 분명 발견했겠지만,

그 마스터키가 내가 전에 말했던 책장을 여는 열쇠다. 시간을 들여 읽어볼 만한 가치가 있어. 대단히 흥미롭거든.

그 책의 몇몇 페이지는 너무 빽빽하게 휘갈겨 써서 뭐가 뭔지 알아볼 수가 없었어. 하지만 그 부분만은 분명했다. 맨 처음 뽑힌 사람이 2학년 선장이 된다─무조건.

그걸 알고 나니 패트릭이 그렇게 운이 좋을 리가 없다는 생각이 들더라. 절대로. 어째서 그 부분에 관해 패트릭에게 묻는 사람이 아무도 없을까? 오십 명의 학생 중에 제일 인기 있는 아이가 맨 처음에 뽑힐 확률이 얼마나 된다고 생각해? 그렇게 높을 리 없잖아. 나는 두 번 다시 똑같은 일이 벌어지지 않도록 하겠다고 결심했다. 왜 그렇게 단호히 마음을 굳혔는지는 지금도 잘 모르겠다. 그때껏 다들 패트릭의 선택에 만족해하는 것 같았어. 하지만 난 작년에 처음 뽑힌 사람이 과연 누구였는지 궁금해서 견딜 수가 없었다. 식당에서 내가 찜한 테이블 바로 옆 테이블에서 늘 혼자 먹는 말없는 남자애였다면? 재미있어 보이고 잘생긴 애였는데. 하지만 그앤 아무하고도 어울리지 않는 듯했다. 만약 그애가 뽑힌 게 맞다면 그애 운명은 완전히 달라졌을지 몰라. 선장들은 대대로 학교 안의 사회 질서를 관리했고, 그런 일은 항상 반복되었다. 나는 그것의 일부가 되지 않으리라 다짐했다.

그래서 나는 물어봤다. 피터에게 가서 태연하게 누가 2학년인지, 이름이 뭔지 알려달라고 부탁했어. 피터는 어떤 무리에도 끼어들 방법을 찾지 못한 듯 혼자 서 있었기 때문에 내가 말을 걸자 사뭇 반가워했지. 피터가 2학년들을 일일이 가리키며 알려줬다─제이니 코티지부터 시작해서 마지막으로 너, 덩컨 미드까지.

나는 기다렸다. 넌 손에 종이컵을 든 채 여섯 명쯤 되는 아이들과 함께 서 있었다. 호감 가는 인상이었고 말을 붙이기도 쉬워 보였어. 그래서 내 결심은 더욱 굳어졌다. 일을 바로잡고 말겠다고. 너에게 마땅히 돌아가야 할 것을 주겠다고.

다들 재미있는 일이 시작되기를 기다리는 눈치였다. 그때 네가 잠깐 무리에서 떨어져나오더라. 네가 컵에 있던 액체를 땅에 쏟아버리는 걸 봤다. 나는 눈 속으로 흩뿌려지는 액체를 봤고, 그때 네가 너를 보고 있는 나를 봤지. 그 순간 나는 너에게 다가갔다. 원래는 아무도 모르게 감쪽같이 네 주머니에 넣을 계획이었는데, 너한테 걸어가는 도중에 며칠간 굉장히 상태가 좋았던 눈이 이상해졌다. 오른쪽 눈에서 뭔가 터지는 듯하더니 이어서 왼쪽 눈에서도 터졌어. 잠시 가만히 서 있으니 더는 그러지 않길래 네 쪽으로 걸어갔다. 하지만 적당한 때를 기다리며 서성거릴 엄두가 나지 않았다. 그래서 손수건을 네 주머니에 넣는 대신 그냥 네 손에 쥐여주었지. 넌 내가 전기충격기를 갖다대기라도 한 듯 화들짝 놀랐고. 난 아무도 못 봤기를 바라며 계속 걸었다. 바로 그때 다시 안구 안쪽에서 뭔가 펑 터지는 바람에 하마터면 쓰러질 뻔했어. 나를 뚫어져라 쳐다보던 네가 눈치챘다는 거 알아. 하지만 나는 어찌어찌 넘어지지 않았고, 눈도 또 괜찮아졌어. 너는 손수건을 내려다보고 망설이다 주머니에 집어넣었지. 나는 그것을 네가 선장직을 수락했다는 의미로 받아들였다.

이제 주사위는 던져진 거야.

패트릭은 당연히 제이니 코티지가 자기 자리를 이어받길 기다리고 있었다. 제이니를 바라보고 있었지. 하지만 아무것도 모르는 제이니는 언덕 꼭대기 쪽으로 움직일 기미를 보이지 않았어. 그사이 넌 천천히 언덕 뒤로 돌아가 올라가기 시작했다. 다들 안달이 나 있었어. 썰매 타기가 도통 시작되질 않았으니까. 그래도 흥겹게 즐기고 있긴 했지만.

드디어 네가 언덕 꼭대기에 썰매를 놓고 섰다. 넌 자신 없는 모습이었지만, 나는 여전히 올바른 선택을 했다고 믿어 의심치 않았어. 그때 패트릭이 너를 발견했다. 너를 알아본 순간부터 이미 녀석은 단단히 화가 나 보였다. 네가 소리쳤다. "썰매 타기를 시작합니다!" 큰 소리로 쩌렁쩌렁 외쳤지만, 나는 네 목소리에 깃든 불안을 감지할 수 있었다. 목소리가 약간 갈라지더라. 네가 썰매를 타고 언덕을 내려왔고, 우린 모두 언덕을 뛰어오르기 시작했어. 그렇게 빨리 달리지 않아도 됐을 텐데, 뒤에서 패트릭이 내게 무슨 말을 하려고—악다구니를 쓰려고—다가오는 게 느껴졌거든. 불도 그 손수건은 한번 건네주면 도로 무를 수 없다는 걸 난 알고 있었어. 책에서 읽었으니까.

그래서 나는 달렸다. 정말이지 혼돈 그 자체였지. 아이들이 미끄러지고 자빠지고 웃고 밀고 떠들었다. 머리에 통증이 서서히 밀려들기 시작했는데 거의 알아차리지 못했어. 보통때처럼 눈 바로 앞에서 시작되는 통증이었는데, 너무 빨리 달리고 있어서 언덕 꼭대기에서 멈출 때까지 제대로 느끼지 못한 거다. 꼭대기에 도달한 다음에도 나는 통증을 무시했다.

비탈에서 썰매를 타고 내려가는 속도는 무시무시했다. 한 번에 두 명씩 올라탔고, 세 명씩 탈 때도 있었다. 다들 내리막 질주가 시작된 후에야 핸들을 조종해야 한다는 걸 깨달았지. 나는 썰매를 한 대 들었다. 눈의 초점이 맞았다 안 맞았다 했는데 겁이 나서, 패트릭이 무서워서 그런 거라고 생각했다. 썰매를 출발 위치에 놓고 뒤를 돌아봤다. 버네사가 있었고, 팔을 뻗으면 닿을 거리였어. 팔을 뻗어 버네사의 손을 잡았다. 패트릭은 이미 길길이 날뛰고 있었고, 놈이 더욱 미쳐버린대도 나는 상관 없었다. 나는 버네사를 끌어당겼다. 버네사가 내 뒤에 타더니 내 허리를 감싸안았다, 모두가 보는 앞에서. 하늘을 날 것 같았어. 인생 최고의 기분이었다. 나는 썰매를 밀어 출발시켰다. 처음엔 천천히 내려갔어. 그러다 점점 속도가 붙었다. 사방에 사람들 천지였다. 썰매와 사람들. 그리고 나무들. 아름다운 그 모든 보리수나무들. 나무기둥이 우리를 향해 다가왔고, 나는 바로 앞에서 핸들을 꺾었다. 한번은 너무 가까이서 방향을 트는 바람에 버네사가 비명을 질렀다. 나는 그게 좋았어. 밑에 도착하면 버네사에게 내 감정을 얘기할 생각이었다. 버네사도 내게 똑같은 감정인지 물어볼 작정이었다. 왜 나를 초등학교에 데려갔는지도 설명해달라고 할 셈이었다. 버네사에게 난 단지 알비노에 불과한 게 아니었어. 그제야 알 수 있었다. 버네사는 알비노가 특별하다고 생각했던 거야. 또다른 알비노 아이를 찾아서, 내게 그애를 보여주고 싶었던 거야. 오래 걸리긴 했어도, 그 모든 것이 똑똑히 보였다.

그리고 다음 순간, 아무것도 보이지 않았다.

29

팀
그다음 순간 내 눈은 영원히 기능을 멈췄다

덩컨이 재생 버튼을 누른 순간부터 꼼짝 않고 앉아 있던 데이지
가 갑자기 벌떡 일어섰다. 덩컨은 줄곧 책상 앞에 앉아 있었다. 원
래 그럴 의도는 아니었는데—데이지 옆에 바싹 붙어앉아 있을 생
각이었는데—팀의 목소리가 두 사람을 마비시킨 것 같았다. 덩컨
도 일어나서 데이지에게 다가갔다. 데이지가 뛰쳐나가버릴지도 몰
랐다. 덩컨과 마찬가지로 더이상 참을 수 없을지도 몰랐다. 하지만
데이지는 덩컨을 붙잡더니 아무 말 없이 손을 잡고 끌어당겼다. 두
사람은 나란히 침대에 앉아 똑바로 앞을 바라보며 서로의 버팀목
이 되어주었다.

내 시력은 나무에 충돌하기 몇 초 전에 나가버렸다. 완전히 깜
깜했어—아무것도, 어떤 형상도, 그림자도, 손전등 불빛조차도 보

이지 않았다. 나를 꼭 붙잡고 있던 버네사의 즐거운 외침은 공포에 질린 비명으로 변했다. 충격이 느껴졌어. 무자비한 강타였다. 그리고 적막에 휩싸였다.

정말 잔인한 건 이거야. 썰매 앞쪽에 있던 건 난데, 내가 그 충돌의 타격을 정면으로 받았어야 했는데, 그게 아니었다. 시력이 나가자 난 미친듯이 핸들을 돌려댔다. 그러니 그 큰 나무들을 피할 도리가 없었지. 그러다 마지막 순간에 썰매가 뒤집히면서 나무기둥에 쾅 부딪쳤고. 썰매는 그제야 멈췄다. 일이 분 정도 지나 충격으로 얼어붙었던 사람들이 움직이기 시작할 때쯤, 내 시력도 다시 돌아왔다. 하지만 오래가진 않았어. 나무에 부딪친 버네사의 모습이 잠깐 보였을 뿐이다. 버네사는 눈 속에 누워 있었고, 피가 흘러나와 있었다—정말 많은 피가.

"휴대폰 가진 사람 있어?" 누가 소리치는 게 들렸다.

"도움을 청해!" 또다른 사람이 외쳤다.

"죽은 거야?" 누군가 겁먹은 소리로 물었다. 낯익은 목소리였고, 점점 우리에게 다가오고 있었다. 패트릭이 버네사 쪽으로 허리를 숙이고 버네사를 만지려는 찰나였다.

"안 돼요, 건드리지 마요." 네가 말했지. 바로 너. 다른 애들이 깨고 싶어하는 규칙을 지키려고 너를 2학년 선장에 앉히기로 작심했을 뿐, 그때까지도 너란 존잰 내게 아무런 의미가 없었다.

패트릭은 막무가내였어. 녀석은 한 팔을 버네사의 등 밑으로 집어넣었다. 너도 알지, 거기 있었으니까. 네가 녀석을 붙잡았어. 네가 녀석을 막았어. 사실, 너는 2학년 선장이었으니까 이제 주도권은 너에게 있었지. 패트릭은 네 말을 듣게 되어 있었다. 녀석은 네 말을 들어야 했다.

"더 나빠질 수도 있어요." 네가 말했지. 다시 눈이 보였다. 그 상태를 유지하려고 애썼지만, 너무 피곤했어. 잠깐 동안 왜 내 쪽으로 오는 사람은 없을까 의아했는데, 금세 사람들이 나를 둘러싸고 있단 걸 깨달았다. 잘 모르는 얼굴들이었어. 사람들이 내게 이것저것 물었지만, 내 귀에 들리는 소리라곤 버네사 주위에서 일어나는 일들뿐이었다.

"사람을 부르러 애들이 달려갔어요." 네가 패트릭에게 말하는 게 들렸다. "선배가 손을 대서 움직이면 상태가 더 나빠질 수도 있다고요."

버네사는 꼼짝도 하지 않았다. 피가 너무 많았어―새하얀 눈 위에 선명한 핏빛. 바로 그때 내 생애 가장 아름다운 소리를 들었다. 그 소리를 듣기 위해서라면 무엇을 내주어도 아깝지 않았을 거다. 사실 나는 머릿속으로 생각을 하고 있었다. 제발 무슨 소리든 내봐. 네가 그저 어떤 소리든 내고 조금이라도 움직이기만 한다면, 난 무슨 짓이든 하겠어. 무슨 짓이든. 내 소원은 이루어졌다. 버네사가 신음 소리를 흘린 거야. 다들 문자 그대로 안도의 한숨을 내쉬는 게 들렸다. 패트릭은 버네사의 상태를 더 악화시킬 수도 있다는 네 말에 동의하듯 약간 물러났고. 네가 녀석의 등을 토닥이는 장면이 보였다. 그다음 순간 내 눈은 영원히 기능을 멈췄다.

난 단 한 순간도 의식을 잃지 않았다. 다음 순간 눈을 떠보니 병원이었다 혹은 다음 순간 눈을 떠보니 두 주가 지났고 우리는 둘 다 괜찮았다 뭐 그런 얘기를 할 수 있는 사치는 누리지 못했지. 아무것도 보이진 않았지만, 전부 다 들렸다. 어느 편이 더 불행한지는 모르겠다.

어른들이 오기까지 백만 년은 걸린 것 같았어. 버네사가 내는 희미한 소리가 들렸고, 덕분에 그애가 죽지 않았다는 걸 알게 됐지만, 그 소리가 지속되자 점점 더 고통스러웠다.

마침내, 고함 소리에 이어 보어속스 교장 선생님의 목소리가 들렸다. 나는 무엇보다 가슴이 아팠어. 교장 선생님은 내게 정말 잘 대해주셨는데, 어빙 스쿨에 온 걸 환영해주셨는데, 나는 저지를 수 있는 최악의 사건을 저질렀다. 나는 이 사고의 원흉이었다. 선생님은 제일 먼저 내게 다가왔어.

"팀, 내 말 들려? 말할 수 있겠니?" 선생님이 물었다. 그때까지 모두들 내게 연거푸 말을 걸긴 했지만 실질적으로 대답할 여유는 주지 않았다. 그러나 선생님은 끈기 있게 기다렸고, 그 한 가지를 알아낼 때까지 다른 말은 하시지 않으리란 걸 깨달은 난 힘없이 대답했다. "네."

선생님은 내 넓적다리를 가볍게 두드렸다. "구조대가 오고 있다." 그러고는 일어나서 버네사 쪽으로 갔다. 선생님은 버네사에게 말할 수 있겠냐고 묻지 않았고, 그로써 버네사가 나보다 훨씬 더 상태가 나쁘리라는 공포는 사실로 확인되었다. 여기저기서 수군거리는 소리가 들렸지만 무슨 말인지 알아듣지 못했다. 멀리서 사이렌 소리가 들렸다. 워낙에 깊이 쌓인 눈밭이라 구급대원들이 어떻게 올지 걱정스러웠어. 하지만 오래 걸리지 않았다. 구급대는 바퀴 달린 이동식 침대 대신 널빤지로 된 들것을 가져왔고, 놀랄

만큼 신속했다. 물론 눈으로 본 건 아니지만, 상당히 많은 인원이 온 것 같았다. 일단 구급대가 도착하자 버네사 주변에서 무슨 일이 일어나는지 감지하기란 쉽지 않았다. 사람들이 내 주위로 몰려들었어. 누군가 내 손목을 잡고 맥박을 재더니 눈꺼풀을 들어올렸다. 구급대가 내게 몇 가지 질문을 던졌고, 나는 가능한 한 성실하게 대답했다.

"말할 수 있습니까?"

"네."

"아픈 데가 있나요?"

"별로요."

"제가 보입니까?"

"아뇨."

그들끼리 얘기하는 소리가 들리는데, 눈이 안 보이는 걸로 봐서 장담할 순 없어도 분명 머리를 부딪힌 것 같다는 식으로 말했다. 난 내가 눈이 먼 것과 이 사고는 아무런 관련이 없다는 얘기를 그들에게 하지 않았다―지금껏 아무한테도 말하지 않았지. 그것이 이 사고의 원인이라고. 하지만 그 얘기는 좀 이따 하기로 하고 계속 얘기할게.

그후 구급대는 나를 머리에 부상을 입은 환자처럼 다뤘다. 날 판자형 들것에 누이고 끈으로 고정해서 큰길로 날랐어. 굉장히 불편했다. 그냥 숲을 지나 큰길까지 걸어가라고 놔뒀으면 충분히 혼자서 걸어갔을 텐데. 하지만 구급대가 그렇게 놔둘 리 만무했고, 나도 도움이 필요한 사람이라는 내 위치를 포기하고 싶지 않았다.

버네사를 옮기는 데는 시간이 더 지체됐다. 우선 상태를 안정시켜야 해서 구급대는 열심히 지혈부터 했다. 두부 출혈이었고, 분명 출혈량이 엄청났을 것이다. 나는 구급차에 실려 버네사보다 먼저 병원으로 이송됐어. 우리는 같은 병원으로 옮겨졌지만, 한참이 지난 후에야 버네사의 소식을 들을 수 있었어. 이젠 눈이 보이지 않았기 때문에 밤인지 낮인지, 하루중 어느 때인지 도무지 알 길이 없었어. 완전히 시간 감각을 잃은 거지. 사실 사람들은 그저 내가 앞을 못 봤기 때문에 나를 병원에 붙잡아둔 거였다. 정말로 부딪친 덴 한 군데도 없었다. 몸 상태는 완벽히 정상이었어. 시간이 좀 걸리긴 했지만 나는 알았다. 실명은 이미 오래전부터 진행되어왔고, 따지고 보면 내 손으로 자초한 일이었다. 다시 그 열쇠고리 얘기로 돌아가지, 그 은색 열쇠. 그거 양호실 약품 캐비닛 열쇠다. 싱어 선생님 서랍에 열쇠가 한 꾸러미 있었어. 그게 맞을지 자신은 없었지만 선생님이 쓰신 거랑 비슷해 보였어. 그래서 진통제가 아주 잘 들던 그날 늦게 몰래 주머니에 슬쩍해왔어. 전부터 계속 얘기했지만, 내 외모가 굉장히 눈에 띄긴 해도 내가 나쁜 짓을 할 거라고 생각하는 사람은 없거든. 왜 여태 그걸 써먹어보지 않았을까. 아까워. 양호실에 몰래 들어가 열쇠 하나 꺼내오는 건 일도 아니었어. 그리고 그날 밤 늦게 다시 가서 열쇠가 맞는지 확인했다. 잘 맞더라. 약병에서 진통제를 한 움큼 꺼냈다. 지금 생각해보면 서두르느라 다른 병에서 약을 꺼낸 게 아닌가 싶어. 그러지 않았다면 상황이 달라졌을까. 내가 집어온 약에는 아스피린이 들어 있었다. 나는 그 약을 네 시간마다 한 알씩 며칠간 먹었다. 어쩔 땐 세 시간 만에 먹은 적도 있는데, 결국 그게 내출혈을 일으킨 거다. 의사들이 한 얘기와 검사를 종합해 내가 추론한 바에 따르면 그래. 아니, 실은, 의사들이 끝내 답을 얻지 못한 의문들이 내게 단서를 준 셈이었다. 의사들은 나 스스로 내 몸에 그런 짓을 했을 거라곤 전혀 생각하지 못했거든. 하지만 난 확실히 알고 있었어. 지금까지 이 얘긴 너 외엔 아무에게도 하지 않았어—아, 만약 버네사가 이 CD를 듣는다면 두 명이 되겠군.

나는 닷새 후 퇴원했다. 버네사는 여전히 약물로 유도한 혼수상태였다. 버네사가 완전히 회복될 가능성은 반반이었는데, 뇌의 부종이 얼마나 커지느냐가 관건이었어. 부종이 가라앉으면 희망이 있었다. 계속 부풀면, 음, 그러면 굉장히 큰일이었다. 뇌압을 낮추기 위한 수술을 벌써 한 번 받은 후였지. 적어도 그 아름다운 머리카락 중 일부는 사라졌겠구나 싶었다. 이제 버네사의 색채 조합은 흰색에 흰색이겠구나 하는 생각이 들어 끔찍했다.

물론 어머니와 시드 아저씨는 즉시 찾아오셨다. 표를 구할 수 있는 첫 비행기를 타고 이탈리아에서 급히 병원으로 오셨다. 그때가 정확히 내가 유럽으로 두 분을 뵈러 가기로 한 즈음이었지만, 더 이상 아무 의미 없는 얘기였다. 아무도 그 얘기는 입에 올리지 않았어. 두 분은 내가 실명했다는 사실에 충격을 받고 슬퍼하고 걱정했다. 다들 그게 사고 탓이라고 생각했어. 어떤 의문도 품지 않았지. 양호 선생님이 내 실명은 시간문제였다고 한번쯤 의견을 내놓을 거라 생각했는데, 그런 일은 없었다. 어쩌면 양호 선생님은 내가 이미 충분히 고통 받고 있다고 생각했을지도. 아니면 그냥 앞뒤를 맞춰 헤아려보지 않았을 수도 있겠지. 사람들은 뜻밖에 아둔해지기도 하니까. 어쩌면 어떻게 된 일인지 정확히 파악하고서도 연루되기 싫어서, 혹은 그래봤자 이미 아무 소용이 없다고 생각해서 침묵했을 가능성도 있고. 그 열쇠들이 왜 그렇게 손대기 쉬운 곳에 있었는지 나는 늘 궁금해할 거다. 이젠 더이상 거기 놓아두지 않을 거라는 느낌이 들지만.

실명 이외에 건강에는 아무 문제가 없다고 결론나자, 우리는 다음 조치에 들어갔다. 학교는 두 달가량 남은 상태였어. 어떻게 할지 결정해야 했다. 조금만 더 다니면 고등학교를 마칠 수 있었다. 눈이 안 보인다는 것을 제외하면 몸 상태는 완벽했다. 엄마는 나와 같이 있고 싶어하셨어. 전에 얘기했다시피 대학 입학 허가는 이미 받아놓은 상태였으니 이러든 저러든 별 차이는 없었다. 하지만 나는 학교로 돌아가고 싶다고 고집을 피웠다. 버네사가 있는 곳 가까이에 있어야 했어. 앞으로 두 번 다시 그애 근처에 있지 못하게 될까봐 무서웠다.

어빙 스쿨에 맹인 학생이 다닌 적 있었을까? 보어속스 교장 선생님은 전례가 있다며 우리를 안심시켰다. 때가 되면 새로운 기술을 통째로 다시 익혀야 할 테지. 주위를 돌아다니는 법, 점자를 읽는 법, 키보드를 보지 않고 타이핑하는 법. 나는 여전히 전에 쓰던 키보드를 사용했다. 가끔 첫 키를 잘못 짚어 전부 다 엉망이 되어버리기도 했지만 대체로는 타자에 별 문제가 없었다, 최소한 내 생각엔.

이제 난, 지팡이로 길을 짚고 다니며 아무한테나 부딪힐 가능성이 다분한 맹인 알비노다. 더이상 나 자신에 대해서는 신경쓰이지 않았다. 이미 실패한 인생이니까. 부모님과 나는 뉴욕의 호텔에서 몇 주간 묵었다. 두 분이 이탈리아에서 돌아와 살려고 했던 뉴욕의 아파트는 임대를 준 상태였거든. 나는 온갖 재활치료사들을 만났다. 부모님의 의도는 알았다. 부모님은 그저 시간을 약으로 삼아 내가 무탈하게 졸업하고 앞으로 나아가기를 바라고 있었다. 나를 책망하는 사람은 아무도 없었어. 난 도무지 이해가 안 됐다. 다들 그저 안타까워만 했다.

카일이 계속 전화를 했다. 정말 좋은 녀석이지. 현재로선 나의 유일한 친구고. 난 학기가 두 주 남은 시점에 다시 돌아갔다. 카일이 내가 이동하는 걸 도와주기로 했다. 교실이 바뀔 때마다 장소를 옮길 때마다 데려다줬고, 식당에선 식판을 가져다줬지. 나는 내가 정말 어리석었구나, 사는 게 이렇게까지 달라질 수 있구나, 하는 생각만 들었다.

새빨간 피가 서서히 번져가는 새하얀 눈 속에 의식을 잃은 채 누워 있는 버네사. 이것이 내 눈으로 본 그애의 마지막 모습이다. 그후로 두 번 다시 만나지 못했고 앞으로도 만날 일은 없겠지. 하지만 우리 둘 다 버네사가 괜찮다는 사실을 알잖아. 그애의 뇌부종이 가라앉았다는 걸. 단기기억상실증을 겪긴 했지만 예전과 다름없는 모습을 되찾았다는 걸. 사이먼 선생님이 말씀해주셨어. 하지만 버네사는 학교로 돌아오지 않았다. 심하게 다치고 정신적 외상을 입어 학교를 마치지 못한 올해의 3학년이 된 거지─수십 년 전에 숲을 달리다 행방불명된 여자애가 학교에 내린 저주. 그 저주가 또다시 실현된 셈이었다. 버네사는 여름 동안 집에서 3학년을 마쳤고, 어빙 스쿨에선 그애 집으로 졸업장을 보냈지.

버네사는 비극 숙제를 제출할 필요가 없었다. 나는 카일에게 버네사가 비극 숙제를 냈는지 알아봐달라고 부탁했고, 카일이 어찌어찌 알아냈어. 학교에서는 버네사가 그해 한 사람 몫의 비극을 충분히 겪었다고 판단한 모양이었다. 학교에서 비극 숙제를 취소하지 않았다는 사실이 가끔 놀라워. 비극에 관한 온갖 생각이 일 년 내내 전교생의 머릿속을 맴돈다. 물론 중요한 건 그게 아니지. 나는 사이먼 선생님께 수없이 얘기를 드렸고, 선생님은 3학년 교과과정을 늘 하던 대로 지키고 계신다.

나는 학교에 돌아와서 패트릭과 마주칠까봐 걱정했다. 하지만 마주쳤는지 아닌지도 나로서는 알 도리가 없단 걸 깨달았다. 나는 녀석을 보지 못할 테고, 녀석이 먼저 내게 말을 걸 리도 없으니. 그래서 긴장하지 않으려고 애썼다. 하지만 돌아와서 사흘째 되던 날, 일이 터졌다. 늘 누가 와서 데려다주기를 기다려야 하고, 매 순간 버네사는 어떻게 지낼까 걱정하며 온통 그애 생각만 하고 있자니 나로서는 학교가 너무나 불편하고 기분도 좋지 않았다. 학교로 돌아온 게 실수가 아닐까 하는 생각이 들던 참이었지. 어째서 스스로를 이 지경에 몰아넣은 걸까? 되도록 방에 처박혀 있지 않고 여기저기 돌아다니려 애썼지만, 그날 오후엔 그 결심이 흔들리기 시작했다. 방문을 닫는다고 닫았는데—그냥 혼자 방에 앉아서 한껏 불행에 빠질 생각이었다—패트릭의 말소리가 들려서 내 방문이 활짝 열려 있단 걸 알았다. 굳이 주의를 끌기도 싫어서 그냥 그대로 앉아 놈이 하는 말을 들었다. 녀석의 목소리는 몇 방 건너에서 들렸다. 말소리가 하도 씩씩해서 세상에 그런 말투가 아직도 존재한다는 걸 믿기 어려웠다. 그러니까, 예전에는 그럴 만했다 해도, 어떻게 그런 사고를 보고도 그 태평하고 이기적인 말투가 하나도 안 변하고 그대로일 수 있는 거냐? 본인이 원인 제공에 관여한 그 사건을 겪고 나서도? 글쎄다, 말해두자면, 녀석은 전혀 변하지 않았다.

"오늘 점심시간에 그 몸매 죽이는 1학년 여자애 봤나?" 녀석은 다른 사람에게 묻고 있었다. 처음엔 누구한테 말하는지 몰랐다.

"누구 말이야?" 피터였다.

"그 긴 검은 머리 여자애 말이야." 패트릭이 말했다. "그런 애를 놔두고 졸업한다니 섭섭하네. 그래도 한번 대시는 해볼 수 있겠지. 종업식까지 한 열흘 남았나? 이젠 좀 새로운 걸 시도해봐야지. 당분간 금발에는 신물이 나. 갈색 머리 정도면 괜찮을지도."

피터가 웃음을 터뜨렸고, 패트릭도 따라 웃었다. 내 몸이 즉각 반응했어. 난 내가 무슨 짓을 하는지도 몰랐다. 나는 벌떡 일어나서 용케 문에 부딪히지 않고 방을 나가 두 놈의 목소리가 들리는 방향으로 걸어갔다. 놈들이 나를 봤다. 놈들은 조용해졌지만 나는 놈들의 숨소리를 들을 수 있었다. 분명 나는 광포해 보였겠지—창백한 피부, 초점을 찾지 못하는 눈, 사실 후자는 나도 잘 상상이 안 가지만. 나는 팔을 앞으로 내밀고 마구 휘두르기 시작했다. 뭔가가 걸렸어.

"야." 피터가 말했다.

나는 몸을 돌렸다. 패트릭을 찾아서 패주려고 필사적으로 팔을 휘둘렀어. 놈이 한 손으로 내 팔을 꽉 붙들고 왼쪽 갈비뼈 아래쪽을 한 방 세게 때렸다. 숨을 쉴 수 없었지만 나는 개의치 않았고, 멈추지도 않았다. 놈의 손을 빠져나오려고 몸부림치는데 별안간 놈이 잡은 손을 놨다. 나는 다음 주먹을 기다렸지. 처음 맞은 데가 아파오기 시작했다. 갈비뼈가 부러졌을지도 모른다는 생각이 들었지만 그래도 상관하지 않았다. 차라리 부러졌으면 좋았을 거다. 난 아무것도 느끼지 못한 지 오래였다. 통증은 오히려 구원이었다. 나는 닥치는 대로 후려치고 때리고 주먹질했고, 놈은 그저 거기에 서 있었다. 아무도 나를 말리지 않았다. 사실 사람들이 꽤 모여 있었을 수도 있지만 나로서는 알 도리가 없고, 그래도 모여든 사람은 없었을 것 같다.

"널 증오해." 나는 패트릭을 향해 내뱉었다. 진이 빠졌다. 그때 나는 내가 결코 녀석에게 타격을 입히지 못하리라는 걸, 그리고 그 녀석도 나를 다시 때리지 않으리란 걸, 어쨌든 물리적인 폭력을 행사하지는 않으리라는 걸 알았다.

그때, 뜻밖에, 놈이 나를 향해 고개를 숙였다. 뜨거운 입김이 귀에 닿았다.

"나도 네놈이 싫어." 거의 들을 수 없는 웅얼거림에 가까웠지만, 나는 똑똑히 들었다.

더이상 무슨 할말이 있겠어? 나는 휘두르던 주먹을 내렸고, 놈들이 멀어지는 동안 그대로 서 있었다. 계단에서 놈들이 하는 말이 들렸는데, 내려가면서 목소리가 커지더라.

"미친놈." 피터가 내뱉었다.

"언제는 아니었냐. 평생 저 모양 저 꼴이겠지." 패트릭이 대꾸했다.

나는 아픈 옆구리를 문지르며 비틀비틀 내 방으로 돌아왔다. 통증이 시시각각 심해졌지만 신경쓰지 않았다. 순간 이런 의문이 들었다. 이걸로 끝인가? 이걸로 질서가 회복된 건가? 여러 번 곱씹었지만, 자꾸 이 질문으로 되돌아오게 돼. 질서가 있다가, 혼돈이 왔고, 이렇게 다시 질서가 회복된 건가? 만약 그렇다면, 그게 나에게 무슨 의미일까? 그리고 버네사에게는?

그후로 패트릭과는 한마디도 섞지 않았다. 카일 빼고는 겨우 몇 명만 내게 말을 거는 수고를 무릅썼다. 자기가 누구인지 말하고 내가 기억해낼 때까지 기다리는 것보단 아예 말을 걸지 않는 게 더 편했겠지. 하지만 너는 내게 말을 걸었다. 그 마지막 금요일에. 종업식을 마친 다음에. 나는 식당 테이블 앞에 앉아 있었지. 늘 앉던 구석 테이블이라고 말하고 싶지만, 사실 그 테이블이 맞는지 아닌지는 몰라. 발소리가 들렸고, 그냥 지나가겠거니 했는데 내 앞에서 멈췄어. 나는 기다렸지. 카일이 내 점심 식판을 가져왔나보다 하고. 그때 네가 했던 말 너도 기억하지—네가 누구라고, 미안하다고, 어떻게든 나를 말렸어야 했다고, 그 생각만 머릿속에 맴돈다고. 내가 아무 말 없이 가만히 있으니까 넌 내 손을 살짝 잡았다가 놓고 멀어졌어. 나중에야 그때 뭔가 말을 할걸 하고 후회했다. 실제로 이렇게 너에게 말할 기회가 주어졌다는 게 믿기지 않아. 그래서 너한테 이 CD를 주려고 열심히 녹음했다. 너한테 얘기하는 이 과정이 나를 살렸어. 덕분에 여름을 버틸 수 있었다. 카일이 CD를 네 방에 갖다놨어. 네가 도착하기 하루 전날 사이먼 선생님께서 카일이 3학년 기숙사에 들어갈 수 있도록 도와주셨다―전에도 이런 식의 규칙 위반이 있었을 것 같진 않아, 동물을 갖다놓을 때를 제외하면. 원래 모든 보물은 종업식 당일 방에 남겨두는 게 원칙이잖아. 하지만 사이먼 선생님은 도와주시기로 했다―나를 위해서, 그리고 아마 너를 위해서도.

내가 아는 한, 버네사는 아직 부모님과 함께 집에 있어. 나는 거기로 이 CD를 보냈다. 그애한테 내 말을 전하는 유일한 방법이었어. 버네사의 답은 듣지 못했고, 그애가 답을 할 거라고 기대하지도 않는다. 하지만 궁금한 게 너무 많아. 버네사는 잘 있을까? 뉴욕의 대학에 갈까? 버네사가 나를 용서했을 거라고 생각해?

열쇠고리에 있는 마지막 열쇠에 관해 말해줄게. 그것도 몰래 돌아다니다 훔친 건데, 마찬가지로 별로 어렵지 않았어. 그건 사이먼 선생님 책상의 첫번째 서랍 열쇠야. 선생님은 가끔 그 열쇠를 다른 서랍에 넣어놓으시지. 어느 날 오후에 그걸 손에 넣었고, 시내로 가져가서 복제했다. 그리고 선생님이 열쇠가 없어진 사실을 알아차리기 전에 도로 제자리에 갖다놨지. 위험부담이 좀 있긴 했지만 아주 크진 않았어. 앞으로 두 번 다시 할 수 없는 종류의 일이겠지. 할 수 있을 때 해놔서 다행이다. 이제 네가 접근권을 확보한 그 서랍은 역대 최고의 비극 숙제가 들어 있는 곳이야. 숙제를 하기 전엔 어느 누구도 얻지 못할 통찰을 네게 줄 거다. 지혜롭게 활용하길 바란다. 그리고 내 이야기를 들어준 너에게 고맙다는 말을 하고 싶다. 너는 3학년 선장이 될 자격이 있어. 아무렴. 지난겨울에 일어난 일에 대해 넌 아무 책임도 없어. 티끌만큼도. 다 내 탓이지. 나는 그 모든 짐을 기꺼이 받아들인다. 그러니까 부디, 흘려보내. 사이먼 선생님의 말을 빌리자면, 나아가 아름다움과 빛을 널리 떨칠지어다. 나에게는 너무 늦었지만, 너는 아직 늦지 않았어.

30

덩컨
너 자신을 용서해야 돼

두 사람은 그렇게 한참을 침대에 앉아서 팀의 이야기를 끝까지 다 들었다. 데이지는 처음부터 다시 듣고 싶어했지만, 덩컨은 다음에 언젠가 그럴 시간이 있을 거라며 말렸다.

"그래서 그동안 그렇게 이상하게 굴었구나?" 데이지가 물었다.

"응." 덩컨이 말했다. "개학 첫날부터 쭉 이 얘기를 들었으니까, 이것 때문일 수도 있고 아닐 수도 있지. 하지만 팀의 얘기가 점점 그날 밤에 가까워지고 사람들이 올해의 게임은 어떻게 돼가냐고 물어보기 시작하니까, 내가 좀 제정신이 아니었던 것 같아. 가장 이상한 건 이건데, 어떤 점에선 이 CD를 들으면서 너랑 더 터놓고 지내게 됐다는 거야. 팀이 한 얘기 중 많은 부분이 어떻게 버네사와 잘되지 않았는지, 같이 있을 기회가 생겼는데 어떻게 늘 놓아버렸는지, 뭐 그런 거였거든. 팀은 자기 자신을 믿지 않았어. 이제야 분명히 알겠어—비극과 관련된 어휘가 막 떠오르네—팀의 비극적 결함은 본인 스스로를 믿지 않았다는 거야."

데이지는 고개를 끄덕였다. 덩컨은 깊이 한숨을 내쉬었다.

"그리고 난 팀이 저지른 것과 똑같은 실수를 저지를까봐, 너랑 같이 있을 기회를 놓칠까봐 항상 노심초사했어."

"하지만 넌 그러지 않았어. 우린 늘 함께 있었잖아."

"맞아, 하지만 최근엔 내가 좀 거리를 뒀지. 너한테 그 이유를 얘기하고 싶었어. 내 말은 그러니까, 이제야 그 이유를 알겠다는 거야. 나 자신을 참을 수가 없었어. 그때 이미 팀이 어딘가 이상하다는 걸 알았어. 알고 있었다고. 그날 밤 쭉 팀을 지켜보고 있었거든, 놓치기 쉽지 않은 외모니까. 눈에 띄지 않았다 하더라도, 나한테 손수건을 준 게 팀이잖아. 너도 그 얘기 들었지, 팀이 그렇게 결정했다고. 그날 밤 팀이 나한테 다가왔을 때 난 깜짝 놀랐어. 내가 선장이 될 거라곤 꿈에도 생각하지 않았거든. 선발 과정이 어떻게 되는지 잘 알고 있었으니까. 다들 선장이 될 2학년을 미리 정해둔 다는 사실을 알았어. 전통을 기록한 책에 뭐라고 적혀 있든, 어차피 무작위가 아니었거든. 이유는 모르지만 패트릭은 나를 별로 좋아하는 것 같지 않았고.

팀이 나한테 다가왔을 때는 이미 눈이 거의 보이지 않는 상태였어. 확실히 그랬지. 나랑 거의 부딪힐 뻔했고, 손수건을 어떻게 해야 할지 몰라서 당황한 것 같았거든. 나는 팀이 술에 취했다고 생각했어―그게 제일 논리적인 설명이었으니까. 하지만 확신은 없었어. 그리고 나서, 팀이 걸어가는 모습을 봤는데 발걸음이 너무 불안하더라. 이제 보니, 눈이 잘 안 보인다는 걸 깨달은 직후였던 것 같아. 그런데 금세 나아진 건지 신경쓰지 않기로 한 건지, 팀이 갑자기 자신 있게 걸어가길래, 속으로 내가 틀렸나보다, 괜찮은가보다 했어. 그러고 나서 썰매 타기의 시작을 선언하러 언덕 꼭대기로 올라갔고."

덩컨은 녹초가 되었다. 더이상 말을 할 수 없었다. 데이지는 조용히 앉아서 기다렸다.

"이 얘기는 지금껏 아무한테도 하지 않았어." 덩컨이 말했다. "내가 작년에 우리 사이를 계속 이어가지 않은 이유가, 여름 동안 너한테 연락하지 않은 게 이것 때문인 것 같기도 해. 그 순간을 계속 돌이켜보면서 내가 그 사고를 막을 수 있지 않았을까 고민했어."

"이젠 다들 괜찮잖아." 데이지가 말했다.

"하지만 버네사는 고등학교 3학년을 망쳤고, 팀은 장님이 됐지." 덩컨이 반박했다.

"그건 그때 사고하곤 아무 상관 없는 일이야." 데이지가 말했다. "팀은 진통제를 과다복용했고, 자기 건강을 제대로 돌보지 않았어―그건 너랑 아무 관련이 없어. 너무 몰입해서 모르는 것 같은데, 팀이 그날 밤 어떤 생각이 들었는지 얘기하면서 분명히 네 탓이 아니라고 못박았어."

"그날 내가 어떻게든 했어야 했어." 덩컨은 나직이 말했다.

데이지는 어깨를 으쓱했다. 그러나 표정에서는 인내심이 엿보였다.

"어떤 현명한 사람이 나한테 이런 말을 한 적이 있어. '넌 최선을 다했어.'" 데이지가 말했다. "'때론 그게 네가 할 수 있는 전부야.'"

덩컨은 깜짝 놀라서 고개를 번쩍 들었다. 둘이 첫 입맞춤을 하기 전에 자신이 했던 말이다. 데이지네 기숙사에서 신경안정제를 과다복용한 여자애를 두고 덩컨이 한 말이었다. 어떻게 그 상황과 관련지을 생각을 전혀 못했을까? 어쩌면 관련짓고도 깨닫지 못한 것일지도. 어쩌면 그 덕분에 데이지와 만남을 계속 이어갈 용기를 얻었을지도 모른다. 그때 어떤 생각이 덩컨의 머리를 스쳤다. 그 여자애, 어맨다는 학교로 돌아오지 않았다. 안정제를 먹은 그날 이후로 학교를 떠났다. 잠깐 휴식이 필요할 뿐이라는 얘기가 오갔지만, 결국 집에서 근처 학교를 다니면서 3학년을 마치기로 했다. 그러니까 바로 어맨다가 돌아오지 못한 3학년이었다. 저주의 희생양은 일찌감치 정해져 있었다. 어맨다에게는 안된 일이지만, 덕분에 덩컨은 엄청난 짐을 덜었다. 그 순간 덩컨은 깨달았다. 자신이 올해의 게임에서 누군가의 인생을 망칠까봐 겁을 먹고 있었다는 사실을.

"그날 밤에 대해 쭉 궁금했어." 덩컨이 한동안 아무 말이 없자 데이지가 입을 뗐다. "너한테 물어보고 싶었는데 엄두가 나지 않더라. 그게, 아무도 네 앞에서 그 얘기를 꺼내지 않았는데도, 누군가 물어볼 기미만 보여도 네가 바짝 긴장하는 게 눈에 보였거든."

덩컨은 고개를 끄덕였다. 고마운 마음이 들었다. 만약 그랬더라면 그는 지레 데이지를 멀리했을 것이다.

"흘려버려야 해." 데이지가 담담하게 말했다.

덩컨은 고개를 들었다.

"너 자신을 용서해야 돼. 게다가, 팀 얘기를 듣고 나니 그를 막을 방법은 없었을 것 같아. 그 생각 해봤어? 네가 괜찮냐고 물어보거나 썰매를 타지 말라고 했다면, 팀이 과연 그래, 네 말이 맞아라고 했을 것 같아? 전혀."

"아직도 그 썰매가 나무에 부딪치는 소리가 생생해." 덩컨이 말했다. "버네사가 나무에 부딪치는 소리가 들려. 죽을 수도 있었어."

"하지만 안 죽었지."

바로 그때 누가 방문을 두드렸다. 두 사람은 그대로 얼어붙었다. 덩컨은 데이지한테 옷장이나 침대 밑에 숨으라고 할까 생각했지만, 혹시 밖에 있는 사람이 이미 둘의 대화를 들었다면 사태가 더 악화될 것 같았다. 처음 얘기를 시작했을 때는 목소리를 낮췄지만, 그새 까먹고 평소 말소리로 돌아왔던 것이다.

"누구세요?" 덩컨은 큰 소리로 물었다. 제발 태드이길. 덩컨은 속으로 빌었다.

"사이먼 선생이다. 스콘으로 실험을 좀 해봤는데 네 감상이 듣고 싶어서."

덩컨은 데이지를 쳐다보면서 입 모양으로 '미안'이라고 말하고 일어나 문을 열었다. 사이먼 선생은 싱긋 웃으며 들고 있던 쟁반을 내밀었고, 주위를 둘러보다 침대에 앉아 있는 데이지를 발견했다. 선생의 표정에는 당황하고 실망한 기색이 역력했다. 세 사람 다 그대로 꼼짝도 하지 않았고, 몇 분이 지난 뒤에야, 마치 기어를 바꾸는 데 그렇게 시간이 많이 필요하기라도 한 것처럼, 사이먼 선생이 입을 열었다.

"이게 대체 무슨 일이지?" 그는 더이상 덩컨에게 간식을 권하지 않고 쟁반을 옆으로 내리며 물었다.

"그냥 얘기중이었습니다." 덩컨이 설명했다. "물론, 데이지가 여기 있으면 안 된다는 것은 알고 있습니다만, 그게……"

"피킷 양, 방으로 돌아가도록." 사이먼 선생이 명령했다. "자네는 나중에 보겠네. 미드 군, 날 따라서 내 사무실로 오게."

덩컨은 마침내 참지 못하고 울음을 터뜨렸다. 그는 모든 것을 데이지에게 털어놓고서 카타르시스를 느꼈다. 어쩌면 데이지의 말이 옳을지도 모른다. 어쩌면 덩컨 자신의 비극적 결함은 과거를 흘려보내지 못하는 성격일지도 모른다. 다들 비극적 결함을 하나쯤은 가지고 있는 것 같았다. 그러나 덩컨은 이제 데이지까지 끌어들여 곤란하게 만들었다. 이 상황이 덩컨에게는 너무나 버거웠다. 사이먼 선생과 데이지는 덩컨의 반응에 깜짝 놀라 잠시 그를 쳐다보았다. 이윽고 사이먼 선생이 몸을 돌려 계단을 향해 걷기 시작했다.

덩컨은 데이지의 손을 잡고 꼭 쥐었다. 그리고 나서 사이먼 선생을 따라 복도를 지나 계단을 내려가 선생의 사무실로 들어갔다. 사이먼 선생은 문을 닫고 잠갔다.

31

덩컨
그리고, 저 벌을 받게 되나요?

덩컨은 사이먼 선생에게 그간의 일을 전부 다 얘기했다. 말하면 서 거의 내내 흐느껴 울었다. 돌이켜보면, 운 것이 도움이 됐던 것 같다. 눈물이 필요했다고 해서 계획할 수도, 억지로 짜낼 수도 없 었겠지만. 덩컨의 눈물은 진심이었다.

이제 망했다고, 최악의 경우 퇴학당할지도 모른다고 생각한 덩 컨은 잃을 게 없었다. 이야기를 하다보니 그동안 머릿속에서 맴돌 던 단어가 줄줄 나왔다. 매그니튜드, 비극적 결함, 혼돈과 질서, 카타 르시스. 덩컨은 팀의 이야기와 자신의 이야기를 풀어놓으며 거기에 버네사와 데이지를 한데 엮었다. 『햄릿』과 『리어 왕』과 『로미오와 줄리엣』을 언급했다.

이야기를 마치고 덩컨은 의자에 편하게 기대앉았다. 울음은 아 까 그쳤다. 책상 앞에 앉아 덩컨을 바라보는 사이먼 선생의 얼굴에 망연자실한 표정이 떠올랐다. 덩컨은 데이지가 지금 어떻게 하고 있을지 궁금했다. 앞으로 닥칠 일이 무서워 겁먹고 있으려나. 데이지도 퇴학당하면 어쩌지.

사이먼 선생이 마침내 목청을 가다듬고 입을 열었다.

"이 모든 사건을 정리하기까지 시간이 좀 걸리겠군."

덩컨은 멈칫했다. 하지만 역시 그로서는 잃을 게 없다는 기분이었다.

"데이지와 저는 아무 짓도 하지 않았습니다." 덩컨은 불쑥 내뱉었다. "제가 섹스를 하기 위해 그애를 제 방으로 유인하거나 그런 건 아니에요."

그 말을 꺼내는 순간 덩컨은 자신이 선생님에게 그런 식으로 얘기했다는 게 스스로도 믿기지 않았다. 하지만 선생님도 알아야 했다.

"나도 한때는 청춘이었다"라는 한마디만 던진 후 사이먼 선생은 일어나서 잠갔던 문을 열고 덩컨이 나가기를 기다렸다. 문을 나선 덩컨은 등뒤에서 문이 닫히고 잠기는 소리를 들었다.

당연히 지금 덩컨이 가장 하고 싶은 일은 데이지에게 달려가는 것이었다. 하지만 감히 그럴 수는 없었다. 나중에 무슨 증거로 쓰일까 싶어 문자메시지를 보낼 엄두도 안 났다. 그래서 식당 바로 앞 원형 방의 창가에 앉아 기다렸다. 비극 숙제라도 할까 하다가—달려가서 노트북을 가져오면 된다—정말로 퇴학을 당한다면 시간 낭비라고 판단했다.

사람들이 지나가며 인사를 건넸다. 덩컨은 마주 인사를 하면서도 혹시나 데이지가 보일까 줄곧 계단에서 눈을 떼지 않았다. 덩컨은 데이지가 애타게 보고 싶었다.

마침내, 마침내, 사이먼 선생이 나타났다. 선생은 처음엔 계단으로 올라가려다가 마지막 순간에 덩컨을 발견했다.

"잠깐 나랑 같이 가주겠나?" 사이먼 선생이 아까보다 훨씬 부드러워진 어조로 물었다.

"네, 어딘데요?" 덩컨은 일어섰다.

"교장실." 사이먼 선생이 말했다.

이런.

"데이지는요?"

"데이지는 괜찮다." 선생은 호의적으로 말했다.

"데이지가 벌을 받을까요?"

"아니."

크나큰 안도감이 밀려들면서 다시 앉아야 할 것 같다는 생각이 들었지만, 덩컨은 용케도 주저앉지 않고 버텼다.

"알려주셔서 감사합니다." 덩컨은 사이먼 선생의 뒤를 따라 식당을 지나 반대편 교장실로 향했다. 보어속스 교장이 그들을 맞았다.

"안녕하신가, 미드 군." 교장의 어조도 부드러웠다. 덩컨은 이게 무슨 일인가 싶었다.

"안녕하세요, 보어속스 선생님."

"자, 들어오렴." 교장이 말했다.

덩컨은 사이먼 선생이 자리에 앉을 때까지 기다렸다가 그 옆자리에 앉았다. 멍하니 체념한 상태였다. 데이지만 벌을 받지 않고 무사히 넘어간다면, 스스로의 일은 얼마든지 감당할 수 있었다. 누군가 입을 열기까지 한참이 흐른 듯했다.

"사이먼 선생님께서 전부 얘기해주셨다." 보어속스 교장은 덩컨을 똑바로 쳐다보며 말했다. 덩컨은 고개를 끄덕였다. 데이지를 몰래 방으로 데려간 일을 말하는 거라고 생각했다. 덩컨은 그런 짓을 했다―그건 부인할 수 없는 사실이었다.

"사이먼 선생님이 우려하는 바는……" 그는 교장답게 느릿느릿 말을 이었다.

덩컨은 재차 고개를 끄덕였다. 당연히 사이먼 선생은 우려할 만하다. 충분히 이해가 된다.

"사이먼 선생님, 직접 얘기하시겠어요, 아니면 내가 할까요?" 교장이 물었다.

"교장 선생님께서 말씀하시는 편이 좋을 것 같습니다." 사이먼 선생이 대답했다. "저는 무슨 말을 해야 할지 잘 모르겠습니다."

덩컨은 어리둥절했다. 사이먼 선생이 해야 할 말을 정확히 알 거라고 생각했던 것이다. 십수 년간 이런 상황을 무수히 다뤄봤을 테니까. 덩컨은 교장을 쳐다보았다.

"좋습니다, 그러죠." 보어속스 교장이 말했다. "사이먼 선생님이 우려하는 바는, 선생님이 수업 시간에 비극이라는 주제를 너무 깊이 파고들지 않았나 하는 거다."

덩컨은 교장과 사이먼 선생을 번갈아 쳐다보았다. 사이먼 선생은 두 손을 앞으로 모으고 고개를 약간 숙인 채 앉아 있었다.

"그게 무슨 뜻이죠?" 덩컨이 물었다.

"사이먼 선생이 너와 나눈 얘기를 내게 들려줬고, 맞아, 그것에 대해 좀더 논의할 사항이 있긴 하지만 그건 나중에 얘기하도록 하

자. 사이먼 선생은 이 비극이라는 개념이 네 사고방식에 너무 깊게 뿌리박힌 게 아닌가 걱정하시는 거다."

덩컨은 할말을 잃었다. 얘기가 이런 식으로 흘러갈 줄은 상상도 못했다.

"네가 팀 맥베스와 연관된 일, 그리고 너와 데이지 피킷의 관계에 대해서도 다 들었다만, 사이먼 선생은 무엇보다 네가 비극이나 비극적 사건과 관련된 용어를, 마치 그간 쭉 그것들을 고민하고 직접 실행에 옮긴 것처럼 너무나도 자연스럽게 사용하는 게 제일 마음에 걸린다고 하셨다. 선생님의 수업이 너에게 악영향을 끼친 것 같니?"

덩컨은 잠시 생각했다. 팀의 이야기가 비극의 개념과 연관되어 있다는 생각을 심어준 사람은 사이먼 선생이 아니라 팀이었다. 그리고 작년에 그런 일이 일어난 건 비극 숙제 때문이 아니었다. 덩컨은 그 어느 때보다 간절히, 팀과 이야기하고 싶었다. 팀의 생각을 물을 수 있다면 얼마나 좋을까. 전화를 걸면 될지도 모른다. 팀의 부모님 댁 전화번호를 알아내서 연락을 취해볼 수도 있다. 하지만 시간이 너무 오래 걸릴 것이다. 덩컨은 사이먼 선생의 우려는 시간이 지나면 수그러들 거라는 예감이 들었고, 지금으로선 자신이 우위에 있다는 느낌이었다. 그건 좋았다.

사실 덩컨은 팀과 얘기할 필요도 없다는 걸 알았다. 팀이 무슨 말을 할지 알겠다는 확신이 들었다.

"최근 일 년은 굉장한 한 해이면서도 힘든 한 해였어요. 물론 비극 숙제가 개학 첫날부터 저를 비롯한 3학년 모두에게 어둠을 드리우긴 했죠." 덩컨이 말했다. "하지만 그 어떤 사건도 사이먼 선생님이나 선생님이 우리에게 가르치신 주제 탓은 아닙니다. 오히려 선생님의 훌륭한 가르침 덕분에 그런 사건을 얼마간 이해하고 정리할 수 있었다고 생각합니다."

보어속스 교장은 빙그레 웃었다. "내 생각도 바로 그렇단다."

사이먼 선생이 고개를 들고 말했다. "고맙다. 그리고 만약 보어속스 교장 선생님께서 괜찮다고 하시면, 나는 우리 대화를 네 비극 숙제로 접수하고 싶은데. 내 생각에, 구두 논문심사를 거뜬히 통과할 수 있을 정도로 우수했어."

교장은 고개를 끄덕였다.

"그리고, 저 벌을 받게 되나요?" 덩컨이 물었다.

"아니." 사이먼 선생이 말했다. "앞으로 다시는 데이지를 방에 초대하지 말고, 데이지 방에 갔다는 얘기 또한 내 귀에 들리지 않도록 해. 그동안 네가 겪은 일들을 감안해서 이번 일은 그냥 넘어가기로 결정했으니까."

"고맙습니다." 덩컨은 얼굴에 번지는 미소를 지울 수가 없었다. 데이지가 올 때까지 계단 밑에서 기다릴 거다. 데이지가 자신에게 얼마나 소중한 존재인지 말해주고 매일매일 확인해줄 거다. 그리고 데이지만 괜찮다면 비극 숙제 쓰는 것을 도와줄 거다―아무렴, 아무리 우연이었다고 해도 덩컨은 이제 그 분야의 전문가였다.

32

덩컨
⟨DON'T STOP BELIEVIN'⟩

팀이 남긴 CD 중 덩컨이 아직 듣지 않은 게 딱 한 장 있었다. 덩컨은 이야기가 다 끝났다는 걸 알았다. 더이상 나올 얘기가 없었기 때문에 그냥 무시하고 있었다. 그러다 남은 학기 동안 치워두려고 CD를 한데 모아 옷장 속 비밀 공간에 넣다가 그 마지막 한 장을 알아봤다.

그건 다른 CD들과 좀 달랐다. 다른 CD에는 날짜가 적혀 있는데—1월 5일~1월 15일이라는 식으로—그것엔 삐뚤삐뚤 음표 같은 걸 그려넣었다. 덩컨은 망설이다가 CD를 밀어넣고 들었다. 저니의 노래를 모아 녹음한 것이었다—⟨Don't Stop Believin'⟩과 ⟨Wheel in the Sky⟩ ⟨Faithfully⟩, 그 밖에 여러 곡들. 팀이 나중에 들려주겠다고 약속한 그 음악이었다. 덩컨은 이 한 장은 옷장 속에 집어넣지 않고 꺼내두기로 했다.

덩컨은 마침내 2학년 선원들을 선발하는 시간을 가졌다. 관심

있는 사람은 누구나 오라고 해서 공개로 추첨했고, 규칙을 준수했다. 처음으로 뽑힌 사람이 2학년 선장이다—무조건.

결과적으로 덩컨이 기획한 3학년 게임은 성황리에 이루어졌다. 작년에 썰매를 제공했던 장난감 가게 주인의 말에서 힌트를 얻어 음악에 맞춰 의자를 뺏는 게임의 초대형 확장판을 준비했다. 이번엔 식당 의자를 몰래 다 빼와서 중정에 기다란 타원형으로 배치했다. 음악은 팀이 만든 CD를 사용했다.

작년 3학년 선배들을 초대해 밝고 희망적인 졸업반 이벤트를 기억할 수 있도록 하자는 논의가 오갔다. 데이지의 아이디어였고 덩컨도 마음에 들었지만, 결국 이번 3학년만 참여하기로 결정했다.

게임이 진행되는 동안 덩컨은 자기 방의 조그만 원형 창을 올려다보며 팀의 말을 떠올렸다. 뭐, 여러 가지 생각이 들겠지만 그중에서도 첫번째는 분명 이 방이 구리다는 거겠지. 하지만 그렇게까지 구리진 않아. 고비 때마다 팀의 목소리가 들리지 않게 되기까지 얼마나 많은 시간이 흘러야 할지 궁금했다. 학교를 졸업하고 나서일 수도, 그보다 오래 걸릴 수도 있을 것이다. 덩컨은 시선을 다시 친구들에게로 돌려, 온통 새하얀 불도그 티셔츠들을 보며 빙그레 웃었다. 흰색을 올해의 색깔로 정하는 데 큰 이견은 없었다. 팀을 기려서일까, 흰 눈을 기려서일까, 아무튼 왠지 흰색이 적절할 것 같았고, 덩컨도 마음에 들었다.

사이먼 선생은 덩컨의 비극 숙제를 그냥 통과시켜줬지만, 덩컨은 도무지 거기서 벗어날 수가 없었다. 졸업반 게임을 치르고 난 다음날 아침, 덩컨은 비로소 자신에게 필요한 게 무엇인지 깨달았다.

덩컨은 학생회관 한쪽 구석에서 빈 책상을 찾아냈다. 단어들이 머릿속에서 그냥 흘러나왔고, 덩컨은 그 말들을 받아적기 시작했다. 단어와 문장이 차고 넘쳤다. 첫 문장은 팀의 말이었다. 어빙 스쿨로 떠난 그날 집에서 마지막으로 나온 사람은 나였는데, 그날의 마지막이란 말은 아니야. 완전히 마지막이었어. 한동안 잠시 그 방향으로 쭉 나가다가, 이게 아님을 깨달았다. 덩컨은 더이상 점수에 연연하지 않았다—학점은 이미 A를 받았고, 그가 무엇을 써내든 그 점수는 유지될 것이다. 하지만 이것이 출발점이었다. 앞으로 나아갈 수 있는 기회였다. 덩컨은 깊이 숨을 들이마시고, 마침내 이렇게 적어나갔다. 3학년 기숙사로 이어지는 석조 아치문으로 들어설 때 내 머릿속에는 두 가지 생각뿐이었다. 어떤 '보물'을 두고 갔을까. 그리고 비극 숙제.

비극 숙제에서 비극적 최후를 피하는 요령

— 클라크 사이먼

비극 숙제를 쓸 때 이하의 요점을 늘 염두에 두도록 하자.

(본 지침서는 두 번 배포하지 않으므로 분실에 유의할 것. 본 지침서를 분실하거나 아예 받지 못한 자와 아래 정보를 공유하는 자는 자동적으로 두 학점 깎이게 되므로 주의 요망.)

- 철저하고 완전하게 비극을 정의한다.
- 비극에 관한 이 중대한 문학적 논의가 언제 비롯되었는지 밝힌다. 또한 그 논의가 세계 어느 곳에서 맨 처음 시작되었는지도 반드시 밝힌다.
- 우연히 일어난 비극적 사건과 극적인 비극 사이에 차이가 있는지, 있다면 무엇인지 파악한다.
- 아리스토텔레스 및 그가 비극과 어떤 관련이 있는지에 대해 배운 모든 것을 표현한다.

- 소포클레스가 어떤 역할을 했는지 논의한다. 아니면 또다른 사람이 있던가? 여러분이 내 혼란을 바로잡아주기를 기대한다.
- 그리스 비극과 셰익스피어 비극에 차이가 있는지, 있다면 어떤 것인지 상술한다.
- 윌리엄 셰익스피어의 희곡 중 최소 세 작품을 선택해 그 작품이 왜, 그리고 어떻게 이 연구 과제의 대상이 되었는지 밝힌다. 어느 작품을 선택할지에 대한 질문은 금지. 이 과정이 끝나면, 이 부분을 진지하게 받아들이지 않은 열두 명의 어빙스쿨 학생이 어떻게 자동적으로 F를 받았는지 얘기해주겠다.
- 플롯의 중요성 또는 사소함에 대해 심사숙고한다. 등장인물에 대해서도.
- 비극의 결말이 왜 중요한지 확실히 이해하고 설명한다. 혹은 비극의 결말이 중요하긴 한가?
- 다음에 대해 판결을 내린다(판사석에 앉기 전에 제발 이 주제에 대해 철저히 공부하도록): 비극은 꼭 불행한 결말로 마무리되어야 하는가? 그래야 하는, 혹은 그러지 말아야 하는 이유는 무엇인가?
- 최소한 네 종의 일차 자료와 다섯 종의 이차 자료를 사용한다.
- 다음과 같은 키워드를 이해하고 활용한다(특별한 순서는 없다. 아니, 있어야 할까?): 운명의 반전, 연민과 공포, 판단 착오, 숙명, 격변, 인지, 약점, 카타르시스, 모방, 연민, 공포, 비극적 결함, 질서, 혼돈, 인식, 갈등, 정세, 필연, 지각知覺, 휴브리스, 모노마니아, 책무, 예측 불허, 낙관주의, 아이러니.

- 거듭 명심해야 할 키워드: 아이러니.
- 그리고 마지막으로: 매그니튜드, 매그니튜드, 매그니튜드.

만약 이 두 사람이 없었다면 이 책은 세상에 나오지 못했을 것이다. 먼저 나의 에이전트 우베 스텐더, 그는 나와 말 그대로 이 프로젝트의 모든 과정을 함께했다. 그는 영리하고 충실하고 집요하다—에이전트로서 (그리고 친구로서) 내가 바라는 모든 것을 갖춘 셈이다. 나는 그를 대신해 샬럿과 웬디, 사스키아에게 감사하고 싶다. 그리고 해클리 고등학교 3학년 때 나의 영어 선생님이었던 아서 네이싱 선생님, 그는 내게 비극 숙제를 내주었고 또한 가장 중요한 것을 가르쳐주었다. 내가 글쓰기를 좋아한다는 것 말이다.

『비극 숙제』의 출간을 바라며 지난한 과정 동안 친절과 열정과 놀라운 세심함으로 나를 이끌어준 크노프의 굉장한 편집자 에린 클라크에게 감사를 표한다. 교열 담당자 수 코핸과 교정 담당자 리사 레벤터에게도 고마움을 전하고 싶다. 두 사람 모두 끝내주게 꼼꼼하게 작업해줬어요. 표지 디자이너 스테퍼니 모스에게도 감사하다. 표지 무척 마음에 들어요! 랜덤하우스의 모든 이들에게 정말 고맙다는 말을 전한다.

나의 글쓰기를 쭉 지원해준, 엄청나게 너그러운 내 친구 제니퍼 와이너에게 나는 종종 농담 삼아 아예 전업 후원자로 나서도 되겠다고 말하곤 했다. 제니퍼는 늘 기꺼이 도와주고 충고를 아끼지 않았으며 플롯의 핵심이나 캐릭터의 동기 등에 관해 상세히 얘기해주었다. 또한 그녀는 같이 어울리기에 아주 재미있는 친구다. 나의 또다른 멋진 친구들에게도 감사를 전하고 싶다. 시모나 그로스, 아이비 길버트, 돈 대븐포트, 찰리 파이, 더그 쿠퍼, 니카 하시, 리사 코즐레스키, 멀리사 쿠퍼, 메이건 버넷, 멀리사 젠슨, 앤지 벤슨, 리아 켈러 그리고 해클리 고등학교 복도를 함께 거닐었던 친구들에게 고맙다.

나의 멘토와 스승과 편집자들, 즉 NBC 뉴스의 다이앤 드러미 머리노, 컬럼비아 저널리즘 스쿨의 린넬 행콕과 고故 딕 블러드, 〈리버데일 프레스〉의 톰 왓슨과 버디 스타인 그리고 고故 실 스타인—여러분 덕분에 제가 여기까지 올 수 있었어요.

소설가 S. E. 힌턴은 『아웃사이더』와 『그때는 그때고 지금은 지금이야』로 내 인생 항로를 바꾸어놓았다. 그녀의 책을 읽으며 나는 작가를 꿈꿨다. 힌턴에게 개인적으로 감사를 전할 수 있다면 좋을 텐데.

패티 리치와 테리 라밴—두 사람의 신뢰와 사랑에 고마움을 표한다. 시부모님 조이스 라밴과 마이런 라밴—십 년 전 두 분이 제게 노트북 컴퓨터를 사주셨을 때 제 글쓰기를 진지하게 받아들이고 계신다는 걸 알았어요. 그때 이후로 두 분은 변함없는 믿음을 보내주셨고, 그게 제게 어떤 의미인지 이루 다 표현할 수가 없어요.

돌아가신 나의 아버지 아서 트로스틀러가 여기 계셔서 이 책을 읽을 수 있다면 얼마나 좋을까. 아버지는 항상 나와 함께 있고, '공에서 눈을 떼지 마'라는 그의 모토는 늘 내 머릿속을 맴돈다. 내 어머니 바버라 트로스틀러는 자신이 가진 모든 것을 끊임없이 내게 주었다. 죽을 때까지 고마워해도 모자랄 거예요.

사랑하는 나의 남편 크레이그 라밴이 없었다면 나는 아무것도 해내지 못했을 거다. 그는 나를 정말 잘 먹여서 체력을 길러줬고 소설가가 되겠다는 나의 꿈을 항상 북돋아주었다. (또한 그는 내 생애 최고의 카푸치노 제조자다.)

그리고 나의 아이들, 앨리스와 아서, 내가 (드디어) 소설을 팔았다고 얘기했을 때 위아래로 방방 뛰어줘서 고마워. 이 책은 너희 거야. 너희 삶이 언제나 좋은 책과 위대한 이야기로 가득차길 바란다. 누구나 하는 말이지만, 이건 진심이야. 너흰 세상에서 가장 멋진 애들이야.

처음 이 책을 접했을 때 마치 한 세대 전의 성장소설을 읽는 느낌이었다. 『데미안』이나 『티보가의 사람들』의 「회색 노트」 유의, 사춘기의 맑고 아픈 사랑을 꾸밈없이 정직하게 풀어나가는 담백한 이야기를 오랜만에 만났다. 가볍고 발랄한 요즘 청소년 소설들과 달리 전통 기법을 따른 진지한 문체, 안단테 템포의 차분한 전개, 사립기숙학교 생활에 대한 로망, 섬세하고 다감하며 조숙한 주인공, 그리고 무엇보다, 첫사랑으로 인해 파국으로 치닫는 소년의 이야기다.

비극의 주인공 팀에게는 알비노(백색증)라는 외모상의 약점이 있긴 하지만 그게 그렇게 큰 장애는 아니었다. 팀이 첫눈에 푹 빠진 버네사는 그가 알비노라는 것에 전혀 개의치 않았고, 다정다감한 성격과 배려심에 호감을 느껴 그를 좋아하게 됐다. 그러나 팀을 파멸로 몰아넣은 것이 바로 그 다정다감한 성격과 배려심, 더 정확히는 자신감의 결여였다. 크고 작은 선택지가 주어질 때마다 팀은 늘 자신보다 남을 생각하며—남의 눈치를 보며—답을 골랐고, 그런 소극적인 선택이 쌓여 결국 참사로 이어지고 말았다. 평범한 주인공이 성격상의 소소한 결함과 우연한 실수로 인해 거대한 파국을 맞고, 독자는 자신에게도 그런 일이 일어날 수 있다는 공포를 느끼며 그것을 바라보다 이윽고 주인공에게 감정이입을 하고 연민을 느낀다. 이렇듯 두려움과 연민이 모종의 해방으로 작용하면서 궁극적으로 카타르시스를 이끌어낸다는 것이 바로 아리스토텔레스가 말하는 비극론이다.

일종의 액자식 구성을 취한 이 작품에서, 액자 속 이야기의 주인공 팀 맥베스는 이름 그대로 셰익스피어적 비극을 정석대로 체현하는 인물이고, 액자 프레임에 해당하는 이야기의 주인공인 덩컨 미드는 팀의 비극을 읽고 분석하고 정리해 감정의 정화를 체현하는 인물이다. 이렇듯 감상과 풀이와 카타르시스까지 완벽하게 대리해주니, 그야말로 '비극에 관한 교과서와 참고서의 합본'으로 불러도 손색이 없는 친절한 비극 개론이다. 실제로, 학생들에게 셰익스피어가 아니라 이 책을 읽히고 토론하게 해야 한다는 평자들도 있었다. (이 책의 말미에는 작중 영어 선생님의 커리큘럼을 빙자한 논술 연습 문제가 들어 있다.)

덩컨은 졸업 프로젝트인 비극 숙제 때문에 골머리를 썩이며 공부한다. 그러다 본의 아니게 이론 공부뿐 아니라 생생한 현장 체험까지 하게 되는데, 팀의 비극이 절정으로 치닫던 바로 그 순간 그 자리에 덩컨도 있었던 것이다. 두 주인공의 궤적은 그렇게 교차하며 서로에게 영향을 미치고, 팀의 끝이 덩컨의 시작과 겹치고 또다시 덩컨의 끝이 팀의 시작과 맞물리며 두 이야기는 서로의 꼬리를 문 완벽한 한 쌍이 된다. 이러한 구성이 S. E. 힌턴의 『아웃사이더』를 연상시킨다는 평이 많은데, 실제로 엘리자베스 라밴은 좋아하는 작가로 힌턴을 꼽기도 했다.

작가 엘리자베스 라밴은 미국 뉴욕 주의 기숙형 사립고등학교인 해클리 고등학교를 나왔고, 그곳을 어빙 스쿨의 모델로 삼았다—해클리 고등학교의 교훈이 '들어와 벗이 될지어다ENTER HERE TO BE AND FIND A FRIEND'이다. 또한 해클리의 영어 교사 아서 네이싱 선생은 작중 사이먼 선생의 실제 모델이다. 네이싱은 35년간 해클리에서 영어를 가르쳤고, '나아가 아름다움과 빛을 널리 떨쳐라Go Forth and Spread Beauty and Light'는 그가 학생들에게 입버릇처럼 말했던 모토다. 십 년 넘게 학교 교육을 받아도 인생 항로에 영감을 주는 스승을 만나기란 쉽지 않은데, 라밴은 정말 운이 좋은 편이다.

끝으로, 어빙 스쿨의 고등학교는 4년제이고 졸업반은 12학년이라 칭해야 맞지만, 편의상 고등학교 3학년으로 번역했음을 양해 바란다.

엄일녀

옮긴이 **엄일녀**

을묘년 화곡동에서 태어났다. 서울대 언론정보학과를 졸업하고 출판 기획과 잡지 편집을
겸하다가 지금은 전업 번역가로 일하고 있다. 옮긴 책으로는 『샬럿 스트리트』 『너를 다시
만나면』 『리틀 스트레인저』 『미스터 세바스찬과 검둥이 마술사』 『안 그러면 아비규환』 『여
름, 비지테이션 거리에서』 『함정』 『사라진 수녀』 등이 있다.

문학동네 세계문학

비극 숙제

초판인쇄 2016년 3월 25일 | 초판발행 2016년 4월 5일

지은이 엘리자베스 라밴 | 옮긴이 엄일녀 | 펴낸이 염현숙
책임편집 홍유진 | 편집 양재화
디자인 김이정 이원경 | 저작권 한문숙 박혜연 김지영
마케팅 정민호 이미진 정진아 | 홍보 김희숙 김상만 이천희
제작 강신은 김동욱 임현식 | 제작처 영신사

펴낸곳 (주)문학동네
출판등록 1993년 10월 22일 제406-2003-000045호
주소 10881 경기도 파주시 회동길 210
전자우편 editor@munhak.com | 대표전화 031) 955-8888 | 팩스 031) 955-8855
문의전화 031) 955-1927(마케팅) 031) 955-1929(편집)
문학동네카페 http://cafe.naver.com/mhdn | 트위터 @munhakdongne

ISBN 978-89-546-4006-0 03840

www.munhak.com